U0120943

狂　飙

朱俊懿　徐纪周　著

白文君　改编

青岛出版集团 | 青岛出版社

张颂文 /

/ 饰演 高启强

李一桐 /

／ 饰演 孟 钰

吴　刚 /

／饰演　徐　忠

序

感谢有机会可以出版这本书，让感兴趣的观众能看到《狂飙》最开始的样子。

故事选择 2001 年作为起点，这一年我刚刚毕业踏上社会。当时我有幸参加了几部纪实公安剧的拍摄，采访让我大开眼界。彼时我国刚加入世界贸易组织，经济持续高速发展，各个行业欣欣向荣。经济的发展带来了机遇，也刺激了人们飞涨的欲望。为了在新一轮的财富分配中不被落下，很多人铤而走险，各种类型的犯罪活动明显增加。治安混乱直接影响了人们正常的生活、生产秩序，对于经济发展也造成了非常不利的影响。那一年，公安部门开展了第三次全国严打，整治重点就是"打黑除恶"。

2019 年，作为一个老牌电视剧工作者，我有幸参加了全国"扫黑除恶"专项斗争的宣传创作工作。再次翻开卷宗，"扫黑"和"打黑"，一字之差，其性质、工作取证的艰辛程度截然不同。在调研过程中，我看到许多黑恶势力生长、"做大"，大多与"保护伞"深度勾连，形成盘踞一方的"毒瘤"，严重破坏了经济社会秩序。

出于中戏人的责任感和使命感，经过讨论，我和朱俊懿决定以《茶馆》《天下第一楼》这类经典三幕剧为蓝本，以警匪故事为主线，描摹时代变迁中的芸芸众生。故事分为三个单元，截取这二十年中国社会发展的三个时间剖面，讲述人在不同的命运关口所作出的不同选择。

如果你能喜欢这个故事，那么当你在为安欣和高启强的命运而感慨万千时，也请记住朱俊懿和白文君的名字，他们为这本书、这部剧付出了很多。

徐纪周

目 录

暗流

第一章　暗礁险滩

滚滚黑云，风雨欲来。气压低得让人喘不过气，空气仿佛在周围凝结。临江省教育整顿第三指导小组成员正在一辆匀速行驶在高速公路上的省 A 牌照考斯特中巴车上，他们感觉自己正在驶向一个硕大无比的黑洞，又或者黑洞正在将整辆车慢慢吞噬。

车厢里的气氛有些古怪，说不上是压抑还是沉重。有的人在闭目养神；有的人拿着材料不敢发出声音般轻轻地扇着，仿佛要扇走这鬼天气带来的令人窒息的感觉。

纪泽——省纪委监委一室副主任、省教育整顿第三指导组副组长——正在闭目养神，却仍有一股威严向四周散发。此人行事貌似粗枝大叶，却是刑侦审讯的一把好手。

旁边坐着的是徐忠，气质跟纪泽截然相反。他戴着方框眼镜，相貌温和，擅长信息整理和统筹工作。在不久前的全省扫黑除恶工作总结暨表彰大会中他荣获了"扫黑英雄"称号，在省委政法委常务副书记、省扫黑办主任何黎明的举荐下，又担任起了教育整顿第三指导组组长。此时，他正全神贯注地读着手里的文件，面前的小桌板上还散放着许多。

文件名称是《关于京海市强盛集团涉黑问题和政法队伍中存在"保护伞"问题举报材料》，其中几个字格外显眼。

纪泽回头看了看身后，又转头看着旁边的徐忠，颇有些揶揄意味地说道："徐组长，这一车上上下下就属你级别最高，你现在还用功，这叫我们情何以堪呢？"

徐忠摘下眼镜，闭上眼睛，用大拇指和食指轻轻地揉着眼眶和眉心，轻声得像是自言自语："京海市人口全省排第二，经济排全省第一，名声比省会还响亮，资料自然是多如牛毛。这次被举报的强盛集团又是京海数一数二的民营企业，社会关系复杂。我不抓点儿紧，等去了丢人现眼吗？"

纪泽轻声笑了笑："临时抱佛脚。"

"你都记住了？"

纪泽不置可否地轻轻挪了挪身体，用手轻轻敲了敲自己的头："我脑瓜子比你好使。"

"哦？"徐忠来了兴致，"那你谈谈，打算怎么对付这个强盛集团？"

纪泽轻轻摇摇头，用手拨开一点儿挡在车窗上的黑色防晒帘，眼睛看了看窗外说："我先不动它。"说完，他用手在小桌板的纸堆里翻了几下，找出一份简历。纪泽看着徐忠，用手轻轻地在这份简历上敲了敲。

徐忠接过来看了一眼，眯起眼睛："政协副主席龚开疆？"

"这封检举信中提到的问题大多集中在建筑领域。龚开疆曾先后担任京海市青华区副区长、公安局局长，京海市人民检察院常务副检察长，目前是京海市政协副主席。在他担任青华区副区长期间，也是强盛集团承包政府项目最多的时候。要说他们没有瓜葛，我是不信的。而且我打听过，龚开疆这个人心理素质很差，是个很好的突破口。"

"看来你还真做了不少功课。"

纪泽舒舒服服地往后一靠，又闭起眼睛，说："到时候我负责约谈，你在旁边鼓掌就行了。"

"哼，你可不要小看了他们。强盛集团在京海盘踞了二十年，董事长高启强从一个卖鱼贩子做到市人大代表、政协常委，涉及的官员怎么可能只是一个龚开疆？"

"要变天喽！"政法委书记安长林军人出身，六十出头，正靠在轿车门上，抬头看着黑压压的天空。

"这场雨能下多大？"市委书记贺国权问着身边的市长赵立冬。

"我看下都不一定下得成，顶多一阵风。"市长赵立冬不紧不慢地说道。

就在这一个小小的高速收费站，停着一排黑色政府用车。收费站的工作人员没有一个因为天气的原因而显得困倦，一个个像打了鸡血一样精神。谁也想不到，就这么一个高速收费站，今天京海市的一把手来了四个，带着各自的司机、秘书，围在高速公路京海出口的下道，等待着调查组的到来。市委书记贺国权和市长赵立冬凑在一起交流工作。秘书们识趣地站在一个不远不近的位置，既听不到领导谈话，又可以一喊就到。

人大常委会主任孟德海六十来岁，身体硬朗，神情自若，时不时呷一口保温杯里的热茶，眺望两眼天色。

云重风急，低压压得人喘不上气，空气中似乎有雨水的味道。

天边一道闪电，紧接着响起滚滚闷雷。

安长林笑着说道："嚯呦，没准是一场大雨啊！这声闷雷还怪吓人的。老孟，你怎么看？"

孟德海抱着保温杯，鼻子里哼了一声。

今天的市府大楼显得比平时要安静一些，政协副主席龚开疆身材偏胖，一身老年病。今天他似乎心情不错，哼着小曲儿，脚步轻快地走进办公室，从公文包里掏出保温杯，放在一旁，接着走到窗前。窗外天色阴沉，黑得吓人。

"这天儿，黑得跟锅底似的。"他边说边走向自己的办公桌，"刘秘书！"

闻声匆匆跑来的不是刘秘书，而是办公室主任。

"龚主席，有什么事儿？"

"怎么是你啊？我今天上会的讲稿呢？拿来我看一眼。"

主任看着龚开疆，愣了一下，小心翼翼地说道："今天不开会了，领导们都去接指导组了。"

龚开疆心里一惊："什么指导组？"

"省里派的教育整顿指导组，已经快到了，市委、市府、人大、政法都去了。"

龚开疆脸上明显有一些不悦："怎么没人通知我？刘秘书呢？把他叫来，我要好好批评他！"

主任看着面前的龚开疆，小声地说道："他没来上班，手机也联系不上。他爱人说，昨天夜里有几个人上门，说是公事，把他带走了，一夜没回去。"

龚开疆脸色变得很难看。"先别管他了，赶紧叫司机送我去迎接调查组。"

"司机也被叫走了。"

龚开疆大怒："他刚把我从家接来，谁这么大胆，用我的司机？"

"是……纪委。"主任看着龚开疆，小心翼翼地回答。

龚开疆最担心的事发生了。他面如死灰，缓缓地坐在椅子上。窗外乌云如翻墨，雷声越来越近，就在头顶上炸裂。龚开疆的手紧紧地抓住了桌角，他意识到，自己毫无疑问是被针对了，更可怕的是，他竟然事先一点儿风声都没听到，难道说，他如今已是一枚弃子，无论如何翻不了身了？

"这怎么行？我明年就退休了……就明年……"龚开疆开始喃喃地自言自语起来，突然感到胸口一阵绞痛，伸手去拿保温杯，那里面是他常年喝的中药，效果很好。然而，保温杯明明就在手边，却仿佛隔着千里万里，他用尽全力都拿不到。

主任见他脸色惨白，立即明白他的老毛病犯了，往前一步拿起保温杯，用力拧着瓶盖。

龚开疆的视线却模糊了起来，他看到主任正奋力拧着瓶盖，急得满头大汗。瓶盖纹丝不动。龚开疆再也坚持不住了，眼前一黑，倒在地上。

一声闷雷，憋了很久的暴雨倾泻而下。

市直机关招待所的一间办公室里，资料堆满了屋子，年轻的公务员们还在一趟一趟不断地把各种资料运进来。心浮气躁的纪泽无论如何都没想到，调查组刚到京海就吓死了一个政协副主席，先前的调查计划还没开始实行就打了水漂。

在扫黑除恶工作中已经颇有经验的徐忠反倒十分淡定："听说这个招待所的羽毛球馆不错，不如先打场球。"

一进场馆，徐忠便轻轻地笑了笑。原本应该在场馆中间拉起的羽毛球网不见了，取而代之的是一张崭新的乒乓球桌台。徐忠转身看了一眼服务员，随手用羽毛球拍指了一下场地："唉，这里不是羽毛球馆吗？"

"是的，之前是，不过听说省里的领导爱打乒乓球，上面就让我们换了。"

徐忠看了一眼服务员："谁安排的？"

服务员礼貌性地摇摇头："这就不是我们能知道的了。"

徐忠看看手里的羽毛球拍，纪泽用球拍轻轻地拍着自己的手掌，两人又看看场地原本的白线和不伦不类的乒乓球桌台，哭笑不得。

徐忠轻轻地拍拍纪泽："看到了吧？都在做功课呀！"

一位四十多岁的瘦削中年男人跟在指导组工作人员的身后，穿廊过巷，来到招待所最里面的一扇门前。工作人员没有说话，只是打开门伸手做了一个请的动作。男人有些疑惑，却只能迈开步子走进去。

偌大的游泳馆，池子里只有徐忠和纪泽两个人。徐忠一只手扶着泳池的边，一边用手抹了一把脸上的水，冲着走进来的男人叫他的名字："安欣？"

叫安欣的男人点了点头。

徐忠用手一指池边："换衣服下来。"

安欣顺着他手指的方向看到沙滩椅上已经放了一套泳具，感觉有些尴尬。"我就不用了，蹲着聊也行。"

纪泽一边游一边朝安欣扯着嗓门喊道："别呀，我们都对你坦诚相见了，你不坦诚怎么行？下来吧！"

安欣看着泳池里的两人，又转头看看安静地躺在沙滩椅上的泳具，默默地拿起朝更衣室走去。

换好泳裤的安欣一个猛子扎入水里，像条灵活的鱼。

纪泽笑着看着安欣："不错嘛，刚才扭扭捏捏的，还以为你不会游泳呢。"

安欣不紧不慢地跟在两个领导身边："第一次见省里的领导就这么坦诚，有点儿不习惯。"

徐忠游到泳池边，一只手抓住了扶手，说："游泳馆这种环境，大多数窃听设备都发挥不了作用。"

安欣恍然大悟。

纪泽游到安欣的身边："这次见面不算正式约谈，你随便说说，我们随便听听，不讲证据，不用负责。"

安欣不置可否地点了点头。

"说正事吧，"徐忠看了一眼安欣，"你觉得你能协助我们查清京海的问题吗？"

"如果你觉得我不能，为什么还叫我来？"

纪泽突然插话道："因为有人推荐你。但说实话，我心里没底。有人说你工作认真，待人诚恳；也有人说你不思进取，得过且过。"

"你觉得自己是哪种人？"徐忠和纪泽两人开始了"无缝衔接"的"闲聊式问话"。

安欣沉思了一下，郑重地说出三个字："京海人。"

纪泽和徐忠面面相觑。

"一个生在京海、长在京海、热爱家乡的本地人。"安欣接着说。

徐忠看了身旁的纪泽一眼，转头看向安欣："安欣，2000 年至2006 年，京海市公安局刑侦支队，民警；2006 年至 2008 年，京海市青华区交警大队，民警；2008 年至 2013 年，京海市公安局档案科，民警；2013 年至今，京海市公安局宣传科，民警；2016 年，任宣传科科长。"

"惭愧，混得不怎么样。"

"随便说说吧，我们想听听档案上没有写的。"徐忠看着安欣说道。

"没写的多了，想听什么？"

"只要是真话、实话，都想听。"纪泽又插话道。

安欣一个苦笑。

"这样吧，就从你加入京海市刑侦支队讲起吧。"徐忠说。

安欣看了看徐忠和纪泽，转头看着碧蓝色的泳池，自言自语道："刑侦支队吗？"他盯着水面，陷入了回忆。

第二章　警队新人

2000 年的京海市夜景远远没有二十年后那样灯光璀璨，即便是夜空中正在绽放出绚烂的烟花。更何况近郊地区排水渠这样的地方，尽是农村迁移后的断壁残垣。地面上，点亮夜色的是七八辆闪烁着红蓝警灯的警车。因为暴雨，排水渠外形成了一片大大的水洼。警察们正拉起警戒线维持秩序。上百名群众站在警戒线外议论纷纷。这些普通百姓还从来没有见过这样的阵仗。

京海市公安局局长孟德海带着人来到排水渠前，看了看周围的环境。

勘查灯亮起——排水渠的出水口处隐隐浮着一个泡胀了的人体，头发被出水口的栏杆挂住，尸体上下漂浮着。围观的人群顿时一片哗然。一些警员正努力把围观群众劝到警戒线外。

孟德海看了一眼，皱皱眉头说："赶紧捞上来。"

警员们面面相觑，谁都没有主动应声。

孟德海左右看看，忽然喊了一句："安欣！"

年轻的安欣穿着崭新的警服，站在外围负责维持秩序。他意气风发，站得笔直，对局长的叫声置若罔闻。在他的身边站着与他年龄相仿的同事李响，与安欣截然不同的是，李响是从农村一路考上来的，对公务员的身份异常珍惜，虽然人高马大，但他做事处处透着谨小慎微。听见局长的叫声，李响赶紧推了安欣一把。

"局长叫你呢，还不抓紧表现！"

安欣用手摸了摸身上崭新的警服，撇撇嘴："刚发的衣服，我可不想弄得一身又臭又脏。"

此时的孟德海已经有些不耐烦了："安欣！到底来了没有？！"

李响看了看还是一动不动的安欣，又看看有些不耐烦的局长，赶紧打圆场："来了来了！"

李响说着颠儿颠儿地跑到水洼前，站在局长身边的老警察自动把位置让开。

李响满脸期待地望着孟德海。

孟德海小声道："把衣服换上，小心点儿。"

"是！"李响兴高采烈地脱了制服，同事把防水的皮衣裤给他换上。

孟德海看着跃跃欲试的李响，又回头看看不远处站着的安欣，无奈地摇了摇头。

腐尸被装进尸袋，拉上拉链。

努力不让自己干呕出来的李响脱下皮衣裤，身上的恶臭让同事都躲得远远的。

孟德海拿了件警用棉大衣走过来披在李响身上。李响受宠若惊，立正敬礼道："谢谢局长。"

"你叫李响？"

"是！"

"我记住你了，好好干！"

李响正高兴着，身后同事张彪等人的小声嘀咕却钻进了他的耳朵。李响正打算装没听见，一声重重拍击警车前盖的声音却吓了他一跳。

"说什么呢？有种你下去，这个脸给你露！"安欣瞪着嚼舌根的几个人。

张彪瞥了安欣一眼，几个人散开了。孟德海却闻声走了过来。

"安欣！"

安欣一个立正："到！"

"刚才叫你没听见吗？"

安欣一本正经地回答："报告！一直在维持外围秩序，群众太多，声音太嘈杂，真没听见。"

裹着大衣的李响感激地望着安欣，露出了笑容，既为了搭档的仗义执言，更为了他把在局长面前表现的机会给了自己。

孟德海眯着眼睛看看面前的安欣，笑了笑。

"除夕那天，你们刑警队的排班调一下，你和李响去值班！"

"局长，您日理万机，这种小事也要管？"安欣一下子泄了气。

"我倒是想不管，你自己主动要求进步啊！回去之后拿着排班表去找曹闯。记住，是你自己主动要求的！"

安欣哭丧着脸："局长，我的觉悟是不是提升得有点儿太快了？"

孟德海举手作势要打，安欣赶紧溜了。孟德海看着安欣的背影，忽然笑了："小兔崽子。"

清晨的阳光洒在干净偌大的操场上，整个操场上只有两个人影。一个是穿着笔挺警服的安欣，而另一个是市公安局副局长安长林。安长林与孟德海年纪相仿，人显得更精干一些，多年部队生活的痕迹深深地刻在他身体的每一寸肌理中。和孟德海一样，安长林也是安欣父亲的老战友，安欣父亲在牺牲前将儿子托付给了安长林和孟德海。看着眼前这个老战友的遗孤终究如宿命般也身穿警服，头顶警徽，安长林居然有一瞬间的失神。

已经有汗水从额头滑落的安欣随着安长林的指令完成队列操练，虽然只有他自己在做着动作，却认真专注得像置身队列中。

"正步走！""立定！"

安长林站在安欣面前，眼睛死死地盯着安欣。"稍息。你在部队操练了三年，你说说，队列操练的意义是什么？"

"报告，首长同志，队列操练强迫人改变从小养成的行走习惯，将两条腿交出去，纳入军人的步伐。从在操场上迈出第一步开始，就必须面临之前所有生活习惯的下意识反抗。但军人必须压抑这种反抗，学会服从，学会融入。回答完毕，请指示。"

安长林点点头，眼神中有一丝骄傲的神色一闪而逝。

"你部队上的所有主官都告诉我，你是个好兵。我们都希望你留在部队里，可你非要脱下军装，换上这身警服。"安长林的语气缓和了一些，"安欣，部队和地方不一样。从部队下来，每个人都会积存巨大的能量，这能量在社会上该如何释放？释放不好反而会惹大麻烦。"

安欣望着安长林，已经猜到了他要说什么。

"老孟让你下去捞尸，为什么不去？"

安欣一脸无辜："我真是没听见。"

"严肃点儿，人家那是给你机会！你倒好，整天吊儿郎当的！"

安欣嘴里嘟囔着："我不用那些虚的，警察这个职业行与不行是靠实力说话的。"

"人不大，口气不小，就你那三脚猫的两下子？"安长林说着，用右手指了指地上的拳击手套，"来，咱爷俩练练！"

安欣为难地看着安长林："这……不好吧？"

安长林已经脱了衣服，露出一身健硕的肌肉。"服从命令！"

一老一少换上装备，开始了这场彼此较劲的友谊赛。

安欣仗着年轻力壮，拳脚带风，却都被安长林轻松化解。"小子，你是没吃早饭吗？"

安欣拳脚更快，嘴上也不吃亏："报告，要尊老嘛！不敢使太大劲！"

安长林哼了一声，开始反攻。安欣认真应付，渐渐地打得起了劲。安长林看准破绽，突然从背后勒住安欣的脖子，将他死死锁住。安欣猝不及防，被勒得直翻白眼，只好拍地认输。

安欣趴在地上，不住地咳嗽："咳咳咳……叔，你这招太狠了。"

"我还是跟你爸爸学的呢，他用这招救过我的命。"

安欣揉着脖子："太狠了，不行，我也得学会这一招。"

"兔崽子，想拿这招对付我？"

"对付犯罪分子，哪敢对付您啊！"

"要是有一天我犯了事情呢？"

安欣一愣。

安长林半开玩笑半认真地说："来，说来听听，你会不会对付我？"

"您说的这种情况根本不会出现，所以，不用考虑！"

安长林一脸严肃，正色道："别拿话绕开，你如果真想当一辈子警察，就记住了，不管是谁，只要犯了罪，都一样对付！"看着安欣有些懵懂地点了点头，安长林继续说，"我还是觉得特警或者是法制科更适合你。你是个好孩子，但好孩子不一定能当一个好刑警。你爸牺牲的时候嘱咐我们好好照顾你，你非要到刑警队，真出事儿了，我们两个老家伙怎么交代？"

"叔，这是我的人生，我自己选的，不用你们交代。"

"这是你的人生不假，可你怎么就能知道你现在选择的人生就是你将来不会后悔、一定想要的人生呢？你再考虑考虑，政治处有个空缺，你打个申请。"

安欣急得一下子从地上站了起来："安叔，你、我爸还有孟叔，都是我的偶像。你们仁都不是从文职做起的，别指望我去。"

安欣说完，不等安长林说话，转身扬长而去。

第三章　春节

　　每年春节前夕，正是菜市场最繁忙、最挣钱的时候。此时，三十多岁的水产店老板高启强正忙得不可开交，他一边捞鱼过秤，一边夸着买鱼的人："会挑！冬天鲤鱼最肥，熬汤都是白花花的，三斤六两，算你三斤半，吃得好再来啊！"

　　几个戴着红袖标的市场管理员从隔壁摊子经过，为首的是人高马大的兄弟两个——唐小龙和唐小虎。兄弟俩都是一脸横肉，凶神恶煞。高启强看见他们，急忙跳出摊位，追了上去。

　　"那个，听说年后市场要装修，管理费又涨了？"

　　小龙一脸嫌弃地边走边说："嫌贵？正好别干了，有人想要你这个摊位，跟我说好几次了。"

　　"别啊，我没意见！我就怕装修完不让我续租了，跟你先定下。"

　　小虎在路过的水果摊上抓起一个苹果，用手擦擦就吃。"你说定就定啊？竞标吧。"

　　"竞标？什么竞标？"

　　小龙见他不开窍，搂过肩膀低声说："人家为了要你这摊位，快把我家门槛踩破了，你也别太抠，多少表示表示。"

　　高启强恍然大悟："我还当是什么事儿呢！来条鱼，新鲜着呢！要不来点儿虾，你随便拿……我跟你们说，今天这虾……"

　　小龙、小虎一脸嫌弃。没等高启强把话说完，小龙打断道："小虎！"

小虎马上会意，喊了声："哥。"

小龙瞟了一眼高启强，问小虎："你看上那大彩电叫什么？"

"哥，你太土了，还大彩电，那叫等离子。"

小龙嘿嘿一笑："是吗？带我见识见识。"

小龙故意瞥了一眼高启强，兄弟俩边聊边走。高启强看看自己的摊位，又看看那两人的背影，犯起了愁。

过年气氛十足的商场音乐悠扬悦耳，虽然快到打烊的时间了，却还是人满为患，好不热闹。高启强踩着临关门的时间点进了商场，来到彩电专柜前东张西望。向服务员细细一打听，他才发现等离子电视贵得令人咋舌，即使将自己的钱包翻个底儿掉，也只买得起一个普通的大彩电。

旧厂街老旧的家属楼楼道里十分昏暗，高启强抱着彩电满头大汗地到了家门口。几声"咚咚"的踢门声后，屋内温馨的光亮透了出来，弟弟高启盛和妹妹高启兰露出脑袋，惊喜地替哥哥接过彩电——家里老掉牙的东芝彩电显像管老化，消色严重，彩色的已经快成黑白的了。

高启兰高兴得都要蹦起来了："今年终于能好好看春晚了！"

高启强连忙制止正准备拆包装的高启盛："别拆啊，要送人呢！"

高启兰失望地坐在沙发上，委屈巴巴地看着自家的旧电视。

高启强有些尴尬，擦擦手，转身进了厨房。

弟弟高启盛跟进厨房，一边看着忙着给肉化冻、准备切菜的大哥，一边拿起一棵葱，帮着剥起来。"哥，过了这个寒假，我就要大学毕业了，我回来帮你挣钱。"

"回来干什么？你脑瓜聪明，成绩又好，多往北京、上海的公司投投简历，最不济，也在省城找个工作，别回来！"

"哥，你不懂，大公司实习期很长的，而且没什么钱。"

"钱用不着你们操心！你们俩就负责把自己的日子过好，将来活出个人样，让咱爸妈高兴！"

高启盛没有回应高启强的话，低着头自己盘算着。

房间里端端正正挂着父母带着三个孩子的合影——三兄妹喜笑颜开。那时应该是三兄妹最美好的时光，也是他们最珍贵的回忆。

除夕夜，踩着地上鞭炮的碎屑，一身新衣的高启强来到了唐氏兄弟的楼门洞口。他拎着满兜子的烟酒和海鲜，望着眼前的楼道，那里将决定他新一年的命运。

门被敲开，叼着烟卷的唐小虎一见是高启强，招呼都懒得打，转身就往屋里跑。"唉！别偷看我牌啊！"

屋子里乌烟瘴气，唐家兄弟正和另外两个治安员在打牌，高启强宛若空气。电视柜上赫然摆着一台等离子电视，高启强四下看看，没有看到自己买的那台彩电。他尴尬地站在那儿，心已经凉了半截，但依然硬着头皮凑上去："过年了，来看看你们，带点儿年货。"

唐小龙抬眼，像是刚刚看见他。"老高啊，东西放下，喝茶自个儿倒。"

"没事，我就是来问问，我那个摊位能定了吗？老没信儿，我心里没底，年都过不好了。"

唐小虎一脸不屑地看着高启强："你怎么不懂事儿呢！定了你的话，能不给你信儿吗？还不明白？"

唐小龙接话道："老高，趁早做打算，'树挪死，人挪活'，换个地方一样发财。"

高启强站在原地气得直抖，想摔门而去，又想起自己送的彩电。"那把电视还我！我们家里的电视还一直都是坏的。"

唐小虎扔掉手里的牌："你再说一遍！"

高启强指着摆在那儿的等离子电视："反正你们有别人送的等离子，也看不上我那台，你们不用，就还给我！"

唐小虎刚要站起身发作，小龙按住他。"他那破电视放哪儿了？"

唐小虎扭了一下头："阳台上。"

唐小龙从阳台上把电视拖进来，撕开包装，看着高启强："瞅瞅，是你送的吗？"

高启强看了一眼，点点头："对。"高启强刚要搬电视，立马被唐小虎等三个人围住了。唐小龙看看高启强，咧嘴笑了笑："这破电视呢，我们确实看不上眼，但得教你点儿规矩，送出手的东西，不能往回要！"

说完，唐小龙把电视抱起来，狠狠地往地上一摔——显示屏破碎，零件迸得到处都是。

高启强看着地上粉身碎骨的电视，血一下子涌上了头，眼睛瞬间红了。

唐小虎在旁边还插了一句："没爹妈管教的小子，就是没规矩。"

高启强脑子"嗡"的一声，没有犹豫，瞬间扑向唐小龙。

新华里小区里的鞭炮声此起彼伏，伴随着春晚开场的喜庆音乐。这一切突然被警车鸣笛声打破。楼下围着不少看热闹的群众，朝着楼上的窗户看，虽然窗户紧闭，但还是会有惨叫声偶尔传出。安欣和李响身着便装，举着警官证，分开人群挤进去。到了唐家门口，他们发现唐家房门大开，屋里一片狼藉。唐小龙和唐小虎挥着棒子，带着另外的治安员，朝地上的人死命踹着。地上的人佝偻成一团，一动不动。

一马当先的安欣见状，大喝一声："警察！住手！"

唐小龙一脸凶相，拎起沾着血的棒子，回头看看："你们怎么才来啊？"

李响举起证件："你们，蹲下！抱头！"

唐小龙瞪着他们，蛮横地拍拍胸脯："我他妈是受害人！"

安欣过去，一把把他的胳膊扭到背后，拿走了他的棒子。

唐小龙疼得哇哇大叫。一个保安员手上还拎着啤酒瓶子，李响上去一脚踢掉，大喊："都蹲下！听见没有！"

其他人看着安欣和李响，都厌了下来，乖乖蹲下。

唐小龙还在顽抗挣扎："警察同志，是我们报的警！地上那个人才是你们要抓的抢劫犯！"

安欣和李响对视一眼，疑惑地望着地上那个遍体鳞伤的人。

高启强满脸鲜血，捂着肚子，疼得抽搐。

刑侦队的审讯室里，高启强被铐在凳子上，脸上的伤口被简单处理了一下。鼻青脸肿的他低着头，一句话也不说。

安欣把手里的 X 光片举起来给他看。"你看，骨头没事儿，都是皮外伤。"

高启强张嘴刚要说话，牵动了嘴角的伤口，疼得直吸凉气。"我就说不用照，你们非要照，拍片子的钱我可不出！"

安欣和李响没想到好心没好报，让他给噎住了。

李响咳嗽一声："没事是吧？那就交代一下吧，为什么入室抢劫？这大过年的，你是不是疯了？"

"我没抢劫，是他们恶人先告状！"

李响看着高启强："你还有理了是吧？好，你说说，大年三十，你跑到人家家里干什么？还把人家电视砸了。"

高启强激动得有些语无伦次，想要站起来，因为手铐铐在凳子上，站了几次都没站起来。"电视是我的！我送给他们，让他们给砸了！说是砸了也不还给我！"

安欣朝着高启强摆摆手："你别激动！慢慢说，到底怎么回事？"

高启强头上青筋暴起，刚刚处理好的伤口又开始流血。安欣递给他毛巾，让他捂着伤口，又倒了杯水放到他面前。

"我是卖鱼的，在旧厂街菜市场有个摊位。小龙、小虎兄弟俩是菜市场管理处的治安员，其实就是恶霸。每个月除了摊位租金，还要单给他们交一份管理费。年后菜市场要装修，租金、管理费都要涨，就这还不一定能续租。这个摊位是我一家唯一的收入，为了保住它，我只能给他们送礼……"

听着高启强的讲述，安欣不自觉地产生了共情。等高启强说完，安欣的愤怒已经溢于言表。一直在旁边记录的李响在桌子下面碰碰他的膝盖，然后面无表情地看着高启强："你先动的手是吗？"

高启强点点头。李响忽然提高嗓门："是不是？"

高启强也忽然咆哮了起来："是，是！但我没有抢劫！"

李响猛地一拍桌子："你喊什么？你还有理了？不管你们因为什么发生的纠纷，寻衅滋事肯定够了。"

安欣还想说什么，李响使了个眼色，示意他先出去。二人站起身。

高启强焦急了起来，努力调整自己的情绪，有些哀求地说："你们说怎么定就怎么定，我认，但是能不能放我回去过个年？我弟弟妹妹还在家等我吃年夜饭呢。"

安欣看了一眼高启强，安抚道："你放心，我们会核实情况……"

李响连忙打断他："早干什么去了？！想过年，别先动手啊！"

安欣和李响一前一后来到了公安局的走廊外，李响把愤愤不平的安欣直往外推。"你说你激动个什么劲？晚上我一个人值班就行了，你回去吃年夜饭去。"

"不行！得把唐家哥俩叫过来再核实一遍。"

"核实了有什么用啊？高启强说的都是真话又有什么用？他主动到人家家里，又是他先动的手。寻衅滋事，板上钉钉。"

安欣看着李响，拿手指着审讯室："高启强属于被逼无奈。该收拾的是唐小龙和唐小虎！"

"打住。他们哥俩的问题属于经济问题，不归咱刑警队管。"

安欣愤愤地看着李响："眼看着老实人挨欺负，咱们不帮他，还算警察吗？"

李响一脸无可奈何，不知该怎么回答他。两人在走廊里安静地站了片刻。"安欣，天底下不公平的事儿多了，警察管得过来吗？我们要管，也得在职责允许的范围里。你明不明白？"

正说着，外面一名值班的女警探出脑袋："安欣！门口有人找你。"

安欣一出市局大门，被冷风吹得一哆嗦。孟德海的妻子崔姨惦记着安欣，给他送来了刚出锅的饺子和几个年菜，让他跟值班的同事一起吃。安欣感动地看着崔姨离开的背影，却看到了从墙角里怯生生走出来的高启盛和高启兰兄妹俩，俩人一个抱着大衣，一个搂着小饭盒。确认了高启强确实在里面之后，高启兰"哇"的一声哭了出来："我是他妹妹，警察大哥，我哥绝对是好人！"

安欣看着兄妹二人，无奈地说："你们先回去吧，等我们了解清楚情况，不会让他受委屈的。"

高启盛连忙说："那……能不能麻烦您，把大衣和饺子带给他？他出门的时候穿得太少了。"

高启兰也赶紧插嘴："警察大哥，能不能让我们进去陪着我哥？今天是大年夜，一家人要在一起过的。"

安欣为难地看着兄妹二人，说："这里是公安局。"

高启兰点点头："我知道，我不怕，这里不是最安全、最公平的地方吗？"

拗不过二人，安欣只好将他们带进了值班室。高启兰用冻得发红的手把简陋的双层饭盒打开，一层小菜，一层饺子，都凉透了，黏糊糊成了一坨。

按照规定，他们带来的东西不能交给高启强，安欣便想了个主意。他将值班室的门打开，又去对面的审讯室给高启强送了些崔姨带来的饺子。高启强从安欣故意留下的门缝里隐约可以看到值班室的弟弟、妹妹。

安欣看了高启强一眼："高启强，你家人来给你送年夜饭了。"

李响正在整理笔录，听见安欣的话，连忙正色道："不行啊，不能跟家属接触。"

安欣向李响使了一个眼色，小声地说："我知道。这饺子是我的。"

李响走到审讯室门口望了一眼，把门关上。

"关门干吗？都审完了，让他看会儿春晚。"

李响茫然地看着安欣："这里怎么看？"

安欣重新推开审讯室的门，转头看向高启强："那就让他听一会儿，听一会儿也好啊。"

对面电视里正在放春晚的小品，笑声一阵响似一阵。

安欣把李响推出去："年夜饭也有你一份，赶紧过去吃，门不许关啊！"他回过头，看高启强手里捧着饺子，正哽咽着。"快吃啊，都坨了！"

高启强点点头，把一个饺子囫囵地吞了下去。里面的高启强和外面的兄妹都吃着崔姨给安欣送来的饭菜，也算是他们一家人一起吃了顿年夜饭。

安欣看着一脸伤的高启强，问道："味道怎么样？"

高启强的眼泪瞬间从眼角滑落，可他却慢慢地笑着说："……好吃！"

隔壁的值班室里，春晚正好演到歌曲《举杯吧朋友》。

在李响的注视下，高启盛和高启兰一边吃一边抹着眼泪。

音乐声中，审讯室里的高启强抬起头，两眼通红。"安警官，我知道我不配，但是我叫你一声兄弟。以后有用得着我的地方尽管说。还有，明年，请你到我家去吃年夜饭。"

安欣点点头："只要你答应我以后别冲动，遵纪守法，遇到困难来找警察，我就去。"

高启强哽咽着："我记住了！"

安欣微微一笑，捏起一个饺子放进嘴里。

第四章 "2·1"专案组

刑警队的会议办公室里,年逾五旬的曹闯带着队员分析案情。他是安欣和李响的师父,也是刑警队支队长。

一名女警按下遥控器,屏幕上展示出一组被害人照片。"死者身份查实。姓名黄翠翠,年龄二十八周岁,是个失足女,专在旧厂街一带活动,扫黄大队抓过她,有记录。从被害者的伤口切口看,凶手有丰富的外科手术经验,因为死者的双肾都被摘除了,而且很有可能是在活着的时候被摘除的。"

众人十分愤慨。

安欣盯着屏幕上的照片,问道:"是器官交易?"

曹闯点点头:"很可能涉及有组织的器官盗卖。但从过往侦破的案例来看,器官买卖都是图财,不会杀人。这种杀活人取器官的从未发生过。为防止凶手是个流窜团伙,我们已经向周边各市、县公安机关发出通告,但目前为止还没有发现类似案件,所以也不能排除其他作案动机。经讨论决定,市局成立'2·1'专案组,由安副局长挂帅,具体工作我来负责指挥,必须尽快侦破。"

整个春节假期刑警支队的人都没闲着,把黄翠翠生前活动的街区和老家挨个走访了一遍。她已经三年没回过老家,老家的母亲带着黄翠翠留下的五六岁的女儿黄瑶艰难生活,甚至不知道黄翠翠死亡的消息。安欣一直游荡在旧厂街的出租房中,黄翠翠的同居男性不固定,但他最终锁定了几个人,正在逐一排查当中。向局长和副局长汇报完工作，安欣开着车来到了看守所。

高启强走出看守所的大门，脸上的伤和淤青基本痊愈，只贴着几块创可贴。刺目的阳光让他眯起了眼睛。安欣穿着便装，倚在那辆桑塔纳上，冲他招招手："老高！"

高启强又惊又喜地跑过来："安警官！"

安欣一甩头："上车，送你回去。"

高启强很是感动，问："你是专门来接我的吗？"

"看守所位置偏、公交少，我想着你回去不方便。"安欣说着，拉开副驾驶的车门，"走吧。"

耿直的高启强鼻子有些发酸，说不出太谄媚的话，只点了点头："麻烦你了。"钻进车里的一瞬间，看见坐在后面的李响，高启强连忙点下头："李警官好。"

一路上，高启强僵直地坐在副驾驶座上，显得十分拘束。

安欣看着有些僵硬的高启强，调侃道："来和回去坐的都是这辆车，感觉一样吗？"

"当然不一样，现在想明白了。"

安欣点点头，拿出一瓶矿泉水递给高启强："这就对了，别让我再接你去公安局。以后收着点儿脾气，没有过不去的坎儿。"

高启强接过水，重重地点点头："记住了。安警官，路过旧厂街的菜市场时能不能停一下？"

"刚说了不惹事……"

"我就想再看一眼，当告别了。"

菜市场的装修工作已经开始了，到处立着脚手架，地面一片杂乱。高启强走到自己的摊位那儿，鱼缸空空的，心里也空空的。唐小龙远远看见走过来的高启强，一脸坏笑地迎了上去："呦，看看，这是谁来了？"

高启强一愣，回头见小龙、小虎和几个跟班正戴着安全帽站在他身后。小虎上去拍了拍高启强的肩膀，说："老高，这么快就放出来了？我以为怎么不得关你个俩月仨月的。"

安欣看着嚣张跋扈的小龙和小虎，上前一步，说："那说明你不懂法，治安拘留五天以上十天以下。"

小虎瞟了一眼安欣："你是什么东西？"

小龙连忙拉了小虎一把："别瞎说，这是给咱们做笔录的警察同志。"

"警察有什么了不起的？"小虎看了看安欣，说着拍拍自己胳膊上的袖标，"咱们同行。"

安欣看着面前的小虎，轻蔑地笑了笑："同行？就你？我跟你可不算同行。"

"怎么，有编制了不起啊？"

安欣看着眼前的小龙和小虎，淡淡地说："警察维护治安，可不收管理费。"

小龙连忙上前搭话："说得对，隔行如隔山，各有各的规矩。说到底，都是为人民服务，我们也是正规持证上岗。"

"你们的工作我管不着，但是如果被我知道你们工作过程中使用暴力手段，我是一定要管的。"

小虎越听越气："你他妈，越说越来劲是吧？你一个小警察有什么呀？多管闲事一样弄你！"

几个跟班气势汹汹围了上来。眼看安欣和高启强要吃亏，突然，"轰隆"一声，墙边堆放的装修材料倒了一片。李响站在一地狼藉里，拍拍手上的土："谁放的啊？这么不牢靠，伤着人怎么办？"

小龙看着李响，愤愤地说："又他妈来一个管闲事的！"

李响忽然笑了："我刚才听你们说小警察对吧？"他朝着小龙勾勾手指，"你过来。"小龙、小虎互相看了一眼，警惕地走过去。李响一把搂住小龙，悄悄地指了指安欣，低声说："你知道他姓什么？听好，他姓安，安全的安。市公安局副局长也姓安，你说巧不巧，也是安全的安。"小龙一怔，心里明白了七八分。

李响看着小龙，笑着说："他是警察，但不是小警察。"

众人望向安欣，仿佛在看一件展览品。安欣被看得浑身不自在。他一直追求的作为安欣个人的价值在这一瞬间仿佛又被否定了一次，可是他又明白，这样的身份确实是平息目前这个小矛盾的最佳方式。

位于城乡接合部的一处村民自建的简易楼里，一位一脸浓妆、微胖的房东大姐正引着安欣和李响往楼上走。由于房租便宜，不少外来务工人员会选择在这里租住，所以往来的人比较多比较杂。顶头的一间房子便是黄翠翠租的，房东大姐不常来，并不清楚黄翠翠的具体行踪，只是将他们带到门口，准备开门。

突然，屋里传来脚步声。安欣和李响对视一眼，都是一惊。安欣把食指放到唇边，示意房东大姐别出声，慢慢从腰后摸出枪来。李响会意，也掏出枪，这才示意房东开门。

房东的手开始哆嗦，钥匙怎么也插不进锁孔。这时，屋里突然传来一声闷响，是重物坠地的声音。安欣急了，一脚踹开门，冲了进去。只见房间内窗口大开，屋里空无一人。安欣连忙冲到窗口，看到一个男人正穿过陋巷狂奔。安欣想都没想，一扶窗台，纵身跳了出去。李响见状，深吸一口气，也跟着跳了下去。跳楼逃跑的汉子见到后面有警察追，跑得更快了，不断把巷子里住家门前摆放的家什甩在路上。

安欣边追边喊："站住，警察！"

路上的行人纷纷驻足停下来观看，安欣没有办法，只敢喊，不敢开枪。

气喘吁吁的汉子从小巷一路跑出，穿过马路，钻进小商品批发市场，翻过一个又一个摊位，引起阵阵惊呼和谩骂。安欣冲李响做了个手势，两个人分头去追。汉子只顾盯着身后的安欣，没提防被迎面插过来的李响一把扑倒。李响费力地把他的两只手绑到身后。安欣松了口气，把枪插在腰后，也上来帮忙。商贩和顾客们纷纷往前挤，看热闹。

安欣朝着围观的群众挥挥手："散散，都散了吧！"

李响刚给汉子的一只手套上手铐，突然发现他腰里别着异物。衣襟掀开，李响吓得脸登时白了。汉子的腰里赫然别着一只67式木柄手榴弹，保险盖已经打开。趁李响晃神的工夫，汉子用一只手拔出了手榴弹，面目狰狞地大声嘶吼着："啊——！"猛地拉开了保险栓，木柄下白烟直冒。

安欣登时脑子炸了，不顾一切撞开李响，自己扑倒在汉子身上。

"67式木柄手榴弹教练弹和真弹的分量一样，拉了弦之后能冒点儿烟。现在连民兵练投弹都不用这个了，不知道这家伙从哪儿捡来的。"安欣得意地说着，似乎衣服上被烧出的几个破洞是他的战利品。他一副轻松的样子，仿佛自己在扑到手榴弹上之前就已经看穿了真相。一直一声不吭的李响当然明白究竟是怎么回事，前往审讯室的时候，走在后面的李响轻轻拽拽安欣的衣角。

"安欣，往后我欠你条命。"

"去你的吧，晚上请我吃夜宵。"

蓬头垢面的汉子被铐在审讯室的椅子上，看着对面的曹闯、安欣、李响三人，瑟瑟发抖。

没怎么费劲，汉子就吐了个干净。他是货车司机，也是黄翠翠的"顾客"，两个人聊得来，黄翠翠便给了他一把家门钥匙。他为了躲避追赌债的，藏在黄翠翠屋里，元旦之后再没见过黄翠翠本人。他拿着从民兵训练基地捡的手榴弹，本来想着吓唬追债的人，却没想到遇上了不怕死的安欣。唯一有些价值的线索便是黄翠翠曾对他说过想要改邪归正，但是为了能把孩子接到身边，自己需要更多的钱。

安欣、李响和技术员重新回到黄翠翠的出租屋找寻线索。

李响打开抽屉，发现了一份意外死亡保险单，保险单下还有一张名片，上面印着几个字："大爱无疆，舍己为人。"京海几家大型医院都有人见过这种卡片，尤其是危重病人。意外保险，缺钱的黄翠翠……乍一看似乎合理，可是既然黄翠翠想要将自己的女儿接来一起生活，又怎么会为了钱把命都搭上呢？难道是黄翠翠打算卖一个肾，又怕手术有危险，所以买了保险，这样无论如何，都能给孩子留下一笔钱，结果手术出了意外？又或者……那伙人根本就没打算让她活着走。要不然怎么可能会摘除两个肾？

带着疑问，安欣按照卡片的电话拨了过去，然而对方显然是惯犯，十分谨慎，一通电话根本抓不到把柄。为了不打草惊蛇，安欣不再拨打电话，而是当即决定：装成重症病号，去医院引蛇出洞。

第五章　引蛇出洞

就在安欣忙着部署伪装行动的时候，高启强也在四处寻找着合适的摊位。几乎跑断了腿却依然一无所获的高启强沮丧地走回家，却没想到唐家两兄弟正在楼梯口等着自己。本以为两兄弟是来找自己麻烦的，却没想到他们是来给自己送礼的，一台崭新的等离子电视就摆在高启强的家门口。兄弟二人满脸挂笑，一边赔不是，一边和高启强称兄道弟。几番交谈后，高启强终于弄明白了是怎么回事。原来唐家兄弟自从上次见到安欣和李响之后，便四处打听安欣的身份，确定了安欣不是他们以为的"小警察"，又亲眼看到高启强和安欣能说上话，这才来找高启强讲和，并保证高启强原先的摊位依然给他留着。

高启强极力克制着自己内心的兴奋，又装出一副难受的样子，说："唉，说实话，我这年也没过好，蹲了好几天拘留所，吃不好，睡不好，遭了不少罪。但是没有办法，还是要爬起来干活，我得供小兰和小盛上学呀，要不然这经济就太紧张了。"

唐小龙看着高启强，咬紧牙关说道："强子，从今天起，管理费免了。"

高启强弹簧一样跳起来："说定了！"

市医院住院部走廊，高跟鞋踩在大理石地面上的声音由远而近；修长笔直的双腿、纤细的腰肢、黑长的头发，引得无数病人观望——女孩儿快速在每个病房门口都扫视一眼，寻找自己的目标。

安欣扶着点滴架，刚走到门口，看到女孩儿后赶紧溜了回来。他背对着门躺在床上，用被子蒙住了整个脑袋。高跟鞋的声音在他的病床前戛然而止，随之而来的是从被子外面传来的冷静的女声："16床，点滴打完了，给你拔针，伸出手来。"

被子里的安欣眨了几下眼睛，有些疑惑，还没来得及多想，女生又接着喊道："16床，拔针啦！"

安欣慢慢把被子从头上拉下来，一抬眼却看到了满眼泪水的孟钰。孟钰是孟德海的女儿，与安欣年龄相仿，二人是正儿八经的青梅竹马。孟钰本来在北京学新闻，回家探亲时偷听父亲孟德海打电话，以为安欣真的病了，便第一时间冲到了医院。如果说这辈子安欣真正怕什么人的话，孟钰绝对算得上其中一个。

"起来，走，马上走！我现在就给你订票。不，不订票了，有什么车坐什么车，跟我去北京，我给你找最好的医院。"说着话，孟钰便从包里拿出手机。

安欣匆忙按住孟钰要打电话的手。"我真没事儿，不骗你！"安欣望着孟钰的眼睛，一脸真诚，"真的！"

孟钰看着安欣，似乎松了一口气，努力挤出一个笑容："如果不是我找到你，你打算什么时候告诉我？"

安欣无法告诉孟钰真相，看着面前为自己担心的孟钰，只能反复说着"对不起"。

孟钰的到来一下子在住院部传了开来：一个命不久矣的痨病鬼却有一个非常漂亮的女朋友。几个病人和病人家属谈论着安欣和孟钰，混在其中的有一个长发的落魄中年汉子，外号"疯驴子"，一副病鬼模样，带着阴狠的眼神看着不远处送孟钰离开的安欣，动起了脑筋。

窗外，万家灯火，星空闪烁；窗内，医院应急通道的楼道里却挤满了抽烟的病人和家属，个个愁容满面。安欣一走进来，差点儿被烟味呛个跟头。

疯驴子换了身病号服，外面裹着大衣，一副老病号的模样，看见安欣走进来，不声不响地凑到安欣身边，从大衣里面掏出烟："来一根？"

安欣摇摇头："谢谢，不会。"

疯驴子瞥了安欣一眼，自顾自地把烟点上，深吸了一口："来这儿都是抽烟的，你不抽烟来干吗？"

"在病房里容易胡思乱想，出来散散心，瞎走走来的。"

疯驴子一副了解了的表情："得的什么病？"

安欣无奈地叹了口气，轻声说了一句："胃癌。"

疯驴子看着安欣，有点儿不可思议，又捏了一把安欣的胳膊，"这，挺壮实啊？"

"早期，算是运气好吧！"

"好个屁，运气好能得这王八蛋病？"

此时安欣心里在迅速地做出判断。"你呢？"

疯驴子一副无所谓的表情："我？我一身病。"说着，掀开衣服给安欣看刀口，腰间闪过一道长疤，"过一天少一天。"

安欣同情地拍拍他的肩膀，转身想要离开。疯驴子马上接话："我倒是没什么，就是觉得对不起家里。为了治病，把家里钱花得差不多了，最后还得死。"

安欣叹了口气："死了的倒落个轻松，活着的可怎么办呢……"

疯驴子看了一眼安欣，干笑了两声："是啊，尤其你还有个那么漂亮的媳妇儿。"

安欣警惕地看着疯驴子："你说什么？"

"嗨，还藏着掖着的。那姑娘那么惹眼，瞎子都看见了！谁不羡慕你啊！"

安欣瞬间无语。

疯驴子扔掉烟蒂，说："不早了，我回去睡觉了。"

"兄弟，你住哪个房间？"

疯驴子眯起眼睛："有事？"

"没事，聊得挺投缘，你不烦的话，我想改天再找你聊会儿。"

疯驴子露出满是烟渍的牙，看着安欣笑了："再找我，还来这儿。"说完话，疯驴子头也不回地走了。安欣看着疯驴子的背影也笑了。随后，他看了看四周还在抽烟聊天的病友们，也转身离去。

在市局刑侦队的会议室里，李响一边给每个座位分发资料，一边介绍情况："冯大壮，外号'疯驴子'，无业，经常出现在各大医院，最近没有住院记录。"

曹闯看着手中的资料："就目前的观察来看，这个疯驴子很可能就是散发小卡片的人，叫安欣继续接触。"

李响起立说道："是。"

"还有，你查一下他平时都接触什么人，看有没有可疑对象。"

李响点点头："是。"

安长林又补充了一句："如果这人真的是买卖器官的，他早晚会要安欣的血型资料。"

曹闯转头看着安长林，说："放心，都准备好了。"

医院应急通道里，只有疯驴子和安欣两个人。疯驴子蹲在台阶上，翻看着安欣的病历，越看眉头拧得越紧。安欣站在他对面，装出一副诚惶诚恐的样子。

"哎呀，老弟，你这个指标都不太好啊！"

安欣略显紧张地说："大夫跟我说没事儿啊！"

疯驴子哼了一声："你信大夫还不如信我。"

安欣随口说了一句："你比大夫懂啊？"

"我这是久病成良医啊！我跟你说的都是实话。"疯驴子边说边指着单子，"你看你这个血小板数量，再看看这个癌胚抗原，都这么高了。"

"我也看不懂啊。"

"唉，想听真话还是听假话？算了，看你人不错，实话和你说了吧，不是哥哥吓唬你，你真得考虑考虑将来了。"

安欣低着头，配合疯驴子演戏。"我还能有什么办法？认命呗。"

"你认命，可怜你那漂亮媳妇儿，命就苦喽。孤苦伶仃一个人，估计为了给你治病也不会有什么存款傍身了。"

安欣一听连忙顺着往下说："我也想给她留点儿钱，要是有赚钱的办法，把我卖了也行啊！"

"你？你不值钱，但我看你这腰子不错。"

安欣继续装傻充愣："腰子？"

"腰子，肾！不瞒你说，黑市上开价，一个八万。"

安欣一听来了兴致："癌症病人的器官也有人要？"

疯驴子得意地说："不懂了吧？他又不知道。再说那些得尿毒症的只能移植，不移就是死，几万人排号，好几年都不一定排得上他，他还有什么可挑剔的？"

安欣眼睛一亮："老哥，你有路子吗？"

疯驴子忽然开始假装为难起来："哎呀，这个不好办，它犯法呀！"

安欣忽然拉住疯驴子的胳膊："我命都快没了，还在乎什么法不法的？！"

看着安欣的眼神，疯驴子假装略一思索："行吧，哥给你打听打听，别抱太大希望。你把身份证、血型报告啥的都给我。"

安欣忙说："谢谢哥。"

接下来的几天，谨慎的疯驴子假装闲聊，却时不时地试探安欣的身份和病情的真实情况，好在曹闯这个经验丰富的师父及时提点，安欣在胆战心惊中逐渐取得了疯驴子的信任。终于，疯驴子在一个午后告诉安欣，为他找到了买家，并提前支付给安欣订金，又给了安欣一个小药瓶。

安欣接过药瓶，仔细端详了半天："这是什么？"

"特效安眠药。明天我派车接你，上车以后，你就把这瓶药喝了，一觉醒来，钱就到手了。"

安欣把装钱的信封和药瓶装进兜里："手术有没有危险？"

"放心，给你找的是最好的大夫。"

"在哪儿做？"

疯驴子斜着眼睛打量安欣："你操心这么多干啥？"

"不是，我这怕万一手术出了意外，谁替我领剩下的钱？"

"信不过我？那把你媳妇儿叫来，明天一块去。万一你倒霉，有个三长两短，我把钱都给她。"

安欣连忙摆手："不不，不用了，我没敢跟家里说。"

"放心，你信我就对了，我会把你好好地送回来，也就少个肾，没什么大不了的。"

送走了疯驴子，安欣爬上天台，兴奋地拨打曹闯的电话。这将是他执行的第一个卧底的案子，他仿佛已经看到了自己亲手将器官买卖的团伙一网打尽。可是曹闯一直没有接听电话。急切的安欣又打给安长林，得到的消息却是疯驴子已经被曹闯带队控制了起来，此刻正被押往公安局。

安欣有些气愤地在天台上不停走来走去。"这人一抓，线索就断了，现在就收网，是不是怕我出危险？我不怕！"

电话里又是片刻沉默，接着响起了声音："就凭你这种觉悟，也配当刑警？！"

一阵忙音过后，安欣举着电话，沮丧地站在天台上。

通过对疯驴子的审讯，警方确认疯驴子只是器官买卖中寻找货源的一环。这个组织管理严密，货源被选上，就会被派来的车接走。疯驴子知道的并不多，也不认识黄翠翠，他只知道安欣作为货源已经被选中，明晚十一点会有一辆尾号是"23"的白色面包车来接，接头暗号是"风平浪静"。所有人都在为明晚的抓捕行动忙碌着，安欣也回到医院继续扮演病人。没有人注意到，在公安局门口，高启强拎着一大兜子海鲜，徘徊了许久，又默默离开。

第六章　出师不利

第二天晚上，市医院的霓虹灯在夜色中闪亮，仿佛像灯塔一样给人指引方向。医院内外的商贩和保洁员等已经换成了刑警队员。疯驴子从马路对面的车上下来，在车内曹闯的注视下走进医院大门。

漆黑的应急通道里，安欣换上了病号服，外面裹着件外套，正坐在楼梯上等他。此时的安欣又恢复了医院里的神态，看见疯驴子，笑着打了声招呼："老哥，来了。"

疯驴子想笑，可笑得比哭还难看，他的腿止不住发抖。

"镇定点儿，紧张的应该是我，是我去做手术。"

"可我从没想过送警察去做手术，大哥，我能抽根烟吗？"疯驴子指指消防栓。

火光骤然亮起，疯驴子狠狠嘬了一口，脸色缓和了一点儿。

"政府，一会儿真要有事，你可要保护我啊！"

"你只要配合就不会有事。"

疯驴子嘬着烟，拼命点头。烟头的红色光点在楼道里忽明忽暗。

门诊大厅已经没有什么人了，墙上的电子钟显示时间已接近十一点半。众人早已按捺不住。在医院的楼道里，安欣盯着疯驴子手里的手机，观察疯驴子的反应。疯驴子时不时瞟一眼安欣，脸上直冒汗。

安欣把下巴杵在自己的双手上，说："疯驴子，你是不是真疯了？跟警察耍花样呢？"

疯驴子急得有点儿结巴："我……我……我能耍什么花样啊？他们来不来，我说了又不算。"

安欣抓起疯驴子拿着电话的手："给他们打电话。"

"他们用的都是公用电话，打也没用。"疯驴子解释着。

安欣忽然生气了，大喊一声："打！"

疯驴子连忙拨通电话，开了免提。对面传来单调的嗡鸣，无人接听。一声声嗡鸣扰乱着安欣的心。

忽然，耳麦传来曹闯惊喜的声音："各单位注意，疑似目标出现。"

一辆白色面包车驶进医院大门。张彪的眼睛瞪得溜圆，盯着车尾牌，随即疑惑地对着耳麦说："曹队，有点儿不对劲……"

面包车停在医院大门口，司机跳下来，拉开车门，和里面的家属一起背起危重病人就往门诊大厅跑。

安欣和疯驴子一前一后来到了门诊大厅，疯驴子有意放慢脚步，拉开距离。乔装的护士和保安都严阵以待。忽然，刑警队员的耳机里都传出曹闯的声音："所有单位注意，车牌尾号是 28，不是这辆……"

安欣一手扶着耳机，一扭头，发现疯驴子在他身后，低着头微微发抖。安欣上前一把揪起疯驴子的衣领，把他的脸扬起来。疯驴子在笑，笑得发抖，他用手指着所有在场的刑警队员，笑得眼泪都要流出来了。安欣的眼睛几乎要冒出火来，他极力控制住自己要把疯驴子打倒在地的冲动，把因为过度激动而颤抖的手附在耳麦上，咬着牙轻轻地说了一句："我们上当了！"

刑警队中，所有队员士气低迷，对黄翠翠死亡案的调查再次回到了原点。安欣看着所有人垂头丧气的样子，脑海中始终盘桓着一个想法：如果不是因为师父和两位局长叔叔担心自己的安危，是不是就不会提前抓捕疯驴子？安欣无法接受这样的结果，心中暗暗下定决心：一定要将黄翠翠的事情查个水落石出。

而此时的疯驴子正穿着囚服，戴着手铐，仰着头在拘留室里发呆。

他把头埋进自己的膝盖处，双手轻轻地敲着自己的头，自言自语："黄翠翠……黄翠翠……黄翠翠……"突然，他一拍脑袋，似乎想起了什么。"他妈的，怎么偏偏是这个娘儿们！"

旧厂街的菜市场在午饭过后的一段时间里面没什么客人，小龙、小虎拉着高启强还有几个摊主正在打扑克。高启强又赢了一局，笑着看看扔掉牌的唐小龙，满面春风地洗牌。

旁边的摊主趁机找到机会跟高启强说："高哥，我求你的事儿，办得怎么样了？"

高启强愣了一下，敷衍道："快了快了，别急。"

"能不急嘛，好几天没动静。你跟公安关系行不行啊？"

小龙、小虎听者有心，小龙拿起桌上的烟点了一支，抬眼盯着高启强："强子，我也正想跟你商量呢。自从你不交管理费，别人也不想交，我们工作很受影响啊！"

高启强心里非常明白，如果他不能证明自己跟公安关系硬，小龙、小虎一定会再次踩在他身上吸血。高启强绝对不允许这种事发生，绝不！

高启强把手中洗好的牌轻轻地放到桌子上摆好，说："当初可是你们求着我回来的。"

唐小龙瞬间琢磨了一下，也不想一下子把关系搞僵。"强子，你别多想，只不过我们真的很为难。"

高启强笑着点点头："那行，管理费咱们改天再谈，我先帮他把事情办了。放心，我说了给你办，就一定能办！"他拍了拍身边的摊主，随后张罗着大家继续抓牌。

月黑风高。此时的高启强正躲在角落的阴影里，盯着马路对面的音像店。

托他办事的摊主领着一个年轻人匆匆走来。

"高哥，这是我弟弟。叫高哥！"

年轻人显然有些害怕，点点头喊了一声："高哥！"

摊主回头看着自己的弟弟，说："高哥为了你亲自出马，谢谢高哥。"

年轻人毫不犹豫马上鞠躬，恭敬地说："谢谢高哥！"

这一瞬间高启强产生了某种错觉，十分受用。他随即打开怀里的包，把里面的塑胶短棍递给摊主和年轻人。

摊主一下子傻眼了："高哥，这是干吗？"

高启强转头问年轻人："跟你抢生意的是不是他们家？"

年轻人点头。

高启强转头看向音像店："走，我带你们去，砸了他们！"

年轻人瞬间尿了，望着他哥。

摊主此刻也尿了，连忙说："高哥，我是想让你帮忙，把公安搬出来吓唬吓唬他们，让他们别欺负我弟就行了，至于嘛，动刀动枪的？"

高启强转头瞪着摊主："是你求我来的，这就是我的办法！"

音像店中，店员正趴在柜台上津津有味地看一部香港电影。高启强冲进店里，二话没说，抄起塑胶棍就砸。货架上的光盘碎了一地，一种从来没有体会过的酣畅淋漓的舒爽感让他仿佛有用不完的力气。摊主兄弟俩跟进来，也被高启强的疯狂吓了一跳，万般无奈之下，只好苦着脸也跟着一通乱砸。好一阵之后，高启强看着一地的狼藉，慢慢走到柜台前，抓起电话听筒，递给吓傻的店员："给你们老板打电话，说我在这里等他。"

收到消息的音像店老板第一时间带着几个小兄弟，抄着棍棒冲进店里。一地狼藉中，高启强坐在椅子上，跷着二郎腿。他的手看似随意地搭在椅背后面，其实一直在不停抖动。

老板看见摊主的弟弟，心里明白了，指着摊主的弟弟大喊："叫人来我就怕你啊？给我打！"

高启强没有起身，依然坐在那儿，喊了一句："等等！"

小弟们停下，回头看着老板。

高启强看着老板，说："我是来找你谈话的，不是来打架的，你要打架，我只好报警。"

老板仿佛听到了什么笑话。"报警？你把我店里砸成这样，你还敢报警？"

高启强依然没有站起身，而是将放在椅子边的大麻袋用脚踢开，封面艳俗的黄色光盘撒了出来。

"我们刚砸的那些不过是盗版的 DVD、游戏盘。警察要是来了，看到你藏的这堆毛片儿，你看先抓谁？"

老板有些迟疑。

高启强扭头看着摊主，说道："别愣着，报警。给市局的安局长打电话，就说我找他。"

摊主莫名其妙，一边磨磨蹭蹭掏手机，一边凑近高启强，悄声说道："我没他电话啊？"

高启强看着音像店老板，嘴里快速地说出了一个手机号。

摊主拿着手机，开始一个一个数字按下去。

"等等！"老板皱着眉头看着高启强，然后拖了一把椅子，坐到高启强对面，"没必要报警，你要谈，我就跟你谈。"

"这是我小兄弟，你派人砸了他的摊子，不许他卖光盘，还说见一次打一次，有没有这事儿？"

"有。"老板说道。

"做生意，和气生财，京海这么大，你一家也吃不完。今天你把他撵走了，明天一样有别人干。"

老板思索片刻。"只要他别来下河街，别的地儿我不管。"

高启强看着身边的年轻人："听见没有，行不行？"

年轻人连忙点头："行。"

高启强站起身："那就说定了。今天多有得罪，改天我请你吃海鲜。"

老板摆摆手。高启强点点头，带着人离开。出门前，老板叫住高启强："兄弟，留个名号。"

"没什么名号，高启强，旧厂街卖鱼的。所以我说请你吃海鲜，也是认真的。"

第二天的水产摊位上，高启强刚来，就看到安欣一身警服走进菜市场。高启强以为是砸店的事案发了，正心虚，安欣已经径自走到水产店摊位前，冲正在忙碌的高启强挥了挥手，大声说道："老高！"

高启强硬挤出笑容："安警官，有……有事儿吗？"

安欣站在那儿，转身看了一圈菜市场，又回头仔细地打量着高启强："最近挺好的？有没有遇到什么麻烦？"

高启强愈发紧张："麻烦？没，没有啊。"

安欣看了看水池里的各种鱼，又抓起一只活蹦乱跳的虾看了看。"前几天在忙，后来才听说你去公安局找过我？"说着话，安欣又把虾扔了回去。

"哦，一直也没机会报答你，想给你送点儿海货。"高启强笑着说。

"客气啦，我可不敢收。你要想帮我，就帮我打听个人吧。"

高启强松了口气，一听说有事也许能帮上安欣，瞬间来了精神。此时摊主们都在观望。"这儿人多嘴杂的，不安全，咱俩换个地儿说话。"高启强神秘地说，临走又不忘朝旁边的摊主喊，"老亮！帮我照顾一下摊子！"

"不会耽误你生意？"安欣问。

高启强用毛巾擦了擦手，说："没事，平时我请都请不来你，走！"

说着，亲热地揽着安欣离开了。

高启强坐在安欣的车里，仔细地端详着手中黄翠翠的照片，认真地听安欣介绍情况。

"死者叫黄翠翠，生前曾在旧厂街一带活动过，有卖淫行为，接触的社会人员也比较复杂。你在菜市场接触到的人比较多，想拜托你打听打听，看有没有什么线索。"

高启强点头："好，照片让复印吗？"

"没问题。"

高启强想了想，又说："那我多复印几张，每个摊子都留一张，让他们都帮着去打听。这样可以吗？"

安欣笑了笑："谢了！市场管理处的兄弟俩没再找你麻烦吧？"

"没有。"

安欣拍了拍高启强："再有什么事，不要冲动，用法律途径解决问题。"

高启强看着安欣有一点儿感动："放心吧。"此时的高启强很想把砸了音像店的事情告诉他，可是看着安欣的眼睛，不知道为什么，什么也说不出来。也许是怕一直关心自己的安警官伤心？高启强自己也不知道，索性先随他去吧。

回到菜市场的摊位上，高启强发现案台上多了不少东西——菜、肉、豆腐……唐家兄弟俩也永久减免了高启强的管理费。安欣这一次的到来彻底让菜市场的人们相信了高启强的实力。高启强开心地笑着，拍了拍身边唐小龙的肩膀，就像安欣拍他一样。

第七章　不同的轨迹

　　心情不错的高启强哼着小曲儿，拎着集市上大家送的礼物，到了家门口，费劲地掏兜拿钥匙。门突然自己开了。高启强吓了一跳，扔了礼物就在地上捡砖头。

　　弟弟高启盛从门口跳出来，一把抱住他。"哥！我回来了！"

　　高启强开心地看着高启盛，又忽然推开弟弟："胡闹，一惊一乍的！刚开学不到一个月，你怎么就回来了？"

　　"我回来你不高兴吗？不想我吗？我这最后半年实习，办了手续就能离校。"

　　"你工作找好了？"

　　"我答应过的，回来帮你。"

　　"你要跟我卖鱼啊？看我不打死你！"高启强作势要打。

　　高启盛赶紧躲。"哥，我这次回来真的是带你发财的！"

　　"发财，我看你是发烧了！"

　　"哥，眼下有个大商机。咱们抓住了，就是踩在了时代的风口上！"

　　"什么商机？"

　　高启盛从口袋里掏出个小灵通手机，在大哥面前晃了晃。

　　高启盛向哥哥详细讲着自己的商业计划。看着兴奋不已、喋喋不休的高启盛，高启强逐渐放弃了将其扭送回学校的念头……

白金瀚 KTV，京海市色情业的温床。这里的领班太极打得熟门熟路，说什么都不承认黄翠翠曾在这里上过班。几番回合下来，安欣的执拗彻底被激发。他拉着李响换上一身警服，站在白金瀚大厅的门口，审视着每一个来往的人。领班站在后面，敢怒不敢言，只好从兜里默默地掏出了手机。

白金瀚的老板徐江四十多岁，年富力强，早年是一名货车司机，后来因为抱对了大腿，依靠和上层的关系飞黄腾达。此时的他正躺在自己豪华别墅的舒适沙发上看着电视。电话一遍又一遍地在他头边嗡嗡响起，吵得他心烦。他忽然一把抓起电话："他妈的谁呀？震得老子头疼。"

电话那头传来了领班着急又唯唯诺诺的声音："江哥，警察来了。"

徐江不紧不慢地坐起来："他妈的，刚天黑就来扫黄？"

电话那头犹豫了一下，说道："不是扫黄，是来查一个陪酒的女孩。"

"随便他们查，只要没抓到现行，他们也没办法。嗯，对了，他们查的那个女孩叫什么？"

"好像，好像叫黄翠翠。"

徐江"嗯"了一声，忽然腾地一下从沙发上弹起来："你他妈属牙膏的，一句一句往外挤？"徐江绕着沙发转了两圈，"听着，叫那些女孩都回去，今天歇了。打听一下来的是什么人，我想办法。"

夜已经深了，公安局局长办公室依然灯火通明。安欣气急败坏地冲进安长林的办公室，质问安长林为什么帮白金瀚的人，强迫自己停止盘查。

"他们是杀害黄翠翠的凶手吗？他们是倒卖器官的罪犯吗？你什么都不知道，什么证据都没有，横什么？"安长林的耐心已经快要被安欣磨没了，"不让你查是保护你，你都干了些什么？穿上警服堵在人家门口，严重干扰正常营业。回头谁拿这个给你上眼药，一上一个准！"

面前的安欣依旧气哼哼的。

安长林继续说着："你当警察免不了得罪人，所以先要学会保护自己，命都没了，你拿什么跟人斗？光凭一腔热血，有用吗？你是有勇无谋的匹夫吗？"

"是你说的，这个案子人命关天，人命关天啊！命案必破不能拖。"安欣不依不饶。

"我说的话多了，你净挑你想听的。你还在这儿给我上纲上线、指手画脚，等你当上了局长再说。"安长林说完摔门而出。

路边的大排档烟熏火燎，各种烧烤的香味交织在一起，香气四溢，这里挤满了来吃夜宵的年轻人。安欣和孟钰面对面坐着，此时的孟钰已经知道了，之前安欣其实什么病都没有。桌上零零散散摆了各种烤串，孟钰看着安欣发呆的神情，调皮地笑了笑。

"这么长时间没见了，你就只会发呆，没什么想跟我说的？"

安欣揉了揉脑袋："这是我当警察碰到的第一个大案子，我太想破案了。对不起啊！"

"那我就陪你聊聊案子。"说着话，孟钰又从怀里的包里拿出一本厚厚的法医学专著摆在桌上，得意地指了指，"看看。"

安欣一怔："你怎么看这个？"说着拿起书随意地翻着。令安欣没有想到的是，里面夹着各种颜色的便笺纸，上面记满了笔记。

"书呢，是从图书馆里借的。医学上，器官移植的最佳时间是十二个小时以内，一场移植手术普遍是四个小时。十二减四等于八，八个小时不可能将切下的器官进行远距离转移……所以呢……"

安欣瞬间进入状态："说重点！"

"这还不明白吗？如果是外地接受器官移植的人，只要查找这几天来到京海的人谁有器官移植的需要，也许就能找到线索。如果没有什么特殊线索，那就证明是另一种可能，就是这个人是京海人，那就再查京海本市需要器官移植的重点人群，言而总之，总而言之，这个人一定就在京海。"

安欣眼神一亮，点点头，随即又摇摇头："你这个推理有两个问题：第一，接受器官的人不一定登记过，我看过报道，有些外国人也来中国移植黑市器官，这些人根本不在我国的医疗记录里。第二，我们抓的嫌疑人从没说过切除手术是在京海做。只要四个小时，就可以把人转移到省外。"

"可是医院会发现你失踪了。"

"这就是他们狠毒的地方，一个胃癌患者突然失踪，多半让人联想到自杀或者是为了给家里节省开销而自动放弃治疗。而且就算追查，失踪也是民事案件，不会惊动刑警。"

孟钰刚提起来的精神被瞬间击溃，她丧气地合上书："那我的工夫都白费了。"

"怎么能白费工夫，我告诉你，你这个思路倒是提醒了我，应该把有能力做器官移植手术的医院都排查一遍，如果找到线索，就是你的头功！"

安欣有了思路，心情大好，埋头大口吃起了食物。

"那，亲爱的安警官，聊完了案子，是不是能聊聊咱俩的事儿了？"

安欣瞬间石化了一下。

孟钰有些严肃地看着安欣："你在医院不是问我为什么突然回京海吗？告诉你，我马上要研究生毕业了，我想留在北京。你的意见呢？"孟钰小心翼翼地问。

"我的意见是——随着心走，你想去哪里就去哪里，不然将来会后悔的。"

"可我想听到的是你会陪我一起去。"孟钰说着，坐在了安欣身边。

"可我去北京能干什么呢？除了军人和警察，我什么也不会干。"

孟钰还来不及继续说，突然传来"咣当"一声，不远处的桌子被掀了。两桌烂仔不知什么原因吵了起来，砸开啤酒瓶就要动手。吃夜宵的人纷纷避让。安欣脸色一沉，起身要上。

孟钰拽住他："你干什么？那么多人呢，赶紧躲远点儿。"

两桌人已经打了起来。

"别人可以躲，我怎么行？"

"为什么？没人知道你是警察。"

安欣挣脱她的手："我自己知道。"说着话，安欣已经冲了上去。

眼看着去拉架的安欣瞬间被淹没在人堆里，孟钰的眼圈红了起来，安欣的答案似乎已经不言而喻了。

而同一时间，高启强正和弟弟坐在豪华的饭店包厢里，目瞪口呆地看着富丽堂皇的环境。今晚他们要见一位能帮助他们做小灵通生意的领导，对方叫龚开疆，是高启盛同学小曹的父亲介绍的。客人到来之后，倒也十分爽快地答应帮忙——只要高家兄弟拿出三万元。

正在高启强一筹莫展的时候，唐小龙介绍了一个门道。一个叫徐雷的小年轻欠债不还，还痛打了前去讨债的人，债主气不过，便说，如果有人能替自己出口气，揍徐雷一顿，三万元的欠款可以直接给办事的人。想着弟弟高启盛要变卖自己学习用的电脑和书来凑钱，高启强咬着牙，将唐小龙说的事情应承了下来。

乡间的景色十分优美，只不过今天的高启强没有这个闲情雅致去欣赏。他与小龙、小虎开着一辆拉菜的小货车到达目的地，停在乡间的道边。据唐家兄弟说，徐雷就在河滩钓鱼。高启强看唐家兄弟二人手里抄着家伙，担心出事儿，于是说服唐家兄弟自己先去找徐雷谈谈。

河滩上有两个年轻人，都是二十岁上下，其中一个生得人高马大，正是欠款的正主徐雷。他此刻身上套着到胸口的皮衣裤，手上戴着橡胶手套，拿着电鱼器，正深一脚浅一脚地往河里走。

高启强从草丛里走出来，冲两人打招呼："哎！"

徐雷听见喊声，吓了一跳，看见岸上的高启强后随口说了一句："真他妈倒霉。你谁啊，渔政的吗？"

高启强摇摇头："不是。"

"公安？"

"也不是。"

徐雷松了口气。"都不是就行，今天你什么也没看见，待会儿小爷送你一百，买烟抽。"

高启强看着还在向河滩深处走去的二人，大声问："你们谁是徐雷？"

徐雷一转身："找我干吗？"

高启强向河边走了走，说："听说你欠账不还，我来劝劝你。"

徐雷一听就笑了："你们这帮讨债的是苍蝇吗？不长记性，打跑一波又来一波。赶紧他妈的滚，小爷今天心情好，不想动手。再不走，等小爷上去，打得你妈都不认！"

"我也不想跟你动手，但是你再不还钱就有人跟你动手了。"

高启强说完，徐雷被激怒了，嘴里嚷嚷着："还他妈敢吓唬我，我他妈叫你长长记性！"

徐雷急着上岸，加快了步伐，却不想脚下一滑，扑倒在水里，立马被电鱼器电晕了。

高启强吓了一跳，不知出了什么事。

徐雷的朋友也吓坏了，伸手想去拉他，没留神也沾到了水，瞬间被电晕。两人都面朝下扣在水里，一动不动。又过了片刻，水面上浮起几条死鱼。

高启强被眼前的一幕吓坏了，既不知所措，又本能地想去救人。

他四下寻找，发现了徐雷和朋友换下来的衣裤，还有一台发电机。关掉发电机，嗡鸣声停止了。徐雷和他的朋友仍然趴在水里，一动不动。高启强鼓起勇气，下水把徐雷拖上来，又掐人中又对着胸口重捶。徐雷一动不动，高启强用手试着摸了摸，发现徐雷已经没有了呼吸。他紧张地站在原地，不知所措。很快他镇静下来，四下张望，确定没人，咬咬牙，把尸体翻过来，重新推回水里，然后转身就跑。

　　回到车里，高启强脸色铁青地让小龙、小虎赶快开车离开这里。他坐在车里拼命压抑着情绪，还是浑身发抖。过了片刻，高启强缓缓地说："听着，今天我们谁都没来过这里，记住没有？"小龙、小虎茫然地答应着。小龙通过后视镜看见高启强有些扭曲的脸，隐隐觉得好像不对劲。

第八章　电鱼案

公安局内，安欣正和大家继续研究着黄翠翠案件的线索，却突然被新的案件打断——乡间河滩边发现了两名年轻男子的尸体。刑侦队和法医陆续到达现场，现场的警员已经拉好了警戒线，围观的村民已经人山人海。法医对尸体做了初步检查，正向孟德海汇报情况。

"初步判断是触电导致休克后溺水死亡。从死者身上找到了身份证，一个叫徐雷……一个叫闫谨。"

警戒线外突然大乱，有人哭喊着往里冲。

徐江号啕大哭："儿子！小雷！"

警员在极力劝阻，徐江的小弟使劲用身体挤开警察，眼看要起冲突。

打手老六看着警察，喊道："赶紧给老子让开，死的是我们老大的儿子！"

警员毅然决然地说："现场勘查没有结束，谁都不能进！"

安欣看着徐江，觉得眼熟。孟德海也在端详徐江。

安欣凑在孟德海耳边，轻声说："那家属看着有点儿眼熟。"

"他就是徐江。"

安欣诧异地睁大了眼睛。

孟德海喃喃道："徐雷……徐江……天下真有这么巧的事。几个小时前徐江还一定要求请客吃饭，现在却成了死者家属。"

徐江越过了警戒线，哭号着跌跌撞撞扑向尸体，被李响、张彪等人拦住。

安欣走上前说："我们还在勘查现场，请您谅解。"

徐江脸上鼻涕、眼泪已经糊成一片，哽咽道："我就想看一眼我儿子……"

安欣有些为难地说了一句："人在水里泡了一天，昨晚上又下了大雨，还是不看的好。"

徐江嘴唇哆嗦着："他是怎么死的？"

"现在还不能下结论，等最终结果出来我们会联系你的。"

徐江凶相毕露地抓住安欣："如果他是被杀的，你一定要告诉我！一定一定要告诉我！！"

小龙、小虎正在家里喝着酒，墙上的等离子大电视上开始播放晚间新闻。

主持人：……本地居民徐某、闫某携带电鱼工具，到河滩违规电鱼，不慎触电身亡……

唐小龙和唐小虎听着新闻报道，惊得张大了嘴巴。

而同样在家中看到新闻的高启强也是心如乱麻，为了防止被弟弟看出自己的不对劲，他只好借口说不舒服，早早钻进了被窝，可是虽然盖着厚厚的被子，高启强依然抖得厉害。

深夜，高家的门被敲响。一直睁着眼睛警惕异常的高启强如惊弓之鸟般弹起来，抓起藏在枕头下的菜刀。门又被敲了几下，只不过敲得异常轻，高启强侧身到门缝处，屏息凝神地听着外面的动静。

小龙轻轻地喊了一句："强哥，在家吗？"

高启强松了口气，把门拉开。他一转头，睡得迷迷糊糊的高启盛也爬起来了，高启强忙将菜刀别在身后。

小龙一进门，看见了站在身后的高启盛，说："小盛也回来了？"

高启强看看他们身后，随手关上门："你们怎么来了？"

小虎连忙说道:"摊儿上没见着你,过来看看。"

高启强点点头:"有点儿不舒服,躺一天。"

高启盛望着他们,不知道哥哥什么时候与唐氏兄弟成了朋友,很是拘束。

高启强看着有些尴尬的高启盛说:"小盛,出去买点儿吃的招待客人。"

高启盛想说些什么,一看哥哥的眼神,乖乖出去了。

门一关,房间忽然安静下来,气氛有些尴尬。

高启强揉了揉脸:"坐!"

小龙、小虎一边道谢,一边坐下,破旧的椅子发出"嘎吱"的声响。

高启强沉默片刻后直奔主题:"你们看新闻了?"小龙、小虎互相看了一眼,都不知道应该怎么往下接。高启强摆摆手,说:"算了,当我没说。说吧,找我什么事儿?"

小龙掏出一个厚厚的纸包,推到高启强面前。

"强子,嗯……强哥,这是老板给的,说好的数,三万,这里是五万,一分不少,你点点。"

高启强凶光一闪,看着小龙:"你说什么?你们告诉他了?"

小虎忙道:"没有没有,强哥,就是老板也看见新闻了,主动联系的我们。"

高启强犹豫了一下:"他怎么说?为什么是五万?"

小龙想了想,看着高启强,说:"他是聪明人。他原话说,他不想打听是谁干的,也不敢打听。另外的两万就当是头一个守口如瓶,就当什么也没发生过,全烂在肚子里,一个字都不往外说。"

"他不认识我,我不认识他,对大家都好。"说着话,高启强打开纸包,点出两万五,递给小龙,"当时说好的,事成之后一家一半,这是你们的。"

小龙赶紧推辞："不不不，强哥，我们什么都没干，钱都是你的。还有，以前的事对不住了。"

说着，曾经不可一世、飞扬跋扈的小龙竟在高启强面前低下了头，像是一个做了错事的孩子。

高启强看看小龙，又看看小虎，轻轻地说："拿了这钱，咱们就是一条船上的，谁也别想跑。你说呢，龙哥？嗯？虎哥？"

小龙哆嗦着接过钱，又连着直摆手："强哥您千万别再说了，我明白了，这钱，我们哥俩拿了，以后你就是我们大哥，我们的命就交给你了！"

不久后，离旧厂街菜市场不太远的地方，一群工人攀着脚手架，把"强盛小灵通专卖"的招牌挂了起来。小龙小虎带着菜市场的摊主把高启强围了一圈，大伙儿手里都拎着礼物。

"老高往后要吃菜，就从我家拿，保证给你留最新鲜的！"

"老高，处这么久，真舍不得你走！"几个摊主七嘴八舌地说道。

小龙看着大家，说："强哥是要发大财的，在咱们这小池塘怎么能待得住？"

高启强笑了，笑得有些苦涩："我会常回来看大家的。"

市局刑侦队会议室里的白板上贴着电鱼案的案情照片。案发当晚下了大雨，现场大部分痕迹已经无法还原，根据现有证据，大概率是意外，但是警方从发电机上提取到半枚指纹，并不属于两名死者，因此安欣认定案发现场还有第三个人。虽然即使有第三个人也无法断定就是凶手，可安欣依然坚持查明真相。

会客室里，高启强一直等到安欣开完会过来，见到安欣，高启强马上起身表功。

"安警官，你叫我打听那个黄翠翠，我问到了！"

安欣惊喜地上前："赶紧说说！"

"她以前有个男朋友，也在旧厂街一带混，六年前抢劫出租车被判了，现在还没出来。"

安欣想了想："都六年了，估计跟这案子没关系。"

高启强摇头，也帮着分析："不好说，他这个人脑子一根筋，不知道黄翠翠怎么得罪他了，他在里面扬言，等出来就要杀了黄翠翠。"

安欣思索着。

高启强试探地问道："安警官，我这个消息是不是没用？"

安欣拍了拍高启强的肩膀："怎么会？当然有用。他没有作案时间，但没准在监狱交了什么朋友，能替他动手。我会联系监狱那边。"

"有用就好。"高启强环顾四周，心里很感慨，"上次我来这儿还是过年吃饺子。"

安欣笑了一声："又馋了？"

高启强摇摇头："上次给你拿点儿海鲜没有别的意思，就是想着谢谢你，你应该也知道，像我们这种等级的人是交不到什么朋友的。哎，等你有空，我包饺子给你吃。"

"怎么会，我有时间一定吃你包的饺子，不过最近没空，忙死了。"

"就为黄翠翠这个案子？"高启强看似随意地聊着。

安欣摇摇头："何止啊，这不刚出了一个电鱼的案子吗？"

高启强强装着镇定说："我看新闻了，电鱼把自己电死了。"

安欣摇头："没那么简单。"

高启强闻言，心一下提到了嗓子眼——没……没那么简单？

安欣随意摆摆手，又给高启强倒了一杯水，说："可能是意外，也可能不是。"

高启强一阵慌乱，但很快强迫自己镇定下来。"用得着我尽管说！需要什么线索，我可以帮你打听。"

安欣笑着拍了一下高启强的肩膀，说："不用，已经麻烦你很多了。"

入夜的白金瀚人声鼎沸，纸醉金迷，包厢内灯光暧昧。高启盛局促地坐在卡座里，正在招待帮他介绍龚开疆的同学小曹。同学小曹一脸趾高气扬，对着高启盛颐指气使。高启盛强压着怒火，一直等到小曹喝得醉醺醺，高启盛扶着他说送他回家。

街上车来人往，高启盛扶着小曹，随口应付着他的醉话。

突然，小曹摸了摸口袋，脸色一变，说："我手机丢了。"

"丢哪儿了？"高启盛问道。

小曹一边翻找一边说："不知道。"

"是不是你刚才撒尿的时候丢的？"

"陪我回去找找！新买的，两千多块钱呢。"

高启盛拦住小曹："你去找，我回白金瀚看看，说不定丢在包厢里了。"

小曹着急地说："那你快去，要让他们捡到了肯定不会还的。"

高启盛点点头，匆匆按原路返回。小曹捏着鼻子，在低矮的树丛里寻找手机，忽然眼前一亮，手机果然落在地上。高启盛无声无息地走到他身后，一砖头砸倒小曹，恶狠狠地对他拳打脚踢。

半晌，小曹没了动静，高启盛才住手。他发泄完情绪，很快冷静下来，向四周望了望，漆黑一片，四下无人。高启盛将砖头远远地抛出去，从小曹身上拿走了手机和钱包，匆匆离去。

安欣马不停蹄查着案子，痛失独子的徐江更是没有闲着。他已经打听到一个赌场老板曾四处找人说要收拾徐雷。徐江当即带着自己的所有打手小弟前往赌场一顿打砸，问不到自己想要的消息后，一把火烧了对方的地盘。

由于接到了小曹的报警，安欣和李响顺道来白金瀚了解小曹被抢劫的线索，没想到正好碰上徐江带着打手们从电梯里出来，徐江手的指节上因为打人裂开了伤口，用手绢捂着，全身的亢奋劲还没褪去。

徐江认出了安欣，不由一怔："警官，我儿子的事有消息了？"

"在查。有什么新的情况会通知你。"

"通知？那你今天来干吗？"

安欣往四周看了看："调查一个抢劫案。"

徐江大惊小怪道："抢劫？！你们谁干的？"

服务员、前台、领班都拼命摇头。

徐江点点头："不是你们干的？那知道是谁干的吗？"

众人更拼命地摇头。

徐江笑了："看见了吧？我非常配合！你们也要多上点儿心，睁大了眼睛，把害我儿子的凶手找出来！"说话的时候，他用手点着安欣的鼻子。

安欣发现了徐江手上的伤口。"目前法医的鉴定是意外溺水。我们会继续调查。如果另有凶手，我们一定不会放过他。希望你相信警察，不要一时冲动，让自己受伤。"

徐江意识到自己失态，下意识地缩回手，掩饰伤口。

他带人快快地离开。安欣再次叫住他。

"徐先生，还有个事情需要你帮忙。"

"说。"

安欣看了看徐江和他周围的人。"我们之前来过几次，有个叫黄翠翠的女孩儿，之前在白金瀚上班。我们想找知情人了解一下情况。"

"黄翠翠？"徐江强装镇定地说，转头看着领班，"干什么的？"

领班连忙点头说："嗯，这位警官说是在这儿陪酒的。但女孩儿流动性太大，问了好几个人，没人认得。"

"你听到了？我可以再帮你问问，有消息联系你们。"

安欣和李响回到刑侦队向曹闯介绍情况。

安欣说："徐江的样子一看就是刚打完架。我们应该安排人手盯着他，防止更大恶性案件的发生。"

"一个萝卜一个坑，哪还分得出人手？"曹闯苦笑道，接着将介绍信往桌上一拍，"这是你要的监狱介绍信。你们还是盯紧黄翠翠的案子吧，局长要求限期破案呢！"

第九章　徐江的私刑

　　市监狱预审室里，摄像头红灯闪烁。门开了，头剃成"青瓜皮"、三十岁上下、阴郁中带着狠劲的老默穿着号服，在狱警的押解下进屋，坐到安欣和李响对面。

　　安欣亮出证件，说："市局刑警队，找你了解点儿情况。"

　　老默用手指甲抠了抠牙，冷笑道："找错人了，我从不出卖别人。"

　　李响看着老默："你还挺有原则。监狱待舒服了，不想出来？"

　　"出去干吗？爹死了，娘死了，娃也死了，出去也没个盼头。"

　　安欣笑着说："你都没结过婚，哪来的娃？逛超市啊，买一赠一？"

　　老默突然暴怒，一拳把桌子砸得直晃："妈的婊子黄翠翠，害死老子的娃，我出去一定弄死她！"

　　安欣点头："巧了，我们来找你，就是想问黄翠翠的事。"

　　老默一脸凶相："那个婊子，恶毒得很，你们快去抓她！"

　　"说说看，她是怎么害死你娃的？"

　　老默把身体靠在椅背上，缓缓说："六年前，她还在给老子暖床，结果怀上了，说结婚又嫌我没钱。没钱好说呀，我去抢嘛，抢了个出租车，总共不到三百块钱，判了六年。黄翠翠过来跟我哭，说等不了，就把孩子打掉了。"

　　安欣跟李响对了下眼神。安欣沉声道："黄翠翠死了。"

　　老默一怔："死了？死得好！哈哈哈，死得好！"他哈哈大笑，眼角却有泪涌出来，"那个婊子没死在我手上，便宜她喽。"

"你知不知道谁会杀她？"安欣问道。

老默指指自己："我！"

安欣摇摇头："除了你。"

"鬼知道她又得罪了什么人。"

安欣想了想，说："我说几个关键词，你回去好好想想。第一，器官买卖；第二，白金瀚老板徐江。想到什么就联系我们。"安欣和李响起身要走，安欣又想起什么，回身看着老默，"能不能给我几根你的头发？"

老默感到莫名其妙，拍拍自己的光脑壳："能找到你随便拔。"

李响开着车，问："你还真想帮黄翠翠的女儿找爹啊？"

安欣看着证物袋里几根老默的眼睫毛，说："没办法，那小女孩儿太可怜了，不忍心不管。"

李响叹口气："善良没错，但还是上次的话，警察不能牵扯太多个人情感，会影响判断的。"

安欣摇摇头："我们的全名叫什么？"

李响不解。

安欣正色道："中国人民警察。人民，要装在这儿。"安欣指指胸口。

老桑塔纳车又行驶在开阔的乡野间。

徐江为自己儿子报仇的决心和血腥手段让先前赌场的老板心惊胆战，于是赌场老板找到了京海市建工集团的泰叔站出来居中说和，想要了断和徐江之间的恩怨。荒废的厂区里荒草丛生，破旧的厂房经年失修，几乎没有一块完整的玻璃。几个打手在厂区里站岗，神情紧张。一辆崭新的黑色轿车缓缓驶入工厂，打手上前示意，将车引到厂房门口。徐江铁青着脸从车里下来。打手们在徐江身上仔仔细细搜了一遍，才让徐江进入。空旷的大厂房里，一共摆着三把椅子，其中两把上已经坐着人。

上了年纪须发皆白的老者正是泰叔，他长相普通，但是那一双眼睛似乎能看穿人心。赌场的老板是一个中年人，恭敬地坐在一边。空着的一把是留给徐江的。

徐江走进来，先是站在原地看看坐好的二人，又看了看椅子，并没有坐："泰叔，您这么大年纪还出来活动，不怕闪了腰？"

泰叔坐在正中的椅子上，闻言面色有些难堪："小江，我是老了，可在京海，不少朋友还愿意给我个面子，所以让我来当这个和事佬。"

徐江把椅子拉远，跟二人拉开距离，然后才坐下："这么说，你是向着他了？"

泰叔摇摇头："我不偏向谁，今天就讲个公平。"

赌场老板向泰叔点了下头，又看着徐江，说："你砸了我的场子，伤了我的人，我都可以不计较。还有什么条件，你尽管提。"

"公平是吧？好！钱我赔，我的人你随便打，实在不解气，去把我的白金瀚砸喽！我只要一样——你的命！"

赌场老板着急辩解："闹出人命来不是我的意思！我只是让人去吓唬吓唬他，没想要徐雷的命。"

徐江忽然暴怒："你别叫他，你不配叫他！说起来我就难受，我恨不得现在就弄死你。"

泰叔叹口气："白发人送黑发人，谁遇上都受不了。这个和事佬不好当啊！我说干不了，大伙偏叫我干。"

徐江咬牙切齿地说："泰叔，你讲个公道话，这事儿我能饶了他吗？真饶了他，我还配当爹吗？"

泰叔点头："冤有头债有主，他有错，但杀人的不是他。让他把凶手交给你，这事能不能翻篇？"

赌场老板也急了："泰叔，我要是出卖朋友，传出去也没法混了。"

徐江恶狠狠地说："那就别混了，反正也不差你一个。"

泰叔瞥一眼赌场老板："你找的人没听你的话，自作主张杀了人，是他不讲道义。你把他交出来，没人会怪你。"

赌场老板犹豫道："这人为一点儿小事就能杀人，这不是混社会的，这是亡命徒，要是知道我出卖他，会找我的麻烦。"

徐江笑了："他妈的钱越多胆儿越小。你要是害怕，就出去躲两个月，等我这边都处理完了，你再夹着尾巴回来。"

赌场老板虽然觉得话难听，但此时也只能忍气吞声。犹豫了一下之后，他终于说了出来："……我找的是旧厂街的唐家兄弟。"

徐江把拳头捏得嘎嘎响："唐家，还他妈兄弟……"

泰叔松了口气："看来我老头子还有点儿薄面，这事儿就这么过去了，你俩握手言和吧。"

徐江大大方方地伸出手，两人用力握了握。

出了废弃工厂，赌场老板走向自己的车，一边焦急地打着电话："你接上孩子，咱们机场见。别问那么多，我已经出发了。"

司机拉开后车门，赌场老板钻进去，疲惫地靠在后座上。车门一关，轿车快速驶离。车子行驶得很平稳，赌场老板一直在闭目养神。恍惚间，车子慢慢停下。老板还在小憩，没有察觉。

司机从后视镜看了一眼老板："老板，到了。"

赌场老板睁开眼，望向窗外，一脸疑惑："这是哪儿啊？"

这时，几个打手围住轿车，将赌场老板从车里拖出来。

不远处，徐江负手而立，面前是一个深深的大坑。

赌场老板腿都软了："徐江……徐大哥……你这是干什么？"

徐江看看天："天气不错，知道你要走，来送你。"

赌场老板哀求道："江哥，咱俩可是握手言和的，你不能出尔反尔……"

徐江拍拍他的肩膀："我也不想，可雷雷给我托梦啊，一个劲儿求我，叫我别饶了你。我能怎么办？肯定听孩子的呀！"

"我死了，泰叔不会放过你的。"

"泰叔？给他面子叫一声叔，不给面子我帮他入土！"

赌场老板绝望地闭上眼，片刻又睁开："姓徐的，咱俩的事，不要殃及家人，你别动我老婆孩子。"

徐江想了想，说："好，都是当爹的，我理解你。给他们打个电话吧，道个别。"

赌场老板哆哆嗦着掏出手机，拨通号码。电话那头传来稚嫩的男孩子的童声："爸爸，妈妈说你要带我们坐飞机，你什么时候来啊？"

赌场老板眼泪涌了出来："爸爸去不了了，爸爸有点儿事，你要好好听妈妈的话，不要闹脾气……"

徐江听得一脸不耐烦，勾勾手指，手下递上高尔夫球杆。

徐江抡圆球杆，猛地拍在赌场老板的后脑上。赌场老板闷哼了一声，直直地摔进坑里。

徐江跳进坑中，恶狠狠地拍砸他的身体，一下又一下，鲜血溅了一脸。打手们纷纷侧目。

电话那头男孩儿的声音依然持续："爸爸……爸爸……"

徐江一脚把手机踩得粉碎。

监狱的预审室里，安欣从文件袋里抽出鉴定报告，摆在老默面前。

老默动都没动，说："不认字。"

"那我给你念。根据脱氧核糖核酸检测结果，待测父系样本无法排除是待测子女样本亲生父系的可能，基于十五个不同基因位点的分析，这种生物学亲缘关系成立的可能为百分之九十九点九九九九。"

"啥意思？"

"意思是，你有一个女儿，亲生的。"

老默愣住了。

李响继续说道："黄翠翠没有打掉孩子，今年六岁了。"

老默像是不敢相信，自嘲地笑着摇头，眼角却有泪水滑下来。他伸手拿走了鉴定报告，反复看着，始终在轻轻摇头，不敢相信这一切。忽然，他问了一句："孩子有照片吗？"

安欣点点头："有，但是现在不能给你。"

"为啥？"

李响轻轻拍拍报告："殴打狱友，辱骂管教，你像个爹的样子吗？"

老默沉默了一会儿，说："我改，今天就改！不打人不骂人，天天把被子叠成豆腐块。"

安欣接着说："如果你表现好，照片的事我可以考虑，但是要你女儿同意才行。"

老默激动地搓手："好好好，谢谢警官！孩子像我不？不不，最好别像我，我丑！"

李响沉声道："行了，安警官为你做了这么多，你怎么报答？"

老默脸色冷下来："安警官，我很感激你，但我老默从不出卖朋友。"

安欣和李响十分失望。

安欣调整情绪，语气轻松："再给你点儿时间，想通了联系我们。"

两人收拾东西准备离开。

老默突然眼睛一亮，大声说道："有个小子老吹牛逼，特招人烦。他的事儿我可以说！"

安欣回头："跟我问的案子有关系才行。"

老默点头："器官移植嘛！那小子说他有关系，只要有钱，换心换肝都没问题。"

"他还在服刑吗？"李响问道。

老默摇摇头："一年前就放了。他叫疯驴子。"

安欣和李响对视了一眼，表情失望。

老默想了想，又说："不过他还有个把兄弟，叫麻子，还在监狱里，下个月刑期满！"

按照老默提供的线索，安欣和李响找到一个叫麻子的服刑人员。由于麻子刑期短，想立功，便很快交代出自己曾为出卖器官的人提供住所和饮食，但他在团伙中地位很低，接触不到更上层的信息，而他的上线便是一直被警方控制着的疯驴子。按照麻子的说法，疯驴子才是团伙核心，手术时间和地点都是他来安排。

听着安欣和李响的汇报，安长林喃喃道："开始就觉得不对劲，以为抓了只小虾，没想到是条大鱼。"

"冯大壮还在看守所里，但是羁押时间也快到头了。是否去检察院马上申请逮捕令？"

安欣迫切地看着曹闯和安长林。

安长林意味深长地说："曹闯，是抓还是放？"

曹闯没有犹豫："我的意见是，放。"

安欣、李响大吃一惊："放了他?！"

安长林点点头："那就叫看守所放人吧。"

第十章　步步紧逼

旧厂街的菜市场，唐小虎依然在他的"王国"里巡视着。他来到烧腊摊子前，捡起几块色泽新鲜的腊味、猪手，不耐烦地说："找张纸给我垫着呀！"

摊主忙不迭地把他挑出的食物包好。唐小虎啃着猪手，骂骂咧咧地走了。他溜达出菜市场，一辆面包车从后面渐渐向他靠近。车里的人拿着照片仔细确认了唐小虎的长相。随后，车门缓缓拉开，车里的人亲切地向他打招呼："唐小虎！"

小虎吃得满嘴油，下意识地回头："谁呀？"

一只麻袋兜头盖脸将他罩住，小虎猝不及防，被车上的几个人抬了进去。

车门一关，迅速开走，只剩下地上油汪汪的猪手。

封闭的车库里只有天井风扇间隙投下来的一束光。车床上摆着各式修车的工具。

唐小虎躺在地上，已经被打得遍体鳞伤。脚步声由远及近，徐江阴沉的脸慢慢露了出来。

徐江蔑视地看着地上的一摊血肉："说了吗？"

打手摇摇头："嘴硬得很，非要见你才开口。"

徐江走到小虎面前，拍了拍他的脸："醒醒！"

小虎勉强睁开眼："你是老大？"

徐江点点头："对，说吧。"

小虎看着面前挤着笑却面目狰狞的徐江："人不是我杀的。"

徐江一拳打在小虎脸上，手被牙齿磕破了皮。他揉着受伤的拳头，说："嘶——给他牙拔了！"

小虎慌了："我告诉你谁杀了徐雷，能不能换条命？"

"不能！你们所有参与杀雷雷的人都死定了。告诉我是谁动的手，让你死得痛快点儿。"

小虎绝望地闭上眼睛："那你这辈子别想知道了。"

徐江勾勾手指，老六把车床上修车的钳子递过来。"嘴撬开！"

两个打手皱着眉头掰开唐小虎的嘴，小虎呜咽着，绝望地看着钳子越来越近……

小灵通专卖店的生意不错。高启强、高启盛还有雇来的营业员都忙得不亦乐乎。

高启强口袋里的电话响了，他不耐烦地按掉。片刻，铃声又倔强地响了起来。

高启强看看来电显示的名字，接通了电话："喂，小龙。"

电话里传来小龙忐忑的声音："强哥，你说话方便吗？"

高启强看了一眼在忙着的高启盛，说："方便。赶紧说。"

"强哥，我弟弟失踪好几天了。"

"小虎没回家？"高启强问道。

"没有。我找遍了，没人知道他去哪儿了。"电话里的小龙十分着急。

高启强心里咯噔一下，表面仍不动声色，冲着营业员做个手势，示意盯一下，自己捂着手机出了专卖店。高启盛在对面的柜台看到了哥哥的异常。

高启强躲到了没人的地方，努力用平淡的口吻和唐小龙对话。

"他这个年纪，正好贪玩，没准谈个女朋友什么的。"

"不可能，我弟弟我太清楚了，他要是交了女朋友，还不得跟我臭嘚瑟？他要是不回家，肯定会跟我打招呼的。强哥，我和你说过，死的徐雷是黑道大哥徐江的儿子，你说小虎会不会……"电话里的小龙已经完全没了章法。

高启强沉声道："你别乱说，徐雷的死是意外。"

"可是强哥，徐雷怎么死的，只有你知道。"

"你什么意思？"

电话里的小龙努力控制住自己害怕的情绪："强哥，我信你，但是警察信不信？徐江信不信？雇咱们收拾徐雷的那个老板，前几天也失踪了，没人知道他出了什么事，他老婆天天在家哭。强哥，我是……"

高启强连忙制止："行了，别自己吓自己了。我想办法，先找到小虎。"说完匆匆挂了电话。

高启强一扭头，高启盛不知何时已站到了他背后。高启强吓了一跳。

"哥，出什么事儿了？"

高启强摆摆手："没事儿，能有什么事儿？你赶紧回店里看着去。"

"那你呢？"高启盛问道。

高启强边走边说："小龙那边……菜市场出了点儿事，等我去摆平。我一会儿就回来！"

高启盛望着哥哥的背影，似乎已经看穿了一切。

高启强打了一辆车，思来想去之后让司机开到了市公安局门口。

安欣和李响的车正要驶出市局大门，一眼看到路边正探头探脑的高启强。

安欣摇下车窗，问："老高！有事吗？"

高启强几步跑过来："安警官，李警官。"高启强笑了笑，"想找你帮点儿小忙。"

安欣招手道："上车说。"随后打开车门让高启强进来。

李响看了一眼高启强，说："你来的还真是时候，我们马上要出任务了。再晚，你就找不着人了。"

高启强紧张地问："要办大案子啦？"

安欣笑着摇摇头："不能说，有纪律。"

"没事，我一个奉公守法的小老百姓，什么案子跟我也扯不上关系，对不？"

"说吧，找我什么事？"安欣直截了当。

高启强犹豫了一下，说："我有个邻居最近没回家，想请你帮着给找找。"

"你邻居叫什么名字？"

"就是……菜市场管理处的唐小虎。你们都见过的。"

李响忍不住回头看了他一眼："你们不是冤家吗？"

"嗨，街坊邻居，父母都是国营工厂的，一块玩泥巴长大，能有多大仇？"

安欣也看了一眼高启强："你就是太老实，他们欺负你那会儿都忘了？"

高启强看向车窗外："都过去了，他们也没再招惹我。"

安欣想了想，问："失踪多久了？报案没有？"

"两三天没回家了，还没报案。"

安欣耐心地说："失踪是民事案件，不归刑警队管，我建议你们先报案，有什么进展再说。"

高启强似乎有难言之隐："能不能不报警，私下找找？"

安欣眉头一动，踩下刹车。桑塔纳打着双闪停在路边。

安欣扭身看着高启强："老高，你跟我说实话，唐小虎怎么了？"

高启强心虚道："没怎么……"

"没怎么为什么不敢报警？"安欣追问。

高启强讪讪道:"他哥不让报警,我也不知道。那我回去再劝劝他,让他赶紧报警。麻烦你们了。"说着,开车门就要下车。

安欣喊住高启强:"老高,少跟他们搅和在一块,别把自己害了!"

高启强点点头,下了车。

车子开走,高启强看着车子远去的背影,咬咬牙,向反方向走去。

他与安欣背道而驰,各自走向不同的命运……

唐小龙家里的电视开着,桌上摆满了空酒瓶。小龙捋着头发,在屋里转来转去,显得很烦躁。忽然,一声巨响,门被一脚踹开。徐江拎着他的高尔夫球棒,带着四个打手,大摇大摆地进来了。

徐江环顾一圈:"呦,等离子电视,过得不错啊!钱哪来的?"

小龙如遭雷击,赶紧到厨房抢菜刀。打手们迅速把他按在地上。

徐江稳如泰山,冷冷一笑:"看来这是知道我是谁,也知道我是为什么来的。兔崽子,心里有鬼,都写在脸上了。"

小龙知道装不过去了,只好来横的:"大不了拼了,别以为人多就能占便宜!"

"你就不问问你弟弟在哪儿?"

"你抓了他?"

"放心吧,他挺壮实的,打了两天还没死。"

小龙怒了:"你要是敢……"

徐江挥手打断他:"我来找你,是拿你当聪明人,别老说些笨蛋才说的话。"

小龙愣了一下,气焰彻底灭了,随即点点头:"你想知道除了我们哥俩,还有谁参与了那件事。"

徐江点头:"对。"

小龙看着面前的徐江,说:"小虎没告诉你,是因为你根本不打算放过我们兄弟。"

徐江拍拍手："你比你弟弟聪明多了。"

小龙苦笑了一声："那你凭什么觉得我会说？"

徐江把小龙家的冰箱打开看看，说："这个我也想好了，如果你不说，我就把你弟弟切成一段一段，每天送给你一点儿，放在冰箱里。"

小龙又急又怒，决定搬出后台诈一诈："我告诉你，你也拿他没办法。他有警察做靠山！"

徐江冷笑道："警察？他的靠山姓孟吗？"看着小龙摇摇头，徐江一副明了的表情，"那就是姓安了。我说那姓安的小警察怎么老是阴魂不散的，原来根儿在这里。"

小龙哀求道："您这种大人物，犯不上为了我们这些小鱼小虾脏了手。只要能留下我弟弟一条命，让我干什么都行。您要是不解气，砍我弟弟一只手、一条腿，都行！"

"把你们的同伙带来见我。"

"他要是找警察呢？"

徐江用皮鞋踩在唐小龙手上，重重一碾："警察我来对付。"

一声惨叫响起。

徐江仿佛根本没有听到，只是嘱咐身边的打手："查，那个姓安的警察罩着的人是谁。"

市公安局局长办公室内，曹闯正在向安长林汇报情况："疯驴子已经出来了……安欣发展的特情传来消息，疯驴子今天晚上要跟他在白金瀚碰面。"

安长林沉声说道："真是胆大包天，一天都不消停。"

曹闯点头说道："这说明敌人已经被我们迷惑了。"

安长林看着曹闯："也说明他们危害性极大。这次要吸取教训，不能打草惊蛇，先把团伙的组织结构摸清楚。"

曹闯点头："明白！"

入夜，白金瀚的包厢里，疯驴子正带着麻子跟浓妆艳抹的姑娘们花天酒地。

徐江的打手老六推开门，冲着疯驴子勾勾手指。

疯驴子忙不迭地站起身点头，跟着出去。麻子想跟上，被他一把按住。

疯驴子笑着说道："你就在这儿玩儿，等我叫你。"

麻子学着疯驴子的样子，忙不迭地点头。

打手老六推开另一个房间的门，疯驴子进屋。门关上，屋里只剩下疯驴子和徐江两个人。

疯驴子一脸激动："老大！"

徐江撕开根雪茄，扔给他，又把火扔过去。"看你都瘦了，在里面没少受委屈吧？"

疯驴子受宠若惊地点燃了雪茄。"才几天，熬得住。"

徐江用手指了指疯驴子："多亏你聪明，咱们才没落进警察的圈套。"

"这些反侦查的办法还是您定的，是老大厉害。"

"警察没怀疑你？"

疯驴子笑道："他们都以为我是个小喽啰，没拿我当回事。"

"还是小心点儿。你刚出来，先玩几天，看看身边有没有尾巴盯梢。"

"好嘞！"疯驴子高兴地答道，"老大最近怎么样？"

徐江玩着手中的雪茄。"最近有个姓安的小警察，跟苍蝇似的老在我身边嗡嗡，烦得很啊！"

疯驴子"咦"了一声："抓我的警察也姓安，是不是个小白脸啊？"

"对，就是他，叫安欣。后台可硬得很呢！"

疯驴子阴笑着："我不怕，我出来就准备好好报答报答他……"

徐江用手指敲着桌子："你先稳当两天，不用你，我都安排好了，等着看好戏吧。"

第十一章　困局

白金瀚对面的商业街上，一样的灯红酒绿。几个穿着检察院制服的人沿街走来，让寻欢作乐的主顾纷纷绕行。"制服们"沿着马路寻找着车牌，停在一辆不起眼的面包车面前。面包车贴了防窥膜，从外面完全看不清车内。领头的"制服"不客气地敲起了车窗。半晌，车窗摇下来，露出曹闯不耐烦的脸。车内的刑警都穿着便衣在监控。

曹闯看着来人，问："你们干吗的？"

一个人出示了证件："检察院的。安欣在不在？"

曹闯没吭声，一看就知道没好事儿。坐在角落里的安欣闷闷地应了一句："我就是。"

检察院的来人点点头："有人举报你滥用职权，打击报复，扰乱市场秩序。请你配合调查。"

曹闯一瞪眼睛："扯淡呢？"

"有什么意见，让你们局长来反映。"

安欣正色道："我正在执行任务，有事儿回头再说。"

"不好意思，我们也在执行任务，如果你不配合，我们就要强制执行了。"

曹闯生气了："你动一个试试？！"

安欣马上拦住曹闯："师父，闹起来会影响行动，我跟他们走。"

曹闯压着火没吭声，安欣从车里下来，众目睽睽下跟着检察院的人走了。

孟德海家的客厅里，老孟同志正强压着怒火在打电话交涉："领导，这样不好吧？凭几句捕风捉影的话就来抓我们的干警，他当时正在执行任务！"

"你这是兴师问罪来了？"电话里传出的中年男性声音低沉，很有磁性。

孟德海在房间里来回地走着："没有，我是说你们完全可以打个招呼，我们找个时间把人送过去。不就是配合调查吗？身正不怕影子歪。"

电话里停顿了一下："老孟，这人不是我抓的。"

孟德海也愣了一下："那是谁？"

对方沉默了片刻，说："老孟，实话和你说了吧……有大领导在常委会上亲自点名督办，我能怎么办？"

"哪个领导？"电话里选择了沉默。

孟德海又问："是赵副市长还是焦书记？"

"你就别打听啦！我劝你别蹚这趟浑水，明年你就要升政法委了，别给自己添堵。"电话里的声音显得语重心长。

孟德海一怔："组织上讨论过了？"

"论资历论水平，除了你还有更合适的吗？不早了，有什么事明儿再说。"说完，对方挂断了电话。

孟德海怔怔地拿着话筒，听着里面传出的忙音。孟钰不知道什么时候站在他面前。

孟钰看着孟德海，说："安能摧眉折腰事权贵，使我不得开心颜。"

孟德海一看："你又偷听我打电话！"

孟钰做了个鬼脸，转身就走。

孟德海看着女儿的背影，喊道："又皮痒了吧？跟我阴阳怪气儿的！"

游乐场里，过山车翻滚着，洒下一串串尖叫和欢笑。安欣落寞地坐在长椅上。孟钰拿着两个甜筒走过来，塞了一个在他手里，坐在他身边。

"别着急了，你不会有大事儿的。"

"你怎么知道？"

"我爸那个傻老头，为了你的事儿一直在打电话。我偷听了，好多人给你作证，你执法没有问题。检察院也没找到什么实证，最后应该就内部通报批评一下，写个检查。"

"你早点儿打电话告诉我多好？还卖这么大个关子！"

孟钰正色道："安欣，看着我，认真回答我，你爱我吗？"

安欣点点头。孟钰一瞪眼睛，安欣清清嗓子："我爱你。"

"安欣，我也爱你。我爱你远远超过你爱我。为了我，不当警察了好不好？坏人是抓不完的，你爸爸和我爸爸一辈子都献给了京海。可京海变好了吗？就算再搭上你的一辈子，京海又能变好多少？"

"不试试怎么知道？难道就袖手旁观？"

孟钰怒道："你现在不就是在袖手旁观吗？他们让你停职反省！"

安欣沉默了。手机声适时地响起，打破了尴尬。安欣一看手机上发来的信息，脸色变了。

"我……有新情况。"

孟钰眼圈红了："我今天叫你出来是要告诉你，我的假期结束了，我马上要回北京了。"

安欣沉默了一会儿，问："机票订好了？"

孟钰看着安欣："你以为我要说的是订票的事吗？"随即点点头，无奈地说："订好了，后天走。"

安欣原本想说些什么，话到嘴边，最后却成了："我去送你。相信我，我会去的。"他随后四下看看，说，"稍等，我先去打个电话。"

孟钰望着他的背影，满脸委屈。

徐江在别墅里的沙发上一边沉思一边玩着打火机。他怎么都没有想到，让自己儿子没命的高启强居然是一个菜市场卖鱼的鱼贩子。愤怒又耻辱的情绪让他做了个决定：高启强和唐家兄弟，他一个都不放过。而报复他们最好的方法就是跟黄翠翠一样……想到这里，徐江便给疯驴子布置了新的任务：将唐小虎身上能卖的器官全部卖掉。

而另一边郊区败落的村舍中，高启强跟随唐小龙在一片肃杀景象中寻找着关押唐小虎的地方。

"你确定小虎就被他们关在这里？"高启强看着眼前的土屋。

小龙拼命点头："错不了。"

"看他的有几个人？"

"应该就一个。"小龙答道。

高启强掂了掂手里的钢管："你弟就是我弟。走！"

两人抄着家伙，蹑手蹑脚来到了独栋房子外。高启强把耳朵凑到门边，没听到动静。他运了口气，一脚把门踹开。屋子角落里有一床烂棉絮，还有些方便面盒子、酒瓶和吃过的骨头，但是不见半个人影。

高启强松了口气："走了？"

这时，身后的小龙悄悄从后面掏出根细绳，猛地勒在高启强的脖子上。高启强猝不及防，被勒得直翻白眼，叫不出声。唐小龙任凭高启强如何挣扎，就是不松手。二人在局促的村舍里翻滚。高启强拼尽最后的力气，将唐小龙撞在身后的土墙上。唐小龙铆足了劲儿，不敢松懈。一下又一下，两个强壮的身体撞在土墙上。土墙承受不了，终于坍塌了。一片尘土升起，半面房子随着承重墙的坍塌全部塌下。烟雾和残砖烂瓦将两个人都吞没了。

半晌，一个人从废墟里爬了起来，捂着脖子喘着粗气。高启强咳嗽了半天，总算缓了过来。他红了眼，抄起地上的房椽子要砸唐小龙。唐小龙躺在废墟里，脸上、额角都是血迹。他看着高启强高举的房椽，愧疚又绝望，闭上了眼。

高启强大喝道："为什么要害老子？！"

小龙青筋暴起，吼道："都怪你！杀徐雷干什么？！把我们兄弟俩的命都搭进去了！"

高启强明白了七八分，手里的椽子也垂了下来。"徐江让你来的？"

"小虎让他抓了！他让我拿你去换，不然就把我弟割成一块一块的还回来。"

"他知道我了吗？"

"你他妈就想着自己！"

高启强将唐小龙从地上拽起来，用力拍着他的脸。"唐小龙，你给我清醒一点儿！就算把我交过去，他还是要咱们三个的命。我现在是在救咱们大家！"

唐小龙怔怔地望着他，没有方才那么激动了。

高启强吼道："说！他知不知道我是谁？！"

小龙摇摇头："徐江只知道咱们仨杀了徐雷，你是谁他还不知道。"

高启强松开小龙："好，他不知道，这事儿就还有办法。"

"能有什么办法？你以为我不说他就查不到你吗？人家人多势众，咱们怎么斗得过？"

"那你以为听他的他就会放过你吗？"

小龙心里本来就虚，被高启强戳破，眼看要哭出来了。他口袋里的手机突然响了，是徐江。

"开免提。"

小龙哆嗦着打开免提。"事情办得怎么样了？"徐江的声音传来。

高启强用嘴形提示他"小虎"。

小龙点头会意："能不能让我先见见小虎？"

电话里嘿嘿一笑："你有资格跟我谈条件吗？"

"再给我点儿时间。"

"再给你一周。你要是不中用，我就自己来了。"电话挂断。

高启强像是安慰小龙，又像自我安慰："一周，来得及，好好合计合计。"

唐小虎此刻被锁在一个地下室里。他被铁链拴着脚，锁头铐在暖气片上。麻子走下来，手里拎着盒饭。小虎已经到了发疯的临界点，害怕地说着："你别过来！"

麻子举起盒饭给他看："我只是送饭的。"

小虎咽了咽口水："兄弟，行行好，放了我，我给你钱！"

麻子边打开饭盒边说："放了你我命就没了，要钱有什么用。"

"那……你偷偷地帮我传个话出去。我叫唐小虎，家住旧厂街，我哥哥是唐小龙，你在菜市场一打听，都认识我们……"小虎哀求道。

麻子眼珠转转，把这些信息暗中记住。

夜深了，公安局信息科依然是一片忙碌工作的景象，电脑屏幕上播放着道路监控录像。

安欣一边看一边在纸上记录着车牌。

李响拿着几盒录像带进来，说："这是徐雷死亡当天附近国道收费站的监控录像。"

"放这儿吧，我慢慢看。"

"你这就是顶风作案，摆明了不拿上面的意见当回事。"

安欣头也不回："我也没干什么，处分我我还有意见呢。"

李响叹口气："这也是没办法的事，你说说：是谁在你后面捅刀子？"

安欣反而笑了："这说明咱们方向对了，越是拦着不让查，越说明徐江有问题。这么关键的时候，我怎么能不在场？"

"我是怕检察院知道，你又要倒霉。"

"我又没查白金瀚，我查的是徐雷电鱼，这总管不着吧？"

李响哭笑不得，迟疑片刻，打开了旁边的一台电脑。

安欣瞥了他一眼："你不睡觉又干吗？"

"这么多录像你哪看得完，我帮你。"

"大哥，我这就是消磨时间的，你那边才是重头戏！走走走，别在这耽误工夫！"

深夜，送走最后一拨客人，高启盛打开收银柜，把大钞拣出来，藏进贴身的口袋，只留下零钱，锁好柜台，随后独自一人来到一个小小的汽车配件门店前，敲敲窗户。

"我要的零件到了吗？"

窗户里面传来一个男人的声音："到了。"

高启盛付钱后从窗户里接过零件。

回到家，高启盛悄悄打开门，摸黑从床下拖出一个大铁盒子，放在书桌上。铁盒里的一个模型已经组装了一半，高启盛摆弄着，将新拿来的零件填进去。

很快，一支简陋的自制击发手枪拼成了。

第十二章　不孕不育医院

今天是孟钰离开京海的日子，桑塔纳车里放着音乐，安欣和孟钰神情愉悦。

"总算靠谱一次。"

安欣撇撇嘴："我哪次不靠谱？"

孟钰一瞪眼睛："你还说？"

信息提示音又不合时宜地响了起来。安欣心里一颤，目光直往兜里瞟。

孟钰撇撇嘴："赶紧看吧。"

"不看！"

孟钰瞥了他一眼："快看吧。万一是重要线索呢？"

"你最重要。其他的都排不上！"

前面一个红灯，安欣轻踩刹车，口是心非地把手机掏出来。

一行信息，未知号码发出——"器官出售人叫唐小虎，住旧厂街"。

安欣马上想到之前高启强曾到公安局找过他，支支吾吾地说唐小虎失踪了，又不敢报警。于是安欣马上告知曹闯。由于安欣还在"反省中"，由曹闯带着李响去找唐小龙。

门被敲了半天，终于开了一条缝。唐小龙贴着创可贴的半张脸露出来，他警惕地向外瞧着。小龙一看来人，愣了一下。

李响用手扶住门："唐小龙，又见面了。"

小龙有些紧张地说："李警官？"

李响进屋看到高启强，也很意外："老高，你怎么也在？"

高启强站了起来，有些尴尬："我们，一起喝了点儿酒……"

曹闯进到屋里，紧盯着二人，看得唐小龙心里发毛。"你就是唐小龙？"曹闯问。

小龙连忙点头："对。"

"唐小虎是你弟弟？"

小龙紧张地回头看了高启强一眼，说："对。"

"他是不是好久没回家了？"

小龙低着头："我……好几天没见他了。"

曹闯盯着唐小龙，接连逼问："好几天是几天？"

"五天。"

"为什么不报警？"

高启强连忙插嘴道："我找过你们，但是说实话，我们没觉得是大事儿，年轻人谁不爱玩，玩够了就回来了。"

曹闯看着说话的高启强："哦，好，给他打电话，让他现在回来。"

小龙担心道："小虎不会是出什么事儿了吧？"

曹闯怒道："叫你打就打！"

小龙没有办法，只好拿起手机，拨了小虎的号码。电话里一个机械的女声响起："您拨打的电话已关机。"

小龙把手机一伸："关机了。"

李响摇头叹气："我问你，他缺不缺钱？有没有提到过器官买卖的事？"

小龙被这种拉锯式的问话彻底搞崩溃了："我弟弟到底怎么了？小虎怎么了？怎么越说越吓人啊？！"

曹闯看实在是问不出实话，便给李响使了一个眼色，两人转身离去。临出门前，李响说："如果能想起什么关于唐小虎的异常的事情，随时和我们联系。”

李响开着车，行驶在回公安局的路上，曹闯坐在后排。

“这俩小子有鬼。可惜分不出人手，不然应该盯着他们。”

李响想了想，说：“高启强是个老实人，可能问题在唐小龙身上。”

曹闯沉声道：“是老实人还是主心骨还真不好说，人变坏就是一瞬间的事。”

屋里，高启强靠在窗边，焦躁不安。唐小龙已经急得要哭出来了。

“小虎，小虎是不是已经死了？”

高启强心烦意乱地说：“别嚷！嚷也没用。咱们现在顺一顺……警察刚才提到了器官买卖，安警官之前找我打听的案子也跟器官买卖有关。”

“但是小虎是被徐江抓走的。”

高启强继续分析着：“照片上那个女人，叫黄翠翠的，就在徐江的白金瀚打工。”

小龙惊讶道：“又是徐江！”

“所以，这个器官贩卖团伙很可能跟徐江有关。”

“那我们去举报他呀！小虎有救了！”

高启强瞪眼道：“万一我们猜错了呢？而且怎么解释小虎被徐江抓走的事？难道要承认我们杀了徐雷吗？”

小龙一脸无奈：“那……那怎么办？”

高启强沉思片刻，说：“事到如今只能冒一把险，既要救回小虎，也要解决掉徐江！”

夜已深，市局会议室灯火通明。孟德海和安长林正襟危坐，“2·1”专案组的所有同事都在。

“这么晚……请两位领导来，是因为刚刚收到了一条重要线索。时间紧迫，安欣，你来做一下汇报。”说着话，曹闯拍了拍安欣。

安欣正色道："刚刚我的特情提供了一条信息，今晚，他潜伏的器官贩卖集团在京海不孕不育医院会有一场器官移植手术，他负责开车将人送到医院。器官出售者叫唐小虎，他不是自愿出售器官的，而是被这个团伙绑架。照目前掌握的情况看，今晚的手术很可能威胁他的生命安全。"

孟德海没什么表情地说："摸排了三个月，你们想今晚出手？"

所有人紧紧盯着孟德海，等着他下命令。

安长林看了一眼曹闯，问："特警和医疗协助准备好了吗？"

曹闯站起身："准备好了，已经和特警那边做了个行动预案。"

安长林点头："行动要快准狠，尽量不要引发社会关注，减少负面影响。"

"是！"曹闯坚定地答道。

孟德海看看四周："还有什么问题吗？"

众人异口同声："没有！"

安欣看看众人，缓缓地举手："我有问题！"

孟德海看向安欣："说。"

"徐江抓不抓？"

曹闯皱皱眉："目前没有证据表明徐江与这个团伙有关。"

孟德海敲了敲桌面："今天的行动，只针对情报中提及的名单和场所。"

安欣插嘴道："那徐江岂不是逃过一劫？"

"今晚的行动已经涉及大多数团伙核心成员，只要拿到他们的口供，徐江也跑不掉。"曹闯说了一句。

安欣继续坚持着："如果拿不到口供，我们岂不是永远都不能证明徐江有罪？"

李响突然说了一句："怎么会……"

安欣看着李响："怎么不会？上次抓了疯驴子，不就什么都没问出来吗？"

曹闯看向众人："这次涉案人数众多，又是人赃并获，相信总有人会开口的。"

安长林点点头："我要纠正一下，本案涉及徐江，一直是你们的猜想，到目前为止并没有证据。"

孟德海看着众人，说："同志们的心情可以理解，热情也值得肯定，但是案情紧急，他们马上就要实施犯罪，我们怎么办？只能上！之后会不会有问题？不知道！但是就算有问题，就算情况更困难，我们就没办法了吗？案子就破不了了吗？"

众人异口同声："不会！"

孟德海看向安欣："安欣，你怀疑他，就去查，一年也好，十年也好，是狐狸总会露出尾巴。"

安欣点头说道："明白！"

安长林正色道："今晚行动总指挥是曹闯，全员配发武器。"

曹闯一个立正站好，答道："是！"

刑警们都兴奋地冲了出去，只有安欣还不甘心地坐在那儿。

李响过来一揽他的脖子："走啊，领枪去。"

安欣一脸无奈："我不是还在反省吗？"

曹闯看着安欣一笑："鉴于安欣同志提供线索的立功表现，反省结束。口头表扬一次，不记档案。"

安欣瞬间跳了起来，冲出门。

深夜里，不孕不育医院的灯箱异常闪亮，门口硕大的招牌上写着"专治不孕不育""家庭美满幸福"。医院附近静悄悄的，没什么人，路边树荫里停着黑色的轿车。李响、张彪等侦查员坐在车里，眼睛一眨不眨地盯着路上的环境。曹闯和安欣还有其他两名侦查员守在医院对面的一栋单元楼里，视野开阔，一切尽收眼底。

一辆面包车缓缓向医院驶来。

耳机里传来侦查员的声音："各单位注意，目标车辆出现。"

麻子的面包车缓缓地开进地下车库，车里的唐小虎眼睛被蒙着黑布，双手被反绑，由于被灌了安眠药，睡得浑然不觉。麻子站在车下，伸长脖子等待着，手心全是冷汗。

一辆担架车被推了过来，佝偻着背、假扮成护工的疯驴子推着车，慢悠悠地向麻子走来。

二人合力将小虎抬到担架车上。

疯驴子拍了拍麻子："干得不错！在这儿等着。"

眼看着疯驴子推着担架车消失在电梯间，麻子掏出手机，一格信号都没有。他一扭头，看到了角落里的摄像头。麻子冲着这个监控摄像头傻笑了一下，再也不敢乱动了。

在监视医院的单元房内，曹闯拿着对讲机说："大家注意，面包车上有我们的特情，待会儿抓捕的时候要保护他的安全。"

安欣犹豫了半天，开口问曹闯："师父，你也相信徐江有问题吧？"

"当然。但他隐藏得太深，咱们没有证据。"

"我们的行动是等主刀医生出现，确认手术即将开始，才能实施抓捕，对吧？"

"说重点。"

"师父，在那之前，我们还有机会，可以把徐江引出来！"

曹闯来了兴致："说说你的想法。"

夜更深了，不孕不育医院的大门外远远走来五个男人，走路歪歪斜斜，说话颠三倒四，满身酒气。为首的正是安欣和李响。几个人来到紧锁的大门前，拼命拍着铁栅栏门。

喝醉似的安欣大喊："开门！开门！"

看门大爷紧张地从值班室里出来，说："看病去人民医院、市立医院，我们这儿只治不孕不育。"

安欣一把将李响推到前面，笑着喊道："他生不出来，给他看！给他看！"

几个年轻人哈哈大笑，闹得更厉害了。

医院手术室内，无影灯亮起。戴着口罩的护士冷漠地将手术台上唐小虎的衣服解开，把他翻过来，在动刀处涂抹碘酒消毒。

主刀大夫是这家不孕不育医院的院长柴敏，四十岁左右，瘦长脸，面相有些刻薄，平时看不出任何喜怒哀乐。她此时正举着手，由护士帮她穿手术服、戴手套。手术台上已经赤裸的唐小虎仍旧浑然不觉地睡着。

柴敏毫无感情地说了一句："上麻醉。"两个护士转身准备着。

这时，楼下传来一声闷响，接二连三的闷响伴随着隐约的吵闹声。坐在角落里的疯驴子警惕起来。一名护士匆匆跑了进来。

"柴院长，楼下来了几个喝醉的，正在闹事。"

柴敏的声音依然没有任何感情："醉鬼？撵走就是了。"

护士着急地说道："四五个大小伙子，老刘根本弄不动，已经进门诊大厅了。"

柴敏随口就说："报警吧。"

疯驴子一听，赶紧阻拦："报警？疯了吧？！咱这干吗呢？能让警察来吗？"

"做贼心虚，处理几个醉鬼，警察又不会跑到手术室来。"

"不行，别给自己找麻烦！"

柴敏看了疯驴子一眼："那是我去撵他们走还是你去？"

疯驴子一愣："老子又不是给你看门的！再说，这时候我也不方便露面……"

柴敏和护士都不说话，冷冷地望着他。

疯驴子围着手术台转了一圈，想了想，只好掏出手机。

另一边的徐江接过电话："什么，醉鬼？医院没有保安吗？就一个老头？行吧，你们继续准备，我派人去解决。"挂断电话，徐江冲一旁的打手说道："你带俩人去趟医院，穿上警察的衣服。"

"明白。"

徐江转身看了一眼儿子的照片，突然改了主意："我也去。今天杀的是雷雷的仇人，我正好想去看看。"

徐江站起身，仔仔细细把徐雷的遗照摆放端正。

第十三章　阴差阳错

医院对面的单元房里，曹闯紧张地端着望远镜，耳机里传来安欣他们嘈杂的吵闹声。

对讲机里突然传来刑警队员的声音："各单位注意，徐江名下的白色宝马出现，车牌号为 xxxx，正在向不孕不育医院方向行驶。"

曹闯连忙抓起对讲机说道："能看清车里吗？徐江在不在？"

沉默了一会儿，声音又响起："看不清是不是徐江，但是前后排都坐了人。"

曹闯眼睛一亮："成败在此一举！"

此时，在不孕不育医院大厅内，安欣和李响簇拥着看门大爷朝电梯走去。

害怕的麻子仍旧僵立在原地，望着摄像头不敢乱动。

柴敏、护士、疯驴子都默默望着手术台上的唐小虎。

宝马车内忽然响起手机铃声，老六看了一眼，递给徐江："唐小龙。"

徐江厌恶地说了一句："妈的，没空理他。"

老六随即挂断电话。马上电话又响了起来。

徐江暴躁地接起电话："唐小龙，你他妈活腻了，我挂了你还打？"

电话里传出高启强低沉的声音："徐雷出事的时候我在场。"

徐江的眼睛瞬间瞪大了。

白金瀚的包厢内，高启强和唐小龙坐在沙发上，彩色灯球照得他们的脸庞忽明忽暗。高启强握着手机，神情自若："我就是你一直在找的人。"

高启强手中的手机里传来徐江沉重的呼吸声，片刻才继续发出声音："你有点儿胆量。"

高启强云淡风轻地说了一句："我有笔生意跟你谈。"

"你不怕死？"

"我要是死在你的白金瀚，你洗得干净吗？"

"有胆色。可我不跟死人谈生意。"

高启强笑道："既然你不想谈，那我只能讲给警察听了。"

"好啊，用不用我帮你给警察打电话？唬我，我是吓大的吗？"

高启强犹豫了一下，接着说："行，那我就随便说说，你先听听，你要是不爱听，你就帮我给警察打电话。我是先说黄翠翠，还是先说肝和肾呢？"电话那头沉默了。高启强知道，他赌对了，"不是吓大的徐老板，你还在听吗？如果唐小虎出了事，不出一个钟头就会有警察亲自登门拜访。"

"你别动，等着我。"这是电话里徐江说的最后一句话。

宝马车内，徐江举在耳边的手机已经出现了滴滴的忙音。徐江咬着牙狠狠摔了手机，暴躁地踹着前排座椅。

"调头，回白金瀚！告诉疯驴子，手术不做了！"

曹闯的望远镜里白色宝马车突然急刹，调了个头，加速离开。负责监视的警察都大吃一惊。曹闯最先反应过来，抄起对讲机下令。

"行动！行动！立即收网！"

不孕不育医院的大厅里，耳机里收到命令，一名刑警按住看门大爷。安欣、李响等人掏出枪，找到楼梯口，疾冲上去。

地下停车场内，两辆车呼啸着冲进停车场，警员们拔枪下车。麻子识趣地双手抱头蹲在地上。

马路上正在上演追逐大战。数辆闪着红蓝灯的警车追逐着前面的宝马。

宝马车车速飞快，徐江惊慌失措，催促着打手脱衣服。

"赶紧脱！扔了它！"

打手们手忙脚乱脱掉警服，从车窗扔了出去。

徐江咬牙切齿："他妈的，高启强！给老子等着！"

安欣等人冲进手术室，但为时已晚。无影灯依然发出惨白色的光，手术台还保留着术前状态，可是人都不见了。李响心里窝火，一脚踹翻器具架，刀剪撒了一地。

耳机里传来侦查员的声音："地下停车场只有我们的特情，没发现其他人。"

安欣看着四周："不可能，唐小虎和疯驴子肯定还藏在医院里，逐层排查！"

白金瀚的包厢里，小龙从高启强手里拿回手机："强哥，他信了？"

高启强点点头："信了。"

"他真的贩卖器官啊？"

高启强拍拍小龙："咱们捏住了他的命门，小虎暂时安全了。要让他相信，我们手里真的有证据。走，回家。"

两个人起身离开包厢。

艳阳高照，小灵通店里客人不少，高启盛忙得脚不踩地。

高启强推门进来，说："不好意思啊，这两天忙别的事儿，都没顾上帮你。累坏了吧？"

高启盛努了努嘴："那你去招待那边的客人吧，来了好半天了，我忙得都顾不上。"

角落里，一个身材高大的客人正低着头仔细看着柜台里的手机。

高启强微笑着迎上去："先生，看中哪一款了？我可以给您介绍下。"

客人直起身子，转过脸，微微一笑。

徐江笑容里带着狰狞："不是有笔生意要跟我谈吗，怎么没等我先走了？"

高启强僵住了。他早料到徐江会来找他，但没料到会来得这么快。高启盛察觉到了异样，悄悄拉开手边的收银抽屉，抽屉的最底层是他做的自制手枪。

徐江死盯着高启强，笑了："我们就在这里谈吗？"

"怎么谈、在哪儿谈，我说了算。"高启强瞬间恢复冷静，说完，转身钻进柜台。

徐江孤零零地站在那儿。高启强可能知道他的底细，如果在这里动手，会两败俱伤。于是他带着跟进来的打手转身出去了。

刚出门，两辆警车停在他们面前。安欣、李响带着一众刑警从车上下来。

徐江一脸不耐烦："怎么到哪儿都能碰上你呀？"

安欣走过来出示证件："徐江先生，我们是市局刑警队的，请你配合调查。"

在公安局的会面室里，安欣和李响与徐江对面而坐。徐江是个老手，常规问询毫无结果，无论安欣和李响如何询问，徐江都将事情推得一干二净。眼看没有效果，安欣开始暗暗发力，拿同样的问题翻来覆去问了徐江无数次，徐江开始有些急躁。

安欣手里的笔有节奏地在桌上来回翻动着："再讲一讲黄翠翠的情况。"

徐江恼火地用双手拍了一下桌子："还讲？！颠来倒去说了十几遍了，你间歇性失忆啊？"

"急什么？这才刚过去四个小时，咱们有一整天的时间相处呢。"

徐江大吼："我要求休息！"

"回答了问题就让你休息。"

"没什么好回答的，我不认识她！"

"你最好认真交代，这不是普通案件，是命案！"

"我管它什么案子，跟我没关系！"

"你敢说黄翠翠的死跟你无关？"

"无关！"

"那唐小虎的死呢？也与你无关？"

徐江一下子蒙了："他死啦？"

话音刚落，徐江立即知道失言了。

安欣笑了："你怎么不问问唐小虎是谁？"

徐江懊恼地闭上眼睛，一个字都不肯多说了。安欣和李响对视一眼，都感觉审讯立刻要有转机了。

李响翻开面前的资料："你不说，我替你说。上个月，你儿子徐雷因赌博跟外地一名老板结怨，老板扬言要找人报复徐雷，而他找的正是唐家兄弟。徐雷出事当天，道路监控拍到唐家兄弟驾车路过案发现场，时间完全吻合。一周前，唐小虎失踪，但他的家人却不敢报警。这件事是不是你做的？"

徐江闭口不言，而出卖他的是因为紧张而不断从脸颊滑落的汗水。

李响继续说道："更奇怪的是，唐小虎失踪前不久，那名外地老板也失踪了，家人同样没有报案，而是躲到了外地。我们怀疑他们也受到了威胁。这件事跟你有没有关系？"

李响合上资料："我们已经联系了当地的同事，这几天就接他们回来协助调查，相信很快就能真相大白了。"

徐江一惊，方寸大乱。

安欣眼看时机成熟，补充道："现在是你最后的机会，你不说，早晚有人替你说。"

徐江的眼睛重新睁开，观察着眼前的两个小警察。二人气定神闲，等待着徐江自己开口。突然，门被推开了，张彪慌慌张张地进来。"安欣，有人找。"

安欣白了他一眼。张彪神色慌乱，拼命冲他招手。安欣起身，恼火地将他推出去。

安欣压低声音："我审讯正到关键时候！"

张彪脸都白了："是督察大队的人。"

督察办公室内，安欣像个犯人一样坐在中间。

督察的声音不高不低，节奏适中："医院的行动，为什么不按计划来？"

"如果按照原计划，只能抓到小鱼小虾。我变更行动方案，是为了抓到幕后黑手。"

督察一脸质疑："结果呢，连小鱼小虾都没抓到？"

"但我们的行动是有效的。徐江本来已经出动了。"

督察皱皱眉："你说幕后黑手是徐江，有证据吗？怎么老揪着他不放，是不是有什么私人恩怨？"

"绝对没有！而且我变更行动方案是经过领导批准的。"

"你是说，行动失败，孟局、安局和曹支队都有责任？"

安欣僵住了，他隐隐感到，对方的话里藏着陷阱。

"请不要歪曲我的话，我完全不是那个意思。我正在审问重要嫌疑人，要是没别的事我先回去了。"安欣起身要走。

"我们的调查工作也很重要，影响到你还能不能穿着这身警服主持公平和正义。"

安欣咬着牙，转身缓缓地坐下来。

"再讲一下行动当晚的情况，希望你能证明变更计划的必要性。"

公安局审讯室的走廊上，李响焦急地等待着。审讯室的门开了，曹闯和一位女警陪着柴敏走出审讯室。

柴敏问道："我可以走了吗？"

曹闯疲惫地揉着太阳穴，冲着女警说："可以了，你去跟她签个字。"

望着柴敏的背影远去，李响凑过来："师父，怎么样？"

"一问三不知，推得一干二净。医院的监控也没拍到她，没法证明她当晚就在医院。医院内部肯定有密道，供他们单独出入的，不然就没法解释疯驴子和唐小虎怎么凭空消失了。"

李响叹了口气："师父，安欣出来了吗？"

"还在督察队。"

第十四章　高启盛的加入

手机专卖店里，兄弟俩正准备打烊。

唐小龙满头大汗地闯进来："强哥！"

高启强抬头，冲他努努嘴："出去说。"

高启盛望着二人，心里有了主意。

高启强推着唐小龙出来，顺手将卷帘门拉下一大半。

小龙看四周无人，轻声说："你听说了吗？徐江被警察抓啦！"

"就今天一大早，在我门口抓的，我亲眼看见了。"

"不会连累咱们吧？"

高启强摇头："除非警察已经掌握了情况，不然徐江不会自己往外吐。你不要慌，他被警察盯着，正好不敢对小虎下手。"

两人正说着，卷帘门一响，高启盛从里面钻了出来。

高启强示意小龙先别说话。

高启强看着弟弟说："小盛，你先回吧。"

"回去反正也没事干，我就陪着你。"

高启强尴尬地点头："那也行……这样，你去买点儿啤酒、小凉菜，咱仁回去喝点儿。"

高启盛走到他们面前，一字一顿地说道："哥，有什么事直接说，不用瞒着我，我不是小孩儿了。"

高启强拍拍弟弟的头："说什么呢你？走，回家。"

刑警队的走廊里，安欣一脸气愤地质问李响："徐江放了？还没到二十四小时呢，怎么就先放了？"

李响嘘了一声，用手指了指上方："上面交代的。"

安欣气愤地一拳打在墙上。"就差一步，白天的时候，就差一步，我就能让他开口了！"

"别着急。拖个十年八年的案子多了去了。"

安欣生气地喊道："他就在我们眼皮子底下。让他再逍遥个十年八年，我们还配叫警察吗？"

"那现在没有直接证据，你能怎么办？"

"其实你白天提到过，有一条线索，我们一直忽略了……"

高启强家的餐桌上摆着啤酒和一堆买来的卤菜、腊味。

高氏兄弟和唐小龙围坐在一起，各怀心事，吃得很沉闷。

高启盛给小龙倒酒："别光喝呀，吃点儿菜。"

小龙心不在焉地点头："吃。"

高启盛喝了一口酒："最近没看见小虎啊？他被徐江绑架了，对吧？"

高启强猝不及防，一口酒喷了出来："你胡说什么？"

三人对视，高启盛一副了然于胸的样子。

"你先回学校吧，这是我的事，跟你没关系。"

"你觉得徐江会放过我吗？"

半晌，高启强重新开了口："这一段咱好歹赚到点儿钱。小盛、小龙，咱们现在就把钱分了，你们都出去躲躲，躲得越远越好……"

高启盛喝了一口酒："这家店是我的命，我把前途都押上了，不可能扔下店不管。"

"钱没命重要。小盛，你不要掺和这件事。哥就是个卖鱼的，这辈子无所谓了，你不一样，有大好的前途。"

高启盛想了想，意外地同意了："好，我答应你，只要徐江不对咱们的店下手，我就专注做好生意。"

高启强暂时松了口气，点点头，没有说话。

刑警队的办公室里，大家都在自己的岗位上忙碌着。孟德海急匆匆地闯进来，问："安欣去哪了？"

曹闯腾地从椅子上跳起来："孟局，你找他？"

"是督察队的人找不到他，跟我要人来了。"

曹闯心虚地说："安欣又不是犯人……"

"他的问题没调查完，人怎么能不见了？跟谁请假了？打他电话为什么没人接？"

曹闯拉开抽屉，取出手机。"他电话在我这儿呢……"

孟德海用手指着曹闯："好啊，你们串通一气了！他去哪了？"

曹闯面露难色。

孟德海一瞪眼："不说是吧？你支队长别干了。"

曹闯连忙道："别别别，我说……"

开阔的乡间田野上，《乡村之路》的音乐在田野上飘荡，桑塔纳快速地行驶着。安欣和李响正拿着失踪赌场老板妻子的资料，去往她山脚下的别墅。资料上是一个三十来岁的女人，长得很漂亮，叫陈书婷。李响一脸担忧，看向一边的安欣。

"海阔凭鱼跃，山高任鸟飞喽——"安欣轻快地呼喊着。

初次见面，陈书婷的态度在安欣意料之外。她并不愿意配合，不愿提及丈夫的事情，也根本不相信警察，只想陪伴着儿子晓晨，让他平安长大。

执拗的安欣并不打算就此放弃，他拉着李响在当地的小旅馆住了下来，连孟德海打来催他回去的电话都硬着头皮挂断。他能感受到陈书婷对警察的不信任，虽然不知道具体的原因，但此时的安欣想要证明，警察可以保护每一个百姓的安全，无论付出什么。

接下来的一整天，安欣都找各种各样的机会去说服陈书婷，陈书婷被死磨硬泡、软硬兼施的安欣缠得烦躁。她其实也在观察和判断，看安欣是不是可以信任的人。直到儿子晓晨深夜做梦哭醒依偎在她怀里的时候，她终于下定决心拿起了安欣留下的名片。

晚上，安欣一身疲惫地回到旅馆标间。

他身后卫生间的门突然开了，李响裹着浴巾，用毛巾擦着头发，从里面钻了出来："这旅馆的洗澡水忽冷忽热的。"

安欣一怔："你还没走啊？"

李响一边擦着头发一边说："我自己回去也是挨骂。告诉你啊，督察队已经把你的事捅到市委了，师父哪能顶得住？"

安欣一愣："市委？那甭说师父了，连安局和孟局也顶不住。"

李响对着镜子说："所以呀，乖乖回去吧。"

安欣十分沮丧。这时，手机忽然响了。

安欣没好气地说了一声："谁？"

电话里安静了一会儿。安欣刚要说话，电话里缓缓飘出一个女声："我是陈书婷，我答应跟你回去，但要保证我家人的安全。"

安欣比了个胜利的手势："好，我们明天等你电话，过去接人……你放心，你们的安全包在我身上！"

挂断电话，安欣高兴地在床上直打滚。

李响哭笑不得："哎哎哎，回你床上滚去，嘚瑟。"

安欣翻身起来："还睡什么？赶紧想想，怎么把陈书婷安全护送到京海？"

李响一撇嘴："你还真怕徐江捣乱？给他几个胆也不敢啊！"

安欣摇摇头，兴奋劲儿过去后，眼神认真起来："这次，要做到万无一失……"

强盛小灵通专卖店门口，闸门被烧得漆黑，连带着周围的墙都被熏黑了一大片。闸门开了一半，有警察进出。外面围上了警戒线，勘查人员正在取证。警戒线外围满了人，叽叽喳喳，议论纷纷。高氏兄弟苦着脸，也站在人堆里。

　　一名带队的警察从店里钻出来，拍拍帽子上的灰："放火的是新手，损失不大，店里面没怎么烧着。"

　　高启盛咬紧嘴唇："警察同志，能抓到纵火犯吗？"

　　警察看看周围，叹了口气："这一带没有监控，我们只能先寻找看看有没有目击者。你们好好想想，跟谁有什么过节，拉个名单。"

　　高氏兄弟对视一眼，都沉默了。徐江的名字萦绕在他们心头。

　　高启强看了一眼高启盛，故作轻松地说："问题不大，货柜都没事儿，就熏黑了几面墙，我刷刷就行，都不用请工人。"

　　"哥，我说过，这个店是咱们的命。徐江动了，就是要我们的命！"

　　"你小点儿声！那你想怎么办？"

　　高启盛坚定地说："我跟你一起，除掉徐江！"

　　"疯了吧？自己往火坑里跳！"

　　高启盛苦笑着，指着熏黑的墙壁："哥，咱们已经在火坑里了。"

　　高启强纠结着，全然不知店面被烧是高启盛说服唐小龙一起自导自演的戏码。

　　入夜时分，高启盛拎着菜推开家门，愣住了。

　　屋里，高启强坐在餐桌前，昏黄的灯泡只照亮餐桌的一小块区域，桌子中央正摆着他那把自制的击发手枪。

　　高启盛把门一关，平静地坐在哥哥对面。

　　"这是你做的？"

　　高启盛平静地说："对。"

"你想干什么？"

高启盛扶了一下鼻子上的眼镜："自保。"

"我害了你……"

高启盛平静地笑了："怎么会？这个家一直是你撑着，我和小兰才能有今天。哥，以后我帮你。"

高启强看着面前书生气的弟弟："你要是还拿我当哥哥，就毁了它。"

"毁了这把，我还能再做新的。"

高启强的小灵通响起，打断了兄弟俩的争执。

高启强拿起电话："喂……喂？说话啊！"

电话里传出徐江的声音："什么狗屁信号，明天下午三点，咱们见个面。你选地方，选个你觉得最安全的。"

高启强依然平静："那就去人最多的地方。"

徐江的声音飘出："没问题，但是最近警察一直在盯我梢，你要想个办法，帮我甩掉他们。"

高启强一愣："凭什么我想办法？"

"我想看看你有多大能耐，要不然我就带着警察一起见你。"徐江说完就挂了电话。

高启盛想了想，说："哥，我有办法帮他甩掉警察！"

高启强诧异地望着弟弟，犹豫了一下，说道："你想清楚，搅进来，就再也洗不干净了。"

高启盛笑了笑，毫不在意。

"这把枪我收着，什么时候用我来决定。"

"哥，听你的。"

高启强看着弟弟叹气："说说你的主意。"

第十五章　枪丢了！

白色宝马刚刚驶出徐江家的别墅，立即被负责侦查的警察盯上了。

坐在副驾的警察边在本子上记下时间，边说："跟着他。"

警察开着的民用车缓缓跟在白色宝马后面。

宝马车内，徐江拿着手机。高启强的声音飘出："警察跟着你吗？"

徐江回头看了一眼："跟狗追着肉一样。"

"去旧厂街。两点半，准时到。"

徐江踢了踢司机座位："旧厂街。慢慢开，带警察逛街。"

宝马车缓缓开到了老工厂的居住区，警察的车在后面不远不近地跟着。

徐江拿着电话，说："我到了。"

高启强的声音缓缓飘出："两点半工厂的铁道路口会经过一辆火车，交通灯变黄之后，你趁着道杆落下之前闯过去。"

徐江踢了踢驾驶座："等黄灯，然后冲过去。"

工厂的火车缓缓驶来，交通灯开始闪烁，变黄。

白色宝马车突然加速，抢在道杆落下前闯过火车道。

道杆砸在宝马的后车厢上，与此同时，火车呼啸而过，瞬间把世界隔成两半。

跟踪的警察急得从车里钻出来，望着眼前一长串的火车厢无可奈何。

京海的轮渡上满是旅客。

高启强和徐江靠在二层舷窗外的栏杆上。

徐江看看海面，说："选这么个地方，不怕我把你推到海里？"

高启强笑了："我一定会拖着你一起跳下去。我是卖海鲜的，水性还可以，徐老板怎么样？"

徐江哈哈大笑："你放心，咱俩现在都顾不上杀死对方，因为有个大麻烦找上门了。"

"什么麻烦？"

徐江拍了一下围栏："雇你杀我儿子的那个老板被我杀了，但我一时糊涂，放过了他的老婆孩子。现在警察找到他们了，正准备带回京海。"

"你杀的人，跟我有什么关系？"

徐江摆摆手："可是警察如果查下去，你也脱不了干系。"

"那是个意外，我根本没杀你儿子。"

"你收了钱，就是你杀的，你那家小破店也别想干了。"

徐江递给高启强一张纸："警察会护送那个女的回来，他们的行动计划都在这里，开什么车，走哪条路，上面写得清清楚楚。我不管你用什么手段，别让那个女人活着到京海。"

"你怎么拿到的？"

徐江一笑："你以为只有你有靠山吗？"

高启强接过纸条："如果我做成了，咱们的账是不是就清了？"

徐江冷笑着："没想到我徐江有一天会跟你这样的人谈生意。我是该说你单纯呢，还是太聪明？这件事做成，唐小虎还给你。想清账，东西先给我。"说着，徐江向高启强伸出手。

高启强一愣，随后马上反应过来徐江指的是黄翠翠的东西。

高启强摇摇头，迅速做出判断："跟你这样的人谈生意，东西给你，命就没了。"

"是不想给，还是根本就不在你手上？！"

"你猜。"

徐江盯了高启强半天，但在他眼里没看出任何东西。

徐江乐了："我开始有点儿喜欢你了。想保命可以，但我劝你不要把录音备份，否则你复制了几份，我就从你这儿拿走几条命。"

高启强终于知道了黄翠翠留下的东西究竟是什么，表面仍然不动声色。

船靠岸了，下层的旅客们纷纷登上码头。

高启强转身要走，想想又回过头，恶狠狠道："最后警告你，别再碰我的店。"

徐江听得一头雾水。

李响接过陈书婷的行李箱，放进桑塔纳后备厢。

晓晨亲昵地要安欣抱着他。陈书婷最后望了一眼客厅里的巨幅全家福，锁门离开。

日落月升，桑塔纳飞快地在高速公路上行驶着，前方，就是京海收费站。

安欣开着车，兴奋地和曹闯通电话，汇报自己已经下高速了，再有一个半小时就能到局里。与此同时，还不忘问问徐江的状态，得知他老老实实地在家里待着，安欣一脸兴奋。

"还是知道怕了，我看这次还有谁能保得住他……"

"嘭"的一声巨响，安欣的话音未落，一辆大货车从旁边冲出来，狠狠地撞上了桑塔纳。货车将桑塔纳直接撞出了隔离带，一直翻滚到山底。车子在激烈的颠簸翻滚后终于停下了，四轮悬空，车内再没有丝毫动静。

货车驾驶室里跳下两个人，戴着黑面罩，手里拎着钢管。一个蒙面人用手向下指了指，两个人一起向山底走去。坡不陡，两人小心翼翼地拿着钢管，往车前凑。

安欣系着安全带，倒悬在车内。昏昏沉沉的他努力地睁开眼睛，透过残破的玻璃，可以看到两个黑影正慢慢接近。安欣努力想挣扎，却根本动不了。为首的蒙面人见是安欣，吓了一跳。而车内除了安欣，再没其他人。

另一个蒙面人沿着车转了一圈，说："就他一个，没其他人？上当了！怎么办？"

打头的蒙面人犹豫了一下说："救人。"他将钢管插到腰里，解开安欣的安全带，费力地将他从驾驶室里拖了出来。

昏昏沉沉的安欣拼劲全身的力气从腰里掏出枪来，指向二人，气若游丝地说了一句："……不许动！"

其中一个蒙面人挥起钢管，打掉了安欣的手枪。他挥动钢管，还要砸向安欣的脑袋，另外一个蒙面人死死拽住他："走，快走。"

两人跌跌撞撞地爬上缓坡。

地上只剩安欣艰难地喘息着。

他身边的桑塔纳燃烧着，随时会爆炸……

夜里的京海火车站依然人来人往，出站口处，安长林带队，十几名全副武装的警察严阵以待。

李响拉着行李，带着陈书婷母子走了出来。

李响敬礼："安局，人安全护送到了。"

安长林拍拍李响："辛苦了。"

市公安局的会面室里，安长林和曹闯正在亲自询问陈书婷。陈书婷说，徐江确实做器官买卖的生意，也确实是杀害自己丈夫的凶手。虽然没有实际的证据，但是陈书婷表示自己已经查到，徐江曾收买了丈夫身边的司机，徐江杀人时，司机就在现场。如今司机已经藏了起来，地址也已经查明，但是她必须见到安欣才能说出具体地址。

安长林和曹闯看看时间，按照两个小时前的通话，安欣此时应该已经回来了才对。

曹闯起身离开会面室来到走廊拨通电话。电话响了很久，终于接通了。

"安欣，怎么还没到？"

曹闯的电话里传来安欣虚弱的声音："……师父，我被袭击了。"

"你在哪儿？受伤没有？！"

安欣的声音更加虚弱了："师父……我的枪丢了。"

在公路的下方，山坡被探照灯照得亮如白昼，几十名警察打着手电在地毯式搜寻。

山间公路已经被封闭，路边都是闪烁着灯的警车和救护车。

安长林脸绷得像石块一样，打着电话从车上下来，口气前所未有地严厉。

"调取沿路监控，一定要找到歹徒！什么，你们科长睡了？老子还没睡呢！叫他起来！"

安长林见救护车后车厢敞开着，担架上是空的。

曹闯沮丧地迎上来。安长林看着曹闯，吼道："安欣呢？"

"还在下面，死活不肯上来。您去劝劝他吧。"

安长林抬腿就走，忽然停下来，到曹闯身边低声道："枪找到了吗？"

"还……还没有。"话没说完，安长林又走了。

安欣的头上、身上被简单地包扎了一下，他正坐在原地发呆。他对面是已经烧黑了的桑塔纳残骸。

护士和护工站在他身后，束手无策。安长林和曹闯走过来。

安长林看着已经烧黑了的桑塔纳残骸，又看看安欣，努力调整自己的情绪，来到安欣身边，温和地说道："先去医院，做个核磁检查。"

安欣摇摇头。安长林拍拍安欣的肩膀："你待在这儿影响他们工作，先回去。"

安欣抬眼望着安长林，眼泪从眼角滑过，说话带着哭腔："安叔，枪，能找到吧？"

安长林点点头："能！"

安欣不肯相信，又问："肯定能找到吧？"

安长林咬着牙点点头，语气坚定："肯定能！"

安欣四周看看："要是万一找不到了呢？"

安长林张了张嘴，安欣的表情让他想哭："你先去医院。"

安欣依然没动。

安长林忽然大喊："服从命令！"

安欣看着安长林，挣扎着站起身却又险些摔倒。曹闯连忙扶住安欣，说道："安欣，你只要还认我这个师父，就赶紧上医院，别想没用的！找不到枪，你师父这身警服不穿了！"

夜晚的海黑得可怕，让人从心里涌出莫名的恐惧。

高启强和唐小龙看着货车慢慢沉入海底，最后冒了两个泡，彻底消失不见了。

两人把随身的外套、头罩和鞋子脱下来，将另一套新衣服换上。

突然，一把64式手枪从唐小龙的腰间掉落。

高启强一惊："安警官的枪？"

"是。"

高启强愤怒了："你疯了！拿警察的枪，警察能放过你吗？"

小龙辩解道："就算不拿，警察也不会放过咱们的。"

高启强闻言一愣，痛苦地抱头蹲下，嘴里骂着："徐江这个王八蛋，要是早知道是安警官，我……"

"强哥，知道又怎么样，咱们能不来吗？"

高启强十分懊恼："我……我想个别的办法，至少不该伤到他。"

小龙摇摇头："我做这些都是为了小虎，没什么后悔的！别说安警官跟我没交情，就算有又怎么样？强哥，你要是觉得良心过不去，就别干了。我弟弟我自己救。"

高启强苦笑着摇头："走到这一步，还怎么回头？"

火柴的光亮点燃夜空，滑落在装衣服的口袋上。

海滩上，火光熊熊燃烧，映照着海面，也映照着高启强和唐小龙的身影，忽明忽暗……

第十六章　有内鬼！

市公安局会议室内，孟德海和安长林正襟危坐，还有其他局领导在场——丢枪，对公安局来说是天大的事！屋里的气氛压抑到了极点。

曹闯用手比画着高速公路附近的地图："我们把搜索范围扩大到半径两公里，还是没能找到枪。我们有理由推测，很可能是被袭击者捡走了。"

孟德海沉声说道："肇事车辆呢？"

"已经从摄像头查到肇事车辆的车牌号，但车在两天前已经报失，车主本人没有作案时间，和我们查的嫌疑人也没有交集。"

孟德海点点头："安欣怎么样？"

曹闯说道："在医院里。他提供了个线索，在与袭击他的嫌疑人搏斗的时候，他指甲里留存了嫌疑人的皮肉组织，目前法医正在分析。"

安长林有些沮丧："如果嫌疑人的信息不在数据库里，这条线索的意义也不大。"

孟德海看了看大家："大家都提起点儿精神，通过安欣的努力，目前我们掌握了陈书婷这条重要线索，这对案件来说是重大突破！"

安长林点头："但是现在陈书婷的情绪很激动，如果让她看到安欣的样子，她还能否配合我们，不好说……"

正说着，会议室的门开了，重新包扎后的安欣在李响的搀扶下走了进来。

安欣站好，大声说道："报告！"

孟德海关切地问："你怎么出来了？"

"报告，我有重大线索要汇报！"

孟德海连忙说："讲。"

安欣缓缓地看着众人："我们的队伍里有鬼！"

所有人脸上都变了颜色。

曹闯一瞪眼："安子，嘴上有点儿把门的！"

孟德海摆摆手："你让他接着说。"

安欣缓了缓情绪："徐江一定知道我们的计划，才能准确地袭击我的车。要不是我临时改变方案，让陈书婷坐火车回来，后果不堪设想。"

孟德海毫无表情："你怀疑，局里有人把计划泄露给了徐江？"

安欣坚定地说："不是怀疑，是肯定。"

大家都不吭声。

安欣继续说道："我建议开展内部调查，找出徐江在警队内的耳目，陈书婷才能放心跟我们合作！"

孟德海一拍桌子，声音高了八度："我不同意！"

安长林毫不意外，眼皮都没抬一下。

孟德海沉着脸："咱们市局这个刑警队最近净出风头了，连市委都盯着呢。这个时候搞内查，是嫌自己日子太舒坦了吗？"

安欣皱着眉："可是……"

孟德海一瞪眼："可是什么？陈书婷不配合，那又怎么样？离了她还破不了案了？市局上下百十号人，都是吃干饭的？"

曹闯站起身，说："李响，你送安欣回医院，验好伤，配合接受调查！找到枪之前，暂停一切工作……"然后转头问询地看着两位局长。

孟德海看着安长林，安长林面无表情，无动于衷。

孟德海说道："安欣，把证件交上来，先停职反省。"

散会后，安欣追着安长林问："为什么不同意内查？"

见安长林不搭理自己，安欣穷追不舍："升官对你们就那么重要？"

安长林叹口气："官职不重要，重要的是权力。有更大的权力就能做更多的事情，就算包公也用得着尚方宝剑。所以权力并无好坏，要看怎么用。"

"破大案，抓要犯，不正是你们需要的吗？"

"只有立功才能受赏，这种思想恰恰说明你的幼稚。《尉缭子》第三篇的《制谈》，你应该好好读一读。"

深夜，高启强推开白金瀚的包厢门，猛见一个易拉罐飞来，立即机敏地向侧方一躲。易拉罐撞在走廊墙上，裂开，饮料洒了一地。包厢里已经被徐江摔砸得一地狼藉。

得知陈书婷依然活着的徐江刚从泰叔那儿回来，本想放低身段让泰叔出面找陈书婷调和，却不想泰叔记恨之前徐江不给自己面子，给了徐江闭门羹，让他颜面扫地。

高启强关上门，说："你要是疯疯傻傻的，就别叫我出来，我不想被一个疯子连累。"

徐江指着高启强："我这样赖谁？还他妈不是赖你？你要是能把那娘儿们做干净了，我用得着低三下四到处求人吗？"

"你给的计划根本不对，陈书婷没坐车回来。"

徐江丧气地说道："我知道，她临时改的火车。"

高启强一皱眉："你这个不准确的消息让我差点儿杀了一个警察，所以，我想知道给你消息的是什么人？"

徐江瞪着眼睛："少管闲事。"

"我是怕你被警察玩了，给你放点儿假消息，做好了口袋等你钻。"

"不可能，除非他不想升官了……"

高启强听到，微微皱了一下眉。徐江也意识到了，赶紧停住话头。

徐江拿出一张纸，说："这是陈书婷现在的住址，还有她孩子的学校，我不管你用什么办法，要让她彻底闭嘴。"

"她不是在警察手里吗？"

"我的内线说，她不放心警察，暂时还没供出什么，只好让她先回家了。"

高启强想了想，问："有没有警察保护？"

"你整出那么大动静，连警枪都敢抢，能没警察保护吗？"

高启强把纸推回给徐江："送死的事我不做。"

"陈书婷要是跟警察合作，我的活路就断了。但是我死之前一定拉上你全家。"徐江掰着手指头数数，"你、你弟弟，还有在外地读大学的小妹妹，听说长得还不错……"

高启强一巴掌打飞了徐江的酒杯，徐江抬脚踹开高启强，两人扭打在一起。

遥控器不知被谁摁到，动感的音乐突兀地响起……两人打到气喘如牛，凶恶地互瞪了片刻，同时松手。徐江抓起打翻的酒瓶，仰头喝完剩下的"瓶底子"，说道："搞定陈书婷，你离开京海，我放过其他人，雷雷的事两清！"

"我信不过你！"

徐江指着高启强："少他妈废话，别逼我反悔！"

回到家中，高启盛询问哥哥和徐江谈得如何。

"他让咱们除掉陈书婷。"说着话，他拿出纸条，"这是住址，还有她孩子的学校。"

"陈书婷到底知道徐江什么把柄，徐江这么怕她？"

高启强摇头："不知道，但徐江已经被警察逼到绝路了，被抓是早晚的事，咱们要考虑的就是别被他牵连。"

高启盛倒了杯热水，把几片消炎药递给哥哥："暂时只能跟徐江坐一条船，不能让他落在警察手里。"

"徐江今天答应，只要帮他过了陈书婷这关，他儿子的事一笔勾销。"

高启盛嗤笑："这你都信？"

"我愿意信他，或者说，我希望他说的真的。本来就是一场意外，怎么就走到了这步田地？"

高启强揉着太阳穴，显得很疲惫。

高启盛安抚地拍拍哥哥后背："哥，我知道你累，但是你做的没错。你总是替我们着想，替这个家打算。现在有我帮你，你不用让自己这么累。眼下只有搞清楚陈书婷知道些什么，才能想接下来怎么办。"

放学时间，小学的正门口围满了接孩子的学生家长。

高启盛恢复了学生装束，一副理工男的打扮，手里拿着一沓家教广告传单，不停地四处张望。

一辆轿车缓缓停在路边，副驾驶上下来一名便衣警察，下车时扶了扶耳麦。

便衣警察观察了一下，没发觉异样，打开后排车门，让陈书婷下来。

陈书婷走向校门，和等待孩子的家长站在一起。

高启盛往每个人手里发着资料，慢慢地向陈书婷靠近。

"您好，我是辅导班的老师，您家孩子需要家教吗？"

简历发到陈书婷跟前，她说："不需要。"

"可以先试听一节，试听不要钱。我是京海人，教过不少老板家的孩子，说不定还跟您先生认识。"

陈书婷神情明显有了变化。

高启盛没有任何动作，静静地望着她，脸上挂着淡然的微笑。

陈书婷稳住情绪："你住京海哪里？"

"旧厂街。"

陈书婷眯着眼睛，问："旧厂街的唐小龙、唐小虎，你认识吗？"

高启盛点点头："认识，他们帮我哥介绍过生意，我哥叫高启强。"

陈书婷皱眉低声说道："你来找我想干什么？"

高启盛笑着说："我就是来应聘家教的，您给个机会，试听一节课。"说完，高启盛转身就走。

回到家中，陈书婷拿着高启盛递来的传单想了很久，按照上面的电话号码拨了过去。

几个小时后，高启盛通过了门口便衣警察的盘查，站在了陈书婷儿子的面前。

高启盛往书桌旁一坐，说："你好，我姓高，高启盛，你可以叫我哥哥，也可以叫我小盛。"

晓晨笑了："那我还是叫你小盛吧！"

高启盛摊开一个习题簿："把这一页的题目做一下，有不懂的就问我。"

陈书婷站在门口，看晓晨在埋头做题，话里有话地说道："我到厨房给你们削点儿水果。"

高启盛起身拿起杯子，佯装到厨房里去接水，确信没有引起警察的注意后，跟陈书婷小声说道："我哥为了帮我开店筹钱，才去找徐雷讨债，惹上现在的麻烦……"

陈书婷恼火地低声说道："叫他去讨债，没叫他杀人！"

"我哥没杀他，是他自己电鱼出了意外。你相信我们。"

"信又有什么用？我丈夫人都没了。"

"你想给他报仇，所以才跟警察合作。但警察里有徐江的耳目，你不知道该怎么办了。"

陈书婷呆呆地望着高启盛。

高启盛低声说道："我们能帮你除掉徐江。"

陈书婷一皱眉："为什么？"

高启盛瞟了一眼警察："他威胁我的家人了，我不能原谅他。徐江很怕你跟警察合作，你知道他什么把柄？"

陈书婷犹豫了一下说："我丈夫的司机能证明徐江杀人，我知道他躲在哪儿。"

高启盛问道："能不能把地址告诉我？"

陈书婷向后退了一步，眼神警觉起来。

高启盛真诚地看着陈书婷："信我。"

警察看完报纸，回头看了一眼陈书婷，她正端着切好的水果出来。书房里传来晓晨的声音："小盛，我都做对了！"

高启盛在阅题，全是对号。他看着晓晨，说道："晓晨真聪明！"

陈书婷走进来，说："吃点儿水果吧。"

高启盛笑着说："您孩子很厉害，下次可以直接做三年级的题了。"

晓晨得意扬扬地吃着水果。

第十七章　高家兄弟

入夜，陈书婷抱着孩子，哄他睡觉。待儿子呼吸匀称了，她轻手轻脚地下了床，走进卫生间，拨通了电话。

对面传来一个苍老的声音："喂？"

"泰叔，是我。"

"你那边警察盯得那么紧，就不要老给我打电话了。"

"你帮我找到了那个司机，我还没好好谢谢你。"

"我只是看徐江不顺眼。"

"但是我拿不准主意，要不要把这个消息告诉警察？"

"不靠警察，你怎么报仇？"

陈书婷咬咬嘴唇："杀徐雷的人今天来找我了。"

"你家里不是二十四小时都有警察吗？"

"对，他还是想办法进来了，该说的都和我说了，他们是兄弟俩，来的是弟弟，据说哥哥更有本事。"

"胆色不错，还有脑子。"

陈书婷想了想："警察里面有徐江的人，我信不过。"

"明白了，这是你们两家的恩怨，你自己做决定。"泰叔说完，挂断了电话。

刑警队里，李响拿着本册子给曹闯送过来。

"师父，这是陈书婷的监护记录。"

"派出所汇报有什么异常吗？"

李响摇头："没有。"

曹闯一边翻看着一边说："我不相信徐江会这么老实。"很快，他的目光停住了，其中一条来往人员登记姓名写着高启盛，后面有身份证上的地址，"这名字有点儿眼熟啊。"

强盛小灵通专卖店门口，安欣看了一眼便抬步迈了进去。店里只有一两个客人，高家兄弟都在。高启强看见安欣，仿佛桑塔纳翻滚下坡的场景再一次重演。他努力镇定下来，招呼着安欣："安警官怎么来了？"

安欣笑道："想着好久没见了，来看看你。"

"小生意，没什么动静。"

"吃了吗？一起吃点儿，叫上你弟弟。"安欣说。

朝着安欣微笑点头示意的高启盛说："我就算了，店里不能没人。"

高启强从柜台里走出来，说："我陪你去，这边有家面馆不错。不过说好了，这次我请客。"

小店里，安欣和高启强都在埋头吃面。

安欣咽下了一大口面，说："这家店我也常来。"

高启强抬头："是吗？从没在这儿见过你。"

安欣摆手："最近一直忙，顾不上来。"

高启强试探地问道："还是之前黄翠翠那个案子？"

安欣点了点头。

高启强把身子前倾了一些："需要我帮忙吗？"

安欣招招手，示意高启强凑近："有个证人叫陈书婷，掌握重要线索，可是不愿意配合我们，你认识吗？"

高启强迟疑了一下，说："不认识。"

"哦？上周六是你送你弟弟去的她家吧？"

高启强手里的筷子掉了下来。安欣直视着他的眼睛。高启强假装想了想，一副恍然大悟的表情："是那家人呐。她找小盛做家教，上周六是我陪小盛去的。"

"你弟弟连吃午饭的时间都不愿意耽误，怎么会舍得周六关一天店？"

高启强一笑："人家是大老板，钱也不少给。"

"那接下来呢？每周六都上课吗？上到什么时候？"

高启强一愣："这……你得问小盛。"

安欣笑道："放心，现在有人正在问他。"

高启强脸色难看极了。安欣继续说着："咱们再聊聊唐小虎的事。他回家了吗？"

高启强摇摇头："没有。"

安欣点头："之前你因为唐小虎失踪来找过我，我让你报警，但你没去。后来，由于我们的案子牵扯唐小虎，我的两名同事去调查，碰到你和唐小龙在喝酒。那次询问，你们却改口了。他失踪了这么久，你们反而不着急了，这说明什么？说明你们知道他在哪里！"

高启强一脸无奈："这个我真的不知道。"

安欣又点点头："那唐小龙呢？"

"他？那你们去问他呀！"

安欣看着高启强："也已经有人在问了。"

此时的唐小龙已经被张彪和同事从菜市场带到车里，张彪扯下唐小龙的手套，手背上的抓痕刚刚结痂。那是安欣被撞当晚留下的唯一线索。

面馆的客人都走光了，店里只剩下安欣和高启强。

高启强轻声道："既然你把他们都抓了，为什么现在不抓我？"

"因为我不太愿意相信你会犯罪。我相信你是个好人，一个有担当、顾家、守法的好人。"

高启强颤声道："安警官，谢谢你。"

"还记得我在看守所门口跟你说的话吗？"

高启强嘴角微微抽动，点点头。

安欣说道："如果我信错了人，我希望第一个知道真相，不是在公安局，不是以警察的身份，而是在这里，以朋友的身份听你说。"

高启强深深吸了一口气："我还有多少时间？"

安欣想了想："这要看你弟弟和唐小龙何时交代、交代多少。"

高启强点头："够我再吃碗面的。老板，再来份大碗牛肉面！牛肉要双份！"

高启强专心吃面，安欣望着他，心情复杂。面都吃完后，高启强端着碗，把汤底喝了个干干净净，满足地拍着肚子，打了个饱嗝。"吃饱了，爽！"

安欣看看表："时间不多了。"

高启强仿佛没听见，自顾自地说："你知道吗，我从来没吃这么饱过。爹妈死得早，是我拉扯两个小家伙长大的。靠着那点儿抚恤金，一分钱掰成两半花，一半给小盛，一半给小兰，没有我的……"

安欣的手机响了，显示曹闯来电。然而，高启强还在喋喋不休，丝毫没有停下来的意思。

"那会儿做梦都想吃一大碗牛肉面，只吃面吃肉，不喝汤，一口都不喝！"

安欣忍不住了："这是局里的电话，审讯一定有结果了，你有什么要说的，抓紧说。"

高启强深深呼出一口气，神色淡然："安警官，我没有要交代的。"

安欣失望了，感觉心里被什么堵住，很难受。他接通了电话。

"喂，我是安欣。"曹闯的声音从电话里传出，"唐小龙就是那晚袭击你的人，他也招出了同伙。"

安欣望着对面一脸坦然的高启强，问："是谁？"

电话里沉默了一会儿，说："不是高启强。"

安欣愣住了。

"安警官，我可以走了吗？"高启强点出几张钱，放在桌上，向门口走了几步，仿佛想起什么，又退回来，"安警官，你拿我当朋友，我也真的拿你当朋友。再等几天，我送你一份大礼。"

高启强说完，头也不回地离开了面馆，一边走一边回忆起袭击安欣的那个晚上。

当时，高启强和唐小龙回到高家，高启盛发现了唐小龙手上被安欣抓出的伤。

高启盛说道："枪好藏，但是小龙哥，要是警察做 DNA 检测，你根本跑不了！"

唐小龙一惊："那怎么办？"

高启盛想了想，说："先做好最坏的打算。"

三个人围坐在桌前。

高启盛沉声道："如果你被警察抓了，要再找个替罪羊，不能牵连我哥，如果我们都进去了，没人能救你弟弟了。"

唐小龙想辩驳，张了张嘴，想不出辩驳的话来，随即点点头。"就是再找一个人扛事呗，行，强哥，要是我真栽了，你可一定要把小虎救出来。"

高启强用力点了点头。

"来，我们对一对词。小龙哥，你记住你的，剩下的我来教他。"高启盛开始学着用警方的问询方式对唐小龙进行紧急培训……

果然，菜市场的一个年轻人到了警局自首，像背书一样说着跟唐小龙一模一样的话："我们就是在一起喝酒来着，喝到后来，小龙哥醉了，就说干点儿刺激的，偷辆车抢劫吧！我以为他吹牛，就跟着去了，没想到他真的撬了辆大货车……"

无论曹闯带人如何询问，这人翻来覆去就是那几句话，不承认见过枪，只坚持是酒后寻刺激。曹闯等人一戳到他软肋就喊头疼，明显是已经串通好的套路。安欣知道，高启强虽然心理素质好，但是能想出这个办法的一定是文化程度更高的高启盛。在他的脑海中，真相已经拼凑得差不多了：高启盛回家创业，但是缺钱，通过唐家兄弟接了赌场老板的任务，去找欠债不还的徐雷讨债，过程中发生纠纷，导致徐雷触电溺水身亡；徐江为了报复，杀了赌场老板，绑架了唐小虎，还差点儿割了他的器官；赌场老板的老婆陈书婷手里有徐江杀人的证据，所以徐江威胁唐小龙袭击警车，但失败了，高家兄弟才不得不主动接近陈书婷……整件事情说得通，可惜几个关键的点都缺少证据。那么高家兄弟接近陈书婷的目的是什么？总不会是替徐江杀人灭口吧？安欣思考着。忽然，他想起高启强的话："安警官，你拿我当朋友，我也真的拿你当朋友。再等几天，我送你一份大礼。"

　　陈家别墅门铃响起，门被打开，高启盛站在门口，愣了一下。

　　开门的居然是曹闯和李响。

　　陈书婷牵着晓晨站在书房门口，脸上没有任何表情地说："小盛老师，开始吧。"

　　书房的门开着，高启盛在辅导晓晨做题，没有什么异常。

　　陈书婷从厨房里出来，手里端着削好的水果，摆在桌上。看晓晨做题心不在焉，陈书婷有些愠怒："晓晨，这么半天，才做了几道题？"

　　高启盛解释道："这是三年级的题，我本来只想让他试试。"

　　陈书婷不耐烦地拿起桌上的铅笔，迅速在数学习题簿上圈下十一个数字。

　　高启盛瞬间明白了意思——那是个电话号码！

　　陈书婷又说道："记住了？"说完，她将笔一摔："擦了，自己重新再做。"

高启盛用橡皮将数字擦掉，嘴角泛起了笑容。

专卖店内，高启强穿着鲜艳的红色外套，热情地向顾客介绍新款彩屏小灵通。他时不时瞥一眼门外，马路对面停着一辆几乎和他同时到店的汽车。

此时张彪坐在车里，望着店内高启强的身影。

张彪一边往本上记录，一边自言自语："十六点二十分，目标在店，顾客两名，无异常。"

很快就到了下班时间，专卖店来往的人多了起来，进店的顾客也越来越多。

张彪有点儿盯不过来了。人头攒动，只能看到柜台后的红外套仍然活跃着。

高启盛穿了身不显眼的外套，随着人群挤进店里。

柜台前挤满了客人，高启强应接不暇。

高启盛隔着柜台冲哥哥使了个眼色。

高启强会意，一边脱下外套，一边钻出柜台。

高启盛接过哥哥的外套，随手将一张字条塞到哥哥手里。

高启盛钻进柜台的时候，已经把红色外套套好了。

这时电话响起，张彪随手拿起电话："喂？"电话里曹闯的声音传出："你那边看到高启盛进店了吗？"

张彪仔细看向店里："没有啊，就高启强一个人。"

曹闯在电话里急道："二组汇报，跟高启盛跟到进店，他们店也没有后门。"

张彪抻长了脖子看着："真的就高启强一个人。"

曹闯吼道："你进去看看！"

张彪应声下了车，过马路，走进专卖店。

他来到柜台前，发现卖手机的居然是高启盛。

第十八章　送个大礼

陈书婷给的电话号码正是泰叔的。此刻，高启强正在一个僻静街角的破旧公共电话亭前。泰叔知道这是陈书婷信任高启强的意思，于是将司机的藏身地址告诉了高启强。

拿到地址后，高启强拨通了徐江的电话。杀了陈书婷只能拖住警察几天，而徐江真正要找的是那个司机，只要他活着，警察早晚能找到他。高启强让徐江先把唐小虎送回菜市场，确认唐小虎安全后，嘱咐了他面对警察询问时要说的话。做完这一切，高启强买了菜和肉，回家准备晚饭。刚走到楼下，碰上安欣正在等着自己，高启强知道躲不开，便热情地将安欣请到家里。

两人推门进屋，高启盛坐在桌前，一看安欣进来，脸色一变，旋即恢复了正常。

高启强兀自进了厨房，一边忙活一边说："难得贵客来，等我做点儿好的。小盛，给安警官倒水。"

一会儿的工夫，桌上摆上了浓油赤酱的几个菜，一人面前还有一碗热汤面。三个人吃得都是满头大汗。

安欣边吃边说："好手艺。"

高启强给安欣夹菜："家常菜，别嫌弃。"

安欣站起来，绕着房子踱步，饶有兴致地四处看着："师父教过我，一次偶然可能是偶然，两次就要看一看，三次以上，一抓一个准。"

高启盛看着来回走动的安欣，打了个哈欠："警官，我们明早还要开张呢，你吃饱了就走吧。"

安欣自顾自翻找起来。"你们兄弟俩的行动跟我们的案子重合的轨迹太多，已经远远不止三处。所以我不能走，这个家，值得我好好看看。"

高启强淡然说道："我不知道你想看什么，但这里肯定没有你想要的东西。"

安欣伸出一个手指，摇了摇，表示否定："你知道我想找什么，就像我知道你今天去了哪儿，但是我说了你也不会承认。"

高启强轻轻摇头："你说说看，这里没有外人。"

安欣转身看着高启强："唐小虎今天回来了，他被人从一辆没有牌照的车上扔到菜市场大门前。这事儿你早知道了吧？但是我想不通你用了什么办法。"

高启强微微一笑："我说过，他只是贪玩，玩够了就会回来。"

安欣随意地说道："他在菜市场用别人的小灵通打了个电话，是打给你的吗？号码是个公共电话，局里同事已经去取证了，你好好想想，有没有留下什么痕迹。"

高启强一笑："你担心我？"

安欣点头："当然，咱们是朋友。"

高启盛冷笑："放心好了，我哥不会因为一些莫须有的猜测就出事。"

"这事儿谁也说不准，对不对？比如唐小龙，因为手上几道抓痕，就要面临至少五年刑期，你说他亏不亏？更亏的是那个小孩，坐牢可是一辈子的污点。"

高启强点头："凡事总有人要承担后果，跟年龄大小没关系。"

安欣继续说道："那孩子说那一晚喝醉了，但我当时没闻到一点儿酒味儿。我虽然被撞得脑袋发晕，但还是有点儿印象。那两个人动作迅速，反应很快，根本不像喝过酒。我后来拼命回忆，有一个嫌疑人的声音很熟悉。"

安欣与高启强四目相对，谁都没有回避。

高启强微微一笑："回忆是会骗人的，尤其是脑子里的东西，别人看不到，想怎么说都行。"

安欣点点头，继续翻找："你说得对，要证据，唐小龙袭击我的时候还拿走了我一件很重要的东西，但我们把他的家翻了个底朝天都没能找到，他一定是藏在别处了。"

安欣的目光落在角落隐蔽的柜门处，前面堆放着很多杂物："这些东西堆了多久了？"

高启强随意说道："都是些没用的老玩意儿，很长时间了。"

安欣走过去抹了一把，手上很干净。他摊开手掌，说："堆了那么久，却很干净啊！"

说完，安欣动手搬开杂物。

高启盛急了，冲上去摁住他的手："安警官，我再不懂法，也知道搜查需要搜查令吧？"

安欣回头看了一眼高启强："谁说这是搜查？老高，咱们是朋友吧？"

高启强苦笑着点点头。

安欣看着高启盛："你哥是我朋友，我在朋友家找点儿东西也用得着搜查令？还是说，这里有什么不能让我看的？"

高启盛急道："朋友也不能侵犯隐私吧。"

安欣继续说："老高，你说过要给我个惊喜吧？是不是藏在这里？"

安欣装疯卖傻，扒开高启盛的手。

高启盛寸步不让，两人较起劲儿来。

高启强沉默半晌，垂下眼皮，似乎有些累了："小盛，让开。"

高启盛一惊："哥！"

高启强走过去掰开高启盛的手，看着安欣的眼睛。他控制住自己即将要滑落的泪水，转身走回椅子那儿，坐下去，说："人家是警察，据说两个大局长都把他当成亲儿子。安警官能低下姿态跟咱们交朋友，是看得起咱们，咱不要不识抬举。"

高启盛咬紧牙关，死盯着安欣，挪开身子。

安欣皱着眉头愣在那儿，可是他已经顾不上太多了。他搬开杂物，猛地打开柜门，却一下子愣住了。柜子里是那台被摔得支离破碎的彩电，靠黄色的胶带横七竖八地捆扎成一个整体。

"这台彩电不值钱，退也退不掉，扔了它？说实话，舍不得。我留着它，就是为了提醒自己，人要是没本事，就跟它一样，粉身碎骨，分文不值。"

安欣心里像是被扎了一下，脑子立即清醒了，意识到自己的行为欠妥。"老高，我不是故意要揭你的伤疤……"安欣重重拍了拍脑袋，不知道该说什么，只好转身离开，"对不起，我走了。"

"我送送你。"

高启盛不解地望着哥哥，隐隐感到不安。

高启强送安欣上了车，安欣关上车门。高启强双手扶着车顶，郑重地开了口："安警官，你是警察，做事讲个理，我不怪你。但是我这个人讲情，答应你的一定给，欠你的一定还。"

安欣望着他，此时此刻不知道该说什么好。

高启强沉默了一会儿，说："有人告诉我一个地址，你别问那人是谁，也别问他在哪儿，把地址记好，我就说一遍。"

安欣脸色一变，疯狂在车上寻找纸和笔。"你等一下！"

记下地址后，安欣疾驶而去。

高启强望着车尾灯的光，嘴角抽了抽，终于释然了。

高启强回到家，屋里黑着，窗帘紧闭。高启盛把破彩电抱到桌上，拆下各处胶带。高启强走过来，掰开彩电残骸，从中拿出两把手枪，一把是安欣的警枪，一把是高启盛的自制手枪。

高启强看着安欣的警枪说："我说自己重感情，其实安欣才是真的重感情，也多亏他重感情。"

高启盛看了高启强一眼："哥，你刚才……是真的是假的？"

"是真的，也是假的，不过以后应该没有真的了，又或许，假的比真的更真。"

高启盛犹豫道："这里不安全了。"

高启强从思绪里面跳了出来，说道："慌什么，你的书都白念了？算题清清楚楚，碰到事就自乱阵脚。要我说，还是藏在这儿，这叫灯下黑。"

突然，门被一脚踹开，灯瞬间全亮了。

高氏兄弟猝不及防，两人下意识地举起了枪。

门口站着的是疯驴子、徐江的贴身打手老六，还有畏畏缩缩的麻子。

疯驴子夸张地举起了手，大呼小叫："哎呀妈呀，吓死我啦！有枪啊？真枪？快，打一下，让我听个响，让四周的街坊邻居都过来看看！"

兄弟俩投鼠忌器，都觉得手里的枪有些沉。

徐江的打手老六端详着枪口："警枪？可以呀！会使吗？会使就放一枪，把警察招来。不会使，就放下，别再走了火，打着自己。"

双方仍僵持着。麻子听从疯驴子的指挥，战战兢兢地把门关上。

疯驴子夸张地把脑袋顶在枪口上，来回蹭。"我数三下，谁不开枪谁是小妈养的！"

高启强恨得咬牙，手扣紧了扳机。

疯驴子开始喊："一！二！""三"还没出口，老六一把将疯驴子推到一边。

"老板答应你的事已经做到了，你答应老板的呢？人不能这么言而无信。"

高启强沉默着。

"我们放一个，就不会再抓一个吗？你不会真以为这两把枪就能保得住你全家了吧？"

高启强闭上眼睛，吐出一口闷气："西萍县 104 国道边，大发汽修厂，人就在那儿躲着。"

"你看，你只动动嘴皮子，脏活儿就有我们去干。不过，你也别想全脱了干系。"

随后，老六一把抓住高启强手里的枪，扯了过来，扔给疯驴子。

"我们尽量不动枪，万一迫不得已，账还是要算在你高启强的头上。"

疯驴子把枪往腰部一别，看着高启盛手里的自制手枪，嗤笑道："那把就留着你们自己慢慢玩儿吧。"

三个人推门离开。

深夜的小吃店只有安欣、李响、曹闯三个人。

安欣抑制不住激动："我信得过的，都在这个屋里了。还记得上次汇报会两个领导对于内部调查的态度吗？之前徐江就托关系想请他俩吃饭。至于后来有没有再联系，谁也不知道。我问过他们，徐江到底托的谁，但他们死活不肯告诉我。"

曹闯摇头："光凭这些不能说明问题。"

"是。但眼下这条线索是我们最后赢的机会，不能再有一点儿差错了！"

安欣掏出纸条，郑重地摆在桌子上："这是证人司机的藏匿地址，高启强刚刚告诉我的。"

曹闯、李响都是一惊。

李响琢磨了一下，问："可是，他怎么会知道？"

安欣说道："我猜测，有幕后的势力想借助他除掉徐江，他又想借我们的手。"

曹闯"哼"了一声："给他当棋子吗？"

"可是师父，司机是突破徐江的关键，只要他招供，无论徐江的保护伞是谁，都不好使了。所以我们不用纠结高启强的动机，找到这个关键证人才是最重要的！"

曹闯和李响陷入沉默。

安欣焦急地等待曹闯做决定，如果不出安欣所料，徐江派去寻找司机的人已经在路上了，他们没有太多时间可以浪费。安欣着急地劝说着曹闯。

"师父，我跟李响今晚就出发，不惊动局里任何人，只要消息不走漏，我们保证把人带回来！你帮我开封介绍信，我找当地的同事支援一下。"

曹闯想了又想，还是觉得不稳妥，掏出手机，说："不行不行，这事我做不了主，必须跟领导汇报。"

安欣赶紧扑上去，按住曹闯的手机："师父，你上回都帮我了，再帮我一次。"

曹闯瞪眼道："上次帮你，出了多大的娄子，差点儿要了你的小命！"

"师父，求你了！这是最好的机会，错过了这次，再抓徐江就难了！你是局里资历最老的刑警，丰功伟绩、英雄盖世，能受得了徐江这种罪大恶极的人在你眼皮底下嚣张？"

曹闯嫌弃里带着点儿宠爱："念点儿书，全用来拍马屁了。小子，别看我干了几十年刑侦，坏规矩的事情一次都没干过，你记着，破案是一阵子的事，当警察是一辈子的事，不要因小失大。"

安欣明白，曹闯同意了。

第十九章　不许增援

微微的晨曦中，安欣的桑塔纳孤零零地停在停车场的角落里。开了一夜的车，他和李响在这里稍做休息。

安欣刚接过李响递过来的泡面，一辆越野车也驶进停车场，恰好就停在桑塔纳边上。

疯驴子打开驾驶室的门，同样两眼通红，伸了个大大的懒腰。

"麻子，待会换你开啊，这一宿，熬死我了！"

麻子唯唯诺诺地跟下车："驴哥，我都两个月没和家里联系了，能不能把手机给我，让我给家里打个电话呀？你看着我打。我把免提打开。"

疯驴子一把将麻子揽到自己跟前，贴着他的耳朵说："再废话，把你头给拧下来！不许打电话！不许离开我视线！这趟活儿干完，你他妈爱去哪儿去哪儿！"

疯驴子卡着麻子的脖子，奔着服务区餐厅走去。

安欣从座椅上坐起了身子，看着从面前经过的二人，眼睛都瞪直了。

安欣和李响一边扒拉着泡面，一边紧盯着餐厅的门口。

安欣说道："上次医院的行动失败，把麻子放出去之后就再没收到过消息，我还担心他出意外，幸好疯驴子只是怀疑他，没收了他的手机。"

"你说他俩是逃窜的，还是和咱们一个目的地？"

安欣想了想，说："都有可能。高启强很可能把那司机的地址也给了徐江，这才换回了唐小虎。然后又给了我，卖个人情。"

"那怎么办？他俩要是去灭口的，很可能身上有武器，我们得申请增援。"

"先跟着他们吧。如果真的是同路，到了西萍再申请增援也来得及。"

安欣正说着，疯驴子和麻子剔着牙从餐厅里出来，朝这边走来。

安欣和李响同时把座位放低。

去往西萍的高速公路上，桑塔纳始终与越野车保持一定的距离。车仍然是安欣在开，李响在打电话。

"喂，你好，交管局吗？我是市局刑警队的李响，警号xxx。我发现一辆越野车形迹可疑，请帮我查一下。车牌号是xxx，车型是……好的，谢谢！"挂断电话，李响说道，"果不其然，牌子是假的。"

安欣说："疯驴子和麻子的名下都没有车，很可能是徐江给的。"

李响点头："说不定连发动机号都弄掉了，查也查不到徐江头上。"

西萍公安局的会议室内，白板上是西萍县地图，红圈标出一个位置，是个汽修厂，全称叫大发汽修厂。安欣和李响已经请求了西萍县公安局的增援。西萍县刑警大队队长李邵阳带着县大队的精锐，看着安欣将三张打印出来的照片贴在白板上。安欣介绍了照片里的疯驴子和麻子，随后指着最后一张照片说："这个人叫郭振，就是我们这次来的首要目标！"

大发汽修厂院内，郭振趴在捷达车前盖上，两手都是油污。他抬起头说："问题不大，火花塞老化了。"

而捷达车的车主正是一名便衣警察。

便衣警察说道："换一个火花塞要多久？"

郭振想了想，说："好像没货啊，得从库里调。要不你把车放这儿，明天再来。"

便衣警察显得有些犹豫。

此时的安欣和李响乘坐挂有当地车牌的汽车，在路对面严密监视。

很快，疯驴子和麻子的越野车进入了他们的视线，拐进了汽修厂。

安欣打开对讲机："注意注意，目标出现，二组进入！"

"二组收到！"很快，对讲机里就传出二组警察的声音。

一辆停在路边的吉普车应声而动，跟着越野车进入汽修厂。

吉普车紧挨着越野车停下，车里下来两名便衣警察。

车间里，先前到来的警察看见吉普车进来，心中有了数，忙说："我着急用车，你今天能修好的话，我就在这儿等着。"

郭振又瞟了一眼捷达车，说道："能修好，就是时间长点。"

"时间长不怕，主要今天要修好。"便衣警察说道。

郭振点头："那行，你去屋里坐会儿吧，修好我喊你。"

疯驴子叼着烟，走到郭振面前，仔细打量着他的脸说："师傅，帮忙看看我这车呗。"

郭振随口问道："车怎么了？"

疯驴子招招手："你来看看。"

郭振毫无戒心，跟着疯驴子就走。

"哎，讲个先来后到，先打电话调货去！"便衣警察说。

疯驴子插嘴道："就看一眼，耽误不了多少工夫。"

"不行！"

这时吉普车上下来的便衣警察拍拍车前盖，也开始挑衅道："师傅，先帮我们看看呗！"

疯驴子怒瞪了一会儿，败下阵来："行行行，你先打电话。"

郭振松了口气，朝屋里走去。他拿起收银台上的电话，拨号，电话通了："喂，库房，给我送个捷达的火花塞，98年的，1.6L。"

挂上电话，郭振擦了把汗。

收银员嗑着瓜子，随口搭话："今儿够忙啊！平时这个点儿哪有这么多客人。"

这句话仿佛一个炸雷，提醒了郭振。

郭振隔着窗户张望，无论是刚才的捷达车主、打招呼的疯驴子，还是吉普车里下来的两人，目光都时不时地投向自己。

郭振心里害怕，但面上尽量显得镇定。

西萍公安局内，李队长正穿过走廊，忽然被政委叫住。

"老李，听说你们要配合京海市局的人行动？跟他们局长联系过没有？"

"没有，我跟他们曹队长联系过。"

政委比了个枪的手势："枪都配上了，这么大行动，不跟他们局领导通个电话？"

李队长没多想，说道："一有介绍信，二有协作函，三有他们队长的证明，这还不够？"

政委一脸严肃："队长管什么用，出了事他能负责吗？赶紧再打个电话，一定要让他们局级领导点头！"

这一边，大发汽修厂屋内，疯驴子和麻子沉不住气，走进汽修厂的屋里，发现郭振已经不在了。

疯驴子心思一动，立刻明白了。"你们这儿有厕所吗？"

收银员手往屋后一指："有，就在后面。"

疯驴子向麻子使个眼色："走，陪哥撒个尿。"

两人夹着包，摇摇晃晃地从屋后门出去。

监控修理厂的车内，对讲机里传来一组的声音。

"目标移动了！一组请求立即行动。"

"二组请求立即行动。"

安欣和李响既紧张又兴奋。忽然，对讲机里传来李队长冷冰冰的声音："所有行动停止，原地待命。"

安欣着急地冲着对讲机喊道："李队长……"

对讲机里依然是李队长冷冰冰的声音："京海市局的孟局长说，他不清楚这次行动，还在核实。抱歉，我们暂时不能配合。"

安欣急红了眼，打开车门冲了下去。李响咬咬牙，只好跟上。安欣和李响冲进院子，几个便衣警察都一脸无奈地望着他俩。

"对不起，他们去后院了，应该有凶器，小心。"

安欣和李响对视一眼，李响拔出了枪。安欣从后腰拿出根甩棍，抬手一甩。

李响双手持枪打头前进，安欣紧随他身后。简陋的厕所出现在眼前，门是虚掩的。李响运口气，一脚踹开门。只有刺鼻的气味，空无一人，简陋的隔断里也全是空的。安欣注意到地上有隐约的血迹。血迹周围有杂乱的脚印。

安欣拉住李响说道："别动，别破坏痕迹。脚印在前面，血迹在后面，受伤的很可能不是郭振。郭振可能已经察觉到了危险，所以才故意把疯驴子他们引到这条夹道里，利用这里的狭窄地形才能对付两个人。"

李响快速看了一下周围的环境："可这是个死胡同啊，他们三个都没出来，能躲到哪儿去呢？"

安欣随着足迹移步出来，很快，他和李响发现了凸出砖头上崭新的擦痕。他把甩棍重新插回腰里，双手一撑，翻上墙头。一大片未完工的烂尾楼出现在眼前。

烂尾楼主体建筑基本完工，光秃秃的水泥楼梯没有护栏，到处都是大得能掉下人去的窟窿。

地面裸露的钢筋像刺一样指向天空。

满脸是血的疯驴子恶鬼一般拎着染血的军刺，拾级而上，嘴里还大喊着："郭振，你他妈看我怎么弄死你！"

现场有无数赤裸的水泥柱，每一根后面似乎都藏着郭振。

疯驴子试探着向前走，边走边说："郭振，出来吧！看见你啦！"突然，疯驴子踩到了郭振的扳手，上面还有血迹。他抹了一把脸上的血痂，乐了："你要么自个儿乖乖从楼上跳下去，图个痛快，别等我逮着你，那可要遭老罪了。"

郭振就躲在一根水泥柱子后面，疯驴子的声音离他越来越近，他忍不住探出头去张望。

疯驴子大喝道："看见你啦！"

郭振一哆嗦，心一慌，向更上一层跑去。这下他的行迹终于暴露了。疯驴子眼睛一亮，拔出怀里的手枪，对着郭振就放了一枪。子弹打在水泥台阶上，郭振吓得一个趔趄，差点儿摔下去，连滚带爬地往上跑。

安欣和李响听到枪声，头皮都要炸开了。安欣紧张地喊道："是64式！我的枪！"

他掏出警棍就往上冲。李响连忙冲过来要拦住安欣："你小心，危险！"

安欣拼命甩开李响的手："他要用警枪伤了证人，我这辈子就完了！"

李响眼看安欣和他的距离越来越远，急得鸣枪示警，用最大的嗓门喊道："疯驴子、麻子，你们已经被包围了！赶快缴械投降……"话音未落，一枪打过来，子弹从李响的脸颊掠过。他赶紧闪身躲到水泥柱后面。

郭振已经冲到了烂尾楼的顶层，他沿着大楼的边缘寻找出口，很快绝望了。他抄起砖块，盯着楼梯口，等待着最后的决战。

　　此时的安欣终于冲到了疯驴子所在的那层。麻子抱着斧子，缩在一个角落里，大口喘息着。

　　安欣故意用甩棍敲击着水泥柱："疯驴子，躲哪儿了，出来呀，我是安欣。"他不断发出声响，想引疯驴子现身，"叫驴，还是疯驴，其实跟条癞皮狗一样，还是只病狗……"

　　柱子后面的枪声终于响了，打在安欣身边的水泥柱上。安欣闪身躲到柱子后，深吸一口气，继续用言语激怒对方："你想想，在医院你让我掐着脖子，鼻涕、眼泪流了一脸，是不是连狗都不如……"说着话，纵身跃出。

　　恼怒的疯驴子果然再次开枪，连发两枪，都被安欣躲过。

　　安欣躲在掩体后，仍在调侃着："你呀，你顶多能当个驴肉火烧！"

　　李响正好从楼梯口冒头。

　　安欣大叫："危险，不要上来！"

　　疯驴子又开了枪，压得李响不敢冒头。

　　疯驴子躲在水泥柱后喘息着："安欣，真是冤家路窄呀！"

　　安欣调侃道："熟人不是更好？知根知底。说说吧，你要怎样才投降？"

　　"放我走，郭振归你。"

　　"行，你先把枪放下。"

　　"不可能，你先让我走！"疯驴子喊道。

　　"咱俩都别扯淡了，你知道我不可能让你带着证人离开。"

　　疯驴子疯狂地喊道："那我就杀了他！"

　　安欣一边快速查看位置一边说："动手啊！"

　　李响听见连忙制止："安欣，别乱说话！"

安欣朝着疯驴子的方向喊道:"我说的是真的,反正我们就是要抓住徐江,有郭振的证词也行,有你跟麻子的证词也行,其实你的证词更好!"

麻子这时冲疯驴子哀求道:"驴哥,咱投降吧!"

疯驴子一瞪眼:"别信他,咱们犯的都是死罪!"

安欣继续说着:"疯驴子,你手上有人命,麻子可没有。"

麻子绝望地向安欣跑去,大喊:"安警官,救救我!"

安欣大叫:"趴下!"

疯驴子已经举起了枪。安欣情急之下从藏身处冲出来,一把将麻子推开。

枪响了。

安欣和麻子都倒在地上,一动不动。

李响从楼梯口钻上来,躲在方才安欣的藏身处,大喊:"安欣,你没事儿吧?"

安欣拍拍麻子的脸。

麻子睁开眼睛,一脸慌张:"我没死吧?"

安欣看着麻子,松了一口气:"没事儿了。64式手枪只有七发子弹,他已经打光了。"

疯驴子在远处扣动扳机,却怎么也扣不响了,他绝望地拔出军刺。

安欣站起身,拍拍身上的灰,把甩棍在手里掂了掂。

李响端着枪靠近。"不许动!"

安欣看着疯驴子说:"疯驴子交给我,你赶快到上一层抓郭振。"

疯驴子绝望地嘶吼着:"安欣,来,做个了断!"

安欣挥开甩棍,迎了上去。疯驴子被甩棍打得红了眼,宁愿挨打也要将军刺往安欣脸上划拉,每一下都是同归于尽的架势。

李响快速冲上顶楼,郭振站在楼角,扔掉砖头,欣慰地举起双手:"救命!我自首,我——我举报,我亲眼看到徐江杀人了。"

西萍县刑警队的警员们之前已经听到了枪声，最终，李队长决定让大家增援，现在支援人员已经端着枪冲了进来。

疯驴子靠着蛮力疯狂挥舞着手中的军刺，时间一长，体力渐渐不支。趁他晃神的工夫，安欣的甩棍打到他手腕上，军刺应声落地。安欣顺势用甩棍卡住他的脖子，将他抵在水泥柱上。疯驴子挣扎着，居然从腰里又掏出一柄小匕首，狠狠地刺到安欣的右肩臂窝里。安欣一脚将他踹出去。这一脚使出了全力，疯驴子被踹得直接跌进了楼层中央的窟窿里。

"啊——！"疯驴子绝望地喊了一声。

安欣急忙扑过去，千钧一发之际将他拉住。奔上楼的西萍刑警队队员正好目睹了这惊心动魄的一幕。疯驴子竭尽全力抓住安欣的手。安欣的伤口剧痛，咬牙强忍着，用另一只手抓住疯驴子。疯驴子看着忍着剧痛的安欣，又沮丧又庆幸，没想到这辈子被警察抓住，居然会有些高兴。

第二十章　高启强的挣扎

小灵通专卖店已经结束营业，高氏兄弟在清理盘点。

高启强说了一句："你说安欣和徐江谁能先找到那个司机？"

"谁先找到都一样，徐江这次脱不了干系。"

"是，都该了结了。"

高启盛忽然严肃地看着高启强："你是不是准备等警察抓了徐江就去自首？"

高启强沉默着，但表情已经说明了一切。

高启盛生气地把手上的账本一摔："我就知道！你说要给安欣送什么大礼，原来就是把自己送出去！"

"小盛，这件事已经扯不清了，咱家搅和得越久就会陷得越深。我前前后后仔细想过了，只要我把这些事儿都扛下来，就不会牵连到你，也不会牵连到这家店。你还能好好地做生意……"

"哥，你知道这几个月咱们赚了多少钱？毛利润十万，而且每个月都比上个月更多。好日子刚刚开始，你就不过了？"

"你聪明又有见识，哥打心里高兴。生意做成了，哥也就能放心离开几年了。再说，徐江被抓，肯定得供出我来，早晚的事儿，我还不如争取个宽大处理。晚饭你自己吃吧，我去办点儿事。放心，不是去自首。徐江一天没被抓，我就一天不能被抓住，我得盯着他，防止他对你们做什么事儿。"说罢，高启强拉开卷帘门，自己钻了出去。

高启盛焦躁地在店里来回踱着步子。终于，他想出了办法，拿起小灵通拨出一串号码。

入夜的西萍县公安局里，李队长陪着胳膊上绑着绷带的安欣走进门。

李响正好从审讯室出来。

李队长招呼着李响："正好，安欣的手术刚做完，麻药劲儿都没过就非要过来。交给你了。"

李响看着安欣，说："人都在呢，有什么不放心的？"

安欣压低声音："枪呢，我的枪呢？"

李响从贴身的兜里掏出来，枪还装在证物袋里："给你保管好了，放心。"

安欣用好的那只手接过来，揣进自己怀里。"审得怎么样？"

李响点头说道："司机郭振交代得很快，承认自己收了徐江的钱，把老板出卖了。"

安欣连忙问道："他能做目击证人吗？"

李响摆了一个"OK"的手势："没问题，徐江杀人的时候他也在，埋尸地点都招了。"

安欣欣喜若狂："太好了！这下徐江完蛋了！赶紧把报告传回京海。"

李响看看周围，把安欣拉到自己身边，小声说着："动静搞得那么大，报告早就传回京海了，要不然你以为我敢决定就地审讯？两个局长已经猜出来你怀疑他们了，师父也跟着你挨了好一顿骂。"

安欣有些紧张："那结果呢？"

李响笑笑："安局在办公室等着呢，审讯结果传回去，他马上去申请徐江的逮捕令。"

安欣高兴地说："那还等什么？！赶快吧！"

西萍县公安局审讯室内，疯驴子耷拉着脑袋，完全没了之前的神气，却还是不配合。

"郭振已经都交代了，你的老板都完蛋了，你还替他死撑着，有必要吗？"

疯驴子一脸戏谑地看着安欣："你怎么知道他完蛋了？"

安欣掰着指头数："杀人，郭振能证明；雇凶杀人，麻子能证明。"

李响补充道："还有从事和资助黑社会组织活动。这些罪过就不小了。"

安欣敲了敲桌子："就差你的证词了，给他再加一条非法买卖器官。"

疯驴子点头道："行，我承认我栽了，但是你们凭这些就想抓老板，有点儿天真。公安是了不起，可是公安头上就没有紧箍咒吗？"

安欣一愣："你什么意思？"

疯驴子看着安欣笑了："你说的那些罪名只能治治我们，但治不了徐江。就算抓了他，你也判不了，早晚还得放出来。"

"你是说有人在保护他？"

疯驴子一脸无奈与质疑："警察叔叔，你们是第一天跟他打交道吗？这种事自己还不清楚？"

安欣和李响交换了一下眼神，都清楚疯驴子不是虚张声势。

安欣严肃地问："谁在保护徐江？"

"这个，不知道。"

李响拍着桌子："老实交代！"

疯驴子一皱眉："你们是白痴吗？这我能知道吗？换成是你，你，你们能显摆是谁保护的你们吗？我只是听说，那个大人物很喜欢手表。"

深夜，街道上几乎已经看不见什么人。高启强喝了不少酒，踉踉跄跄地走在路上。

律师的话一直在他耳边回响："按照您说的，这位朋友已经涉嫌较为严重的刑事犯罪，而且犯了好几条。一般来说，会数罪并罚。最少最少，也要十年。"

高启强被地上的一块砖头绊倒，结结实实摔了个跟头。

他想爬却爬不起来，瘫在地上，捂着脸哀号。

高启强喊道："十年，老子一辈子能有几个十年？"

一个瘦小的身影背着个大包，走到他跟前端详着："哥？"

高启强揉揉眼睛，难以置信，是妹妹高启兰站在自己面前。

高启兰将哥哥扶起："你怎么喝酒啦，还喝成这样？"

高启强一脸惊讶："小兰，你怎么回来了？"

高启兰说道："二哥给我打了电话，说家里有大事，让我马上回来一趟。"

"这浑小子……"高启强挣扎着想爬起来，手脚却不听使唤。

高启兰费了半天的劲儿才把哥哥撑起来。兄妹俩相互搀扶着，向家走去。

深夜，市公安局局长办公室内再一次灯火通明起来。

曹闯披着衣服，坐在行军床上接电话。"嗯，我听明白了。疯驴子说的情况应该是真实的。自从我们开始调查白金瀚，就一直受到来自上面的压力，连派去盯梢的人都撤掉了。徐江跟很多市级领导的关系不错，但是谁是他的保护伞，一时还摸不清楚。"

孟德海在一旁听得心焦，忍不住抢过手机："安欣，我是孟德海！我告诉你，你别担心这些有的没的，徐江犯的是杀人案！你要做的就是把证据夯实。只要人证、物证齐全，逻辑链条清晰，谁都保不住他！"

这时，安欣的声音缓缓传了出来："我不敢瞒着您，是这个线索不可靠，我想等有了结果再跟您汇报。"

孟德海喊道："别学那套弯弯绕，你道行差得远，怎么听都假。我告诉你，你安叔正在准备材料，申请徐江的逮捕令，我们几个老家伙，做事考虑的是大局，不可能像你们一样意气用事。不过你放心，这件事目前只有咱们五个人知道，要是真的走漏了消息，就从咱五个人里查。"

"孟局，你就别故意损我了。"

听着安欣说话，孟德海笑了："好好养伤，安全回来。"

"是！"安欣干净利索地答道。

高启强回到家中，气急败坏地把高启盛从屋里拽到楼下。

高启强压低声音道："你给小兰打电话说什么了？"

高启盛扶了一下眼镜："叫她回来团聚一下，不然下次再见你，只能在监狱里了。"

高启强虽然压低了声音，但还是听得出来满腔愤怒。

"是我想去坐牢吗？还不是为了你们能过上安生日子？小兰跟这事儿一点儿关系都没有，我是我，她是她，她不该受我的连累，你把她搅和进来干什么？"

高启盛点头道："对，她可以不受你的连累，她可以去一个陌生的城市生活，断绝关系，过自己的人生。但是你问问她，她愿意吗？你还记得过年那天吗？你被抓去公安局，小兰哭着不肯回家，一直在外面等你到半夜。你觉得她会扔下你自己去过好日子吗？"

高启兰不安地从家里出来，扶着楼梯上的围栏，人喊："哥，你们干吗呢？到底出什么事儿了？快回来吧！"

高启强和高启盛同时抬起头，高启强笑着说："能有什么事儿？还不是你二哥捣乱？我们买了夜宵就回来。"

高启兰笑着喊道："我就想吃你做的汤面。"

厨房里的高启强往锅里倒水，点上火，然后盯着蓝色的火苗发呆。

外屋传来兄妹俩的嬉闹声："啊……大哥……二哥抢我电视！你快来揍他！"

高启强哭了——这是他最舍不得的，家里的烟火气。

兄妹三人围在桌前吃热汤面。

高启兰努力做出一副愉快的样子。兄弟俩都心事重重。

高启兰正色道："吃饱了，哥，现在能说了吧，到底叫我回来是因为什么事儿？"

高启强斟酌着词句道："小兰，我本来想换个地方生活，可能会离开你们一段时间，但是想了又想，还是舍不得，所以不走了。"

高启盛开心道："就这？你早说，我就不把小兰叫回来了。"

高启强瞪着眼睛："你还不满意？回头再跟你算账。"

兄弟俩闹了一阵，发现小兰没有动静，扭头一看，吓了一跳。

高启兰瘪着嘴，眼泪哗哗往下淌："哥，你不要我们了。"

高启强慌了，连忙安慰道："不走了不走了，都说了不走了。"

高启兰放声大哭："吓死我了，我以为你不要我们了。"

高启强一边手忙脚乱地安慰妹妹，一边抽打高启盛。

高启盛躲着巴掌，还不忘笑话高启兰。

清晨，西萍县公安局，警察押着疯驴子、麻子、郭振三人出门，上了警车。审讯结果已经传回了京海，此刻安长林正在去往检察院的路上，申请徐江的逮捕令。

李响扶着安欣，跟李队长和政委握手告别："还要麻烦你们出人押送，真是不好意思。"

这时，装证据的盒子里突然响起手机铃声。

李响翻出一个证物袋，说："是疯驴子的手机。"

手机不停地响，仿佛只要不接，对方就会一直打过来。

安欣按下免提，接通电话。

没人说话，只有沉重的呼吸声。漫长的几丨秒后，电话突兀地挂断了。

李响忙道："我给电信局打电话，叫他们查一下来电号码。"

安欣摇头："来不及了，给孟局打电话，立刻、马上行动！"

一队警车呼啸着，堵住小区的道路。

警察们全体下车，由曹闯带头，冲向徐家。

几个打手拦在门前。

曹闯怒目圆睁："滚！"

老六和手下人吓了一跳，嚣张气焰顿时不见了，乖乖地让开。

曹闯伸手砸门，毫不客气："市局刑警队，开门！"

房间里没人应声。

张彪跑过来说："徐江的车还在，应该没跑。"

曹闯稍稍放下点儿心："你接着敲！"

张彪继续敲门。

曹闯沿墙找到一处开着的窗户，探头向里面张望。

沙发上似乎有个人，正盖着毯子睡觉。

手机忽然震动起来，曹闯接通。

"逮捕令已经拿到了，不用等我，立即抓人，出了问题我负责。"安长林隔着电话命令道。

房门被撞开，曹闯带头冲进去。"徐江，你被捕了！"

他快步走到沙发前，掀开毯子。

沙发上只有几个抱枕。

第二十一章　徐江的靠山

安长林带着一众警员在赌场老板被害的旷野上寻找，十几名警员都拎着铁锹在地上刨着。戴着手铐的郭振被警员带到安长林面前。

"具体在什么位置？"

郭振仔细看了看四周，说："反正就这一带，我看见徐江亲自动的手，隔得老远，也没敢多看。"

突然有警察喊道："找到了！"

安长林带着众人围上去。土坑里出现了赌场老板的一只脚。

市公安局会议室内，孟德海兴奋地挂上电话，说："陈书婷丈夫的尸体找到了！"

曹闯说道："证据确凿了！大家别松劲儿，通缉令已经发下去了，各级机关现在都在协助我们。"

本该是值得高兴的事情，可是现场气氛仍然沉闷。

孟德海点头说道："我知道，这次抓捕徐江失败，证明我们内部很有可能还有人在给他通风报信，但是大势所趋，他无论如何是逃不掉了。"

安欣皱着眉头思考着。

灯光昏暗，街道冷清。高氏兄弟拎着买回来的菜往家走。警笛响了两声，一辆警车闪着灯开过来。车停下，安欣从副驾驶位子上下来。

高启强看见安欣受了伤，问道："受伤了？要不要去家里坐坐？"

"不用，我来是想告诉你，徐雷的案子定性了，是意外事故。无论现场有谁在，都不算杀人。"

高启强平静地说了一句："跟我有什么关系？"

安欣冷嘲道："对，这事儿跟你没关系，我被袭击也跟你没关系，我丢枪还是跟你没关系。但是老高，有没有关系你心里清楚。徐江已经上了通缉令，早晚会落网，到时候一切真相都揭开了，也就来不及了。"

"我得回家做饭去了。"

警车里有人摁了两声喇叭，安欣走回车前，问："怎么了？"

开车的警察连忙说道："李响让你赶快回局里，有好消息。"

安欣精神一振。

安欣刚进刑警队的门，李响就兴高采烈地迎上来。

"负责移植器官的柴院长刚刚全招了。刚开始她还嘴硬，后来听说徐江已经逃匿，而且上了通缉令，这才彻底交代了。"

"疯驴子和柴院长是最关键的两个人物，有他们的证词，这案子成了大半。"

李响神神秘秘地说："要是只是这种程度，也不至于让你回来一趟。"他招招手，示意安欣靠近，"柴敏还交代了一件事，说黄翠翠是先被徐江弄晕了，然后徐江又逼着柴敏给她做手术摘肾。徐江十分重视器官的买家，对方得了尿毒症，需要换肾。一开始柴敏以为只是摘一边，结果徐江说黄翠翠不是自愿的，反正必死无疑了，就让柴敏把两个肾都摘了。柴敏事后觉得良心过不去，所以在和疯驴子处理完黄翠翠的尸体后，又打了报警电话说井里有尸体。"

安欣听完已经脸色铁青："这就是你说的好消息？"

李响沉思道："最起码证明了黄翠翠是被害的，没有主观错误，她的保险能理赔了。你不是一直惦记着她的家人吗？”

“哦！我都没反应过来，光想别的了。”

李响转头道：“你想什么？”

“柴敏说，徐江为了那个得尿毒症的病人不惜杀人。而疯驴子也供认，徐江在京海官场里有个势力极大的靠山……”

“刚搞定徐江，你就惦记上他背后的靠山了。真要是哪个大领导，咱们动得了吗？”

安欣瞥了李响一眼：“还没动呢，你就先怂了？徐江能掀起这么大风浪，还不是因为背后有人？光抓一个徐江不解决问题，要连根拔起来才行！”

“真要抓，那也是纪委跟反贪局的事儿，咱们就管好眼前这摊儿行不行？”

安欣撇撇嘴：“你觉悟太低，我不跟你讲，明天我去找局长，局长们肯定支持我。”

第二天一早，安欣敲开了局长办公室的门，看到孟德海和安长林都在。刚想着将自己的想法汇报一下，孟德海便摆摆手，告诉他不用查了。安欣正诧异着，安长林意味深长地说。“今天上午市委常委会上已经有领导主动承认了。这名患者是他的亲戚，整个过程都是这个亲戚跟徐江之间的私下交易，跟那位领导无关。”

“无关？你们信？”

“我们怎么想不重要，常委会已经决定对他进行党内通报批评，这件事就算过去了。”

“之前几个月都毫不知情，徐江刚被通缉，他就知道这件事了？”

安长林说道：“据说是亲戚看到徐江被通缉的新闻，主动找他坦白的。”

孟德海忍不住冷笑。

安欣想了想，问："我能知道这位领导是谁吗？"

安长林看着安欣："他会来找你的。"说着，看看表，"也该到了。"

安欣一脸疑惑："找我？"

这时，曹闯推开门，说："局长，赵副市长来了！"

孟德海拍了拍安欣的肩膀："无论你想说什么，都给我憋住了。"

副市长赵立冬看上去四十岁出头，消瘦、干练，带着市委的几个人，还有市报、省报的记者，站在刑警队的办公区里等着。刑警队留守的警察都束手束脚，不知该站哪儿。曹闯带着安欣出来了。赵立冬一看到胳膊缠着绷带的安欣，疾走几步上前，握住他的手。

"安欣同志，你的英勇事迹我都听说了，非常感动。京海有你这样的警察守护着，我们很安心。"

记者们快门一阵闪烁，捕捉着感人的角度。安欣表情木讷，还没从刚才的愤怒情绪里出来。

赵立冬一脸感慨地说道："我平时工作太忙，对咱们一线干警关心得不够。今后有什么困难就跟我说，职权之内的，我一定想办法解决。"

曹闯看着木讷的安欣，赶紧替安欣打圆场："谢谢赵副市长关心。"

赵立冬点头："应该的。"转头低声问秘书，"下面什么行程？"

秘书耳语几句，赵立冬点点头："好，今天先这样。我后面还有个活动……"

安欣突然发声："请领导放心，我一定会抓到徐江！"

所有人都一愣，记者们的相机对准他。

安欣盯着赵立冬："我向赵副市长保证，一定会让徐江交代所有犯罪事实，牵涉其中的人，一个都跑不掉！"

赵立冬眯起眼睛，似笑非笑地说："期待你的表现。"

老默拎着包，茫然地站在监狱大门外，手里捏着监狱发的释放证明，却不知该往哪里去。

一名高大的女囚同样背着包，从后面一把将他推开。"让开，别挡路！"

前面一辆奔驰车停着，女囚熟门熟路地开门上车，离开。

老默看着她，一脸羡慕。站了半晌，老默抬起头，坚定地朝着一个方向走去。

"那是我闺女，我是她亲爹！"黄翠翠老家，老默的声音从院子里传出，话还没说完便被人推了出来。

"我不管你是谁，我们家不认！"说话的老人正是黄翠翠的母亲。

老默举起荣誉证书，说："我改了，你看，这是政府发给我的证书，进步奖！"

黄翠翠的母亲连着摆手："我不认字，看不懂。你要是真对丫头好，以后别再来了。"

大门"嘭"的一声紧紧关上了。

老默愣愣地站在门前，想砸门，却忍住了。

远处，一辆面包车响了两声喇叭，唐小虎冲他招了招手。

老默疑惑地走到车前："你认识我？"

小虎一拍方向盘："你忘了？旧厂街一块混的，我哥是唐小龙。"

老默恍然大悟："哦，你是小虎！"

旧厂街的菜市场一切依旧，唯一不一样的就是一身西装的高启强。

水产店前，老默围着围裙，眯着眼睛打量高启强。

唐小虎招招手："老默，我介绍一下，这是强哥，京海的大人物。"

高启强伸出手，说："我叫高启强。"

老默揣着手，没动。高启强收回手，毫不在意。

唐小虎看着老默，说："你的摊子就是强哥安排的，租金全免，够意思吧？"

老默看着高启强，问："为什么帮我？"

"我说了，只是交个朋友，没有其他意思。"

"什么要求都没有？"

高启强点点头，斩钉截铁地说："什么要求都没有。"说着拿出存折，"这里有点儿钱，你将来接孩子过来，开销肯定大。"

老默接过存折，眼睛一下子瞪圆了，上面的数字大得吓人。

唐小虎嗤笑："这点儿钱对强哥来说不算什么。"

高启强问道："有没有孩子的照片？我想看看。"

老默从贴身口袋里掏出照片。"这是我在监狱表现变好之后，安警官给我的。"

高启强点点头："安欣？"

听到高启强直呼安欣的名字，老默稍稍放松了对高启强的警惕。"你认识他？"

高启强点点头，岔开话题："孩子挺漂亮，可惜这么小就没有妈妈了。"

老默沉声道："我不知道她妈妈怎么死的，问过安警官好几次，他都不肯告诉我。"

高启强故作惊讶："这事儿京海都传遍了，你居然还不知道？"

老默眼睛直了，表情变得狰狞起来。

高启强小声说："这里人多嘴杂，咱们换个地方聊。"

京海市政府会议厅里，市委书记正在发言。

"这个季度的工作总结就到这里，各单位都很不错，希望大家再接再厉。"

赵立冬看着书记说："书记，我想补充两句。大家知道，我市今年以来发生了几起恶性事件，但迟迟没有解决。有群众反映，部分公安机关不作为、乱作为现象严重。所以，我组织了一次督察行动。通过这次督察行动，我发现市局直属刑警支队存在很大问题。枪械丢失，丢枪的警察不但没被处分，反而又领到了新的枪支。某些干警到外地办案，申报的理由和实际目的完全不同，欺上瞒下，连局长都不知道他们去了哪里、干了什么。这还是党领导的警察队伍吗？"

所有人都在埋头记录，没人抬头。

赵立冬敲了敲桌子，继续说道："我认为，京海市公安局存在重大的作风问题，应该整顿整风，严肃纪律。同时，取消已经评定的精神文明单位，停发奖金。"

市委书记看着开会的众人，问："大家有没有意见？"

现场鸦雀无声。

市委书记说道："赵副市长，这是你主管的部分，你来决定。对了，市局是不是有个年轻人，刚刚因公负伤。他的事，你打算怎么办？"

赵立冬想了想："这个嘛，要区别对待。市公安局有问题，我们处理它，但作为英雄个人，该表彰的还是要表彰，而且我认为，应该隆重表彰，这样才能激发一线干警的斗志。"

众人纷纷点头，表示赞同。

第二十二章　表彰大会

市政府副市长办公室里，赵立冬签完字，放下笔，伸了个懒腰。他对自己先前的工作非常满意。安欣这个小警察现在算是被架在火上烤，所有人的奖金因为他丢失枪支和擅自行动而取消，安欣却作为个人英雄要接受隆重表彰。这一挑拨群众斗群众的招数是赵立冬的基本操作，但屡试不爽。赵立冬起身，从书架上取出一本《资治通鉴》。书中挖空、缺失的部分躺着一块卡地亚钻表。赵立冬戴好钻表，满意地端详着。他刚答应了成为丧家之犬的徐江在表彰大会时送他离开京海，那个时候路上的警察最少，但是究竟送徐江去哪里，他还需要好好想想……

深夜，一个不知名的公用电话亭里，徐江冻得哆哆嗦嗦，拨通电话。

"泰叔，是我。咱们认识多少年了？"

电话里沉默了一会儿，传出声音："快三十年了。"

徐江沉声道："我拿三十年的交情求您办一件事，行不行？"

"你说，但我不一定答应。"

"我知道郭振的地址是您交给高家兄弟的。我说这个没别的意思，就想让您想个说辞，把他们骗出来，让我跟他们做个了结。"

电话里的泰叔叹口气："徐江，你知道我没有孩子，是个老绝户。一直以来，我都是把你当儿子看待的，是你看不上我这老头子，伤了我的心。我跟姓高的没有交情，这个忙我可以帮。但是骗他们出来之后，你们就各凭本事吧！"

徐江犹豫了一下，沉声道："礼拜五上午十点，还在老钢铁厂。"

市礼堂主席台的桌子上摆着一溜名牌，都是市委领导的名字。台上挂着"表彰大会"的横幅。台下的座位上同样贴着名牌，这些座位都属于市局、分局的大领导，孟德海、安长林赫然在列。后排已经基本坐满了，大家都身着笔挺的警服。前三排的领导还在陆续入场。

安欣也换上了警服，站在侧幕后面，兴奋地向台下张望。

李响兴冲冲地跑来，拍拍他："你找我？"

安欣指指台下："今天来的人不少。"

"这次动静搞得挺大，除了市级几个单位，还通知了下面区县，好多单位都派了代表。"

安欣摇摇头："你觉得，赵立冬为什么要搞这么一场表彰大会？"

李响试探着问道："给你找不痛快？"

"他未必把我放在眼里，只不过当个借口，掩护他去解决真正的麻烦。"

李响恍然道："徐江？"

安欣连忙问："'2·1'专案组的人都来了吗？"

李响点头。

安欣继续说道："也就是说，之前给徐江通风报信的人就在这些人里。"

李响看着安欣，问："你是说，赵立冬会趁着今天派这个人送徐江出城？"

安欣犹豫着说道："不确定，也许是出城，也许是灭口。总之今天提前离开会场的人很可能就是内鬼。"

小灵通专卖店里，高启强接听着泰叔的电话。

"小高，你现在有没有空？陈书婷有件东西让我转交给你们兄弟。"

高启强看了一眼忙碌的弟弟："好，我现在过来。"

泰叔接着说："十点钟，老钢铁厂，叫上你弟弟。"

高启强一怔，对面已经挂了电话。

"哥，有事？"高启盛走过来问道。

高启强犹豫了一下，说："小事，我出去一趟，中午就回来，等我一块儿吃饭。"说完匆匆离开了店铺。

高启盛看着高启强的背影，微微皱起了眉头。

市委大院的礼堂外，李响坐在一辆出租车上，紧盯着马路对面市委大院的门口。这时，一辆警车从院里开了出来。

李响拍拍司机："师父，跟上前面那辆警车，别跟太紧。"

司机一脚油门跟上。

李响握着手机，压低声音对电话那边的安欣说："你的判断可能是对的，我正在跟踪咱局的一辆警车，它离开礼堂之后没有回市局，现在正往城郊开。"

此时的市礼堂里，赵立冬在台上侃侃而谈。

"京海安定的发展环境离不开一线干警的努力和付出……"

侧台，安欣捂住话筒，小声说话："能不能看到车里的人？"

李响的声音传入耳中："看不到。你那边呢，能不能看出谁不在座位上？"

安欣向台下看去，全场黑压压的，几乎座无虚席。但前排领导座位却空着两个，椅背上贴着的姓名分别是孟德海、安长林。

安欣有些犹豫地说道："暂时看不出什么，保持联系吧。"

高启强缓缓走进废钢铁厂，四下里荒草丛生，都是断壁残垣。他环顾四周，然后喊着："泰叔、泰叔，我来啦！"

徐江从一处断墙后绕出来："泰叔不在，只有你爷爷我。"

高启强吃了一惊，但很快冷静下来："是你约我来的？"

徐江歪头看着高启强："京海待不下去了，临走之前，咱俩还有恩怨要解决。"

"到处都是你的通缉令，你能走哪去？"

徐江笑道："那就不劳你费心了，我有的是办法。在京海这么多年，花钱养肥了那么多人，不就是在这时候用的？"

"你就不怕他们杀你灭口？"

"你还是担心自己吧。"

高启强摇摇头："咱俩一对一，你未必是我的对手，有什么好担心的？"

徐江掏出被锯短的五连发自制枪："现在呢？"

警车开下公路，穿过荒草，来到废钢铁厂的一处断墙外。

出租车远远地停在公路边，避免被警车里的人发现。李响在出租车里紧盯着警车。

车门开了，一个穿着警服的人下了车。

李响的眼睛瞬间瞪大，呼吸急促，不敢相信自己看到的……

市礼堂内，安欣依然站在侧幕条后面向下仔细地张望，安长林弓着身子走向自己的座位。

安欣长出了一口气，随后把目光落在了孟德海的位置上。

赵立冬仍在侃侃而谈。而内鬼的答案似乎已经有了。

安欣拨通电话："喂，你看清是谁了吗？"

半晌，李响才说话，声音有气无力："对不起，我跟丢了。"

安欣急忙说道:"怎么可能?你是不是瞒着我?……是不是孟局?你说啊!"

李响没有回应,挂断了电话。

赵立冬稍缓了一下语气,兴奋地说道:"下面,有请这次表彰大会的主角,京海市公安局刑警支队安欣,上台领奖!"

台下掌声响起。

安欣慌张地把手机放进胸口,走上台。

头顶的灯光太亮了,刺激得安欣有些眼花。

台下的前辈、同事还在热烈地鼓掌。

安欣努力眯起眼睛也看不清下面的面孔。

孟德海的位置仍然空着。

安欣眯着眼睛,看到一位穿着警服的长者慢慢走到他面前——孟德海。

安欣一脸惊讶地说道:"孟局?"

孟德海手捧奖状,笑道:"怎么,我不能给你颁奖?"

安欣连忙说:"之前说负责颁奖的是曹队……"安欣瞪大了眼睛。

孟德海笑笑说:"他家里有事,先回去了。"

安欣的脑子"嗡"的一声,似乎炸开了。而这一瞬间,他也似乎明白了,李响为什么要说自己跟丢了。

徐江和高启强正在废弃工厂里对峙,徐江忽然抬起枪口,神色轻松地望着远处。

"来得正好,替我杀了他。"

高启强将信将疑地回头瞟了一眼,看见曹闯拎着枪,杀气腾腾地大步走过来。

高启强眯着眼看着曹闯:"就是你给徐江通风报的信?"

曹闯像是被戳到痛处,立即把枪对准高启强。

徐江说道："没错，就是他，赵副市长介绍的。曹队，赶紧杀了他，不然怎么跟领导交代？"

曹闯冲徐江怒喝道："你闭嘴！"

高启强瞬间明了。"曹队长，你不是来杀我的，你是来解决徐江的吧？他是你们所有人的麻烦，杀了他，才能向上面交代，没错吧？"

徐江也意识到了曹闯的不对劲儿，枪口不知该指向高启强还是曹闯。

曹闯的脸上杀意渐浓，他意识到两个人都要除掉。

三个人对峙着。

在市礼堂的安欣手捧奖状，呆呆地站着。

赵立冬笑着让安欣说几句感言。

安欣走到麦克风前，大脑一片混乱。他把手伸进怀里，按下了李响的号码。

李响失魂落魄地沿着公路往回走，他的手机一直在响。

他拿起手机，显示来电是安欣。

他犹豫着，终于按下了接听，里面传来安欣的声音，既像是说给他的，也像是说给所有人的。

安欣对着麦克风缓缓地说道："我想说的是选择。人的一生中总会面临无数选择，这些选择会决定我们以后的道路。有人问我，为救一个嫌疑人而受伤，傻不傻？我认为，在我伸手拉住他的时候，其实是给了他再一次选择人生的机会。他可以选择改正错误，重新做一个好人。那么，我的付出就是值得的。我们这一生，可能会犯很多错误，但总有重新选择的权利。关键是，要在他彻底堕落之前，伸手拉住他！"

台下静了片刻，响起掌声。

安欣盯着自己的胸口，仿佛能听到自己的心跳和李响的喘息。

终于，胸口传来李响的声音。安欣把胸口凑近麦克风，让在场所有人都能听到。

"302 国道李庄路段，老钢铁厂内，发现嫌疑人。"

台下的人惊呆了。台上的赵立冬和孟德海也惊呆了。

安欣一脸严肃，转身向孟德海郑重敬礼："报告，'2·1'专案组发现重要线索，请求立即出警！"

孟德海恍然大悟，明白了安欣前面那番话是说给谁听的，一把抢过麦克风。

"'2·1'专案组所有成员，听我指挥，立刻出发！"

赵立冬坐在后面，脸色煞白。

第二十三章　命运的安排

市礼堂门口，一队警车呼啸着冲出大院。

李响转过身，下定了决心，拔枪在手，向着老钢铁厂狂奔而去。

钢铁厂里，高启强、曹闯、徐江依然在对峙着。但是徐江身后的草丛里慢慢举起一支枪，是那支高启盛制作的简陋的自制手枪。

枪先瞄准了徐江，似乎犹豫了一下，然后对准了高启强身后的曹闯。

砰——枪响了！

自制手枪的威力竟然不弱，打出的钢珠射进曹闯的身体，溅出一朵血花。

高大的曹闯踉跄了一下，瘫倒在地上，枪也从手里滑落。

徐江惊呆了，回头寻找枪手。

高启强扑向曹闯，捡起他的手枪，对着徐江开了一枪。

徐江被打中肩膀，踉跄着倒下。

老默从藏身的地方站起来，站在垂死的徐江面前，恶狠狠地瞪着他。

徐江用手捂住伤口，问道："你是谁？"

老默瞪着徐江："记得黄翠翠吗？"

徐江绝望道："那个婊子！她还想敲诈我，活该她死！"

老默恼火地举枪要打，高启强走过来制止了他。

徐江连忙说道："我认栽！不过有个问题，我儿子到底是不是你杀的？"

高启强摇头："我说了，是意外。"

高启强毫无表情地看着徐江，他将曹闯的枪塞在老默手里。

"用这把。"

老默抬手两枪，彻底结果了不甘心的徐江。

高启强看着老默说："把你那把枪放他手里，把他的枪带走。"

老默掏出手绢，将自制手枪上自己的指纹擦掉，塞进徐江手里。

高启强拿着曹闯的枪，又走到曹闯身边，掏出手绢，擦拭掉上面自己的指纹，端详着奄奄一息的曹闯："你的肺被打烂了，没救了。"说完，将手枪摆在曹闯手边。

老默把徐江的五连发拿在手里，冲他喊："走吧，警察快来了！"

高启强应声跟着老默走了。

曹闯望着他们的背影，艰难地捡起手枪，枪却像有千斤重，再也举不起来了。

李响跑到废弃工厂的时候，曹闯只剩一口气了。

李响哭着抱起曹闯："师父！"

曹闯勉强睁开眼："兔崽子……"

李响急忙道："你撑着点儿，别说话，我叫救护车！"

曹闯拦住他的手："我不想坐牢。我犯了罪，不配当你们的师父。赵立冬找到我，答应让我当副局长。我五十多了，没几年了……"

李响颤抖着说道："师父，别说了……"

曹闯低声道："小子，咱俩都是一穷二白的出身，没人帮衬，想要谋个前程，全靠自己打拼啊！"

李响泪如雨下。

"烟……"

李响从奄奄一息的曹闯兜里摸出烟，帮他点上。

曹闯叼着却吸不动，喘息半天："你来得正好！找到了徐江，揪出了内鬼，大小也是个功劳。师父帮不上你，就拿我去换前程吧。"

曹闯看着李响，笑着咽了气。

李响嘶吼着："师父！"

身后，警笛响成一片。

外面阴雨绵绵，督察队内李响表情木讷。

"师父通过他的特情得到了徐江的线索，但情报不一定准确，所以只告诉了我一个人。但我去晚了一步，师父在抓捕徐江时不幸牺牲了。"

督察问道："为什么没有提前跟局里汇报？"

李响毫无表情地说："这种特情的情报，十个有八个是假的，当天又是安欣的表彰大会，师父不想抢他风头。"

督察说道："关于这件事，安欣的证词跟你完全不同。"

李响转头看着督察："我不知道他说了什么，但我说的就是我所见到的事实。"

市局里，孟德海、安长林正在听取法医报告。

"从弹道分析，基本符合双方互相射杀的情况，而且曹队和徐江的手指上也提取到了相应的射击残留物。"

孟德海皱着眉："这么说，李响说的是真的。"

法医点头："至少无法证明他说的是假话。"

孟德海摆手："算了，上面一直催着结案，如果找不到新的证据，只能这样结了。"

安长林叹口气，没有说话。

办公室里，赵立冬向王秘书了解情况。

"小王，徐江的案子怎么样了？"

"公安局说还在找新的证据。"

赵立冬不耐烦道："找什么新证据？案卷我都看过了，证据充分逻辑清晰，早就可以结案了。他们这么拖着，是不是想把水搅浑，包庇什么人啊？"

"我再去催。"

赵立冬点头："发现徐江死亡现场的年轻人叫什么？"

王秘书犹豫了一下："李响。"

赵立冬点头道："小伙子有前途。曹闯死了，支队长的位置是不是空着呢？"

"不过，他资历很浅。"

"先当个代理队长总没问题吧？要多给年轻人机会嘛。"

"明白。"

赵立冬继续说道："注意工作方法，别搞得跟指派一样，我看就让他们内部民主选举吧。"

这一日，刑警队全员穿戴整齐，在曹闯的墓碑前集体敬礼。

曹闯的老婆带着儿子站在队伍里。

李响摸出一包烟，点燃，摆在墓碑前，用只有自己能听得到的声音说："师父，我绝不会拿你的名声换自己的前途，你永远是我的师父。"

安欣分开人群，从后面闯了进来，大吼道："李响！"

李响回过头看着安欣。

安欣质问李响："你为什么不说真话？"

李响黯然。

安欣继续说道："你在老钢铁厂到底看到了什么？说出来！"

李响还是一言不发。

安欣嘶吼道："你的良心过得去吗？你对得起你身上这身警服吗？"

李响怒道："你就那么想证明自己是对的？！"

李响拽着安欣来到曹闯的遗孀和儿子面前："你当着师娘的面，把你想说的说出来！师父的名声不重要，你安欣的判断最重要！说！"

安欣看着悲痛欲绝的母子，噎住了，仿佛一瞬间被抽去了力气。

张彪扶住曹闯的妻子说："师娘，走吧。"

刑警队的人都离开了，众人对安欣投来鄙夷的目光。

市公安局院子里，孟德海和安长林按照调令上车离开了京海市公安局。

调令的内容是："经省委常委研究决定，任命孟德海同志为京海市青华区委书记，不再担任京海市公安局局长职务。安长林同志任勃北市公安局局长，不再担任京海市公安局副局长职务……"

安欣站在院子当中，看着车远去的方向，默默为他们敬上最后一个礼。安欣知道，这次他彻底孤立无援了。

建筑工地上，与老默同时间出狱的那名女囚已经换了衣裳，正在工地门口和保安掰扯。

"你让我进去见泰叔。"

保安摆手："不行，老板不是谁都能见的。"

女囚着急道："他见了我，自然能认得。"

保安将女囚推到一边儿，让开一条路。

被高启强缠得没办法的陈书婷接受他的请求，带着他走了进去。

工地上，泰叔戴着安全帽，正在手下的陪同下参观。

陈书婷把高启强带到泰叔面前。

泰叔阴冷地打量着高启强："你找我什么事？"

高启强上前几步，突然跪倒在泰叔面前。

"听说您没有儿子，我很早就没了爸妈。如果您不嫌弃，我就是您的干儿子，给您养老送终，等您过世以后，我给您摔盆打幡。"

所有人大吃一惊。

"你不恨我？"

高启强恭敬地说道："我知道，您只是想试试我的本事。没本事也不配当您的儿子。"

泰叔哈哈大笑："是个大才！按规矩，我该送份大礼给你。书婷啊，徐江的案子多久能结案？"

陈书婷想了想："审理加上财产拍卖，大概半年。"

泰叔点头："好！半年以后，我把他的白金瀚买下来送你。"

高启强一头磕在地上："谢谢干爹！"

泰叔伸出手，在高启强的肩头停了片刻，最终落在他的头顶，像是抚摸一个孩子。

女囚隔着保安远远地望着这一切，满眼都是嫉妒。

身穿便装的安欣孤零零地在街上游荡，手机铃声响个不停。安欣仿佛听不到一般，只是静静地走着。

校园的公用电话亭里，孟钰捧着电话，已经泣不成声："安欣，从我离开京海回到学校，你就没有主动和我联系过，无论我开心还是难过，所有我需要你的时候，你都不在我的身边……我在一天天的等待中逐渐明白，我永远成为不了你的第一……学校里有一个师可，对我很好，至少会在我需要的时候第一时间出现在我面前。我在想，我是不是也要让他和我一样，成为另一个永远等不来心爱之人的人……"

手机留言信箱里一直播放着孟钰的留言，而孟钰的每一句话都冲击着安欣的心，他的脚步越来越慢。信箱里的留言还在继续播放着：

"安欣，如果你愿意来找我，我仍然是那个爱你的孟钰；如果你不来，我想我只能去做别人的唯一……"

孟钰的留言结束了，接下来是无尽的忙音。

安欣的脚步也停住了，他走到了选择的路口。

迎面，春风得意的高启强走了过来。

两个人互相望了一眼，都没有打招呼，擦身而过。

命运曾让他们纠缠在一起，又分开，最终，他们渐行渐远，再也无法回头……

风
浪

第一章　杀人偿命

2006 年的莽村还是一个位于京海市青华区、青砖灰瓦、颇具特点的老渔村，因早年有海盗出没，故得名。

这一天雷声滚滚，大雨滂沱。此时的莽村内也如同天气一般惊涛骇浪。

狭窄的村巷中间是一小块空地，李青，一名暴躁的年轻人，二十来岁，瘦弱，看起来有一种病态，此时正劫持着一个十几岁的小男孩。仔细一看，这孩子竟然是已经长大了的晓晨。李青挥舞着匕首与警察僵持着。

上百名村民堵在空地外，黑压压的，冲警察咆哮咒骂着，表情比劫匪还要凶恶。

李响此时的脸上分不清是雨水还是冷汗。他冲着李青喊道："李青，你把孩子放开，换我！我是刑警队队长，比那孩子好使！"

村民的咆哮声愈演愈烈，眼看年轻的警员们就要拦不住了。

离李青最近的一处村舍的二楼晒台上，安欣借助晒台上杂物的隐蔽，小心地摸了上来。

他掏出手枪，认真地瞄准下面的劫匪。

李青在村民的刺激下越来越激动，全身抽搐着，人质随时都有危险。

安欣深吸一口气，推开保险栓，食指搭上扳机。

突然，李响向前移动，身子挡住了大半个射击空间。

李青退无可退，背靠着墙，竭力嘶吼着。

安欣急切地通过耳麦喊话："李响，你挡住我了！"

李响浑然不觉，仿佛听不到他的话，仍在慢慢向前移动。

李青挥舞着匕首："别过来！再靠前我们就同归于尽！"

千钧一发之际，安欣的右手突然剧烈抖动起来，耳麦里传来同事张彪的抱怨："安欣，快开枪，等什么！"

"这个角度，没有把握……"安欣回复道。

耳麦又传来张彪的吼声："你早说呀，早说我上了！武警呢？武警到哪儿了？"

大雨浇在安欣的脸上，模糊了他的视线。

夜越来越深了，莽村的村口处，一辆渣土车倒在路中央，倾倒的砖头瓦块堵住了进村的道路。两辆武警车被挡在村外，全副武装的武警正与村民交涉。

武警队长喊道："老乡，请立即清理道路，否则就是妨碍执法！"

村民不屑一顾地说："这是我们村的事，你们少管！"

武警队长愤怒了："被劫持的是一个小男孩，他是无辜的！"

村民畏惧地退了一步，但嘴上仍然强硬："反正支书不发话，我们不能挪车！"

武警队长喊道："让开，我们自己挪！"又一挥手，说："一班警戒，二班、三班清理路障！"

武警们跳下车，各司其职，训练有素。

村民们也冲上前，拦在武警面前。

武警队长"哗啦"一声拉开枪栓："第一次警告！你们的行为已经涉嫌妨碍执法，武警有权使用枪械，所有在场的无关人员立即躲避！"

村民闻言一阵骚动，但没有人退后。

一辆豪华轿车停在路对面，西装革履的高启强和陈书婷跳下车来。

陈书婷向村口跑去，跑得鞋都掉了，但被年轻的武警拦住了。

陈书婷崩溃地喊道："让我进去！我是孩子的妈妈！"

武警极力劝阻："里面很危险，你进去也没用，相信我们！"

陈书婷怒道："相信你们什么？！你们连村口都进不去！"

劝阻的武警哑口无言。

高启强在后面拉住她："婷婷，相信警察！"

陈书婷转过身，把火全发在高启强身上。

陈书婷扯着高启强又撕又打："都是你害的！我儿子要是出了什么事，你也别想好过！"说完，张嘴一口狠狠地咬在高启强肩头。

高启强咬紧牙关，抱住失控的陈书婷，看着村里的方向，脸上满是阴狠和暴戾。

两人被雨水浇了个透，却浑然不觉。

深夜，青华区政府的走廊上，现在的青华区委书记孟德海仍是一副天不怕地不怕的样子，大步流星，走路带风，可身上的制服已经不见了。

青华区区长龚开疆在后面几乎一路小跑才能跟得上他，边跑边说："莽村怎么闹出这么大的乱子？唉，跟他们讲不清道理。别看都转了城镇户口，脑筋还留在土疙瘩里。"

孟德海问道："支书呢？村民不懂道理，支书也不懂？"

龚开疆突然支支吾吾起来："支书在您办公室门口等着呢，说是您叫他来汇报工作的。"

孟德海一脸疑惑："我叫他来的？"

区委书记办公室门口，一个干瘦的小老头一副受气包的萎靡样子，仰着脸看着区委书记办公室门口挂着的门牌，仿佛没见过世面。

龚开疆引着孟德海走了过来。

老头眼睛一亮："孟书记您好，我是莽村村支书李有田。我一早就来了，听说您在开常委会，就一直等到现在！"

孟德海压住怒火："汇报的事以后再说，你们村已经乱套了，赶紧回去处理。"

李有田装模作样地愣了一下："出什么事了？"

龚开疆怒道："你们村有人绑架了强盛老总的孩子，村民堵在村口不让公安武警进去，你快回去吧！"

李有田吓得直哆嗦："这，我回去也管不了啊！"

孟德海皱眉道："你是支书，你不管让谁来管？"

龚开疆连忙挥挥手："快走吧，这时候就是要你支书出面的！"

李有田唯唯诺诺地鞠了个躬："给领导添麻烦了，我这就回去管教他们！"说完转身往外走，弯腰驼背，颤颤巍巍。

而此时身处莽村的李青情绪濒临崩溃，扯着嗓子喊道："欠债还钱，杀人偿命！我杀了他，你们杀了我，咱们两清！"

李响劝道："冤有头债有主，你跟高启强的恩怨不要扯上孩子！"

李青疯狂摇头："这话你去跟高启强说，看他听不听！"

李响连忙点头道："好，我跟他说。如果你愿意，我还可以把他叫来，你骂他，打他，我绝不干涉！"

李青似乎听进去了，显得有些犹豫，手上力道放松。

远处的村民李宏伟，也就是李有田的儿子，扯着嗓子大喊："他骗你呐，警察跟他们是一伙的！"

李青刚缓和的情绪又暴躁起来："对，我不信，你别想骗我！"

李响大喊："李青，好好看看我！咱们一块儿长大，你就算不信警察，还不信我吗？"

李响的怒喝镇住了李青，但李响知道拖下去凶多吉少，于是将手背在身后，做了个握拳的动作——开枪的信号。

安欣看到了手势，但还没等到最佳的时机。

安欣的耳麦里又响了起来："队长发信号了，开枪啊！开枪！"

雨水混着冷汗，迷得安欣睁不开眼，他的右手抖得越来越厉害。

空地上，一声沉闷的枪响回荡在四周。

安欣的眼前一片漆黑，他努力睁开眼睛，好像看到了两个月以前。

第二章　心结

两个月前，公安局的野外靶场上，刑警队站成一排，正在进行手枪射击训练，枪声此起彼伏。

李响动作标准，眼神坚定。

安欣沉着脸，拿着自己的靶纸往外走。

张彪抢过来，说："都在肩膀上，菩萨心肠啊！再过两个礼拜就是全省公安系统比武大赛了，你这成绩可别给局里拖后腿啊！"

安欣压着火，一把把靶纸抢过来，低着头走了。

李响想制止，望着安欣的背影，又把话咽了回去。

右肩臂窝的伤势让安欣作为一名警察却打不准枪，所有人都知道，伤早就好了，一直好不了的是安欣。安欣一直在推演徐江死亡的现场，六年来，同一份报告交了改，改了交，可是无论改多少遍，结果都是一样的。

原先的白金瀚添置了新的灯光和陈设，相比过去的土豪气显得更加时尚气派。

悍马车大唰唰地停在门口，唐小虎跳出来，从后座拖出大花篮，乐呵呵地走进白金瀚。

最大的一间包房里，唐小虎把花篮往高启强、高启盛兄弟俩面前一放。

"小盛哥，生日快乐，生意兴隆，双喜临门！"

高启盛春风满面："同喜同喜！自家人，还送什么东西？"

"那必须的，今天你的小灵通连锁超市开业，以后京海就是你一家的了！"

高启盛笑着说了一句："瞎说什么。"

高启强起身拉着唐小虎来到角落里的吧台处低声道："你哥哥怎么样？"

"我去看他了，他在里面挺好的，叫你别担心。"

"叫他好好表现，监狱的关系我都打点好了，搞几次减刑，很快就出来了。"

唐小虎笑着点头道："谢谢强哥！"

沙发中央只剩下高启盛，他被姑娘们众星拱月般哄着，好不得意。醉眼蒙眬间，他起身走到麦克风前："我说两句。"

大家安静下来，都望着他。

"我，高启盛，今天生日！感谢谁？感谢父母！我是工人的孩子，白手起家，小本生意！做到今天，终于有点儿起色。感谢谁？"他伸手一指高启强，"感谢我哥！"

众人叫好，高启强稳重地笑笑。

高启盛跺了跺脚："这是什么地方？白金瀚！可能有些人不清楚，这个店以前不是我们高家的。它建起来的时候，我还在读书，我哥还在卖鱼！正所谓雕栏玉砌应犹在，只是朱颜改！不管白金瀚以前归谁，现在是我们高家的！在京海，高家看上的东西，早晚都是高家的！"

大伙欢呼起来！

高启强眉头微皱，附在小虎耳边说："小盛醉了，扶他下来休息。"

高启盛举杯："姑娘们，敬我哥一杯！"

姑娘们举着杯向高启强蜂拥而来，唐小虎挤在脂粉堆里压根出不去。

高启盛在台上哈哈大笑。

突然，包房门开了，屋里瞬间没人出声，气氛凉到了冰点。

唐小虎结巴着："嫂子……"

高启盛酒被吓醒了一大半，叫了声："嫂子。"

陈书婷没有任何表情。

高启强开着车，陈书婷坐在副驾驶座上，斑驳的夜色从他们的脸上掠过。

高启强眼见陈书婷情绪缓和，长出了一口气，打了个酒嗝。

陈书婷说道："以后喝了酒别开车，找个司机吧。"

高启强笑道："花那个钱干什么？"

"你又不缺那点儿钱。对了，泰叔明天要见你。"

"老爷子找我干什么？"

"他没细说，但是不太高兴，你明天见他多赔笑脸。虽说建工集团的大权交给了你，但人马都是老爷子一手带出来的。"

高启强点头说道："我明白。"

京海建工集团董事长办公室里，茶水缓缓浇在金蟾茶宠上，茶宠的颜色变得鲜艳起来。

先前出狱的女囚程程，三十来岁的年纪，锋芒毕露，欲望都写在脸上。她从"211"大学毕业，为泰叔顶罪，坐了三年牢，重回建工集团，做了董事长助理。此时的她已换上干练的职业套装，推开门，带着高启强走进来。

高启强笑着打了一声招呼："泰爸。"

泰叔专注地欣赏着茶宠的颜色变化，压根没瞥他一眼。

片刻后，泰叔缓缓说道："程程，这个大蛤蟆我不喜欢，换个别的。"

程程微微一笑："金蟾是招财的。"

泰叔指桑骂槐地说道："你看它招来了吗？张着个大嘴只会呱呱大

叫，一点儿真本事都没有。去给我换个牛啊马啊，踏实肯干的来。"

高启强的脸抽搐了几下。

程程俯身要拿起茶宠。

泰叔忽然一摆手："先放着吧，我再看看。"

"是。"程程识相地换水，重新沏茶。

泰叔这才抬眼望向高启强。"来了，坐！"

高启强依然笑着："泰爸，最近身体挺好？"

泰叔摇摇头："老样子，每天吃的药比米还多。你管着整个集团，心思不要花在我身上。我问你，莽村的项目怎么样了？"

"很顺利，村支书李有田一听我们要投资建度假村，高兴得不得了。就他们村那几块破地，也只有我们才会开出那么好的条件。"

泰叔瞥了一眼高启强："你还不知道？咱们想要的那块地已经开始动工了。"

高启强急道："什么？！"

程程这时说道："我打听过，负责施工的是李有田的儿子。"

高启强皱着眉："但是他们拿不到区里的批文，干了也是白干……"

话刚说一半，高启强突然意识到真正的问题——莽村既然敢动工，就一定有把握拿到批文。区长龚开疆，未必真的站在自己这边。

程程清清嗓子，说道："其实这个计划，我从一开始就有些担心。要使用莽村的集体土地而不转变土地性质，就需要村委会出资占比一半以上，咱们必然受制于人。将来就算真的拿到拆迁补贴，也要被莽村分走一大半。"

泰叔自顾自地轻声道："拾柴点火的都是建工集团，最后煮熟的鸭子让别人捞走了，买卖不能这么做吧？"

高启强站起来，说："我去处理。"

泰叔拿起金蟾茶宠，递给高启强。"把这个带走。记住，光是叫得响可不行。"

高启强阴着脸，走到自己的车旁。他掂了掂金蟾，用尽力气把它扔得远远的，仿佛出了口恶气，然后才钻进车里。

入夜时分，海鲜酒楼门口，高启强扶着衣冠不整的龚开疆走出餐厅大门。来到龚开疆的车旁，高启盛已经抱着两个纸箱，等在车后了。

高启强指着箱子说道："一点儿土特产，海米虾皮什么的。"

司机打开汽车后备厢，然后懂事地钻进驾驶室。

龚开疆打开纸箱，在海米虾皮中划拉几把，用保鲜膜包好的成捆的人民币便露了出来。

龚开疆撇撇嘴，不满道："高老板生意越做越大，出手倒是越来越小气了。"

高启强说道："本来还有两箱，但莽村的项目出了点儿问题，只好挪去那边救急了。"

龚开疆明白了，笑着摇摇头："你说的这个事儿，我也是今天刚知道。而且要说生气，我比你更生气。因为他们用地的审批报告是从市里传下来的，已经有了领导的签字，到我这只是走个过场。"

高启强皱眉："市里……是哪位领导？"

龚开疆摇摇头："这你不用知道。李有田这个老浑蛋，这次不光耍了你，也没给我留一口汤。"

高启强稍一沉思，说："明白了，莽村的事我自己处理。欠您的两箱土特产，改天送到家里去。"

高启强把龚开疆扶上车，挥手告别。

汽车开出老远，高启盛悄悄靠近高启强，说："哥，他的话能信吗？"

高启强说道："凭泰叔的关系，打听一下就知道真假，他没必要撒谎。"

高启盛皱眉："那就这么算了？"

高启强恶狠狠地说道："建工集团不能吃哑巴亏，李有田要放我的血，我就扒他的皮！"

市公安局野外靶场上，64式手枪的零件被拆散，摊在桌子上。安欣戴着眼罩，迅速将枪组装完整。他一把扯下眼罩，左手持枪，向人形靶射击，一个弹夹的子弹瞬间打光。

李响站在他身后，冷冷看着他。

子弹打空了。李响走进靶场，摘下人形靶，看着上面的弹孔，问："为什么要换左手？"

安欣说道："特警左右手都能开枪，我也想练。我成绩怎么样？"

李响把人形靶摊在安欣面前："比右手还差，你怎么练都赶不上比武大赛了。"

安欣沮丧地将靶纸团成一团。

第三章　师父的忌日

海鲜酒楼包厢里，硕大的桌子上摆满了海鲜。高启强带着高启盛和唐小虎设宴请李有田、李宏伟父子，打听度假村的计划。李有田父子身后站着跟来的几个莽村村民，一直关注着饭局的谈话内容。李有田吃了口菜，缓缓道来："今天村委开会，主要讨论的就是度假村的开发计划……"

李宏伟夹着龙虾，突然抢话："计划黄了，你们别惦记了。"

李有田一拍桌子："闭嘴，这有你说话的份儿吗?!"

高启强努力保持镇定："黄了……是什么意思?"

李有田尴尬地说："也不能说黄了，只是遇到一点点阻力。村里人多嘴杂，不知道谁传的，说政府要把青华区改成开发区，还要修一条高速公路，正好从莽村过。你说说，这不是扯淡吗?虽说是胡扯，但还真有人信。集体土地改国有，这是一大笔钱啊!再加上地上的村办企业，莽村的日子一下就好了，这是党和国家的好政策。在这当口，你们建工集团突然插一脚，分走一半，村民当然不干啦。"

高启盛挤出一副笑脸："度假村上千万的投入，从建设到管理方方面面都要钱。万一政府的规划拖个五年八年，您扛得住吗?"

李有田想了想："我估摸着……差不多吧。"

高启盛笑道："您可别觉得这是个小数，不信的话，我给您算算。"

李宏伟剥着基围虾，说："高老二，你觉得自己念过几本书了不起吗?告诉你，我们有村办企业，青华区一半多的消防器材都是我们生产的，建个度假村多少钱不用你算。"

高启盛努力克制着自己，脸已经涨得通红。

李有田呵斥道："兔崽子，越说越来劲了是吧？你说的那些高老板会不知道吗？高老板叫咱来，一定是有了更好的想法，用不着你说三道四的。"

李有田面朝着儿子，但话里话外都在指桑骂槐，敲打高家兄弟。

高启强忍着怒火说道："老支书，不如您说个想法，我们听听。"

"社会发展太快了，我一个老头子跟不上时代，哪有什么想法。不过今天开会，村里人提了几条意见，我怕脑子糊涂记不住，就抄在纸上了。"

李有田从贴身口袋里掏出一张叠得四四方方的纸，小心摊开，递给高启强。

高启强扫了一眼，脸色更加难看了。"老支书，您这个条件，是让建工集团打白工啊？"

"这是村民的意见，不是我个人的意思。高老板，我夹在中间很难做啊！"

高启强忍不住了，口气强硬起来："都是京海人，把事做绝了，以后可不好相见！"

李有田脸色一变，突然生出一些匪气："高老板，在商言商，撂狠话可不好使！你知道莽村的莽字是怎么来的吗？"

李宏伟一拍桌子，站起来："姓高的，你不过是旧厂街卖鱼的，刚富了几天，就想跑来青华称王称霸？你问问莽村有没有怕你的！"

这次，李有田没有训斥儿子。

他带来的几个人都站了起来，面露凶相。

唐小虎踢翻椅子，抄起桌上的红酒瓶砸了个粉碎，手里的半截酒瓶犬牙交错。

高启强把玩着酒杯，说："看来老支书不稀罕我请的这顿饭，咱就好聚好散。"

说罢，端起酒杯一饮而尽。

李有田斜着眼睛盯着他，见他确实没有动手的意思，便也喝了一杯。

李有田恢复了畏缩谦卑的样子，说："那我们就先走了。"

高启强又说道："不过度假村的方案是我们出的，我们不去做，谁也做不成。"

李有田嘿嘿一笑："事在人为。"

莽村众人趾高气扬地离开了包房。

高启强勾勾手指，唐小虎把头凑过来。"我想吃鱼了。"

唐小虎点点头："明白。明天就送过来。"

依维柯车内，刑警队全副武装，套着防弹背心，荷枪实弹，身子随着车行微微颠簸。几个新加入的小伙子第一次经历这种大阵仗，脑门儿上都汗津津的。

李响说道："这次反恐突击的地形是城中村，道路复杂，人口密集，虽然有武警配合，但仍要做好应对各种意外的准备。从下车那一刻起，每一次意外都是考题。安欣，你跟着我，保护我的背后。"

车子突然停住，大伙身子随着惯性一晃，耳机里传出声音："车辆到达现场！考核开始。"

李响打开车门："出发！"

李响和安欣领着刑警队，穿过一片断壁残垣，来到城中村的废墟。

李响、安欣打头，进入一栋建筑，沿着楼梯拾级而上。

不时有蒙面的歹徒操着砍刀、棍棒突然冒出来，还伴随着"哇哇"的叫声。年轻警员没见过这阵势，都蒙了。

近距离遭遇比拼的是心理素质。安欣的左手枪法派上了用场——

他沉着冷静，弹无虚发，而且从不击中要害，枪弹都击中关节处，让对手失去反抗能力。他们很快来到顶层。

李响下达着命令："整理装备。一个一个房间搜索！我、安欣，走中路。姜超、陆寒，走左翼。施伟、狗子，走右翼。张彪、大刘，应急通道。别求快，求稳！"说着，将备用弹夹塞到安欣手里，"练习挺有效果。"

很快进入了营救人质的环节，李响上前谈判，安欣寻找射击位置，随时等候开枪，解救人质。

李响谈判无果，一边和歹徒说话，一边将右手藏在身后，握紧了拳头，示意安欣开枪。

安欣的右手微微抖动起来，他用左手压住右手，努力稳定枪口。

李响的拳头在背后又用力地握了握，安欣仍没有十足把握。李响急了，不由得扭头望向安欣的藏身之处，歹徒和人质的目光也被带了过去。眼看位置暴露，安欣心一横，只得开枪。

"噗"——人质身上的彩烟响了，噗噗地往外冒着。

耳机里传来裁判的声音："营救失败。"

刑警队其他人聚拢到李响身后，目光都望向安欣的藏身处。安欣恨不得有条地缝钻进去。

老默穿得整整齐齐，一手提着两条活鱼，一手牵着长大了的女儿，恭恭敬敬按响了高家的门铃。徐江死后，高启强帮助老默重新生活。老默经营着高启强曾经的水产店，做得有声有色，又在高启强的努力下将女儿黄瑶接到身边抚养。如今老默已经是高启强身边的死忠。

门开了，高启强热情地把两个人让进门厅。

老默在门前跺着脚，生怕把一点儿泥带进屋里。"老板。"他叫了一声，又转向女儿，"叫高伯伯。"

女孩儿看上去要比同龄人瘦弱很多，不出声，胆怯地缩在老默背后。

高启强笑着说："告诉伯伯，叫什么名字？"

老默回答："黄瑶。"

高启强一怔："没跟你的姓？"

老默无所谓地笑笑："她外公外婆答应孩子跟我，条件就是不改姓。"

高启强点点头，为了化解尴尬，冲屋里招招手："晓晨！带妹妹去你房间玩，我和叔叔说几句话。"

晓晨应声跑了出来，冲黄瑶招招手："走，带你看我的变形金刚。"

黄瑶怯生生地跟着他走。

厨房内，老默和高启强在一起收拾鱼。

老默急忙说："老板，我来就行，你别脏了手。"

高启强轻声道："你是我的杀手锏，不能轻易用。要不是这次那个村支书软硬不吃，也不至于动你。"

"我直接把他干掉。"

"干掉他，事情就闹僵了，工程还是拿不下来。我们要把莽村的工程搅黄，让他们知道我们不好惹。等他们服了软，生意该谈还是要接着谈。我相信你，从没失过手。"

老默笑道："失手也不怕，牵连不到你。"顿了顿，又说，"我唯一的牵挂就是这个闺女。"

高启强说道："万一哪天真出了事，她就是我亲闺女。"

老默没吱声，把鱼收拾好，摆在盘子里，冲了冲手。"收拾好了，那我回去了。"

高启强点头："我送你。"

所谓的度假村项目不过是莽村将残存的老碉楼进行改造翻新。老碉楼周围搭起了脚手架，一共没几个工人，全是一副懒散样。阴凉处摆着一张破桌子，负责人张大庆给新招来的小工挨个登记信息。老默掏出假身份证，放在桌上。张大庆瞅瞅照片，又看看老默。

"是你的吗？不像啊！"

"年轻的时候瘦。"

张大庆没说什么，开始登记信息。"好了，走吧。身份证押这儿，走的时候再给你。"

老默取了一顶头盔，走向工地。

张彪带着姜超、陆寒把一张公安系统比武大赛个人一等奖的奖状挂在墙上。

姜超撇撇嘴，说："可惜只有李队拿了个人奖，咱刑警队连个安慰奖都没得上。"

张彪说道："你说当时李队要是和我搭档，结果会怎么样？"

安欣坐在角落里自己的工位上，假装没听见。

李响来到安欣桌前，轻轻敲了敲桌子，说："咱俩出去一趟。"

安欣抬起头问："干吗？"

李响压低声音："今天是师父的忌日。"

李响嘴里叼着根香烟，点燃后恭恭敬敬地摆在曹闯墓碑前。安欣手捧一个小花束站在他身后，表情复杂。

"第一次看你带花来。"

安欣犹豫了一下，说："他不是一个好警察，但是一个好师父。"

"什么是好警察？如果按照你的标准，六年前赶到现场的是你，你怎么做？"

"所以，六年前，现场到底发生了什么？你该告诉我了。"

李响张了张嘴，从安欣的目光里突然读出了一丝异样。他劈手夺过安欣的花束，粗暴地撕开，里面露出一支录音笔。

李响把录音笔举到安欣面前："即使你录下什么，也没法作为证据！"李响把录音笔摔在地上，踩得粉碎。

"你还是那么幼稚！守着那些规矩，怎么斗得过坏人？"

安欣嘲讽道："师父就是这么教你的？"

李响指着安欣，说："重启调查的报告是不是又没通过？几次了？还不吸取教训吗？六年前没人信你的话，现在也一样。"

安欣迎着李响的目光："要不是你隐瞒真相……"

李响蛮横地打断道："那也一样，不会有任何区别！我赶到的时候，徐江已经死了，师父只剩一口气，没有证人，没有证词，什么都没有！就算我把真相说出来，伤到的也只有市局的名声和市民对警察的信任！师父也好，你我也好，我们为了京海治安付出了多少，难道要因为一两个错误全部被抹杀吗？"

安欣沉默片刻，说："你以为你保护的是京海全体警察的名声？我想知道你有没有后悔过？"

李响一字一顿地说："我每一天都在后悔，但再怎么样我也比你强！这个世界不缺梦想，有本事你就实现它！你觉得你是正义那就来抓我，而不是一天天变得更像个废物！"

安欣把拳头攥得"嘎巴巴"直响。

李响说道："我是刑警队队长，你要是敢对我动手，我就让你滚出刑警队！"

安欣再也按捺不住，一拳狠狠打在李响的脸上。李响被打了个趔趄。他摸了摸嘴角的血迹，露出了一丝笑容。

"你总算不那么守规矩了。"

第四章　老默的鱼

莽村的施工现场，脚手架的顶端，一个干瘦的老工人坐在架子上喝水。

老默端着两个盒饭，走到他身边蹲下，将一份饭交给他。

"老李，凑合吃吧。"老默打开饭盒，"小工挣得少，都是我们这些外地人干，你一个莽村人，咋也跟我们干一样的？"

老李叹口气："莽村也不是家家都有钱，儿子身体不好，只能我出来干，跟有技术的比不了啊！早知道年轻时候学个泥瓦工也好。哎，你趁年轻学点儿技术，啥也不会，老了要吃亏。"

老默点头称是，把自己饭盒里的咸鱼都夹到了老李饭盒里的米饭上，老李感激地笑笑。

工头在楼下吹响哨子："快吃快吃，开工了！"

老李猛扒几口，吃光了盒饭，站了起来。

老默退后一步，随手解开了老李挂在钢管上的安全绳扣。

"老李，你的安全绳开了！"

老李一愣，低头查看身上。

老默趁他分神，突然猛推了他一把。老李惨叫一声，摔了下去。老默随后扬长而去。

现场乱成一团，所有人都往老李的尸体处聚拢。

村委会的办公室里，李有田和李宏伟刚接听完建委的电话，有人举报莽村工地上出了严重的安全事故，要求立即停工，等待检查。李有田阴鸷的脸抑制不住地抖动。

"我还没得到消息，建委倒先知道了。好啊，高启强，你想来阴的，我们就倒过来玩明的！"

碉楼工地现场已经被片区的派出所民警封锁，四周拉着警戒线，阻挡着围观的村民和工人。李响和安欣均在现场。就在李响让人调取监控寻找嫌疑人线索时，李有田在儿子的搀扶下出来，大声喊着："杀人犯是高启强！"李有田和李宏伟一顿控诉，村里人被煽动得义愤填膺。

李宏伟既像是说给警察听，又像是说给所有村民听，扯开嗓子大声道："高启强看上了我们村的这块地，要抢！我们没答应，他就派人来给工程捣乱！"

李有田与儿子一唱一和，做痛心疾首状。"无非就是求财，何必要害命啊！早知道他这么狠，这块地送给他都行，别伤害村里的乡亲啊！"

李响轻声问一旁的安欣："你怎么看？你了解高启强。"

安欣想了想："我觉得他能做得出来。"

"这个案子交给你负责，行不行？"

安欣冷笑："碰到高启强，你就躲了？"

李山突然出现在警戒线外，哭着想冲进现场，引起一阵骚乱。

李山看见李响，大喊起来："儿子，死的是你老叔啊！小时候他还抱过你，你得替他报仇啊！"

李响无比头疼地说道："看到了吧，我不是躲高启强，是避嫌。"

安欣不知道是该嘲讽李响，还是该同情他。

市局的接待室里，李有田和李宏伟还有其他村委会成员按辈分坐在屋里，完全把这里变成了村委会，正吵得不可开交。

"早说了高启强不好惹，工程给他们做，咱们捡现成的不好吗？李顺他儿子来闹了，逼着要赔偿，宏伟是负责人，得给个说法。"

李宏伟眼珠子一瞪，要急眼，被李有田瞪了一眼，只好把头埋下。

"支书，这工程还干不干了？你得拍个板啊！"

李有田又像蔫了似的，眯着眼睛，嗫着烟头，任由他们吵闹。

李响和安欣推门进来，所有人站了起来。

安欣问道："笔录都做完了？"

李有田点头："做完了。"

安欣拉开椅子，说："咱们再聊聊。"

李有田一脸无奈："该说的我们都说了，现场你们都看了，死者家里也去了，还要聊什么？"

"再多听听，总会有新的收获。"

李有田皱眉："也就是说，你们现在的线索不够抓高启强呗？"

老头说得如此露骨，安欣和李响只好尴尬地笑笑。

李有田在人群里扫了一圈，突然大惊小怪道："哎，李山哥怎么没来？这么大的事儿，得把李山哥叫来！"

李响皱皱眉："不用了，李山没参与这个项目，知道的消息大多是道听途说。"

李有田诚恳说道："话不能这么说，村里一直很重视你爸的意见。以前分地办厂的时候，有很多困难，对你们家照顾不周，这么多年我一直过意不去。现在日子越来越好，是该给你们家补贴补贴了。"

李响听不下去了，向安欣使眼色。

安欣说道："老支书，我们时间紧迫，还是先聊正经事。"

李有田点头道："正经事？好！你们把知道的都说出来！"

莽村的人一拥而上，围着两个警察七嘴八舌，开始咒骂起高启强来。

市局刑警队会议室里，所有人围坐在一起，局长郭文杰列席，正在听李响介绍案情。

"根据目前掌握的情况，这可能是一起经济纠纷引发的刑事案件，现成立专案组。由于涉案一方在莽村，是我本人的户籍所在地，我申请避嫌。专案组由安欣同志任组长，全权负责。安欣，下面你来说。"

安欣起身说："据莽村人反映的线索，京海建工集团的高启强有很大的嫌疑。"安欣将高启强的照片、资料贴在白板上，"高启强2001年正式入职京海建工集团，担任项目经理，为建工集团拿下了不少大项目，帮助建工集团发展壮大，使其成为本市最大的建筑承包公司。他于2004年升任总经理，地位仅次于董事长陈泰。据传闻，高启强私下称呼陈泰为爸爸，是公认的集团继承人。在高启强任职期间，我们收到多起报案，声称高启强使用暴力手段，打击竞争对手，压低价格，垄断市场。但这些案件要么缺少证据，要么受害人私下和解，我们始终没有抓到高启强的把柄。"安欣将更多高启强爪牙的照片贴在白板上。"这些人是高启强身边的骨干力量，大多数来自旧厂街，很早就认识高启强。除了唐小龙正在监狱服刑，其他人都逍遥法外。"

郭文杰咳嗽了一声，说："注意一下措辞，只有有确凿的证据能证明他们犯了罪，才能说他们是逍遥法外。"

"高启强今非昔比，以他现在的身份，调查起来阻力会很大。"安欣说道，"以我对他的了解，他不会让这些案子与他有任何牵连，所以找他也是白费工夫。"

郭文杰看着安欣，说："说说你的办法。"

安欣拿起另一个文件夹，递给郭文杰，里面是老默的画像和假身份证的复印件。

"这是目击证人描述的嫌疑人画像，他使用的假身份证很新，应该刚做不久。去年，我市集中打击了一批办假证的窝点，相关信息应该可以利用。"

郭文杰想了想，问："抓到办假证的，顺藤摸瓜查到凶手？"

"是。"

郭文杰说道："嗯，这个思路倒是可行，那高启强那边该怎么办？莽村的人一直揪着他不放。"

安欣摇头道："没有证据表明凶手跟高启强有关，找他也是白找。如果真是他指使的，那他肯定做好了被传唤的准备。所以我们先不去理他，等高启强自己出牌。"

白金瀚的办公室里，房间布局与之前徐江在时差别很大，暴发户的气质少了很多，多了几个大书柜，里面放着各种名著、工商管理相关的书籍等。但仔细看，这些书绝大多数都是崭新的，还没开封。高启强坐在宽大的老板椅上，望着电话发呆。

高启盛推门进来，叫了一声："哥！"

高启强似乎吓了一跳："大白天的不去看店，跑我这里干什么？"

"十几个连锁店，我哪儿看得过来？你还以为是当年那个破门头啊？"

"糊涂了，钱来得太快，脑子还没跟上。莽村停工几天了？"

高启盛想了想，说："四天了吧，我给建委、土地局、安监办都打了电话，让他们轮番去查。李宏伟的草台班子没有资质，证都是借的，被罚了不少。"

"都四天了，公安怎么还不联系我？"

高启盛笑着说："青华区派出所办不了，上交给市局了。"

"市局？是不是又落到安欣手里了？"

"肯定啊，这几年他像块狗皮膏药一样，甩都甩不掉，这案子他肯交给别人办？"

"他什么时候变得这么沉得住气了？不管他，把话放出去，谁敢接莽村的工程，就是跟建工集团过不去。"

"放心，现在根本没有建筑队敢接他们的活儿。"

"只要逼得李有田认输，剩下的无非就是赔钱私了，安欣查也查不出什么。"

高启盛笑道："明白。"

城市边缘，高高低低的旧楼中藏着各种手工作坊。街道上，几名工人正在加装交通摄像头。安欣和年轻的陆寒窝在一辆破旧的面包车里，打量着整个街区。安欣拿着犯罪嫌疑人的画像，冥思苦想。

陆寒探头瞅瞅："一直盯着，有那么好看吗？"

"总觉得眼熟。"

陆寒随口说道："会不会是通缉犯？"

"通缉犯的照片天天瞅，一眼就认得出来。这人不是，我只是想不起来在哪儿见过。"

陆寒拍拍安欣，指向车外："来了！"

一个年轻人趿拉着鞋，蓬头垢面，一副没睡醒的样子，走到一家破门店前，开锁进去。

安欣说道："走！"

年轻人便是打着"打字复印"的旗号办假证的人。安欣和陆寒一顿吓唬，对方便招了，但是一天卖出去几百张假身份证，根本记不住画像上的人。安欣只好让对方记住画像，有消息马上联络自己，同时在打印店外装好了监控摄像头。

第五章　鱼腥味

夜深了，信息科依然灯火通明。在安欣的带领下，警方一共锁定了五个伪造证件者，在他们的工作地点和住宅附近安装了摄像头。众人做好了打持久战的准备，因为一般来说，凶手行凶后都会藏匿一段时间，等风声过去再行动。之前的假身份证用完了，肯定还得办个新的。

就在大家都盯着屏幕的时候，突然，姜超指着屏幕喊了起来："组长，这个人像是画像上那个！"

安欣一激灵，俯身凑到屏幕前。屏幕上，一个魁梧的男人正在打印店前晃悠。安欣立即通知负责那里的警员盯住。

老默穿着件遮着脸的帽衫，站在打印店门口。

不一会儿，年轻人趿拉着鞋走了过来。"干吗这么急？"

"上次做的身份证丢了，弄个新的。"

年轻人打开店门，说："进来吧。"

老默环顾四周，跟着年轻人走进店里。

一辆面包车缓缓驶到打印店对面，坐在面包车副驾驶座上的施伟盯着打印店，拿起对讲机："相似度百分之六十，天太黑，看不清楚。要不要进店摸摸情况？"

信息科里，安欣盯着屏幕，说道："店里狭窄，万一动手容易造成不必要的伤亡。你们先盯着，我马上赶过去支援。"

施伟的声音透过对讲机传出："明白。"

老默跟着年轻人进到店里，看着年轻人从保险柜里摸出一叠假证件，用橡皮筋捆在一起。他警惕地观察着，透过窗户看到街道上多了几个摄像头，似乎都冲着这家店。

"街上多了些摄像头，是新装的吗？"

年轻人随口说道："没注意。"

老默盯着路对面停着的一辆面包车，车窗很黑，看不出里面有没有人。

"警察是不是来找过你？"

年轻人犹豫了一下，壮壮胆，说："是，但是你放心，我什么都没说。我这人只求财，别的跟我没关系。"

安欣匆匆赶到，带着陆寒等人，走到面包车边，敲了敲玻璃。"怎么样？"

施伟说："两个人都在里面没出来，一直有音乐声。"

安欣看看表："待了这么久？走，过去看看。"

安欣带头向打印店走去。他的手按在了后腰的枪套上，把按扣打开。打印店亮着灯，里面音乐声大噪。

屋里仍然脏乱，电脑开着，随机播放着音乐。此刻空无一人，角落里的一扇窗户被砸碎了，防盗窗也被踹开，就这么大敞着。安欣闻到一股血腥气，他急转到柜台内。年轻人蜷缩在角落里，满身鲜血，被割了喉。陆寒冲到敞开的窗前，外面是一条黝黑的夹道，老默早不知踪影……

被害者李顺有一个儿子李青，是一名间歇性神经病患者，看人的眼神都是斜的，手一激动就止不住地哆嗦。先前李宏伟代表工地给穷困的李青送了一些钱和吃的便打发了他，如今为了让高启强服软，李有田父子俩又想利用这个可怜的年轻人。此时的李青胳膊上戴着黑箍，走进村委会，屋里只有李有田父子俩。李青十分关心害自己父亲的凶手是否已经被抓获，听到对方势力很大、公安也不敢抓的时候，李青便突然发病，掀翻了李有田的办公桌。

李有田见怪不怪地扶起桌子，自己收拾着。

"你爹顺子多好的人啊，老实巴交的，说没就没了。你娘死得早，你身体又不好，家里全靠你爹撑着。平时村里帮衬得也少，我是支书，往后你家里缺什么吃的用的，就来村委会领，不想开伙了就到我家里，添双筷子……哎，以后你一个人，日子可咋过啊？"

李宏伟连忙补充着："这账啊，都得算在高启强头上，也让他尝尝失去亲人的滋味！你爹就是太老实了，才被他们欺负！古时候那些大英雄、大侠客，哪个不是有仇必报，杀父之仇可是不共戴天！"

李有田父子一唱一和，李青整个人哆嗦得更厉害了。

看着李青的样子，李有田和李宏伟心里大概有数了：下午安欣对李青的问询估计不会太顺利了。

海堤上惊涛拍岸，公务车孤零零地停在堤岸上。李响和赵立冬在车里见面。

赵立冬开门见山："约你几次都推三阻四的，莽村的案子处理得怎么样了？"

"不是我负责的，不太清楚。组长是安欣。"

"你师父可比你识时务得多了，别浪费了他的苦心。他可是收了徐江不少好处。你可以去查查他的账，就知道我有没有骗你。"

李响开车门要出去。

赵立冬继续说道："回去给建委打个电话，就说工地可以批准开工了。"

莽村居委会内，对李青的问询在李有田的预料之中。安欣深知村民们对警察的不信任感和李有田脱不了干系，为了能安抚李青的情绪，不让他做出过激行为，安欣决定避开李有田，再找一次李青，于是让陆寒出去买些吃的，找了借口去李青家里，打算做顿饭。

洗菜，做饭，吃饭，气氛融洽，死气沉沉的屋里平添了生气，李青终于慢慢放下戒备，露出了笑容。

安欣假意找菜，目光却落在墙角李青刚宝贝似的抱回来的编织袋上。

"小葱呢？小葱放哪儿了？应该来点儿小葱啊。"说着话，他的脚将编织袋的口踢开，里面露出大团渔网。安欣用脚踩踩，没发现硬物。

李青捡起地上的小葱，递给他，说："葱在这儿。"

安欣接过来，随手放在桌上，打岔道："李青，你这手艺，当个厨师没问题。来，吃光！这么好的菜，别浪费！"

李青拿起筷子，突然停住，望着一盘鱼发呆。"我爸好像说过，工地上有个人经常找他聊天，身上一股鱼腥气。"

车里，陆寒在开车，安欣坐在副驾驶座上。

陆寒问道："安哥，你一直安抚他的情绪，是怕他向高启强报复？"

"他有精神病院的鉴定证明，莽村要对付高启强，他是最合适的人选。"

陆寒长吁一口气："这顿饭吃得我一身汗，他的编织袋里装的到底是什么？"

"渔网，不过还是不能掉以轻心，等会儿你去趟管片的派出所，让他们盯紧李青，防止他被其他人教唆，出大乱子。我去查查那个满身鱼腥气的人。"

"这里原来是个渔村，有鱼腥气不是很正常吗？能当线索吗？"

安欣笑了："高启强以前就是卖鱼的。"

李有田进李青家的时候，李青正在打扫屋子。

"那俩警察又来找你了？聊什么了？"

"还是我爸的案子。对了叔，我想再出去打工。"

"还去？那你爸的仇谁来报？"

李青低着头："安警官说，他会抓到凶手。"

李有田暴怒："安警官、安警官！他是你爹还是你妈？他骗你呢！高启强早把他们买通了，你还信他！"

李青愣住了。李有田冲到药柜处，把李青平时吃的药都拿出来，装进袋子。"这些药都把你吃傻了，以后别吃了！"

李青想要阻拦，被李有田粗暴地推开。

公安局内，姜超敲敲门，走进队长办公室，将几份银行流水单放在桌上。

"李队，你要的东西，我找在银行的亲戚打出来了。"

李响拿起流水单浏览。

姜超说道："曹闯队长生前名下只有一张银行卡，入账也都是工资和奖金，数额都正常。但他爱人名下有一张银行卡，进过好几笔大钱。如果不是中了彩票，想不出来怎么能挣到那么多。"

李响接过来一看，惊呆了。他怀疑的一切终于被证实了。

"谢谢你，小姜。这件事不要告诉任何人。"

姜超识相地点头出去。李响把流水单撕到碎得不能再碎，望向窗外。天空中乌云密布，闷雷滚滚，倾盆大雨随时要落下来。

李青家里，李宏伟的跟班张大庆、张小庆兄弟俩和李青坐在一起喝酒。桌上满是喝空的酒瓶和嚼剩下的骨头。两人不住地给李青灌酒，李青喝得两眼发蒙。

张大庆举着杯子，说："来，把最后一杯干了！我俩提着脑袋帮你，不为别的，就敬你是条汉子！"

在二人的怂恿下，李青把杯里的酒喝了个干净，呛着了，剧烈地咳嗽。

兄弟俩一使眼色。

张大庆看了一眼手机，说："差不多该走了。"

李青还残存着一丝理智："真的要去啊？"

张小庆一拍桌子："怎么？尿了？！他害死的可不是我爹！"

大雨倾盆，学校门口空空荡荡，摆摊的也收车跑了，只有陈书婷孤零零地撑着伞，左右张望，脸上写满了焦急不安。

小学传达室内，几个人围着监控查看。屏幕中，晓晨捏着炸串，边走边吃，走出了画面。

保安说道："那边是盲区，学校的摄像头拍不到。他是被一辆灰色的五菱宏光劫走的，当时现场好多学生都看到了。"

"车牌号呢？"安欣问道。

保安想了想，说："有个孩子说尾号是5。"

安欣的手机响了，里面传来陆寒兴奋的声音："安哥，你推断的没错，灰色五菱宏光就在莽村，车牌号是海A12425！我们跟派出所正在摸排。"

"小心，不要惊动嫌疑人，我马上过来。"安欣对着电话说。

陈书婷一把抓住安欣："找到了？！"

安欣点头："有线索。"说着转向学校领导："麻烦你们照顾好学生家长。"

众人赶紧点头。

"安警官，你救过我们娘俩，求你再救一次！"陈书婷哭着说道。

安欣点点头："一定！"

第六章　误会

滂沱大雨中，李青将晓晨抱在怀里，掏出刀，绝望地与警察对峙。
"让高启强来我就放人，我要让他给我爹偿命！"

李响压低声音："通知武警支援。"

张彪点头："已经通知了，在路上。"

安欣挤过围观的村民，奔向现场。安欣看着李青，不能理解这个小伙子为什么短短两天就变成了恶魔。李青的眼里只剩下疯狂，他还在喃喃自语，根本无法交流。

安欣凑到李响身边，轻声说："我去和他谈。我和他吃过一次饭。小伙子人挺单纯的，应该是受了什么刺激。"

李响偏过头来看他："我是莽村的人。李青从小就不正常，打架次次都下死手。他是神经病，杀人白杀，别人杀他要偿命，所以大家都不敢惹他。我比你更了解他。"说着拔出自己的配枪，塞到安欣手里，"我来稳住他的情绪，万一有突发情况，你就开枪。"

安欣犹豫道："我……不合适。"

"你比我合适，我们毕竟是同乡，我开枪，我爹在这村里就没法做人了。"

安欣咬牙点点头。

李响看看周围："你找个隐蔽有利的射击位置。"他向对面的平台一瞟，又说，"等我给你信号。"说着，手握成拳头，挥了挥。

安欣犹豫道："没有其他方案吗？"

张彪忽然大喊："李队，有情况！"

四周村巷里的村民躁动起来，李宏伟、张大庆、张小庆混杂在群众中，煽风点火。

李宏伟大喊："警察滚出去！"

张大庆大喊："杀人偿命，天经地义！"

张小庆大喊："李青，好汉！"

围观的村民比刚才多了两三倍，只能分出大部分警力去拦阻，形势十分危急。但村民始终保持着安全距离，只是不停地喊叫。李青被刺激得更亢奋了。一辆渣土车倒在路中央，倾倒的砖头瓦块堵住了进村的道路。两辆武警车被挡在村外，全副武装的武警正与村民交涉。

李有田倚在村办公室门外，伸出手接住屋檐落下的雨水，直起了腰，神情悠然。

此时，李青的情绪濒临崩溃。

李响大喊："李青，好好看看我！咱们一块儿长大，你就算不信警察，还不信我吗？"

李响的怒喝镇住了李青，但李响知道拖下去凶多吉少，于是将手背在身后，做了个握拳的动作——开枪的信号。

雨水混着冷汗，迷得安欣睁不开眼，他的右手抖得越来越厉害。

砰——枪响了。

李青眉心中弹，颓然地倒在地上，手里的匕首滑落。

安欣在迷茫中回到了现实，他看了看手里的枪，忽然明白了，转身向后望去。

不远处的屋顶上，武警狙击手匍匐着，枪口的硝烟似乎还未散尽。

武警观察手长出了一口气："劫匪已击毙，人质安全。"

李青的尸体一动不动，晓晨被姜超抱走。

村民们像是围观了一场杂耍，意犹未尽地准备散去。他们仿佛失了忆，好像方才冲着警察大喊大叫的不是他们，有人已经开始讨论晚饭吃什么。

安欣抱着晓晨走出村口，犹豫片刻，还是朝高启强和陈书婷走去。高启强冲上来，打着伞护在安欣和儿子头上。晓晨从安欣身上跳下来，哭着扑进陈书婷怀里。

陈书婷抬起头对安欣说："谢谢！谢谢！"

安欣心情复杂，微微一点头。

高启强仍替安欣打着伞，向他伸出手，脸上的感激之情非常真挚。

安欣只是直勾勾地盯着高启强，没有伸手。

高启强苦笑道："我现在已经不配跟你握手了吗？"

安欣面无表情地说道："李青死了。"

高启强说："谁？"忽然恍然大悟，"哦，绑架犯，死了算他走运。"

晓晨捂着耳朵，把头埋进陈书婷怀里。

陈书婷抱起晓晨，说："我先带他上车。"

安欣说道："暂时你们还不能回家，先去局里做个笔录吧。"

陈书婷担心地问，"改天行不行？孩子受了这么大惊吓。"

安欣有些为难。

高启强说道："我们带孩子先去医院检查一下，没什么问题就马上带他过去。"

李响走过来，说："好，我们派辆车，跟你们一起去。"

高启强一家三口坐在后排，夫妻俩一人攥着晓晨的一只手。

高启强说道："儿子，爸爸问你，绑架你的有几个人？"

晓晨摇摇头："我记不清了。他们拿一个网子扣在我身上，又把毛巾捂在我脸上，我就什么都不记得了。"

高启强点头道："好，记住爸爸的话，绑架你的只有一个人。待会儿到了公安局和警察叔叔就这么说。"

晓晨似懂非懂地点点头，又看看母亲。

陈书婷摸摸晓晨："听爸爸的话。"又咳嗽一声，冲前面的司机陆涛说："小陆，给老板开车，听见的话自当耳边风。"

陆涛木然地说："我什么都没听见。"

刑警队的办公室里，桌上摆着一摞盒饭，专案组的警察们各自捧着一份，边吃边工作。

安欣走进办公室，把做笔录的纸本扔在桌上，拿了一份盒饭说："李青用沾了乙醚的毛巾迷晕了高晓晨，孩子记不清上车之后的事情了。但是非常确定，车上只有李青一个人。"

姜超说道："这不是好事吗？案情简单多了。"

安欣摇摇头："可是李青没有驾照。"

"没有驾照不等于不会开车。"姜超说。

安欣想要反驳，但忍住了："等李响回来就知道了。"

正说着，李响回来了，很沮丧。

安欣问道："拿到了吗？"

李响摇头："没有。村口的摄像头是好的，但保存录像的硬盘不见了。"

安欣分析道："做贼心虚，反而证明了我的猜测——有人协助李青绑架高晓晨，甚至是胁迫他作案。"

"我同意你的判断。看今天的情况，要说没人策划教唆，我都不信。"李响接话道。

施伟喊道："安哥、队长，来看看这个！"

施伟边看电脑边说："网上有篇文章说，高启强是京海黑社会，李青是被他逼得走投无路才犯罪的。说咱们击毙李青，抓走莽村村民，是在为高启强撑腰，充当黑恶势力的保护伞！"

安欣等人一听，马上围了过去。

文章上有许多配图都不利于警方：警察拦截村民时有肢体接触、武警对闹事村民进行压制和扣留、警察抬着裹尸袋等。最后是几张距离较远的全景照，将照片放大之后，隐约可辨认出安欣情绪激动冲村民喊叫的样子以及高启强为安欣打伞的情形。

姜超指着照片："这不是安哥吗？！放大了看，这表情还真挺吓人的。"

安欣半开玩笑地说："转发十万多次，评论二十万条，浏览量超过百万，够追究刑事责任了。来，看看写文章的人是谁？"

鼠标滚动，文章滑动到最上面。

安欣愣住了。

黑体的标题下面赫然写着"作者：孟钰"。

此时的孟家，孟钰的母亲崔姨在电脑前惊得连喊孟钰："这是你写的报道？！你们北京的报纸，管什么京海的事情？"

"现在是互联网时代，地域性早没那么强了！而且，作为记者，就应该披露社会黑暗，曝光社会上不公正的事儿！我们这个行业最受尊敬的就是暗访记者，什么黑砖窑、血腥征地、证券黑市，好多大案子都是因为暗访记者才真相大白的！"

崔姨想了想，说："那这些照片都是你去拍的？不对呀？这上面写着 6 月 16 号，那天不是你周叔叔生日吗？咱们还一块儿去他家过生日了，你哪来的时间去拍照啊？"

"真相被还原了就行，你管谁拍的呢？"

崔姨念出下方评论："警察身份被'人肉'……京海市公安局安欣？"

孟钰吓了一跳，也看到评论，赶紧将图片放大，这才看到安欣的轮廓。

崔姨急道："哎呀，你这不是把安欣给害了吗？好几年不见，刚回来就惹事儿！"

"我哪知道是他？他既然真的那么做了，怎么能说我害了他？"

这时，孟钰的手机响了，她心虚地接起电话："喂，您好，请问是哪位？"

"是我，安欣。"

"安警官，有什么事吗？"

"好久没见，出来坐坐？"

"今天啊……不行，有约了。"

"那明天呢？"安欣问道。

"也有安排了。"

安欣沉默了一会儿，问："那你什么时候有空？"

"这个嘛……我也不知道，我现在很忙，回头再说。"说完，孟钰匆忙挂了电话。

公安局外，李宏伟和张大庆、张小庆兄弟带着一帮莽村村民，举着李青父子的遗像，拉着横幅，大喊着口号。

李宏伟振臂高呼："扫清黑社会，逮捕高启强，彻查保护伞！"

看热闹的群众把周围道路堵得水泄不通，电视台的记者正在拍摄。

在京海建工集团董事长的办公室里，茶案被掀翻了，茶壶、茶碗碎了一地。程程不紧不慢地收拾，捡走地上的碎渣。高启强看着眼前盛怒的泰叔，有些不知所措。

泰叔怒吼："你看看，外面都怎么说你？说你是黑社会头子，我们建工集团就是贼窝！我没有时间给你了，必须控制舆论。你交接一下，工程上的事先交给程程。"

程程端着另一杯茶递给高启强："高经理，业务上还请您多教教我。"

公安局局长办公室里，安欣瞪大了眼睛，看着郭文杰，不可思议地问："撤我职？"

"只是让你暂时从专案组组长的位置上撤下来。撤下来避避风头，也是保护你。"

安欣沉声道："那……谁当组长？"

"李响，他是莽村的人，这时候派他上，能平复一下社会情绪。"郭文杰说道。

"您这不就等于被舆论裹挟了吗？"

郭文杰一瞪眼："守规矩，知进退，没什么问题。再说，你也有新的任务，非常重要。"

安欣半信半疑："什么任务？"

郭文杰轻咳了一声："你去见下那个记者孟钰，把误会解开，尽早消除社会影响。别以为是小事，群众的信任都丢光了，还怎么开展工作？"

安欣一脸茫然与无奈。

第七章　合理的理由

莽村的事情闹得满城风雨，老默替高启强心急，却不想高启强只是淡然地告诉老默沉住气，随后便打发老默和高启盛一起到外地进货。

而另一边，李宏伟也将张大庆、张小庆这两个怂恿李青的人送到码头，让他们出去躲一躲。

李宏伟回到家，李有田正在屋里转磨。"把那哥俩都送走了？"

"嗯。"

李有田想了想，问："面包车处理了？"

"早处理了。"

李有田搓着手："那就好！警察抓不住咱什么把柄了。现在高启强是热锅上的蚂蚁，蹦跶不了几天了！那北京来的女记者还真管用！你天天上网啊，就干对了这么一件事。"

"人家北京来的，当然知道怎么写才有效果。"

"记者都长着狗鼻子，待久了早晚能闻出来，你说，她要是知道这里面更深的事，会不会写出对咱们不利的事情来？"

李宏伟嗤之以鼻："放心吧，人家才不愿意在这破地方待着，连我都不愿意。"

"没良心。你不是莽村的人啊？"

李宏伟站起来："地卖了，我第一个搬走，一天都不在村里住了。"

渔船孤独地漂泊在海上。张大庆和张小庆缩在船舱里。

张小庆蔫头巴脑地问："咱这一走还能回得来吗？"

张大庆笑道："当然能！"

"你觉得是什么时候？"

张大庆目光炯炯："明天一早！"

张小庆一愣。

张大庆说道："今晚到了地方，明早咱们就往回返。李宏伟先哄着我们出力，遇到事又把我们当垃圾往外撇，没那么便宜！"

李响站在曹闯墓碑前，轻轻擦去墓碑上的浮土和落叶，又点了一支烟，供在墓碑前。

"师父，这可能是我最后一次来看你了。这些年，我一直在后悔，为什么当初不把真相说出来。我和安欣说是为了师父你的名声，但其实是因为我害怕，害怕斗不过赵立冬，害怕失去努力争取到的一切！但我已经撑不下去了，得到的越多，负疚感就越重，我甚至希望死在安欣手上，兴许还能好受点儿。今天，你就给我指条路。"李响从兜里掏出一枚硬币，"如果是正面，我就去自首，即使什么都改变不了！如果是反面，我就继续当警察，用自己的方式赎罪！"

李响把硬币高高抛起，硬币在空中转了几个圈，落在地面上。李响看了一眼花色，深吸口气，向曹闯的墓碑鞠了一躬。

市局刑警队的办公室里，李响和安欣在交流案情，此时，他们已经察觉到孟钰的照片极有可能就是莽村的人提供给她的，而能想到并做到这些的，恐怕也只有李有田父子了。如今，村口摄像头的硬盘还没找到，他们推断硬盘很有可能就藏在李有田家中，但是在没有证据和手续的情况下，想进李有田家搜查是不可能的。

这天一早，孟钰被父亲孟德海从床上喊起来，硬拉着去爬山。车子在山脚停下，孟钰睡了一路，刚醒过来，打了个大大的哈欠。

孟德海握着手机，说："区里突然有点儿事，我得打个电话。你先上去，打完了找你。"

孟钰悠闲地闭上眼："那正好，我再睡会儿。"

"怎么，又想赖着偷听？你这坏毛病给我改改。快，赶紧上去！"

孟钰无奈地叹了口气，磨磨蹭蹭地下车。

孟德海说道："山腰凉亭等我。"

孟钰背着身，摆摆手："知道啦！"

山腰的凉亭处，一个熟悉的身影看到孟钰后，冲她挥手："孟钰！"

孟钰瞪着眼睛看到安欣，顿时心虚起来："你怎么在这儿？"

安欣笑道："不用这种办法能见到你吗？"

孟钰一撇嘴："要是撤回报道的事情，免谈。"

"报道里的照片不是你亲自拍的吧？当天你也不在现场。"

"我只是如实报道！"

"你都没在场，凭什么认定是事实？记者不是讲究新闻报道要全面、客观、真实吗？"

孟钰沉默不语。安欣看着山下说道："人质被绑架，村民却把进村的路给堵了，实在没办法我们才出动了武警，那些照片是非常片面的。而且就算你了解了当天的全部经过，也只是整个事情的冰山一角，李青的案子很复杂，你别被那些表面的东西蒙蔽了。"

孟钰一皱眉："那我怎么知道你说的就都是真的呢？"

安欣笑了笑："我虽然只是个普通的刑警，但是在京海这么多年，那些灰色地带的事情也见了很多，表面呈现出的不一定就是真的。我知道你们那个行业有很多调查记者，暗访、调查、还原真相，我很敬佩他们，因为暗访调查非常危险，要想查出真相，要付出很多代价。我并不希望你去冒险，但是正因为新闻媒体具有舆论监督的权利，所以更应该谨慎使用这个权利，不是吗？"

孟钰有些愧疚："可是那篇报道已经造成那么大的影响了……要不，我再写一篇报道澄清一下吧？"

"现在想消除影响，唯一的办法就是查清楚整个案子背后的真相。你能不能告诉我，谁给你提供的这些照片？"

孟钰想了想，说："李宏伟。"

"我们怀疑有重要的案件线索就藏在他家里，但是没有合适的理由去搜查。"

孟钰想了想，从口袋里掏出手机，翻出一张照片。"你看这个算不算是个理由？"

安欣接过手机，眼睛亮了。

缉毒支队支队长杨健比安欣大五六岁，但因长期高压工作，相貌显得老成。此时在杨健车内，孟钰正举着自己的手机，在安欣的示意下给杨健看屏幕。

杨健说："光线太暗了，但确实很像我们现在追查的新型毒品。你在哪里拍的？"

孟钰说："也是李宏伟从网上发给我的，他除了给我发一些莽村的事儿之外，还总跟我吹牛，说他多有钱多厉害，小弟一大堆，还能弄来毒品。"

"这批彩色麻古是最近刚出现的，主要在年轻人中流行。别看纯度不怎么样，价格可不便宜。"

安欣期待地问道："抓不抓？"

杨健一点头："抓啊，干吗不抓？我正愁这个季度任务完不成。"

孟钰兴奋地说道："好，我来当内线，这样就有理由搜查李宏伟家了！"

杨健看着孟钰，问："你没关系？"

孟钰点头。

安欣摇头："不行，太危险了。"

"不入虎穴焉得虎子，我也要完成我的报道。而且只有我接近他，他才会放松警惕。"

安欣皱着眉头，想了想，说："那好吧。但你一定确保自己的安全，我们会在暗中保护你。"

安欣仍不放心。"我再教你一招。"说着他拿出一枚硬币，"这些人聚众吸毒，主要图的是个气氛。你要掺和这种局，要学会这个。"硬币在安欣指间转动，忽地不见了，再出现时，一元硬币变成了五角。

孟钰笑道："好玩！"

安欣严肃道："万一他们逼你吃，就用这手糊弄他们。"

杨健笑道："行啊，你小子懂的挺多，我们的招都学会了。"

安欣笑笑，把两枚硬币递给孟钰。孟钰认真地学了起来。

酒吧里光线昏暗迷离，孟钰和李宏伟坐在卡座里，一旁还有几个天天跟在他屁股后面的跟班。一旁的酒保从兜里掏出两小包塑料袋装的彩色麻古，悄悄递给李宏伟。

李宏伟悄悄把麻古分给几个小弟，然后试探着问孟钰。

"玩过吗？"

孟钰一撇嘴："你是不是觉得我没见过？这东西我比你熟！"手一伸，"给我看看！"

孟钰从李宏伟手中接过塑料袋，对着灯光仔细查看。袋子里的药片五颜六色，十分魅惑。

李宏伟从袋子里倒出一枚绿色麻古，递给孟钰。"来一颗？"

所有人的目光聚向孟钰。孟钰不慌不忙地推开了李宏伟的手。

"我喜欢红色的。"

孟钰挑了一颗红色药丸，手一翻，换成了多酶片，手法娴熟，谁都没看出异样。她用酒把多酶片送下。卡座里响起一片掌声。孟钰趁大伙不注意，悄悄把麻古塞进口袋。

安欣坐在副驾驶座位上，手里把玩着一枚红色多酶片，一动不动地盯着酒吧的方向。

杨健刚刚才得知孟钰是青华区委书记孟德海的女儿，吓得脸都白了。

"你胆子也太大了，赶紧让她撤出来！"

安欣摇头："已经到这份儿上了，对方不上钩她不会撤的。"

正说着，安欣的信息提示音响了，他立刻坐直了身子："交货了！"

杨健抄起对讲机："立即行动！刚才跟目标有接触的一个都别放过！"

酒吧内，音乐骤停，便衣警察纷纷从卡座站起来。"警察！都蹲下！手抱头！"

李宏伟见情形不对，要抓桌上的药片，杨健已经把手铐铐在了他的手上："都带回去！"

便衣警察上去给卡座里的人一一上铐。

孟钰被手铐夹疼了，微微皱眉。

酒吧外，警车刚启动，安欣就从杨健身上找到了钥匙，给孟钰解开手铐。

安欣看到孟钰手腕上的伤痕，冲杨健生气地说："哪有下手这么重的！"

杨健说道："情况紧急，做戏全套，对不住了，妹妹。"

孟钰不满地说道："刚才你好凶啊，吓得我差点儿出戏。"

杨健脸红了："做戏做全套，这也是在保护你。要不，你也铐我一下出出气！”说着伸出双手。

孟钰笑着："逗你呢！警察就该这样，男人专注工作的时候最有魅力了！"

杨健被捧得咧嘴直乐。

第八章　他要跑！

深夜，李有田的家里，李响带着几名警察在屋里翻找。

李有田穿着背心，一看就是刚从床上爬起来，又惊又怕。"李队长啊，深更半夜的，这是咋了？"

李响假装皱眉，说："具体的情况我也不清楚，给我的命令就是让我搜查李宏伟的居所。"

"不能乱翻啊！宏伟也不在，你等他回来好不好？"

李响故意小声道："叔，宏伟已经在公安局了。"

李有田紧张地问："他犯啥事儿了？"

"缉毒支队抓的，具体不清楚，我们是来配合调查的。"

"那……那总有个隐私权啥的吧？"

"叔，咱俩敞开说，你是愿意让我负责搜查，还是宁愿换个外人来？"

李有田犹豫半天，只好咬牙跺脚认了。

李响挥手，大喊："搜！能藏东西的地方全打开，电脑、硬盘都带走！"

李有田看着警察们挖地三尺似的搜查，很快就意识到李响并没有袒护他的意思。

"李队长，你这也不比外人下手轻啊？"

李响苦笑着："这是我的工作。"

市公安局的走廊上，杨健靠在墙上，大口吃着安欣送来的早餐，有些沮丧，因为酒吧里卖的毒品是假的。酒保交代，看李宏伟他们是土包子，就想骗点儿钱。药品的检测报告也证实了酒保的话——药里没有冰毒成分，只是淀粉加色素。

杨健叹口气："折腾半天，跟我们没关系，这个月任务还是完不成。"

安欣沉声道："你要这么想，任务完不成，说明你们禁毒工作做得好，吸毒的都少了。"

杨健点头："你这话我爱听。吸毒的是少了，但这种彩色麻古正在悄悄传播，也是事实。你再有什么消息，别忘了告诉我。"

"放心。但你这边先别急着结案，无论谁打听都拖着，给我争取点儿时间。"

杨健皱眉："怎么，你怕有人来打招呼？"

安欣沉默不语。

杨健带着安欣快步走向审讯室。"审讯记录和检验报告上面都有时间，如果是上面的领导来问，我拖不了太久。你得尽快拿到你想要的口供。"

"李宏伟现在还不知道自己买的是假药吧？"

"不知道。"

"那就好办，待会儿审讯，你顺着我说。"

说着，二人推门进去。

审讯室内，李宏伟熬了一夜，眼圈发青，打着哈欠。一见进来的是安欣，反倒乐了。

"安警官！保护伞！出名的感觉怎么样啊？"

安欣说道："你还是老实交代你的贩毒问题吧。"

"贩毒？"

安欣假装翻看口供："酒保交代，是你要求他去搞的毒品，毒品交到你手上后，再由你进行分销。"

李宏伟急道："放屁！我都是自己吃了！"

杨健说道："都是自己吃的？没有分给其他人吗？"

李宏伟犹豫了一下，说："给了，但是我没收钱。"

安欣摇头："可是有人作证，你收过钱。远的不说，就说昨晚这场酒局，你可是跟每个人都收过钱的。"

李宏伟着急辩解道："那……那是我们喝酒的钱，男人三百，女生免费，酒场的老规矩，不信你去打听打听，都这么玩。"

"这就不好解释了，你说是酒钱，可他们都说是跟你买药的钱。他们人多，你说我们信谁？"安欣说着偏头看向杨健，"这种情况得判多少年啊？"

杨健说："看案值。酒保身上携带的毒品数额很大，弄不好得……死缓？按酒保供认的，你是他老板，他带多少，都算你头上。"

李宏伟急道："他是栽赃陷害！"

杨健说："如果人证、物证形成了证据链闭环，就算你不承认，也可以直接判。我先去补个觉，换大徐进来，你们接着问。"

杨健起身冲安欣使了个眼色，出了门。李宏伟明显慌了，头上开始冒汗。

安欣故意拖延，站起身来，活动身体。

"安警官，他们真的是陷害我，你大人不计小人过，可要明察秋毫啊！"

"你跟我说没用啊，除非……你想想有没有别的能交代的案子？交代了就有立功表现。酒保拿你立功，你也拿别人立功。"

"我……我没什么能交代的。"

"李青那起绑架案有没有人协助他？"

李宏伟警惕起来："我哪儿知道。"

安欣沉声说道："最后给你个机会。你家的电脑啊、硬盘啊都搬到公安局来了，他们正挨个看呢。如果找到监控录像的话，就用不到你了。"

两个缉毒队的成员进来，跟安欣换班。安欣起身，假意往外走。

李宏伟喊道："等等！李青绑架案要是牵扯上我，会不会罪加一等啊？"

"那得看具体情况了，但不管怎么说，都比背上贩毒的罪名要强吧？"

李宏伟把头低了下去："我说……"

在李有田家里，李响忽然发现墙上一处砖缝的水泥是新抹上去的，于是叫人赶紧拆了。李有田眼睁睁地看着警察从墙缝里掏出硬盘，彻底颓了。

信息科里，屏幕上出现了失踪的监控录像：张大庆、张小庆兄弟下了车，随后，李青抱着晓晨下车。二人把李青推进村子，又钻回车里开走。

安欣说："据李宏伟交代，张大庆、张小庆平时就和李青关系很好。李顺出事之后，李青天天嚷嚷着要报仇。案发前一天，张大庆向李宏伟要村委会面包车的钥匙，说要进城。第二天就案发了。案发后，李宏伟自称怕受牵连，就把车卖到了旧车交易市场。"

郭文杰问："张大庆和张小庆呢？"

李响回答："李有田交代绑架案发生的第二天，张大庆和张小庆就向村委会借了一笔钱，说要去外地学习度假村的管理业务，当天就离开了，目前下落不明。"

郭文杰"哼"了一声："这父子俩推得倒是干净。"

安欣继续说道："据了解，张大庆、张小庆兄弟之前没出过远门，我们分析他们应该跑不太远。局长，发协查通报吧。"

郭文杰点头："好。"

路障拦住了其他车道，只留一条道通行，道路变得拥挤起来。几名查超载的交警站在关卡口，小车放行，大车一律路边停靠，接受检查。一辆重卡缓缓停下，司机从驾驶室跳下来，摸出香烟，满脸堆笑地递给交警："辛苦辛苦，又查超载呢？"

交警推开香烟："驾驶证、行驶证出示一下。"

司机凑近交警："通融一下，是建工集团的车。"

交警不理睬："你这严重超载，拉的什么？打开看一下。"

司机见交警油盐不进，只好自认倒霉，打开后斗的篷布。

交警爬上车，眼睛突然直了。"抓……抓住他！"交警喊道。

司机还没反应过来就被几名交警撂倒，摁在地上。

交警从车上跳下来，慌慌张张地崴了一下，喊道："快，报警！"

后斗整齐的货物中躺着一具尸体，正是张小庆。

公安局法医室内，张小庆躺在解剖台上，脸上已经不见了血色。郭文杰带着安欣、李响站在尸体旁。

安欣仔细地查看了一下，说："颈部勒痕，交叉点在颈后，除此之外身体表面没有明显外伤，初步判断死因是机械性窒息。尸僵缓解，但还未形成尸绿，死亡时间在十二小时到二十四小时之间。"

"这是理论时间，考虑到现在天气炎热，死亡时间应该更短。"李响说道。

郭文杰点头："如果尸体死后经过冷藏，这个时间会更长。行啊，你们长进不少，老刑侦了。"

安欣想了想，说："发现尸体的车辆是京海建工集团的运输车，所以高启强有最大嫌疑，他有作案的能力和动机。"

郭文杰说："先对高启强实施秘密监控。张大庆还没找到，说不定还能抢回一条人命。"

这时，陆寒匆匆跑进来，说："组长，高启强可能要跑！两个小时前，高启强订了一张出国的机票，而且是单程。等我们发现的时候他已经开车出发了。他名下的其他车辆都没动，只有这辆车开出来了，而且他的手机定位显示在车上。"

陆寒话音未落，安欣已经冲了出去。

高启强的豪车已经驶出市区，开在开阔的郊外公路上。到了路口，看到几辆警车堵着路，交警举手示意停车。然而，高启强的车拐了个弯，撞向对侧车道，逆行着加速逃离。

有一名警察冲着对讲机喊："高启强强行冲卡！"

海滨公路，惊涛拍岸。环状沿海公路上，豪车在前方快速行驶，后面几辆警车已经追了上来。高启强望着后视镜里的警车，毫不在意。

李响用扩音器喊道："前面的车辆立即停下！"

和陆寒在一辆车上的安欣得知情况，跟陆寒说："我认识的高启强不是这样的，他这么做肯定有目的。联系机场派出所，查一下航班信息。"

高启强的车被警车逼下公路，左突右拐，开到一片无人的海滩上。车子在海滩上疾驶，飞溅起大片的水花。豪车的优越性能受阻，警车终于将豪车围住。

李响带着队从车上下来，端着枪，将高启强包围。"车里的人举起手，出来！"

高启强配合着高举双手，从车里走出来。

安欣的车也到了。他跳下车，径自走到高启强面前。"你到底想干什么？"

高启强笑道："飞机快误点了，我有点儿着急。"

"少装傻。你知不知道，你这么一跑，给自己惹了多大的麻烦？"

高启强苦笑道："麻烦已经找上我了，我跑不跑都一样，至少把老婆孩子送走了，我也能安心一点儿。我答应我儿子，暑假送他去迪士尼乐园玩。"

第九章　又一顿饺子

审讯室内，高启强望着眼前的安欣和陆寒，露出微笑："我就知道会是你审。"

安欣点头："这个场景我经常梦到。"

高启强嗤笑："你也只能在梦里享受一下了。"

安欣说道："这不就实现了吗？"

"不，是你梦还没醒，你可以再享受一会儿。"高启强笑着说。

"该醒过来的是你。"说着话，安欣起身把高晓晨的随身挂扣放在高启强面前。

高启强脸上的笑容消失了，脸色难看得吓人。"他们在哪里？"

安欣指了指旁边："你隔壁。"

高启强腾地站起来，然而手铐拴在桌子上，他不得不弯着腰，额头青筋暴起。

"我们给机场派出所发了陈书婷和高晓晨的身份信息，登机前一刻把他们截住了。鲁莽冲动不是你的风格，你就算逃跑也不会强行冲卡，这么做只可能是为了家人。"

高启强说："你让他们走，我陪你玩儿！"

安欣摇头："他们在，你才会合作。"

"不可能。除了危险驾驶，我什么都不会承认！"

安欣看着高启强，沉默了一会儿，说："参与绑架高晓晨的人是你杀的吗？"

"人不是你们打死的吗？"

"我说的不是李青！"

"还有别人？"

"你装傻？"

"我真的不知道。"

"咱们来捋捋时间线。三天前，你弟弟高启盛离开京海，去哪了？"

"去进货。他是个生意人，走南闯北很正常。"

"今天你又安排全家出国，走得这么匆忙。"

"不匆忙，孩子暑假出国玩，我们答应他很久了。"

"今天早上七点，青山道出口处发现一具尸体，运输尸体的卡车和司机都是隶属于京海建工集团的。"

"建工集团那么多人，为什么只怀疑我？"

安欣忽然指着高启强大声道："因为你有动机！我们已经找到确凿证据，证明跟李青一起参与实施绑架高晓晨的还有两个人。而那具尸体正是其中一个。"

高启强向后一靠，摊开身子，显得很随意。"如果他绑架了我儿子，我当然想让他死！但是，我根本不知道除了李青还有其他人。不过，不管谁杀了这个所谓参与绑架我儿子的人，我都得谢谢他。"

安欣皱眉道："看来你不打算配合？"

"我一直在配合。"

安欣站起身，说："你不说，我只好去问高晓晨。"

高启强变了脸色："他还是个孩子，你想干什么？"

安欣沉声道："我要告诉孩子，不要从小就撒谎，不然长大了走上邪路是救不回来的。"

高启强猛捶桌子："你敢！"

安欣轻声道："这是你造成的。"

安欣带着陆寒回到办公区。

陆寒试探地问："安哥，真的要审高晓晨吗？"

安欣看着他，没出声。陆寒心虚了。

陆寒想了想，说："要不，吓唬吓唬他妈得了？"

安欣摇头："你太小看陈书婷了。她不比高启强好对付。而且高晓晨估计已经被他们训练过了，很难再问出实情。"

二人正说着话，姜超过来，手里拿着个邮包。"安哥，你的邮件。"

安欣接过来掂掂，轻飘飘的。撕开，里面是装在封套里的光盘。

光盘被放入光驱。电脑屏幕显示光盘启动。突然，一个熟悉的声音冒了出来。

"儿子，爸爸问你，绑架你的有几个人？"

"我记不清了。他们拿一个网子罩在我身上，又把毛巾捂在我脸上，我就什么都不知道了。"

所有人都是一惊。安欣赶紧拿起鼠标，把声音调到最大。

"好，记住爸爸的话，绑架你的只有一个人。待会儿到了公安局和警察叔叔就这么说。"

音频到这里戛然而止。其他工位上的警察闻声都凑了过来。安欣又将录音放了一遍。"是高启强和高晓晨的声音。"

姜超拿起撕开的邮件包装看了看。"没写寄件地址啊。"

陆寒说道："这证据也来得太及时了，是想把高启强置于死地啊！"

安欣皱眉："看来高启强着急把老婆儿子送出国，躲的不是我们。"

高启强的司机陆涛抱着个大纸箱子站在建工集团一楼门厅里，在等什么人。

程程从电梯里出来，看见他吓了一跳。"你怎么来了？"程程盯着门厅里的摄像头，压低声音道，"大白天你不打电话就过来，找死啊！"

陆涛看看周围，说："堂姐，高启强一家子都被公安抓走了，根本没人注意我。"

程程忍住气，接过陆涛手里的箱子。"高启强被抓进去了，但他的爪牙还在。现在是最危险的时候，你要保护自己，就听堂姐的话。这是最后一次！"

陆涛被程程的目光看得发毛，赶紧点头。程程这才转身上楼。

京海建工集团董事长办公室里，程程在洗杯冲茶，手法优雅娴熟。

泰叔笑道："还是你有办法，到底比我们多念十年的书。以后横冲猛打的人都该被淘汰了，是你们读书人的天下了。"

程程沏好一杯茶递给泰叔："感谢董事长给我机会。"

门被敲响了，程程打开门。李有田满脸笑容，弓着腰站在门口。

程程说："董事长，支书到了。"

泰叔象征性地站起身。李有田三步并作两步，诚惶诚恐地握住泰叔的手，谦卑得几乎要跪下。"董事长，过去只在电视上看过您，今天终于见到真人了！我都不敢相信这是真的！"

泰叔摆摆手："哎，我这一把年纪，早该退休了。要不是年轻人不会办事，惹得麻烦不断，也用不着我出来善后。"

程程说道："董事长跟老支书直接见了面，还有什么不好谈的呢？"

审讯室里，高启强戴着手铐吃饺子。没有筷子，他用手捏着，一个个吃，吃得挺香。

安欣和陆寒坐在对面看着他。"是不是公安局的饺子特别香？"

高启强吧唧一下嘴："还是大年夜的饺子最好吃。"又打了个饱嗝。"是好吃，但我出来拼命不是为了来吃牢饭的。"

安欣说道："还挺念旧。我们已经掌握了确凿的证据，证明你早就知道绑架你儿子的不止李青一个人，还教你儿子撒谎。"

高启强目光一变，猛地把饭盒掀在地上，大喝道："安欣！你动我儿子了？！”

安欣没搭腔，平静地注视着他。

二人对视片刻，高启强又放松下来。“你诈我！你是个好人，不会去欺负女人和孩子。”

“你只猜对了一半。我们确实没有为难你老婆儿子，但也确实拿到了证据。”

高启强观察着安欣的表情，判断出他说的是真话，长叹了一口气。“看来陷害我的人真下了不少功夫，替你们警察把活儿都干完了。”

安欣问道：“现在能说实话了吗？”

“我知道有人协助李青绑架，但不知道是谁，更不可能杀了他们。”

“你还跟我演戏？”

“你不用跟我来这招儿，我说的是实话。我派人到莽村打听过，掰断了几根手指，打断了几个鼻梁，但什么也没打听出来。”

安欣说：“我们没接到报案。”

“肯定是他们压下来了。这些小事不算什么，他们要我摊上更大的麻烦。”

安欣犹豫了一下，说：“比如呢？”

高启强想了想，说：“说不定杀人的工具，现在就在我家里。”

高家大门洞开，安欣带领着专案组的人装备齐全，在屋里各处搜查。姜超巡查到窗口，发现异常。窗户被撬开过，是从外部破坏的。

安欣走过去，说：“看看能不能提取到指纹或者脚印。”

另一头，施伟拎过来一条粗麻绳，递给安欣。“安哥，这跟尸体脖子上的勒痕很相似，会不会是凶器？”

安欣点头道：“拿回去检验。”

高启强被重新带进审讯室。安欣和陆寒的面前多了一份检验报告。

"我们从在你家找到的疑似凶器上提取到了死者的生物信息。"

高启强笑道："果然。现在我的嫌疑是不是更大了？"

安欣看着高启强，问："你觉得谁会陷害你？"

"到我这个位置，太多人了。"

安欣撕下一张纸，连笔一起摆在他桌前，说："都写下来。"

高启强想都不想，提笔就写。"我尽量帮你们缩小点儿范围。找出陷害我的人，也就找到了凶手。"

安欣观察着高启强，琢磨着他话的真假。

偏僻的码头，表面上是渔港，更多的用途则是用来走私的。几个渔民正从渔船上将一箱一箱的货物搬下来。最后一箱货物到位，老默清点后将货物一箱一箱往货车上挪。

高启盛的电话响了，他转身躲到车后去接电话。

半晌，走私渔船已经开走，老默也只剩下最后一个箱子。他抹抹头上的汗，刚把箱子抬起来，高启盛回来了，一脸凝重地说："我哥被公安抓了。"

"哐当！"——箱子砸在地上，摔出一地的小灵通。

老默喊道："回去！"

高启盛蹲下，将小灵通往箱子里捡。"你做好他交代你的事就是在帮他。多做就是多错。"

老默蹲下帮他一起收拾。"你的意思是，老板被抓是他自己设计好的？"

高启盛想了想，说："起码他早就估算到了。现在他和老婆孩子在公安局，你和我在外地，都是安全的，我哥就可以放开手脚干了。"

老默似懂非懂。他突然发现一个摔裂的小灵通里露出五颜六色的麻古药片。

高启盛一把抢过去，扔回箱子里，说："上车。"

第十章　没高启强不行

入夜，施工街道道路的一段用绿色防护网围着，路面已经挖开，旁边堆放着还没埋入的管道和线缆。工头举着喇叭大喊："下班了！下班了！"工人们放下手里的工作，陆陆续续往外走。一名工人路过工头身边时停住脚步，脸色有些担忧。

"头儿，明天真的不用来上班吗？"

工头皱着眉说："废什么话，没跟你说清楚吗？"

"说清楚了，我只是心里没底。不上工还照发工钱，哪有这种好事儿？"

工头举着喇叭喊："我再说一遍，明天开始不上工，工钱照发。谁来上工，钱没有，腿打断！听清楚了吗？"

建工集团的库房内，库房门大开，一群满是花臂文身的混混走了进来。保安看这架势，吓得不敢拦。

领头的手一挥："统统搬走！"

混混们应声散开，将建材光缆往外搬。

保安急了眼，硬着头皮上前拦："你们要干吗？"

领头的笑道："提货！"

保安犹豫地说道："没接到通知啊，你们的提货单呢？"

领头的端详着保安，冲手下招招手："提货单，给他看看！"

两个混混上来，将保安摁在地上，一阵猛踹。仓库各角的摄像头被钢管砸得粉碎。其他人视而不见，照常往外搬。

白金瀚包房内，三个中年男人大腹便便，西装松散，都是企业高管的派头。酒已经喝到下半场，他们正在搂着姑娘唱歌。

一个秃子推门进来，身后跟着七八个粗壮的文身混混。"各位老板，打扰了，麻烦跟我们走一趟。"

拿着麦克风的中年男借着酒劲儿把他们往外赶："你们谁啊？知道我们是谁吗？"

秃子抄起桌上的酒瓶，狠狠砸在中年男的脸上，酒瓶粉碎。中年男惨叫着，一脸鲜血。

在场的人都被震住了。

"当然知道了，你——建工集团的肖总，"秃子说道，又指着沙发上的其余两位："还有杜总、王总，请的就是你们！"

京海建工集团董事长办公室里，程程轻轻推门进来，着急地说："今天早上，集团下面七个工地都停工了，一个工人都没上班。还有，仓库里的光缆全没了，保安也失踪了。"

泰叔说："工人没了还好办，再招就是了，但是材料没了确实麻烦。是谁干的呢？"

程程想都没想，说："家贼。"

泰叔烦躁地说道："先解决问题。如果光缆真是高启强抢走的，一时半会儿别想拿回来了，赶紧让老肖再去买一批。这个工程是政府重点项目，不能耽误。"

程程站着没动："肖总今天没来上班，集团三个中层领导今天也都没来。电话都关机了。我来就是想问您，出了这么多事，要不要报警？"

泰叔想了想，坚定地摇了摇头："老肖他们知道公司不少事情，如果他们在高启强手上，就不能轻易动警察。"

公安局里，李响来到关押高启强的拘留室门口，举起高启强手写的那张名单。

"你这上面写的全是京海建工集团的部门负责人。你只是想借警察的手清除异己。"

高启强摇头："准确地说是为民除害！他们为了斗倒我不惜杀人，这还不值得你们出手吗？"说完，他看着李响的眼神，点头继续说道："好，我承认，我们双赢，行不行？"

李响的耐心到达了极限，他暴躁地打开拘留室的门，将高启强拖了出来，拖进办公室。正在办公的警察都吓了一跳。李响将高启强反剪双手铐在暖气片上。铐的位置很讲究，站着要屈膝，蹲着要踮脚，背后的铁片硌得人难受，怎么都不舒服。

李响说道："好好想你的问题，想不出来就在这待着。"

高启强冷笑："堂堂队长，也就这点儿本事。"

李响转头："哦对了，你老婆和孩子没什么事儿了，过会儿他们来签个字就能走。"

高启强脸色变了。

"你不是能编吗？想想怎么跟孩子解释你这副样子。"

"李队长，你别太过分！安欣！安欣！你就让他这么对我？"

安欣闻声跑进办公区，李响硬把他推出去。

高启强徒劳地嘶吼着："安欣！"

市公安局的天井旁，李响皱着眉头，狠狠抽了口烟。

安欣说道："你抽烟这范儿越来越像师父了。"

话出口，安欣就后悔了——曹闯仍是他们言语的禁区。

李响没回应。

安欣又说："有必要吗？线索都指向他，但我反而不相信他是凶手。要真是他杀的人，会把尸体藏到自己管理的车上，把凶器放在自己家里？"

"你有没有想过，他就是利用你这种心理，给自己营造了被陷害的假象。"

安欣摇头："他玩这种心理战对他没有一点儿好处。退一万步讲，就算他是凶手，他已经落在咱们手上，审就是了，铐着他只能增加抵触情绪。"

李响掐掉手里的烟，说："我懒得管他的情绪。文明是留给文明人的，对野兽就得野蛮。"

安欣拿出名单复印件，说："他给的名单并不是完全没有道理的。根据重卡司机的交代，他的车是提前一天装好货，第二天直接离开了装卸仓库。有人想在当晚给货物动手脚非常容易，特别是集团内部的管理人员。"

李响情绪平静了一些，问："你开始查了？谁的嫌疑大？"

安欣沉声道："陈泰的助理，程程。"

工人宿舍内，一间八十平方米的民居被隔断切成了豆腐块，屋里烟雾缭绕，无事可做的工人正在打牌。程程用双倍工钱的条件让工头开工。

工头苦笑道："得罪了您，丢份工作。得罪了他……"

工头没说下去，但意思很明白了。

程程一回到车里就气急败坏地打电话："立刻找一支施工队！京海找不到，就去外地找！市政光缆明天必须开工！"

市局刑警队内，高启强仍被铐在暖气片上，扭来扭去。在众目睽睽之下，他感觉像被扒光了一样。

安欣走进来，冲姜超说："去把陈书婷和高晓晨接过来签字。"

姜超应声去了。安欣掏出钥匙，打开高启强的手铐。

张彪过来拦："他还没交代问题，你充什么好人！"

安欣面无表情地说："我带他去审讯室，有话要问。"说着话，拿起自己工位上的一件衣服，盖在高启强手上。

一个私人会所的包间里，龚开疆看着赵立冬的心腹王秘书说："早知道莽村的工程有市里的支持，我们还能不配合吗？"

李有田恭恭敬敬地坐在自己的位子上，像个听话的小媳妇。

王秘书沉声道："可是有不少人向领导反映，你跟京海建工集团的高启强是老朋友了。原先你在电信工作的时候就跟他认识吧？"

龚开疆摆手说："业务接触，谈不上朋友。"

王秘书点头："不是朋友最好。青华区的开发刚刚开始，他就兴风作浪，搞得市里很多领导都对他有意见。现在又牵扯杀人案，估计是出不来了。我今天能代表领导来，就说明领导还是信任你的。龚局长，跟一些破坏京海发展的坏分子该划清界限就要划清界限，不然容易被拖下水。"

李有田插话道："这都是下面的小鬼在作乱，跟龚区长肯定没关系。"

龚开疆听得汗都下来了。

王秘书见敲打得差不多了，自顾自喝茶。

李有田说道："人齐了吧，叫服务员上菜？"

王秘书说："还有一个人。"

门开了，李响站在门口。

市局的会议室里，郭文杰来听取专案组的汇报，听闻李响不在，便冲安欣没好气地说："安欣，之前那篇报道造成的舆论影响基本已经平息了，市里对我们的工作也都做出了正面肯定。专案组的工作由你和李响一起负责。对高启强提供的那份嫌疑人名单，我的态度是可以查，但是一定要警惕，不要让警方成为他们内斗的工具！"

安欣点头："我们会注意分寸的。"

"查得怎么样？"

"根据目前掌握的线索，张小庆案最大的嫌疑人是京海建工集团董事长助理——程程。高启强被抓后，莽村度假村工程重新复工，承建方变成了京海建工集团，负责人就是程程。"

"他们的合作也太快了点儿，不排除提前做了利益勾兑，只等着高启强入狱。"

安欣说道："所以张小庆的死很有可能也有李有田父子的参与。"

会所包间内酒过三巡，李有田眼圈红了，用袖口抹着眼泪。

王秘书明知故问："支书，怎么了？"

李有田说道："自家还有点儿小事，说了又怕给李队长添不痛快。"

李响沉着脸，不置可否。

王秘书说道："李队长，支书的儿子还在你们那儿押着吧？听说没他什么事。"

李响说："已经定性了。一个是吸毒未遂；一个是知情不报，帮嫌疑人销毁证据。"

"都不是大事。教育教育就行了，早点儿放人。"看李响没有说话，王秘书皱皱眉，"很麻烦吗？缉毒队和你们刑警队不是都在一个单位吗？"

"我试试。"

地下停车场内，王秘书有几分醉意，李响为他拉开车门。

"我会把你今天的表现告诉领导的。警察队伍里有自己人，办起事来才能顺风顺水。"王秘书拍着李响的肩膀，说着从包里拿出名片夹，打开，从数百张名片中找出一张，递给李响，"听说你还没有车，去他们店里提一辆，价钱不用担心。"

施工街道上，新来的施工队与当地居民正在因为停电的事情大吵特吵。孟钰站在旁边，从各个角度抓拍照片。郭文杰一身警服，从人群中走进来，一眼看到孟钰手里的长焦镜头。

"你是哪儿乱往哪儿跑啊？"

孟钰不好意思地说："上次那篇报道我有失误，对公众有误导。您放心，我这次一定全面了解，客观报道！"

郭文杰点点头："只要尊重事实，不让人家管中窥豹，我们也愿意接受新闻监督。"

孟钰笑道："当然！公安局局长亲临第一线，解决施工纠纷，就是今天的正面新闻！"

这时，一个秃子大喊："不停工就滚！"

工人中突然有人大喊："再咋呼把你先埋了！"

紧接着，迎面飞过来一顶安全帽，正砸在秃子脸上。秃子骂了一句，带头冲向施工队。

孟钰的相机被挤掉了。两拨人打在一起。

刑警队队长办公室里，安欣门也不敲，直接闯进来问："你怎么把李宏伟放了？"

李响没看安欣，说："他的案子不是审清楚了吗？又是初犯，教育一下就行了。"

"张小庆、张大庆都是他的跟班，一个死了，一个失踪，能和他没关系？是不是有人跟你打招呼了？"

李响脾气也上来了："怎么谁在你眼里都是腐败分子？你不服去纪委告我！"

俩人正较着劲，姜超慌张地跑进来，说："李队，安哥，郭局长被人打伤住院了！"

第十一章　放虎归山

郭文杰躺在病床上，手腕上打着绷带。孟德海坐在床边的沙发上，一脸愧疚。

"对不起啊，都是因为孟钰这孩子。"

郭文杰打断他，举起胳膊，说："就是有点儿错位，打个夹板就能走，他们非不让。"

孟德海道："你老实躺着吧，正好趁这个机会把该做的检查都做了。"

郭文杰说道："我身体没事，不像你，又抽烟又喝酒的。"

门被推开，安欣、李响冲了进来。

安欣问道："局长，没事吧！"

李响急道："谁干的？把他们都抓起来！"

郭文杰说："都已经抓住了。正好，你们配合派出所一起审。我看，绝不是简单的施工纠纷。"

两人应了一声。

郭文杰一仰头："赶紧走，我和老孟还有话说。"

二人走到门口，孟德海叫住了安欣："安欣，你去隔壁看看孟钰吧，出事的时候她也在现场。"

普通病房内，孟钰一看到安欣，嘴一撇，差点儿哭出来，她心疼她被砸坏的相机和照片。

安欣想了想，说："别急，我认识一个电脑城的哥们儿，他肯定有办法修好。"

安欣拿起桌上的破相机就要走。

孟钰撒娇似的拉住他的衣角，说："我不开心，你哄哄就行了，修什么相机啊，活该你没女朋友。"

安欣尴尬地挠了下头："我……不是有你吗？"

孟钰笑道："呸，咱俩没戏，你别惦记了。"

安欣一脸茫然："还生气呢？我以为咱俩已经和好了。"

孟钰说道："哪有那么便宜的事儿，这几年的账我要慢慢和你算。"

安欣温柔地看向她："行，想算多久都行，只要你开心。"

孟钰满意地笑了笑。她从安欣手里拿回相机，两人的手无意间碰触到了一起。"你的手怎么这么凉？"安欣担忧地问，"怎么回事？"

孟钰说："今天那些人举着铁锹冲过来，我真的吓傻了。郭叔一下把我护住，我脑子当时一片空白，后来发生了什么全都不记得了。这还是我第一次碰到这样的场面。"

"不用怕，现场有很多警察，他们会保护好你的。"

孟钰看着安欣，问："你们经常处理这样的事吗？"

"之前你说过，警察这个职业很危险。我想了很久，觉得这话不全对。如果没有安定的社会环境，每个人、每个职业都会很危险，没有人是绝对安全的。而警察要做的就是努力创造安定的社会环境。但是，光靠警察的力量还是不够的。"

孟钰看着安欣，自信笃定的安欣就是孟钰最欣赏的。

高干病房内，孟德海犹豫半天，还是开了口："老郭，我想跟你要个人。"

郭文杰问道："高启强？"

孟德海惊讶道："你猜到了？"

郭文杰叹气："莽村和建工集团闹得越久，对你青华区的开发越不利。"

孟德海说："高速公路的规划已经批准了，接下来的拆迁是最麻烦的。李有田和背后那群狼崽子都眼巴巴地盯着我兜里这点儿财政预算，不咬下一大口是不肯罢休的。"

"利用高启强不是个好的解决办法。"

孟德海摇头："不是好办法，也比没办法强。你知道我这个青华区书记早就被赵立冬架空了，前两天龚开疆也被他叫去喝茶。"

郭文杰说道："他这人虽然胆小，对你倒是忠心耿耿。"

孟德海笑笑："就因为他胆小，才两边都不敢得罪。这人干办公室的工作是一把好手，但拆迁这种麻烦事还得指望更强硬的人。"

"高启强不是个省油的灯，你看这才几天，就把京海市闹了个鸡犬不宁。"

"岗位不一样，想法就不一样。治理和治安就差一个字，实际上差出十万八千里。"

郭文杰点头："是啊，我管治安，就只能分个黑白。"

孟德海想了想，说："好，是我欠考虑。说实话，我也有私心。自从小钰写了那个高启强是京海黑社会的新闻，网站下面全是骂她的，威胁她的。话说得那个难听，我都受不了。可这些她从来没跟我提过，都自己扛了。这次听说她受伤，我腿都软了，生怕她出点儿事。"

郭文杰说道："放虎归山不是办法，只有把老虎关在笼子里才是真的安全。"

孟德海叹了口气："有些罪，咱们自己能受，但看不得孩子受。"

郭文杰想了想，说："我理解。这样，我出院之后看具体情况。"

市公安局会议室里，李响在向郭文杰和孟德海汇报调查结果。

"斗殴现场除了少部分被煽动的居民外，领头的全部是社会闲散人员，甚至根本就不在附近居住。明显是受人指使，专门跑来闹事的。有人反映，带头闹事的秃子张啸风跟高启强手下的唐小虎，走得很近，经常在一起喝酒。但从发生的几起施工纠纷来看，只靠唐小虎他们还无法具备这么强的组织能力。"

孟德海听得很认真。"要真是这样的话，那高启强还真有点儿手段。"

郭文杰瞥了孟德海一眼："对这些破坏分子，该抓就抓，收拾收拾就老实了。"

李响为难道："现在有个比较麻烦的情况，领头闹事的人声称被警察打了，闹着要打官司。"

"胡扯！我在现场，警察的行动没有问题。"郭文杰说道。

李响说："但是他们有证人，很多。"

孟德海说道："老郭，咱说点儿实际的，目前的舆论环境非常不利。警察跟群众起冲突，就算各打五十大板，都会有很多人觉得这是官官相护，只有让警察认错他们才能满意。"

李响继续说道："我先让他们压着伤情鉴定，想问问您之后怎么办。他们这么闹，无非就是想要咱们释放高启强，助他在建工集团立威。陈书婷已经提交了取保候审，我们还没同意。"

郭文杰口气软下来，话里有话地说道："该怎么办就怎么办，规章制度不能被舆情带着走。"

市公安局大厅里，安欣被叫了出来，有人早在门厅等着他，居然是程程。

程程伸出手说："安警官，您好，我是今天出事的施工方——京海建工集团的负责人，程程。"

安欣点头："我认识你。"

"哦？"

"你在我们的嫌疑人名单里。"

程程抱歉地笑笑:"很遗憾,安警官,我们第一次正式见面是在这种场合。不过对你,我可是久仰大名,那份高启强的录音光盘就是我寄的。"

"为什么要寄光盘给我?"

"我读了二十年的书,为京海建工打了十年的工,中间有三年是在替他们坐牢。铁窗加苦读也比不过一个卖鱼的认了个干爹,我不能眼看着他把一个蓬勃发展的集团带到阴沟里。"

安欣说道:"这是你窃听高启强的理由?他可是为你们争取了不少工程,赚了不少钱。"

"然后呢?把公司变成一个黑社会团伙吗?很多人都是短视的动物,觉得只要赚钱就够了,董事长曾经还很倚重他。野蛮生长的时期应该过去了,我比高启强更适合领导建工集团。"

"我对你们的内斗没有兴趣。看在你读了二十年书的份儿上告诉你一个道理,用犯罪来制裁犯罪,绝不是正义。"

"我没有犯罪,只是逼不得已会采用一些非常手段。"

安欣说道:"手段由法律来界定。我不会放过高启强,同样也会盯着你。"

程程笑笑:"就算不能做战友,我们也能做朋友吧。"说着再次伸出手。

安欣看着她的手,说:"我不会做你们内斗的帮凶。"

看守所大门口,高启强从里面走出来,深呼吸,享受着阳光。陈书婷、高启盛站在马路对面,路边站着一排衣着笔挺的手下,停着一整排豪车。高启强上前先拥抱妻子。

"家里怎么样?"

陈书婷点头:"都很好。没想到他们这么快就同意让你取保候审。"

"说明他们找到了嫌疑更大的人，最近没工夫管我。"

三人走向轿车，唐小虎站在车旁，替他们拉开车门。

"我听说了，事情做得很好。"高启强说。

唐小虎说道："都是按强哥的吩咐做的。"

高启强上了车，豪华的车队扬长而去。

高启强的司机仍是陆涛，高启强和妻子坐在后面。

高启盛坐在副驾驶座上，回身问："哥，之后怎么办？"

"他们想打就跟他们打，打到服为止。"

陈书婷问道："跟谁？"

高启强恶狠狠地说道："所有人！"

陆涛扶着方向盘，脸上没有任何表情。

一间老宾馆套房里，家具陈旧，窗帘紧闭。家具都被挪到了墙角，居中摆着个四方桌，几个文身打手正在准备打边炉的菜品，菜一盘盘地上。先前三个被控制的老总围坐在桌前，都被扒得只剩背心和短裤，愁眉苦脸。把菜摆好，火锅点上，打手们退到一边，守着窗户和门。

门开了，高启强走进来，所有人毕恭毕敬道："强哥！"

高启强点点头，拉开椅子，坐到三个老总面前。

"各位好，平时在公司都很难聚全，难得在这里凑齐了。我刚出来，这顿饭就当你们给我接风了！来，动筷子！"

众人谁也没动。

大老王说道："强子，你就直说吧。"

高启强吃着肉："你们都是建工集团的元老，程程要跟我斗，我希望你们站在我这边。"

三个人都默不吭声。

高启强继续说道："当然，我不会亏待大家。"说着，他拿出一个信封，递给右手边脸上裹着纱布的男人："肖总，打开看看。"

肖总哆哆嗦嗦，打开信封，取出几张银行流水单。

"你管了这么多年采购，吃点儿回扣也能理解，但是没想到你这么黑。不知道泰叔看见这些银行账单会怎么想。"随后，高启强拿出另一个信封，递给左手边的男人，"杜总，这个女人跟了你七八年，最近一直逼你离婚，搞得你左右为难，对不对？我已经帮你解决了，她以后都不会再出现了。你怎么谢我？"

杜总哆嗦着说："我支持高总。"

高启强又掏了掏兜，但两手空空，什么都没掏出来。他冲着对面的男人诡异地笑了笑，说："大老王，你又不贪又不色，真让我有点儿为难。"

高启强使个眼色，打手们冲上来，抓起大老王的手就往火锅里按。炉火熊熊，锅里的汤上下翻涌着。大老王惨叫着，拼命挣扎。

高启强说道："叫你动筷子不听，非要用手抓。"又摇摇头，说："野蛮！"

大老王高喊："我支持！我支持！"

高启强满意地笑了。

第十二章　目标相同

解决了各位副总的站队问题，高启强走回停车场，让等在那里的唐小虎带人控制住司机陆涛并开始仔细搜查自己的车。司机陆涛一脸淡定，直到唐小虎从后排座椅的缝隙里摸出半个火柴盒大小的窃听器，陆涛依然是一脸茫然地说自己不知道。高启强仔细看着窃听器，已经没电了，随后又紧紧盯着陆涛好一阵，然后说道："不是他。"

众人都愣了，不明白高启强的意思。

高启强说："小盛，如果是你放的，会留着一个没电的窃听器在车上吗？"

高启盛说道："当然不会。"

高启强点头："这东西充满电能用一周左右，所以这个没电的窃听器恰恰证明放它的人不可能经常有机会上这辆车。"

高启强扫视了一眼唐小虎和几名手下，几个人吓得一动不敢动。

"我不想追究了。"高启强拍了拍陆涛的肩膀，"以后车里要经常打扫，不许再出现这种东西。"

陆涛点头。

深夜，小旅馆的标间里，窗帘低垂，只有两盏床头灯开着。陆涛坐在床沿上，没了白日里的镇定，绞着双手，有些紧张。程程叼着烟坐在沙发里，琢磨着陆涛的话。

"他没再怀疑你？"

陆涛点头："按堂姐教的，提前在车上放了个没电的窃听器，这事儿就过去了。姐，他在车上说'他们想打就跟他们打，打到服为止'，是冲你说的吧？"

程程笑笑："可能是故意让你来传话的。"

陆涛一怔："不会！他对我还和过去一样。"

"斗到这个份儿上，我和高启强都没有退路了。"

市公安局信息科里，缉毒支队的两个警察正盯着屏幕上的监控，一看就是熬了一宿，两眼血红。他们手里拿着馒头，边看边往上面抹辣椒酱。

杨健拉着安欣风风火火地进来。"我们抓了个毒贩，监控调取了他昨天全部的行动路线，发现有个人长得特别像你们发的协查通报上的嫌疑人，你来认认。"

画面回放，定格，放大。那人在一家烟酒店懵懂地回头，脸正好被监视器拍个正着。

安欣激动地叫出声来："张大庆！"

张大庆就住在烟酒店前面的楼里，据店里老板描述，他在这里已经住了两三个周。应安欣和杨健的要求，曾给张大庆送货到家的老板带着他们来到张大庆住的地方。

老板敲了好一会儿门，没人应声。转了两下门把，门被推开了。安欣和杨健进了屋。屋里窗帘紧闭，吃剩的方便面桶、包装袋散了一地，有一股浓重的馊味。

杨健说道："长期不通风的馊味在很多吸毒人员的住处都有，我都习惯了。"

安欣问："你说张大庆吸毒？"

杨健摆手说道："我只是打个比方，说他生活习惯极差。能把日子过成这样的，黄赌毒基本上得占一样。"

安欣从桌上拿起几个颜色各异、标有数字的圆形筹码，说："你还真说对了。"

市公安局会议室里，桌上摆着一溜收集来的证物，都已经分类装好。那一摆筹码最为显眼。

"除了地下赌场的筹码，我们还在张大庆藏匿的房间里发现了手机、手表等财物，经过确认，是他弟弟张小庆的。"安欣向郭文杰汇报着。

郭文杰吊着受伤的胳膊说："看来张大庆没有被胁迫囚禁，还能自由行动，那张小庆的死，他的嫌疑就是最大的了。"

安欣点头道："是。他的住所已被二十四小时监控，但他始终没有再露面。据了解，张大庆好赌，经常一赌就是几天几夜。我认为，找到这家赌场就能找到张大庆。"

专案组散会，安欣等人陆续离开会议室。杨健一早就站在外面的走廊上，看见安欣，赶紧一把抓住他。

安欣吓了一跳："干什么？"

"我帮了你这么大一个忙，你怎么谢我？"

"我刚给人买了台相机，手头正紧，你等我发工资再说。"

杨健摆手："不敲你的竹杠，你把孟钰手机号给我就行。"

安欣一愣："你想干吗？不知道我和她什么关系吗？"

杨健笑道："小心眼啊？我都打听过了，你俩早分了。我找你要，正显得我光明磊落。"

安欣哭笑不得："那你记一下。"

杨健开开心心地掏出手机，安欣贴着他耳边说了一串数字。

安欣指着手机说："那可是只老虎，别怪我没提醒你。"

杨健用力一拍安欣："你就等我的好消息吧！"

安欣摆摆手，扬长而去。

杨健清清嗓子，拨出电话，对面传来一个低沉的声音："喂。"

杨健一愣："哪位？"

电话里停顿了一下，说："我是孟德海，你是哪位？"

杨健吓得一哆嗦，麻溜挂了电话，咬牙切齿地说道："安欣！"

地下赌场内，安欣带人一脚踹开门冲了进来。屋里就三张赌台，两张已经被掀翻了，筹码和牌散落一地。一个看场子的小伙子缩在墙角里，瑟瑟发抖。

安欣掏出证件，说："警察！其他人呢？"

小伙子哆嗦着："刚才来了拨人，什么也不说，进来就把场子砸了，荷官和老板都让他们带走了。"

安欣皱眉道："你怎么没跑？"

"他们让我留在这儿，说待会儿要是警察来了，告诉警察他们在老钢铁厂。"

安欣捡起一枚散落在地上的筹码，和张大庆家里的一模一样。

废弃厂房里，高启强在等着安欣，他身后站着一排杀气腾腾的文身小弟，没有张大庆的身影。地上跪着五六个青年，个个脸上、身上带着淤青和血迹，一看就是刚挨完打。

安欣注意到，高启强拳头上有血痕。

"你是不是怕我没有理由抓你？"安欣问。

唐小虎冲着那几个受伤的青年说："你们怎么受的伤？"

几个人面面相觑。"自己摔的。"一个人小声说道。

安欣无可奈何地说道："我叫120，先送医院吧。"

高启强笑笑："还做烂好人，你就不问问他们是干什么的？"

唐小虎踢了青年一脚："自己说。"

青年说道："我……我们是开赌场的。"

安欣说道："怎么？想做好市民了，帮我们整顿治安环境？我知道狗拿耗子，但是耗子拿耗子，还是第一次见。"

高启强笑了："安欣，我都把底牌亮给你们了，你还藏着掖着，多没意思。我们跟你一样在找张大庆。我已经替你问完了，张大庆最近没来过场子，谁都不知道他躲哪儿去了。你四处查封赌场，动静那么大，张大庆应该也得到消息躲起来了。他原先租的房子也不会再回去了，你派去盯梢的人可以撤了。"

安欣指指青年们："这些人我要带走。"

高启强说道："随便。"

安欣问："你到底打的什么算盘？"

"我一直说咱们可以合作。我只要得到张大庆的消息，马上会通知你。"

"交给我一个死人？"

"现在最怕张大庆死的人就是我，他死了，我的嫌疑就洗刷不掉了。所以你放心，我不会动他一根指头。"

安欣明白高启强说的有道理，但要他承认合作，打死他也开不了口。

高启强说道："你用你的方法，我有我的渠道。谁先找到张大庆，对大家都是好事。"

小旅馆的标间内，屋里漆黑一片，窗帘缝里微微透出光亮，显示着现在是白天。张大庆哆哆嗦嗦地看着对面的程程。

"程总，这里安全吗？"

程程说道："安全？对你来说，这个世界上还有安全的地方吗？我答应保护你，是因为你对我有用。但是你死性不改，居然还敢抛头露面去赌博。你知不知道，你毁了一盘好棋！"

程程脸色铁青，把张大庆吓了个半死。

张大庆求饶道："我错了，程总，你救救我！"

程程说道："这里暂时安全，除非你自己寻死。现在风声紧，再过几天，我安排车送你离开京海。"

"再也不回来了吗？那……我家要是拆迁了，那拆迁款……"

程程怒意又起："你还惦记这个？不怕挨枪子吗？"

"不惦记了，不要了，命重要！"张大庆摆手说着，忽然愣住，"程总，你该不会是要杀我灭口吧？"

程程轻蔑地说道："你以为我是高启强那样的亡命徒吗？"

第十三章　合作愉快

奶茶店的门口，安欣和孟钰坐在奶茶店外的散座上。莽村的人对警察很不友好，只能拜托孟钰帮忙。

"据莽村的人反映，张大庆在村里的人缘非常好，倒是他弟弟张小庆在村里名声很差。"

安欣问："为什么？张大庆是个滥赌鬼啊？"

孟钰想了想，说："这个倒没人提。都说张大庆热心肠，人比较简单，又不惹是生非，所以大家都喜欢他。而张小庆呢？跟他哥哥正好相反，经常打架，还有小偷小摸的毛病。因为是小儿子，所以父母很宠爱他。"

"他们俩谁跟李有田父子关系更近？"

"张小庆。"

安欣若有所思。"我大概猜到张大庆的动机了。对于赌徒来说，钱最重要。他能为了钱给李青做帮凶，也能为了钱杀了自己弟弟。"

孟钰耸耸肩："知道动机有什么用？还不是找不到他。"

安欣计上心来："能找到！我有个计划，需要你帮我把张大庆引出来。"

街道的拐角处，游手好闲的李宏伟带着两个同村的青年正好从马路对面经过，认出了孟钰。"我说那天晚上警察怎么会来扫场子，咱们都让她给耍了！"

隔着人群，安欣和孟钰都没注意到李宏伟恶毒的目光。

山腰凉亭处。孟德海穿着运动服，腿脚丝毫不输年轻人。孟钰落后几个台阶，追得直喘粗气："爸，你等等我啊！"

孟德海心情大好。"你也太弱了，快点儿，我到凉亭那里等你。"

孟德海故意越走越快，远远地甩下孟钰。

凉亭处，安欣正在等着他。"孟叔！"

孟德海一愣："你怎么来了？"

"是我叫孟钰约你出来的，有点儿事想麻烦您。"

孟德海回头望望，孟钰不见踪影。"这小丫头，睚眦必报啊！我骗她一回，她一定得骗回来。"

安欣笑笑。

孟德海说道："不过你也是，至于这么神神秘秘的吗？"

"您现在负责招标，盯着您的人太多，我尽量少给您惹麻烦。"

"说吧，什么事？"

"莽村征地的计划，能不能面向当地群众组织一场公开的说明会？"

"计划还没出来，调研也刚开始，没什么好说明的。"

安欣说："做做样子，我是想用拆迁的事情引个人出来。"

孟德海忽然来了兴趣："哦，要抓人。什么案子？"

"还是之前那个命案。"

孟德海点头："我想想。"

孟德海踱着步，在凉亭里转了两圈。"既然办，就别只是做做样子。虽然具体方案还不够成熟，但可以对国家政策进行说明。群众了解了政策，我们将来的阻力也会变小，很有必要。"

安欣说道："宣传上搞得越大越好，让相关的人都觉得非要来不可！"

青华区政府门厅内专门划出一片区域，拉起横幅，作为拆迁政策说明会的场地。青华区的老百姓挤满了大厅，围着工作人员问东问西。陆寒、施伟、姜超等人穿着便衣混在人群里，张大庆戴着帽子、墨镜和口罩，把自己捂得严严实实的，混在人群里听工作人员讲解政策。

陆寒很快盯上他，用对讲机低声汇报："发现可疑目标。"

张大庆听得似懂非懂，拿了一本桌上的说明材料，溜了。

陆寒悄悄尾随，但不断有人流冲撞，拉开了距离。陆寒努力分开人群，张大庆的背影不见了。他着急地寻着张大庆消失的方向追过去。走廊的尽头是死路，只有厕所。陆寒随即冲进男厕所——小便池没人。陆寒推开隔断的一扇扇门，最里间锁着。

陆寒使了把劲，把隔断门拉开，一个大爷的声音从里面传出来："干什么！"

陆寒连忙道歉："对不起。"将门合上。

女厕所内，张大庆被穿着帽衫运动装的程程拖进隔断里，顶上门。程程揪着张大庆的衣领，满腔怒火，还要努力压低声音。

"你疯了！还敢往这里跑！你知不知道这就是警察给你下的套！"

张大庆被抵着脖子，话都说不出。

程程慢慢松开手："我不放心，让前台看你一眼，你果然溜出来了！"

张大庆带着哭腔说道："我听说这次拆迁可以不要房子，直接拿钱。"

程程说道："钱也是你爸妈的，跟你没关系！"

张大庆急了："可是我弟弟没了，他们就我一个儿子，不能一点儿都不给我吧？"

程程气得举起拳头，费了好大劲才忍住打他的冲动，随后脱下自己的帽衫。"把你的口罩摘了，衣服脱了，换上我这身衣服出去！"

京海建工集团董事长办公室里，高启强和泰叔面对面坐在沙发上，茶具摊开，开水煮沸，但谁都没动。水壶鸣叫着，格外刺耳。

陈书婷在外面听到动静，急忙进来拎起水壶，边冲茶边打圆场："聊得这么开心啊，连水开了都没听见。"

茶香飘出来，气氛稍微缓和了些。

泰叔说道："好久没见你来公司了。"

高启强想了想，说："最近外面有些流言，说我说得很难听，我怕给公司带来负面影响。"

泰叔挥挥手："人正不怕影子斜，让他们说去。"

"还是注意点儿好。现在正是招标的关键时期，有些场合我就不出现了，您出面更合适。"

泰叔非常意外："那个工程一直是你在做，眼看完成得十有八九了，让出来不可惜吗？"

高启强摇头："谈不上让，都是集团的业务，谁做都一样。"

陈书婷说道："泰叔，启强拿集团当自己家一样，不会计较的。"

高启强点头："设计和工程我还会继续负责，只是不出面了，这样对集团、对我都好。前一阵子官司缠身，警察到现在还盯着我，搞得我筋疲力尽。"

"你能这么顾全大局，实在让我意外。"

陈书婷笑道："看您说的，都是自己家的事。"

泰叔说道："这样说的话，我也不能太见外了，有件事我就直接说了。要把这个工程做下来，需要你的胆识和魄力，也需要程程的技术和知识。你们内斗，是集团最大的损失。"

高启强看着泰叔，耳边回想起陈书婷和他说过的话："程程是学建工出身的，而且跟政府打交道确实有一套，不光是因为她长得漂亮。现在年轻的领导学历越来越高，这是趋势，前几年你都是和下面打交道，以后要往上看了，在你建立起自己的人际网络之前，集团离不开程程。"

高启强低头沉默着。陈书婷望着高启强，似乎有些担忧。

高启强咬咬牙："这回的事儿……算了！"

泰叔没想到他这么容易就松了口，不觉一惊。

高启强说道："可有一样，她别再来找我的麻烦！"

泰叔有些激动："受益惟谦，有容乃大！大才！书婷啊，你没看走眼，是个大才！"

陈书婷笑道："最先看上他的可是您啊！"

泰叔眉开眼笑："对对对。周末我们一起出海钓个鱼，我叫上程程，让她好好跟你道个歉！"

高启强从脚下的袋子里掏出个礼盒。"我记得您嫌之前那个茶宠不招财，我专门找大师问了，是位置摆得不对。"

礼盒打开，露出一只金蟾，和先前泰叔送他的那只一模一样。

此举出乎陈书婷意料。

泰叔脸色一冷。

高启强说道："您让它坐主位，朝门口，肯定招财。"

泰叔脸色变了几变，哈哈大笑："好，我收下了。"

市公安局信息科的屏幕上，戴着墨镜、口罩的张大庆在政策说明会上左顾右盼。画面定格。

安欣问："是他吗？"

陆寒点头："对，当时人太多我没盯住，挤丢了。"

安欣自己动手操作。他发现穿帽衫的女人将张大庆拐进了女厕所。安欣再快进。过了片刻，帽衫又从女厕所里出来了。安欣定格。"换衣服了。"

陆寒说道："有同伙啊，难怪我找不着了。"

安欣用手指着："穿红色帽衫的这个人从区政府门口出去的录像，

同一时间段的继续调。"

陆寒点头:"是!"

深夜,市公安局信息科里,陆寒、姜超、施伟等人都在操作,连续两天的作业让他们眼睛熬得血红,终于找到了红色帽衫去的地方——私营旅馆"莘莘旅社"。

可是当他们赶到这里的时候,莘莘旅社门前已经架起了脚手架,工人们正在拆除"莘莘旅社"的灯箱,其他工人从门里将家具往外抬。旅馆停业,重新装修。安欣和专案组成员都呆住了。

程程一身干活儿的装束,跟工人一起抬着家具出来。"安警官,你怎么来了?"

"有任务,路过。这也是你们建工集团的产业?"

程程摇头:"不好意思,是我个人投资的。几年前说这里要建大学城,我就买下了这个旅馆,结果大学城不搞了,旅馆挣不到钱,也就荒废了。正好最近不忙,我就想着收拾收拾,租出去。"

安欣看着程程镇定自若的样子,心里凉了半截儿,知道张大庆多半已经被她转移了。

想来想去,安欣决定约高启强出来见一面。

还是当年他们一起去过的那家面馆,装修都没变过。高启强走进来,屋里没有其他客人,只有安欣坐在当年的位置上,闷头吃面。

"你喊我来吃饭,怎么自己先吃上了。"

安欣说道:"我怕你现在是大老板的胃口,吃不惯这些。"

"找我出来,肯定是用得着我,却连一顿饭都不想跟我一起吃。老弟,做人不能这样。"

安欣扭头:"老板,结账!"

高启强一愣。

安欣说道:"正好我还纠结呢,听你说完,我倒不纠结了。再见,就当我没约过你。"

高启强一把拉住安欣，冲老板笑笑："别急，先不结账，给我也来一碗面。"

一会儿的工夫，面被端上来了。高启强的吃相跟以前一样，只要他捧起碗，周围什么都不在意。

安欣说道："我们去抓张大庆，但是扑空了。"

"看来我的嫌疑排除了？"

安欣犹豫了一下，说："目前嫌疑最大的是陈泰的私人助理程程，你能不能提供一些线索？"

"如果不是她，我还真没办法。既然你也认定了是她，马上就有送上门来的机会。"

安欣不说话，等着他故弄玄虚。

"你们在京海所有的交通出入口都发了张大庆的照片，暗地里，我的人也在盯着水路、陆路的货运，明里暗里都出不去，张大庆一定还在京海。这个周末，陈泰让我和程程陪他一起去海钓，在南湾码头上船。你要是程程，你会怎么做？"

安欣说道："借这个机会送张大庆离开京海。"

高启强点头："到了海上就不归你们京海的警察管了。"

"你们什么时候出发？"

"等我通知吧。动手的时候不要直接奔着抓张大庆去，搞点儿名目，别让他们看出来是我通风报的信。"

安欣点头："我会安排。"

高启强抹抹嘴，举起桌上的水杯："合作愉快。"

安欣端起水杯，没有碰，自顾自喝了一口。

高启强一点儿也不尴尬，冲里间招招手："老板，他结账！"

第十四章　故事就是故事

安欣和杨健赶到，陆涛、张大庆都被戴上了手铐。

"高启强，"安欣说，"你们也得跟我回去一趟。"

"没问题，我一切配合。"

杨健凑上来："高先生，这次多亏了你的消息，能不能也帮我们缉毒支队一个忙？最近京海夜场酒吧经常出现一些彩色麻古，就是毒品。我们知道白金翰是你开的，能不能帮我留意打听一下，看是什么人在卖？"

高启盛闻言一惊。

高启强点头："我有孩子，知道毒品是个祸害，这个忙我帮。我保证，在白金翰绝没人敢沾这个！"

杨健大喜。

安欣一行人带着张大庆、陆涛和程程回到刑警队的办公区。张彪站起身，带头鼓起了掌，其他人纷纷应和，刑警队里掌声一片。安欣和他的专案组成员终于扬眉吐气了一把。

张彪说："局长等着你去汇报呢，快去吧。"

安欣敲敲门，走进局长办公室，喊道："局长。"

郭文杰却没什么好脸色，问："抓到张大庆了？"

"对。还有另外两个相关的嫌疑人，建工集团的程程、高启强的司机陆涛，一网打尽！"

"张大庆是凶手吗？"

"他亲口承认了，有录音。"

"谁录的音？在哪儿录的？你知不知道你这么干会授人以柄？"

安欣一愣："知道，可是当时没有其他办法。"

"你现在就回去写份报告，把你和高启强之前沟通的所有细节都写下来，一句都别漏掉。莽村工地那起命案高启强还是最大的嫌疑人，你找他配合你破案，稍不留神就会把你自己给毁了！"

"局长，我有分寸。"

"我问你，孟德海是不是也想和高启强合作？"

"是，孟书记打算把高速公路工程交给京海建工集团。"

"你们啊，驱虎吞狼，要小心被老虎反噬！去写报告吧！"

泰叔的车停在渔港码头。高启强、高启盛的车远远开来。高启强下了车，走到泰叔的车前，恭恭敬敬地拉开车门。"爸，不好意思。"

"我以为你会把我的话听到心里去。"

高启强微微一笑："爸，我必须收拾程程，否则不能服众，但绝没有对您不敬的意思。您把白金瀚买下来给我，我亲爹可从没给我花过这么多钱。"

泰叔明白事情已经无法挽回，只好说："程程是个人才，可惜了。"

"爸，她要真是个人才，就像我一样，把自己捞出来！"

市局刑警队里，安欣坐在电脑前写报告。陆寒匆匆赶来，说："安哥，张大庆改口了。"

安欣猛然起身。

审讯室里，张大庆低着头。

安欣压着怒火，问："张小庆是不是你杀的？"

张大庆点头："是我杀的。"

"尸体是谁帮忙转移的？"

"没人帮忙，是我扔在卡车上的。"

"你之前不是这么说的。"

"我被高启强吓糊涂了，顺嘴胡说的。"

"谁让你躲进高启强车里的？"

"陆涛。"

"你跟陆涛怎么认识的？"

"我忘了。"

另一间审讯室里，陆涛垂着头，一言不发。

信息科里，安欣看着监控屏幕上沉默的陆涛，皱起了眉头。

"陆涛始终没开口？"

姜超说道："除了回答姓名、年龄，其他一句话不说。"

安欣深吸一口气："跟我走。"

他们来到一间审讯室门口，看到程程正背靠在审讯椅上，神态悠闲地哼着歌。

安欣调整好情绪，带着姜超推门进屋。安欣坐下，故意整理桌子，和姜超小声耳语，视程程如空气一样。

程程抬着头："杀人的不是我！你们应该去抓真正的罪犯！"

安欣瞟了她一眼："协助杀人也是犯罪。"

"安警官，我给你们讲个故事吧。但故事只能是故事，不能成为法庭上的供词。从前呢，有一户人家，人家里有一对兄弟，哥哥好赌，弟弟好斗，两人全是游手好闲的主，让父母操碎了心。终于有一次，两人闯下了弥天大祸，想逃出去躲风头。可哥哥死性不改，没两天就把路费都输光了。他们一路跑，一路躲避仇家的追杀，争斗越来越频繁。一次，喝多了酒，哥哥失手把弟弟打死了。哥哥害怕极了，他头脑简单，只好打电话找人来帮忙……来帮忙的人一想，反正弟弟已经死了，不如让他的尸体变得更有用。就像是甘氟对人有害，却正好拿来毒老鼠。"

程程停住话头，意味深长地看着安欣。

姜超一直在记录着。

安欣说道："张大庆怎么杀了他弟弟，他自己已经交代了；需要你说的是你怎么帮他转移尸体，栽赃嫁祸。"

"我刚才说的可不是张大庆，这只是我听到的一段传闻。用甘氟毒老鼠的人很多，可以是我，也可以是孟德海。"

"什么意思？"

"孟书记要用高启强对付李有田，和这故事里的不是很像吗？"

"交代你自己的问题！"

程程一脸迷茫："我？我到现在都不知道自己为什么会坐在这里。"

刑警队里，安欣气恼地往椅子上一坐，端起水杯喝了几大口。

陆寒说："安哥，有个消息。"

"快说！"

"陆涛招了，协助转移尸体，把凶器藏进高启强的家里，还借来宾馆藏匿张大庆，他说都是他自己干的。"

"陆涛在撒谎。时间呢？他一个司机，能有那么多时间？"

"查了，陆涛具备作案时间。"

安欣一愣："那就不是刚刚想出来的办法，而是早就设计好的方案。万一被抓，由陆涛顶罪，保住程程。查一下他们的关系！"

"是！"

话音未落，张彪走进办公区。安欣看见张彪，怒火攻心，一把揪住他的领子，摔在墙上。

张彪吓了一跳："你干吗？"

安欣吼道："你跟张大庆说了什么？！"

"你疯了吧？"

"张大庆翻供了！"

"他翻供跟我有什么关系？"

"他本来已经承认协助他的人是程程。你让我去找局长，我就离开他几分钟，口供就全变了！"

陆寒拉着安欣说："这事我能证明，不是张哥的问题。"

安欣瞪眼："你怎么证明？"

"登记的时候，我俩一直在一起，他没跟张大庆说什么。"

张彪愤然推开安欣，整了整衣服。"整天疑神疑鬼。犯得着这样吗？"

陆寒说道："会不会是他们提前商量好的？"

安欣摇头："张大庆不是程程，他已经被吓破胆了，如果没人教唆，绝不敢反悔。张彪，还有谁接触过张大庆？"

"没人了，我登记完把他交给李队了。"

安欣一惊："等等，李响见过他？"

"废话啊，他是队长。"

"他们谈了多久？"

陆寒说道："我不知道，最后是李队送他们去审讯室的。"

安欣咬紧牙关。

私人会所的门口，李响和王秘书扶着喝得醉醺醺的赵立冬从会所里出来。

车已经在门口停好，李响恭恭敬敬地打开车门。赵立冬拍拍李响的肩膀，钻了进去。

王秘书钻进了前排。

李响站得笔直，目送赵立冬远去。

车前脚刚走，另一辆车就停在李响面前。

安欣跳下车，冷眼看着李响，问："为什么会和赵立冬在一起？"

"吃饭。"

"你都不再遮遮掩掩了？"

"领导叫我吃饭，我能不来吗？"

"刑警队天天见不着你人影，跑到这里来和领导拉关系。是你叫张大庆改口的？"

李响没回答，点起一支烟。

"你知不知道你到底在干什么？"

"不要把力气都使在程程身上，她只是个小角色。再说，她确实没杀人。"

"那你要对付谁？"

"赵立冬。"

安欣愕然。

"我接近他，就是为了搜集证据。"李响说着，从兜里掏出几张购物卡，"这几张购物卡是赵立冬刚送给我的，还有上次替他办事送的油卡，加起来得有上万了。"

"凭这几张卡你就想搞垮赵立冬？"

"我帮他做的事情越多，将来可以揭发他的材料就越多。我早就回不了头了，趁着这身衣服还在身上，至少让我做点儿好事。程程不会立案的，你不用再审了。"

李响转身离去，走进夜幕里。

第十五章　暗度陈仓

出租屋里，李宏伟从兜里翻出一包彩色麻古。"这他妈才是正宗的玩意儿，之前酒吧那王八蛋拿假货骗我。我最恨人骗我，绝不能放过他！"

一个青年说："还有上次那个女记者，是警察撒的饵，把咱们坑惨了！我一打听，你猜她爸是谁？孟德海！"

李宏伟一惊："咱们区书记？"

"哥，那可不好惹。"

李宏伟表情狰狞，显然很不甘心。

监狱大门口，唐小龙拎着行李走出监狱大门，东张西望。

唐小虎站在轿车前向他挥手："哥，这儿呢！"

唐小龙快步走近："就你自己，强哥没来？"

"强哥现在什么身份，怎么能来这种地方？"

唐小龙有些失望。

唐小虎带着唐小龙走进白金瀚的一个包厢。

唐小龙一眼望去，包厢里站着好几个人，神态恭敬，一看就是服务行业的。

唐小虎说道："就是这位先生。"

几个人瞬间围上来。

唐小龙被吓了一大跳，那几个人围着唐小龙小心地忙活着。有的给他量尺寸，有的给他拍照，还有人拿来了几顶假发比量着。

"你不在的这些年，外面已经不一样了。"说着话，高启强走了进来。

唐小龙有些尴尬地喊了一声："强哥。"

"尽快适应吧。以后吃穿用这些东西都不用自己操心，你就安安心心先把课上好。"

"上课？"

唐小虎说道："对，哥，得上学！强哥给你报了商学院的课，我们都已经上过了，就差你了，等证书一拿，咱就都是精英了！"

"我这是被嫌弃了。"

高启强神色一凛，唐小虎赶紧推了小龙一把。

高启强说道："今年3月17日，辽宁的首富——建昊集团董事长袁宝璟被判死刑。6月24日，菲律宾再次废除死刑制度。我问你，如果这袁宝璟是菲律宾人，结果会怎么样？"

唐小龙完全蒙了。

"小龙，想发财可以，但还需要有命把钱花出去。你再不抓紧学习，怎么跟我们一起发大财？到时候不是我们离开你，而是你离开我们了。"

唐小龙点头："学，好好学！"

高启强张开双臂，唐小龙重重地拥抱了一下高启强，感激涕零。

"走！你嫂子和小盛等着呢，还有惊喜给你！"

游戏厅刚装修完毕，还没营业。场地宽敞，一排排崭新的设备陈列着。

陈书婷、高启盛还有小虎都坐在游戏厅里，看着唐小龙。

唐小龙站在屋子中央，像进了大观园的刘姥姥。

高启强说道："这家游戏厅是我刚盘下来的，怎么样？"

唐小龙点头："挺气派的。"

"你管，怎么样？"

唐小龙苦笑："以前看菜市场，现在看游戏厅……都是看场子，老本行。"

高启强拍拍小龙，几个人走到游戏厅最里面，高启盛在墙上摸了两把，打开一扇暗门。

高启强开灯，里面又是一片空间，十几台钓鱼机、老虎机摆在面前。

高启强笑道："外面只是装饰，真正赚钱的在这里。"

陈书婷走过来说："这些赌博机都是专业的，胜率都可以调，想赚多少你自己说了算。"

高启盛说道："我帮你算过，一个月少说四十万。"

唐小龙满脸惊讶："有这么多人玩这个吗？"

"本来是没有的。不过前段时间市局严打，大大小小的赌场都被端掉了，除了你这里，他们还能去哪儿玩？"

唐小龙感激道："强哥！"

"你替我们受了那么多年罪，这点儿补偿是应该的。不够的话再跟我说。"

"够了，够了！我不是图钱，是怕你看不上我。"

"钱还是要图，不然我都不知道给你什么！"

众人笑了，唐小龙也不好意思地笑笑。

高启强一挥手："说点儿别的。市局缉毒支队的杨队长想让我帮忙打听消息，他在查一种彩色毒品，跟糖丸差不多。你们要是听到谁在卖，告诉我。"

高启盛一惊，惴惴不安。

陈书婷看出高启盛脸色不对，问道："老二，你是不是有话说？"

高启盛慌乱地摇摇头。

高启强显然不信，盯着高启盛。

高启盛躲避高启强的目光，觉得脸都被哥哥的目光穿透了。

陈书婷说："小盛，毒品千万不能沾！"

高启盛急道："这是趋势，你不赚这个钱，就有别人赚。"

大家都沉默了，神色各异，但都望向高启强，等着他表态。

高启强皱着眉头，半晌，起身走到高启盛面前，重重拍了拍他的肩膀。"说得好！京海的钱，就该我们赚！"

高启盛、小龙、小虎大喜，精神振奋。

陈书婷冷着脸，转身离开。

高启盛望着陈书婷离去，说："嫂子脾气越来越大，她找的司机居然是程程的人，这事儿她倒不提了，你都把她宠坏了。"

高启强脸上终于挂不住了，揽着弟弟的脖子，把他拽了出去。

男厕所内，高启强压低声音："我他妈宠你宠得还少吗？刚才那些话是给你留着点儿面子。你赶紧把手上的毒品处理了，以后再也不许碰了！"

"哥，你以为我想干这杀头的买卖吗？我是为了救命啊！我囤了几十万台货，谁知道，3G 突然一下冲进市场，小灵通的蜂窝基站都被取消了，几十万的台货啊！白送都没人要！"

"你知不知道中国对毒品的态度是零容忍？"

"哥，我知道！所以海洛因、冰毒这些我一点儿都没沾！在美国，这种程度的东西都是合法的。一般的有钱人赌博找刺激，但你知道什么是颅内高潮吗？这东西能做到，又没有那么强的依赖性。"

"窟窿补上以后，再也不要碰这些东西！"

区委书记办公室里，李有田刚刚离开，孟德海揉着太阳穴说：

"这老头就一个字——拖。等到公路修到莽村，他们的度假村也建个七七八八了，到时候就真不能按土地补偿了，要多花不少冤枉钱。"

龚开疆说道："听说这个度假村是全体村民集资修建的，李有田一早就打算把大家都拉下水。"

"众口难调啊！利益上面，牵扯的人越多，麻烦就越多。我看就算给他再多时间也搞不出来什么名堂。"

龚开疆想了想，问："要不试试高启强？"

孟德海摆手："他能有什么办法？再说，还没正式招标，建工集团也不是承建单位，名不正言不顺。"

"有些事情，名不正言不顺，反而好办。"

孟德海眉头紧皱，权衡着利弊。

京海建工集团董事长办公室里，程程把一封辞职信放到泰叔面前。

泰叔说道："已经过去了。万幸你和高启强都没出大事，我和他打过招呼了，以后你俩不见就是。"

"我已经没脸在集团待下去了。"

"我的脸够不够！我说让你留下，谁敢反对？"

"我不配。"说完，程程深深鞠了个躬，黯然离开。

程程走出来，李宏伟在车里冲她按喇叭。

程程转身就走，李宏伟开着车在后面跟着。"程总！先前我们可是都听你的，怎么出点儿事你就撒手不管了？！张大庆人还在里面呢！你脱得了身吗？"

程程说道："张大庆不敢乱说，他咬出来的人越多，外面越没人能帮他。"

"程总，你这么厉害，不能就这么认输啊！咱要和高启强斗到底！我们的力量，配上你的头脑！程总，他抢的可是你的江山，你甘心啊？"

思考片刻，程程坐上李宏伟的车。"走！"

"遵命！"

市公安局局长办公室里，有人轻轻敲门。

郭文杰大声说道："进！"

门一推，孟德海带着一脸笑进来了。"这一嗓子真有劲，透着局长的威风。"

"老领导回来了，坐！"郭文杰说着，起身倒茶。

孟德海一屁股坐在会客沙发上。"还是这沙发舒服啊，不像区委的沙发，硌屁股。"

"不是沙发硌屁股，是各种麻烦让老领导坐不住了。"

"还是你了解我。这不今天又来了一批投资商，考察青华区的投资环境，中午我还得负责接待。那帮投资商可能在别的地方吃过亏，这次来别的条件都好说，就一条——治安环境必须好，所以我才来求你。你去了不用说话，这身警服往那一坐就够了。"

"老领导，您快饶了我吧，我今天专门请了假去看病。我这手腕一直没好，阴天下雨就疼，今天好不容易挂的专家号，马上就得走了。您再坐会儿，我先走了。"

郭文杰逃一样离开办公室，边走边回头看，生怕孟德海追出来，迎面正好碰上安欣。

"安欣，你经常去的那个针灸治肩膀的地方灵不灵？算了，不管了，快，陪我过去扎几针！"不由分说，郭文杰推着安欣就走了。

唐小龙开着车，从扶手箱里拿出一袋速溶咖啡。

高启强撕开包装，将咖啡倒进嘴里。

小龙说道："安欣和郭文杰在一起。他们在中医院门口下的车，现在车还停在那儿。"

"好，我一个人进去，你们都别跟着。"

中医院的诊室里，郭文杰身上扎了几根针，老中医正在为他捻针。

诊室门突然被推开，高启强满面堆笑地走了进来，看见安欣故作惊讶地说道："安老弟，你在呢。"

"高启强，你来干什么？"

"诊所我怎么不能来？我来看大夫，调理一下身体，您是……郭局长吧？"

郭文杰微微一点头。

"没想到在这儿碰上您了，您还不认识我吧，我是……"

郭文杰点头："我知道你，京海建工集团总经理。"

"领导真是什么都知道。我一直想跟您见见，总是没机会。"

郭文杰不想纠缠下去，转头向老中医说道："我腰也不舒服，腰上也给我来两针吧。"

老中医会意，扶着郭文杰站起来，让他趴在床上。"您躺好。这位老板，要不您先到外面等会儿？"

高启强点头："我就在这儿说两句话，听说您受伤和我们建工集团有关系。对不起，出事的时候我不在场。闹事的人还要起诉打官司。我一听，告警察？这不反了天了？就去找他谈了几次，总算说通了，他答应不再闹事。"

安欣说道："他明明就是诬告，你让他去告，告也告不赢！"

"是，道理肯定在咱们这边，但真闹起来，社会舆论不好听。多一事不如少一事，以后有什么我能帮上忙的，您尽管吩咐。"说完，高启强轻轻把帘子合上，退出门去。

中医院的院子里，高启强走到花坛边坐下，掏出手机："动手吧！动静搞得越大越好。"

中医院的诊室里，手机一个劲儿响。郭文杰接过安欣递来的电话，听见电话里的人说道："局长，莽村出事了！"

郭文杰边整理衣服边和安欣冲了出来。

高启强微笑着，目送他们离开。安欣回头狠狠地瞪了高启强一眼。

安欣开车带着郭文杰驶向莽村现场。"我说怎么这么巧，我们来看病，他高启强也来了。这下咱俩成了他的不在场证人！"

郭文杰一拍大腿："坏了，今天有投资商专门来青华区参观投资环境，孟德海本来还拉我过去陪酒呢！"

安欣说道："高启强挑这个时候闹事，就是要往青华脸上抹黑啊！"

"市里把这次招商引资看得很重，他这么硬往枪口上撞，图什么？"

安欣和郭文杰赶到的时候，警察已经控制了现场。

很多群众围观，还有闻讯赶来的记者。

唐小虎一伙戴着手铐，满不在乎地被警察押上车。

记者们对着现场一通猛拍。

郭文杰说道："惹这么大的事，高启强是疯了吗？"

安欣摇头："他要真疯了就好对付了。事情绝不会这么简单。"

京海市政府会议室里，常委会上气氛凝重。

市委书记看着众人说："都说说吧，有什么看法？"

没人应声，很多人低着头，生怕被点名。

赵立冬望向对面的孟德海，孟德海优哉地吹吹茶杯里的浮叶。

"好，我先说。这次工地强拆，性质十分恶劣，是故意往京海脸上抹黑，破坏改革开放和招商引资，阻挠京海的经济发展。必须严惩，绝不姑息！"

孟德海喝了口茶。

书记说道: "老孟啊，事情是在你的地界上发生的，你不说两句? "

孟德海放下茶杯。"我事前并不知情，而且最不希望这种事发生。毕竟在青华区，我要担负直接的领导责任。事情发生后，我赶紧调查了一下，发现这只是一起经济纠纷引发的暴力冲突，远没有某些同志想得那么严重。不过我也发现了一些问题，想跟大家讨论一下。第一，莽村度假村项目审批的流程问题。我们区政府是没有接到申请的，他们跳过区一级，直接向市里申报，这样做合不合规? 第二，批准时间问题。青华区要修高速，半年前就定了，只不过走完流程，最近刚刚公示。然而度假村项目的获批时间就比我们提前了个把月，这里面有没有问题? 有没有人以权谋私，用信息交换利益? 第三，度假村刚开工，现在停止完全来得及，但我们跟村委协商了多次，他们都阳奉阴违，摆明了要在补偿款上做文章。一个村委有这么大的胆子，有没有领导做后台?! "

孟德海一番话让会场瞬间阴云密布。

市委书记听着孟德海的发言，眼睛却一直盯着赵立冬。

赵立冬脸色越来越难看。

孟德海说道: "我认为要查，就连这些问题一起查! 就像赵立冬同志说的，必须严惩，绝不姑息! 不过，对外宣传怎么说，也是必须思考的问题。是说我们政府管不住地方违建，还是说我们公安搞不好地区治安? 怎么说才能对招商引资危害最小? "

赵立冬明白，孟德海是要把全市的招商引资都绑上青华区开发的战车，一损俱损。以他对京海市领导班子的了解，他们必然会投鼠忌器。

书记说道: "刚才孟德海同志的发言，各位要认真记录，认真思考。暂时休会。立冬同志你留一下。"

诸位领导如遇大赦，陆陆续续离开会议室。

房间里只剩市委书记和赵立冬两人。

赵立冬急忙说道："书记，孟德海说自己不知情，我一百个不信！"

书记摆摆手："你先不要谈他的问题，我叫你留下，是要说说你的问题。有人交了你的材料，省纪委打电话给我，询问了一些事情。"

赵立冬心里一惊，问："严重吗？"

"只是电话询问，说明还不严重。身居高位的人，谁没被整过材料？但是我要提醒你，不要跟某些基层干部走得太近，特别是莽村这种问题复杂的。"

"知道了。"

"既然事情发生在青华区，就叫青华区的同志负责吧。"

赵立冬无奈地点点头。

副市长办公室里，赵立冬往椅子里一瘫，生着闷气。

王秘书小心翼翼泡了茶，放在他面前。"书记没站在您这边？"

赵立冬沮丧地摇摇头："孟德海这个老滑头，把青华区的开发和全市的招商引资绑在一起，让我没法插手。莽村的工程只能放弃了。丢卒保帅，以后你和那个村支书不要再有任何联系！"

"明白。"

"还有个更麻烦的事，有人在搞整我的材料，去了解一下是谁。"

"不用了解，肯定是研究室的谭四眼。福利分房之后他一直在闹，实名举报都有两三次了，但他手里没什么实质的东西。"

"交给刑警队的李响去处理一下。"

"他去？信得过吗？"

"养狗总要撒出去。"

入夜的莽村村委会门口，大门紧锁，许多村民身上带着伤在砸门。

大家都嚷嚷着让李有田把集资款退回来。李有田被逼无奈，捡起地上的铁锹冲了出去。

李有田端着铁锹，恼怒地站在门口，倒把外面的村民全都镇住了。

"告诉你们，老子的棺材本也投进去了！村委会的账你们可以去查，我家里的东西你们看上哪样随便搬，再不够就把老子分了尸捡回家去！够不够赔？！"

大伙儿被他的气势震慑住，骂骂咧咧地散了。

人走光了，李有田蹲在地上，捂着脸大哭起来。

大排档锅铲喧嚣，灶火翻动。

李宏伟带着他的一帮"虾兵蟹将"围坐一桌，程程居中。李宏伟等人全都喝红了眼，掏出彩色麻古分发，借着酒劲，往程程嘴里塞，程程一把推开。

李宏伟说道："程总，怎么就一夜之间天全都变了？那高启强的后台到底是谁？"

"还能有谁？区委书记孟德海。"

"他妈的，他不让我们活，我们也不让他活！"

市公安局大厅里，安欣从楼上下来，程程正在门厅里等着他。程程戴着墨镜，颧骨上隐隐有一大块淤青。

安欣说道："你是来自首的吗？"

"安警官，我马上就要离开京海了，走前向你举报一条线索。莽村的工程停了，李有田和李宏伟对区政府和公安怀恨在心，有可能实施报复。"

"你有录音吗？"

"我有这个，李宏伟给的。"程程手里有一枚彩色麻古。

出租屋的门被一脚踹开，杨健带着缉毒支队冲了进去。

屋里空无一人，只有肮脏的电脑和各种垃圾。

杨健大喊："搜！"

警察们行动起来，翻箱倒柜地搜查。

杨健从抽屉里翻出了一小袋彩色麻古，高兴地在手里掂了掂。

一名缉毒警拉开隔断的帘子，抬头一看墙上，脸瞬间变了颜色。"杨队，你看。"

杨健过来，脸色也变了。"给局里打电话，让他们赶紧通知青华区委——孟德海书记和他的家人有危险！"

墙上贴满孟钰的照片，都是在大街上各种角度的偷拍，孟钰浑然不觉。

轮渡鸣着汽笛，行驶在海面上。程程戴着墨镜，独自来到甲板上，眺望着海对面。

老默溜达到甲板上，靠着船舷点燃一根烟。他将烟盒递给程程："来一根？"

"不会。"

"抽了能舒服点儿，我也只能帮你到这儿了。"

程程端详着老默，瞬间明白了。"我已经走了，碍不到他的事儿了。"

"你起念要跟我老板斗，就应该想到会有这一天。我手黑，你最好自己解决。"

程程木然，墨镜下缓缓淌下两行眼泪……

第十六章　你是嫌自己命长吗

入夜，孟德海握着电话与龚开疆协调工作上的事情："老龚，孟钰可能被绑架了，工作上的事明天麻烦你协调一下。不用过来了，我是刑警出身，这点儿风浪还扛得住，工作上的事情靠你了。"

李有田家门口停满了警车，门被砸得"咚咚"响。

李有田披着衣服拉开门，一大队制服警察呼啦啦冲进来。

李响亮出搜查令："宏伟在吗？"

李有田已经呆住。"他自己外头有房，不跟我一块儿住。"

李响问："你最后一次见他是什么时候？"

在两人对话的时候，安欣已经带着人冲进屋里，四下寻找。

"我想想啊，我仔细想想。"

深夜市公安局会议室里，郭文杰居中，各分管领导全都到齐。

郭文杰说道："从现在开始，直到孟钰被安全救出来，我都在局里，有任何情况直接跟我本人汇报。孟书记是我们曾经的领导和战友，在主持拆迁的工作当中，发生家人被绑架这样极端恶性的案件，影响有多坏不用我说，我们必须全力以赴，避免最恶劣的结果出现！"

安欣说道："小区监控显示，孟钰昨天晚上9点45分左右在楼下接了一个电话，然后匆匆离开。来电号码来自一处公用电话，附近没有监控。"

安欣点开监控截图，孟钰最后下车的位置是一个叫梦缘的酒吧。孟钰向酒吧里张望，随后进了酒吧，消失在灯火里。

"这个时间是昨晚 10 点 20 分。"

"再后面呢？"

安欣摇头："没了，她就是在梦缘酒吧失踪的。调了附近所有的监控，都没有再发现孟钰。我们已经联系所在地派出所对酒吧外围布控。申请马上搜查！"

深夜，安欣带队闯进喧嚣的酒吧，举起喇叭大喝："关音乐！开灯！检查！"

酒吧老板带着经营文件小跑着过来，安欣随手接过文件。"施伟，查监控。"安欣又拍着老板肩膀说，"你跟我来。"

所有顾客和服务员都在警察的指挥下排队接受登记和检查。

老板手里捧着监控录像的模糊截图，说："那姑娘昨天十点多来的，点了瓶酒，就一直坐在吧台上，谁也不搭理。不知道什么路子。"

"几点走的？从哪儿走的？"

老板一指："后门，通外面的厕所。对了。"他从兜里翻出一片红色的多酶片，"她走之前把这个给了我，说她要是天亮前不回酒吧，就让我把它交到市公安局刑警队。我以为她喝多了呢，没当回事。"

安欣气得一把揪住酒吧老板的领子："你知道你误了多大的事吗？！"

安欣突然发现墙上照片中有一张居然是老板和李宏伟在干杯。

安欣一指："这个人常来你这儿？"

"昨天晚上还在呢。"

"他坐哪儿？几点走的？"

老板手一指："就坐那桌，他先走的，然后那女孩就走了。"

安欣推开酒吧的后门，与前面的光鲜、喧嚣相反，这里完全是另一个世界——丑陋、阴暗。陆寒带着其他专案组成员跟了上来："有什么发现？"

"我们的侦察方向可能一开始就错了。"

深夜，孟家屋里满是警察，各有分工，有的负责安保，有的负责电话监听。

孟德海说道："这帮家伙以为这样就能对抗政府，太不知天高地厚了！"

孟母生气地说道："人家是对抗政府吗？人家对付的是你！"

一帮年轻警察看着老两口拌嘴，很是尴尬。

突然，一个声音在门外响起："孟书记，孟德海书记！"

打开门，李有田站在孟德海面前，扑通就要跪下。"孟书记，你听我说啊，我的儿子没管教好，确实不是个东西，但他绝对干不出这种事！"

孟德海拦住要下跪的李有田："现在说这些都没用。"

"对，孩子的安全最重要，如果这事儿是宏伟做的，该抓就抓，该判就判，我绝不袒护，我知道的都告诉警察了，让他们去找！现在，联防队正在挨家挨户地查，谁今晚不在家，都当嫌疑人查一遍，任何线索都不能放过！"

"你的意思我听懂了。你回去休息吧，其他的事交给警察去办。"

"出了这么大的事，您都睡不好，我们谁也别睡！"

孟德海摆摆手："给老李倒杯水。"

孟母坐着不动，张彪起身去找杯子。

"孟书记，您是青华区的天，是我们的主心骨，我们以后肯定听您的，莽村全力配合区里的规划。"

"你能这么说，我应该高兴，但我现在高兴不起来。"

"对，先解决孩子的事。哎，发生这样的事，不知道外面又要怎么传风传雨。上次建工集团强拆工地，有人暗地里说是您的意思，还说您作为一区领导，跟高启强那种人走得太近。"

"放屁！我从没见过这个人！就算是整个建工集团，我也没吃过他们一顿饭！"

"对啊，有人就爱瞎挑拨，书记，咱可不能被人牵着鼻子走啊！"

张彪端着一杯热水过来，故意手一歪，洒了李有田一身。

李有田疼得一激灵，终于住了嘴。

张彪说道："不好意思，我一紧张手就发抖。"

"没事没事，大家压力大，都太辛苦了。"

姜超这时凑了上去："孟书记，我们郭局长请您去趟局里。"

市公安局局长办公室里，郭文杰拿来一叠文件，递到孟德海面前。"这是目前调查的方向和内容，您也看看，帮我出出主意。"

孟德海烦躁地推开："不看。老郭，连你也觉得，我孟德海乱了阵脚，丢了原则，去跟什么社会大哥搅和在一起？"

"您怎么这么想？这种时候还到您耳边搬弄是非，这种人绝对没安好心，但是只要能把人找到，您找什么人来帮忙我都不反对。"

"包括高启强？"

"他要是真有渠道能找到孟钰，我们求之不得！您现在就可以联系他。"

"我没他电话，我做了这么多年公安，相信咱们自己的力量！老郭，不管外面说什么，你要相信我的底线还是有的。"

安欣又回到了信息科。信息科长说道："我们找到了给孟钰打电话的人。"说着在屏幕上调出嫌疑人的画面。

放大的画面上是一个穿着工厂工服的男人，留着胡子。

安欣说道："有这个人的信息吗？"

"这就得辛苦你们自己查了。不过，他身上的工服是京海农机二厂的，二厂就在这公共电话亭西侧一公里处。"

清晨，乔装的李响和安欣坐在农机二厂外的一个早点摊上，盯着陆续进厂上班的工人。他们身上都穿着和嫌疑人一样的工服。人越来越少，看门的把大铁门关上，只留下边角的小门。

李响看着表，说："8点了，上班时间已经过了。别等了，进去找吧。"

两个人擦擦嘴，走向农机厂。

农机厂人事科内，科长戴着老花镜，翻找着档案。"找到了！是不是他？"

安欣把档案上的照片和监控录像拍的摆在一起，相似度有八九分。

姓名栏写着——皮定国。

人事科科长说道："就是皮胡子嘛，经常不来上班，三天打鱼两天晒网的，他们领导也管不了他。"

"让他们领导联系他，问问他现在在哪儿。"

人事科科长打电话，"嗯啊"几声后放下。"他们领导说他今天打过电话，皮胡子说不舒服，在家里躺着呢。"

安欣拿起档案卡，问："他还住上面的地址吗，旧厂街18号院？"

安欣与李响对视一眼，二人心里都想到另外一个名字。

"对，在旧厂街！我们好多职工都住这一片。"

区长办公室内，龚开疆正在和高启强通话："高老板，工程计划书怎么样了？"

"在我手上呢，正要给您和孟书记送去。"

"你直接来找我吧，孟书记家出了点儿事，不方便。"

"出了什么事？需要我帮忙吗？"

"孟书记的女儿被绑架了。你要是真不知道，千万别出风头，这次牵扯面很广，又有莽村又有贩毒团伙，你还是躲着点儿吧。"

高启强听到"贩毒"两个字，人都吓傻了。

"喂？你怎么了？"

"信号不太好，我很快就到。"

龚开疆说："好，我在办公室等你。"

在车内的高启强挂断电话，心里有些发寒。"区政府那边，让肖总替我跑一趟。"

他打电话给小盛，无人接听。随即又打电话给书婷："想办法把小盛那边的账本都拿来，还有他的个人银行的流水单。"

唐小龙问道："强哥，咱们现在去哪儿？"

"回家！"

高启强在书桌前看着账本，越看眉头越紧。

陈书婷站在旁边，问："你把他的公账、私账都翻出来，是出什么事了？"

高启强突然将手中的账本愤怒地扔了出去，夺门而出。

呼啸的警车在旧厂街路边停下，安欣和李响早就等在路边。

张彪和施伟等人跳下车。

李响一指前面的楼："还记得前面那楼吗？"

"第一次遇到高启强的地方。"

"这么巧，会不会和高启强有联系？"

"抓着就知道了。他是目前最重要的线索，不到万不得已别动枪。"

李响和安欣带着队，朝皮胡子住的旧楼走去。

迎面，一个穿着拖鞋的邋遢汉子正好拎着垃圾出来，正是皮胡子。

李响和张彪分开走了过去。与皮胡子错身的时候，李响大喝一声："皮胡子！"

皮胡子一惊，张彪的手已经搭在他身上。

皮胡子用尽全力将手里的垃圾袋砸向张彪，反身从楼道的栏杆翻了下去。

安欣带着施伟，正在楼下另一个出口等着他。

皮胡子腿脚利落，一看安欣的架势就知道是来抓他的，反身就跑，仗着路熟，蹿上了消防梯，一路向上。

皮胡子在露台房顶间奔逃，不时将花盆和晾晒的床单、衣服甩到后面，阻止安欣前进。

安欣穷追不舍，皮胡子从一处露台跳下去，脚崴了。他一瘸一拐，跑向一家熟识的商铺。商铺门口有三个赤膊文身男，皮胡子耳语几句，文身男会意，让他进去。

安欣也跳了下来，追到商铺门口。三个文身男一字排开，把他堵住了。

安欣说道："让开！"

为首的人摇头："今天不营业！"

李响带着张彪、施伟等人也赶了上来。

李响举着证件大吼："警察！把路让开！"

安欣冲着屋里大声喊道："皮胡子，你肯定跑不了了！犯了什么事，你自己心里清楚！躲是躲不过去的！有种就出来自首，别连累自己的朋友！"

他这一嗓子，三个文身男都有点儿虚了。半晌，皮胡子从商铺里蹿了出来，战战兢兢地望着安欣等人。"你们，真的是警察？"

刑警队里，安欣和李响分析突审皮胡子的结果。李响说道："也就是说，皮胡子把听到的消息通过公共电话卖给了孟钰。"

安欣点头："有涉及莽村强拆的，有关于京海建工集团后台背景的，还有涉及地下毒品圈的。前天夜里，皮胡子听说大东桥梦缘酒吧里有尖货，但必须有熟人带着才能买，就把这信息告诉孟钰了。"

这时，姜超拿来一份报告，交给安欣和李响。"在孟钰的电脑文档里找到了未完稿的社会调查报告，有涉及莽村拆迁的内容，也有涉及京海市地下毒品交易的，还有孟钰的网上聊天记录，都和皮定国说的完全一致。"

安欣说道："目前最大的可能就是孟钰在跟踪毒品交易的时候被贩毒人员发现，遭到了绑架。"

姜超点头："已经联系缉毒支队了，但他们没提供任何线索。"

游戏厅内，赌博场的暗门被打开了。高启强虽然有心理准备却还是惊呆了。

赌博场内，众人都精神异常，有的高度兴奋，有的萎靡不振。看到高启强和小龙进来，一个瘾君子赶紧把桌子上的一袋彩色糖果藏到身后，从沙发上跳了起来。"谁让你进来的？滚出去！"

高启强一脚就把那瘾君子踢倒在地，随后便在赌场内砸了起来。

众人一惊，有人起身想要阻拦，被唐小龙拦住。高启强一把拽过唐小龙，一拳砸过去："这是你的场子！你是怎么看的？！"

片刻后，赌场内只剩高启强和鼻青脸肿的唐小龙。高启盛闻讯跑进来，看到满地狼藉，立刻明白了怎么回事。"哥……"

高启强抬手就是一巴掌，高启盛嘴角顿时渗出血来。"我跟你说的话你都当屁给放了？我说没说过不许你再碰毒品？！"

"说过。"

高启强来了气，一脚踹倒高启盛，劈头盖脸就打了过去。"你是嫌自己命长吗？！贩毒，绑架，开始公然挑战整个司法，'死'字怎么写你知不知道？"

"什么绑架？！绑架谁？我真不知道你在说什么！我只有瞒着你的事，但没有骗你的事。你就是打死我，我也没干！"

"手下人怕我，是觉得我够狠。但我知道，你比我更狠，而且狠得没道理。别人惹你不高兴，哪怕明知没有好处，你都要报复。我不知道孟德海哪儿得罪了你，但是这种事，除了你谁做得出来？听哥的话，把人放了，其他的我来想办法。"

"哥，真不是我绑的。我疯了吗，去招惹孟德海？"

"龚开疆说这事跟莽村和贩毒团伙都有关系，他的消息不会错。你的账我都看过了，用屁股想也知道这贩毒团伙是谁。"

高启盛一惊，终于意识到问题的严重性。"给我一天时间，我一定打听出来。"

"夜里 12 点之前必须找到人，再晚，哥就保不住你了！"

第十七章　冻鱼

临江煤站废弃仓库里，汽笛声响起，李宏伟满身大汗地被惊醒。他从床上爬起来，推开窗户，江面的驳船满载着货物，慢悠悠驶过。脚下传来沉重的撞击声。

李宏伟站起身，经过一段长长的甬道。撞击声越来越响，李宏伟战战兢兢地打开运煤的通道口，探头往下一看。

孟钰被铁链子绑得结结实实，嘴被捂着，正在徒劳地挣扎着，竭尽全力发出声响。

她抬眼看到李宏伟，目光一凛。

李宏伟被吓得根本不敢与她对视，又把通道口关上，走出房间。

院子很大，堆放着纸壳、木头、破铜烂铁。一个男人光着膀子，在烈日下给垃圾分类。

"四哥。谢谢你，我都没发现被那娘儿们盯上了。"

四哥瞟了他一眼："我在大东桥卖了那么久的货，飞来个鸟我都认识，何况是这么漂亮的女人。她见过咱俩的脸了，不能留！"说着从垃圾里捞出根麻绳，甩给他，"别整出血来啊。"

李宏伟根本不敢接。"她爹可是区委书记。"

"我放了她，她能放过我吗？快点去！赶紧弄死，晚上刨个坑给埋了！"

李宏伟低着头，脸色惨白。

"小子，我卖了那么多货，要是被抓，铁定没命。所以杀人这事，必须你来，我才能放心。"说着话，四哥揪着李宏伟的衣领，拍拍他的脸，"她死还是你们一起死？"

市公安局院内，杨健的车刚开进市局大院，安欣突然从旁边冲出来，挡在车前。杨健吓了一跳，猛踩刹车。

杨健放下车窗："碰瓷啊！"

安欣嬉皮笑脸地说："杨哥，有个千载难逢的好事，专门来送给你的！赶紧跟我见局长去。"说着，把杨健拽下车就走。

局长办公室里，在郭文杰和孟德海的注视下，杨健站得笔直。

安欣说道："孟叔，这是我们缉毒支队的杨健队长。根据我们现在掌握的线索，孟钰的失踪很可能和本市的贩毒集团有关。为了尽快找到孟钰，缉毒支队把他们掌握的一些信息主动拿出来和刑警队分享！"

杨健倒吸一口凉气，瞪大眼睛看着安欣。

孟德海抓住杨健的手："谢谢杨队长，我们全家都感谢咱们缉毒支队！"

杨健尴尬地说："您别客气，这都是我们应该做的。"

安欣说道："杨队长手上本来养着好多条大鱼，他表示救人要紧，就不养鱼了！"

郭文杰咳嗽一声："行了，怎么行动你们自己商量。但是，救人最重要，在这节骨眼上，什么宝贝也不能藏着，该拿出来用就拿出来用。鱼跑了可以再抓，人只有一个！"

安欣高兴地敬了个礼，拉着呆若木鸡的杨健出了门。

市局会议室里，桌上的一次性纸杯里泡着热茶，安欣赔着笑脸给杨健捏肩捶背。

"哥，舒服不？"

杨健皱眉道："你知道我们跟多少线索才能找到一个贩毒团伙的关键人物吗？知道养多久的鱼才能让整个团伙浮出水面吗？你什么都不知道，张口就叫我信息共享，凭什么？我不是铁石心肠，我是心疼手下弟兄们没日没夜地辛苦追踪，眼瞅着能立功的大案被你搅黄了！安欣，你没觉得你自私吗？"

"对不起，我这也是没办法，人命关天。你不是喜欢孟钰吗？"

"滚！"杨健推开安欣，径自离开。

安欣说道："我真没想到你是这种人！我看错你了！"

"哎，急了吧，你套路我，我也得报复一下，走吧，信息共享。"

安欣一愣："我就知道哥最好了。"

市局会议室，刑警队和缉毒队在一起开会。

杨健说道："这次的贩毒团伙不同以往，组织非常严密，纪律非常森严，上下线之间都是单线联系，一旦断掉，就很难继续追查。这也是我们迟迟没有动手的原因。"

"这次为了救人，不得不在条件不成熟的情况下提前收网。我代表刑警队向缉毒战线的同志们表示感谢！"安欣起身敬礼。

杨健把嫌疑人阿成的照片挂在白板上。"孟钰失踪，跟大东桥附近的贩毒分子有很大关系，那片的销售网络都由阿成负责，抓到他，相当于砍掉贩毒团伙的一条胳膊，也不枉我们之前的一番辛苦。时间宝贵，同志们，行动！"

深夜，缉毒队与刑警队默契配合完美地对毒贩阿成实施了突击抓捕。阿成面对几乎从天而降的警察，愿意如实交代。

安欣在杨健的车里分析道："第一，梦缘酒吧附近归钟阿四管。第二，钟阿四三天前找阿成拿过货。第三，阿成的上家很可能姓高。"

安欣和杨健对视一眼，都明白孟钰十有八九是落在了钟阿四手里。

而此时身在高家的高启盛却像极了热锅上的蚂蚁。

"哥，我们打听清楚了，莽村的李宏伟确实拿过货，他的货应该是钟阿四给的，钟阿四归大东桥的阿成管，阿成的上线叫光头勇。"

高启强："光头勇还有上家吗？"

高启盛不出声了。

唐小虎说道："强哥，光头勇是我的人，之前在工地打伤郭文杰还闹着要赔偿的就是他。"

高启强瞪着唐小虎："卖药你也参与了？都拿我的话当放屁！串通起来蒙我。"

高启盛说道："哥，是我逼小虎帮我的。李宏伟和光头勇没直接联系，只要把中间人搞定，这条线索就断了。"

高启强想了想，说："小虎，你去叫老默，你俩一起处理。"

高启盛说道："哥，我也去！我闯的祸我来平！"

"你给我老老实实待在这儿，哪儿都不许去！算了，你去找上老默，免得小虎心软。"

阿成的头上蒙着衣服，被安欣和杨健押上了警车。

老默上货的冷藏车停在路边，目送着警车远去。

老默掏出自己的手机，打开免提。"老板，我们来晚了，人被警察带走了。"

高启强沉默了一会儿，说："小虎，给那个叫光头勇的一张银行卡，通知他赶紧去香港躲一阵子！"

这时。电话里又传出高启盛的声音："哥，香港、缅甸什么的都与公安联合了，去了跟自首没有分别。"

小虎沉声说道："强哥，交给我吧。"

电话里沉默了一会儿，传出高启强的声音："安顿好他的家人，别亏待了。"

深夜，偌大的游戏厅黑灯瞎火，只有一台机器亮着。

唐小虎叼着烟，一个人在打街机《街霸2》。

游戏机里嘶吼声震天，升龙拳和波动拳乱飞。

唐小虎的表情漠然，机械地推动摇杆。

光头勇从外面匆匆赶来，恭恭敬敬地走到唐小虎面前。"虎哥，什么事这么急？"

"来一局，咱俩就是在游戏厅里认识的。"

光头勇坐下，与唐小虎开战，边打边说："可不是。那会儿刚上初一。"

"快二十年的交情了。我交代的事情你都办得不错，我说一句话，你连公安局局长都敢打。跟你打听个人，有个叫钟阿四的你认识吗？"

"卖彩糖的，阿成的手下。"

"你见过吗？"

"没见过面，但是这些下线的信息我都知道。"

"钟阿四的地址给我。阿成被抓了。"

"稍等，我都记在手机里了。"

光头勇打开通讯录，把手机递给唐小虎。

"手机我拿走了，京海不能待了。东西都给你准备好了，进去拿上，我开车送你坐船走。"

他推着光头勇，打开里间的暗门。

暗门在黑暗中缓缓开启，里面是伸手不见五指的黑暗。

光头勇预感到了什么，犹豫着不敢往里迈腿。

唐小虎狠狠心，一把把光头勇推了进去。

早守在里面的老默用细绳套住光头勇的脖子。

唐小虎站在门外，背靠着墙，慢慢滑倒。听着里面沉闷的挣扎、撞击声，他把手塞进嘴里，呜咽着不让自己哭出声来。

老默和高启盛从里面走出来。

老默活动着手腕，说："善后就交给你了，拿硫酸把脸浇了。"

高启盛翻看着通讯录，说："走，现在去处理钟阿四。"

唐小虎说道："光头勇没了，线就断了，钟阿四处不处理都牵扯不到我们。"

高启盛摆手："只有抢在警察前面处理了，才能保证牵扯不到我们。老默，走。"

老默犹豫着说："先给老板打个电话吧。"

"上车再打。"

冷藏车行驶在空旷的大桥上，老默开车，时不时瞥一眼高启盛。"小盛，我是个粗人，脑子没你们兄弟灵光。但是我知道，听老板的吩咐就对了，这么多年，他从没错过。"

高启盛沉声道："闹到现在这个样子，就算没有证据，大家也知道这批毒品跟高家有关。如果真是李宏伟和钟阿四绑了孟德海的闺女，你说孟德海会恨谁？"

"恨老板。"

"要是警察能把人活着救出来还好，万一失手人质死了，我哥跟孟德海的梁子就解不开了。我哥不是想不到，而是不愿意让弟兄们去冒这个险，但是我不能装糊涂。"

老默点点头："只要那女的还活着，我一定把她救出来！"

安欣坐在杨健的副驾驶座上，手机开着免提："安哥，钟阿四的资料找到了。他本名叫钟逵，是个刑满释放人员。十六岁时抢劫杀人，判了十二年。在狱中又打架致人重伤，加了五年。现在没有固定住址。

有线索反映,他在沿江大桥下的一家私人废品收购站看大门。已经通知了当地派出所,我们的人也赶过去了,最多十五分钟就能到达。"

安欣挂上电话,说:"掉头,去沿江大桥,孟钰可能在那儿。"

临江煤站仓库里,李宏伟缩在床角坐着,还是脸色惨白。桌上摆着卤味和烧腊,钟阿四边吃边盯着他,一把砍刀就摆在手边。

"别指望拖过今天晚上。这女的失踪两天了,警察肯定在到处找她。"

李宏伟急了:"你别逼我!我可是莽村出来的,从没怕过谁!"

"在莽村你能称王称霸,出了莽村,你谁都怕!"钟阿四说着把桌上的砍刀扔到李宏伟面前,"有种你把我捅了,再带着那个小姑娘自首!"

这时,外面的狗突然叫起来。

钟阿四目光一凛,拎起墙角的一把斧子。"我现在出去,你赶紧把小娘儿们解决了。如果我回来她还在,我连你一块儿剁了!"

李宏伟拎起刀,走过屋里长长的甬道。

关着孟钰的房间里,孟钰一直在用捡来的钢锉磨手上的铁链,眼看链子就要被磨断了。

忽然,头顶上传来脚步声,她惊恐地抬起头。

头上的通道口被打开了,李宏伟拎着刀探头看着她。"我从没杀过人,是四哥逼我的。"

孟钰挣扎着,嘴里拼命呜咽,示意自己有话要说。

李宏伟轻轻解开勒在她嘴上的布。

孟钰缓了一阵,说:"李宏伟,你现在没犯大错,抓了你也就是批评教育,可是杀人是要枪毙的。你找个机会,趁他不注意,把他打晕了,然后去自首。就算失手杀了他,我也能帮你作证,说你是为了救人才动手的。不然等警察找到咱们，你俩就算同伙！"

被铁链拴着的看门狗朝着黑暗处嗷嗷狂吠。

钟阿四拎着斧头，举目四望。视野很开阔，四下无人。

冷藏车熄了火，静静地停在沿江大桥的阴影下。

高启盛独自坐在驾驶室的副驾驶座上，他远远看到一个身影走过来，连忙拉开车门跳下去。

老默双手抄在兜里，闷声回来。"院子里有条狗，隔老远就叫，得想个法儿让它闭嘴。"

说着话，老默打开后备厢，翻拣出一块冻肉。

高启盛跳上车，拎出一条硬得像棒子一样的冻鱼。

高启盛说道："他们不知道有几个人，我俩一起去，能保证不出意外。"

老默想了想，点点头。

他打开驾驶室的门，从储物箱里掏出面罩和手套，递给高启盛。两人分别穿戴好。

老默又从座位下拎出把砍刀，塞给高启盛。

高启盛挥着手里的冻鱼，说："我用这个。"

关着孟钰的房间门被一脚踹开，钟阿四拖着斧子进来了。

李宏伟拎着砍刀，仍站在孟钰面前下不了决心。

钟阿四甩出根烟，叼在嘴里。"还在墨迹呢？我再等你一根烟，要不然你们就一起死。"

孟钰与李宏伟对视，怯懦的李宏伟仍下不了决心。

挣脱了铁链的孟钰一把夺过李宏伟手里的刀，向钟阿四猛地刺过去。

钟阿四叼着烟，眼皮都没抬一下，一把抓住了孟钰的手腕。

他手上一使劲儿，孟钰疼得身子别了过去。

"一进屋我就看出来了，想联合起来算计我？你们一起上路吧！"

突然，一个蒙面人闯了进来，从背后揪住钟阿四的头发，用匕首利索地在他脖子上一抹，血喷在孟钰的身上、脸上。

钟阿四想叫，嘴里却发不出任何声音，直挺挺地栽倒在地。

这一下把孟钰和李宏伟都吓蒙了。

李宏伟跪下求饶道："我跟他不是一伙儿的，别杀我！"

从拿匕首的蒙面人身后又闪出一个人来，手里拎着冻鱼。

老默正要动手，被高启盛拦住。他上前挥起冻鱼，狠狠砸在李宏伟的脸上。

李宏伟哀号着摔倒，跌跌撞撞地爬上通道口要逃跑。

高启盛不紧不慢地跟在后面，饶有兴味地做着游戏。

老默对着孟钰说道："别害怕，我们是来救你的。"他看着拴在孟钰脚上的铁链，捡起钟阿四的斧头，一下一下用力砸开，砸得火星四溅。

孟钰看着地上血泊中的尸体，听着头顶通道里的哀号和惨叫，胆战心惊。

长长的甬道里，李宏伟被高启盛打得已经站不起来了，艰难地在地上爬行。

"知道我是谁吗？"

李宏伟吓得已经出不了声了。

高启盛将面具掀开："我是你最瞧不起的那个鱼贩子——高启强的弟弟。现在，你莽村怕不怕？"

李宏伟呜咽着："怕。"

"晚了！"

高启盛劈头盖脸又打又踹，李宏伟早已没了声息。

拴住孟钰的铁链子终于被砸开了。

老默护着孟钰，从屋里出来。

看门的大狗只是抬头看了他们一眼，又继续低头啃着面前的冻肉。

老默一直把孟钰送出废品收购站的大门。"往前跑，别回头！"

远远地能看见公路上警车闪烁的车灯。

李宏伟整个人浸在血泊里，高启盛仍不肯罢手，冻鱼终于被打断了。

老默赶来，从背后勒住高启盛，用力把他往外拽。"警察来了，走！"

安欣和杨健的车在最前面。

远光灯下突然出现一个人影，冲着警车拼命挥手。

安欣脱口而出："孟钰！"

没等车停稳，安欣就跳下车，冲上去一把抱住孟钰。

孟钰激动得说不出完整的话，手哆哆嗦嗦指着身后的方向："杀，杀，杀人了。"

杨健凑上来，看孟钰神智都还清醒，心放下一大半。"安欣，我把车给你留下，其他人继续前进！"

警车一辆辆呼啸着从安欣和孟钰的身边掠过。

安欣不知说什么好，只能紧紧地搂着孟钰，一刻也不敢松手。

孟钰紧绷的神经终于松弛下来，放声大哭。

市局局长办公室里，张彪推开门。"郭局、孟书记，孟钰救出来了！"

郭文杰和孟德海不约而同地站起来。

张彪说道："没受伤，安欣正送她去医院，再做些检查。"

孟德海说道："太好了！"

郭文杰问："犯罪嫌疑人抓住了吗？"

张彪摇头："嫌疑人死了。"

废弃仓库外警戒线拉起，技术人员正在勘查现场。

郭文杰来到现场。一具尸体装在裹尸袋里，被抬了出来。

杨健拉开拉链，里面露出钟阿四的脸。"这就是钟阿四。"

郭文杰问："李宏伟呢？"

"重伤昏迷，送到医院抢救了，不知道挺不挺得过来。"

郭文杰吁了口气。

杨健说道："有件特别离谱的事……你知道打伤李宏伟的凶器是什么吗？一条鱼。"

郭文杰瞪大了眼睛："鱼？"

"对，海鱼，冻得硬邦邦的，能当棒子使。"

第十八章　你是专业的

病房内，孟钰躺在病床上，独自望着天花板出神。

安欣快步从门外进来。孟钰明显被突然的开门声吓了一跳，看到是安欣后才松了口气。

安欣注意到孟钰的情绪，后悔自己有些粗心。

"一会儿片子就出来了，你现在感觉怎么样？"

"我都说了没事，就你大惊小怪。"

"你也是，一个人去跟李宏伟。你知不知道他到处扬言要报复你？"

"他还真没什么好怕的，但是救我的那两个人太可怕了。他们蒙着脸，但又好像认识我。他们怎么知道我在那儿呢？你不知道，其中一个手起刀落，到处是血，他却好像司空见惯了似的。另一个……应该认识李宏伟，他们好像还说了几句话。"

孟钰使劲回忆着，然后突然盯着安欣说："对，他们应该有仇，而且很深。那个人对李宏伟就是折磨，李宏伟被打得一直惨叫，一声接一声。"

"停，别想了！后面的事都交给警察就好。"

"放心，我没那么脆弱，只是一时间脑子有些乱，如果我能回忆起什么有用的线索，再跟你说。"

这时，孟德海和崔姨进入病房。

安欣连忙说道："除了头上一处挫伤曾导致短暂昏迷，其他的都不要紧。已经拍了片子，正在等结果呢。"

孟德海松了口气，不住点头："那就好，那就好。"

崔姨红着眼睛想要上前查看孟钰的伤势，却不想刚迈出一只脚便觉得天旋地转。

崔姨晕了过去，孟德海和安欣连忙搀扶住她并大声呼喊着医生。

病床上的孟钰看着面前的一切，却来不及说什么，眼睁睁看着母亲被架了出去。她思考着这些日子的点点滴滴，心中暗暗有了一个决定。

高家大厅里，高启强一巴掌打在弟弟脸上。

"你疯了！敢跟警察抢人？万一被他们抓住，你们就完了！"

"但是我赢了。李宏伟死了，孟德海的闺女安然无恙。哥，我承认是冒险了点儿，但咱家能有今天，不就是拼出来的？"

"李宏伟肯定死了吗？还有我问你，如果天亮后警察来找你，问你晚上去哪儿了，你怎么说？"

"他们凭什么来找我？有什么证据？"

"去把小龙、小虎都叫来，再定四箱啤酒，今晚都留在家里，不许走！"

医院走廊上，安欣等在门口，郭文杰从重症监护室里出来，说："李宏伟的颅骨损伤严重，还在昏迷中。医生说不太乐观。关于蒙面人，你有什么思路？"

"孟钰回忆说，殴打李宏伟的蒙面人跟他似乎认识，像有深仇大恨似的。我想，凶手肯定不希望李宏伟活下来。能不能对外透露一些假消息？就说李宏伟苏醒的可能性很大。凶手一定会坐不住的。"

"有仇？那不是高启强的嫌疑最大？不过，不能为了抓人就把李宏伟当成诱饵，就算他是嫌疑人，这也太危险了。"

安欣说道："那我等天亮时先去高启强家探探口风。"

一阵敲门声之后，保姆打开高家大门，外面站着安欣和陆寒。

安欣亮出证件："市局刑警队，找高启强。"

保姆把他们带进客厅。

安欣一闻，屋里有一股很重的酒气。

高启强穿着睡衣，顶着鸟窝一样的脑袋出来，像是还没睡醒。"怎么了兄弟，一大早来找我？"

"屋里这么大的酒味儿，喝了多少？"

"我想想……两瓶白的，四箱啤的。昨天晚上七点多就开始喝，大概喝到凌晨两三点。"

"你一个人喝了这么多？"

"我哪有那么好的酒量，我弟弟、小龙、小虎都在，我们一起喝的。"

安欣点头："都在吗？在就都叫出来，有事问你们。"

赵立冬的车静静地停在海堤上。

身着便装的李响出现，拉开车门，钻进后座。

王秘书正坐在后座里等着李响。

李响问："叫我出来有什么事？"

"赵副市长想让你帮点儿小忙。"说着王秘书拿出一个档案袋，交给李响，里面有一份个人资料和一张照片。

照片上的男人四十来岁，戴着厚重的眼镜，一副书生气。

"这人是市政府研究室的，叫谭思言。他最近写了不少赵副市长的黑材料交给省里，而且是实名举报。"

"我听说了，因为没什么真凭实据，所以也没引起重视。"

"留着这种破坏团结的人会影响领导的威信，威信没了还怎么开展工作？"

"赵副市长想怎么做？"

"让他闭嘴，弄成交通意外或者自杀。"

"给我点儿时间才能不露马脚。"

"给你时间，但也不能拖太久，你是专业的。"

高家兄弟和唐家兄弟坐在安欣和陆寒对面，四个人都是一副宿醉未醒的样子。

安欣问："从昨晚七点开始你们一直在这里，对吗？"

高启盛点头："是是是，我们一起吃的饭，喝了不少。问完了吗？我要回去接着睡了。"

"高启盛，你脸上的伤哪儿来的？"

高启盛一愣，似乎清醒了不少，支支吾吾地说道："我……"

高启强连忙说："我打的。"

"哦，为什么打他？"

高启强说道："喝多了，兄弟吵架，很平常的事情。"

安欣点点头。

高启强站在门口，跟安欣挥手告别。

安欣一边走向警车，一边低声吩咐陆寒："去调一下附近监控，看看这些人都是什么时间来的。"

"你怀疑他们撒谎？"

"我只问了高启强一个问题——昨天喝了多少，他却抢着把聚会的时间都说出来了。这么着急证明自己没有作案时间，弄巧成拙了。重点盯着高启盛，毒品的事和李宏伟的事，多半跟他有关系。要不是他犯了大错，怎么会惹得高启强动手打他？"

李有田站在重症监护室门口，苦苦哀求守在门口的施伟："我是他亲爹，就让我看孩子一眼吧！"

施伟说道："他参与绑架，是重要嫌疑人。苏醒之后，他要接受我们的问询。回去吧，有结果会通知你。"

李有田拖着步子走回村委会，太阳把他的身影在地上拖得老长。

村委会里只坐着李山一个人，见李有田回来，李山忙站起来问："支书，见到宏伟了？"

"宏伟这次祸闯得太大！都知道咱村跟区委的孟书记不对付，这下梁子是解不开了！"

"我去和李响说说！"

"李山，眼下真有件大事要托付给你，也只有你能办得了。到这个地步，我这支书也没法当了，我想把这莽村上下几千号人托付给你，往后，你就是村支书。"

"支……有田哥，你当了大半辈子支书，不当支书，你要干啥去？"

"咱到今天这地步都是被高启强害的，我儿子也快没了，我要豁出这条老命和他干到底！"

孟钰卧室内，安欣看着面前的一切说道："你还得过最佳记者奖呢，普通话一级甲等，新媒体战线的领潮人。没想到你在北京做得这么好。这是要收拾收拾带回北京？"

孟钰摇摇头："不了，就是收拾收拾。我一直想告诉他们，我在北京做得很好，可以不在他们的保护之下做一个好记者。我第一次拿回来的就是这个，专门带着我妈一起在阳台上照相。我说'你笑笑啊'，她笑得那叫一个勉强。我现在才知道这些东西对她根本没什么用。你看我们家柜子，满柜子都是我爸的奖状。底下那层关着门的是我妈年轻时候的东西。我妈特别爱干净，每天都要打扫卫生，唯独这个柜子不擦，她特别不喜欢这个柜子。我妈说即便这整面墙都放上我爸的证书，放上我的证书，她也不会高兴的。我才知道原来我妈病得这么严重。我不知道是不是我得的奖杯越多，她的高血压就越严重。这些我收拾起来，不想再摆了。我爸六年前脱警服那天，把自己关在书房里一整晚没吃没喝。第二天早上，我看到他眼睛都是肿的，长这么大第一次看见我爸这个样子。他去青华区当区委书记实际上都是为了我妈。过两天你有时间吗？再送我去一趟机场，我还得再回一趟北京。"

"什么意思？"

"我跟主编打了招呼，辞职了，这次去就是为了和同事告别，顺便把辞职手续办了，以后就不走了。"

李有田家门大开，桌上摆满了酒和下酒菜。那群平时跟在李宏伟身后的青年们围桌而坐，李有田坐在首座，大家都喝得眼睛血红。

李有田端起杯："今天在座的都姓李！你们叫宏伟一声哥，叫我一声大伯，可知道咱莽村的莽字是怎么来的吗？是海上的匪！咱村原本是个渔村，祖宗出则为兵，入则为民，干的都是打家劫舍的买卖！后来，被朝廷招了安，收缴了刀枪，又整村迁到内陆。旁边驻了个兵屯，日夜看着咱祖宗，村子就起名叫莽村。传到今天，几百年了，老祖宗的血性还在不在你们身上？！"

"在！"

"高启强骑在咱头上拉屎！杀咱的人！抢咱的地！要是祖宗还在，会怎么办？"

众青年异口同声地说："干死他！"

李有田把手中的酒杯砸在地上。

青年们学着他的样摔杯，地上"乒乓"声响作一片。

游戏厅里很热闹，机器基本没有空闲的。

莽村的那帮青年气势汹汹地闯进来。

为首的一个从怀里掏出砖头，把跟前的机器屏幕砸得粉碎。

游戏厅登时大乱，看场的保安上来维持秩序。

众青年从怀里掏出棍棒，揪着保安就打。

安欣还在信息科查看废品收购站附近的监控录像，姜超走了进来。"安哥，刚刚接了个案子，你可能有兴趣。商场里的游戏厅有人聚众斗殴。派出所去那儿一查，没想到游戏厅里还藏着个赌场，就把我们也叫过去了。我们把人提回来一查，去砸场子的都是莽村的人。咱们上次去莽村解救人质的时候，他们就和李宏伟、张大庆、张小庆混在一起。"

"他们为什么去闹事？"

"说是有朋友在赌场里输光了，他们来替朋友出气。你要不要亲自过去审审？"

"我倒想会会赌场老板。"

审讯室里，姜超负责记录。

安欣端了杯水，和颜悦色地放在老板面前。"说吧，赌场真正的老板是谁？"

老板刚喝一口水，听到这话全呛了出来。"警官，既然你懂行，你觉得我能说吗？"

安欣摆手："你不说也没关系，我出去打听一下就知道了。或者干脆我替你说，老板姓高对不对？"

老板神色一变，但马上恢复了正常。

安欣说道："我看了你的身份证，跟原来旧厂街的唐小龙、唐小虎兄弟住在一个楼。我实在理解不了，为了几个钱，替别人蹲大牢，合适吗？你怎么跟家人交代？"

老板沉默不语。

高启强站在停车位里，等了半晌，他的车才疾驶而来。

唐小龙从驾驶室跳下来，忙着给他开车门。"对不起，强哥！您交给我的赌场被警察给扫了。"

高启强愣了一下："那么隐蔽，怎么被发现的？"

"莽村来了一帮人砸场子，把警察招来了。"

"李宏伟出了事，一定是李有田这个老东西在报复我们。他动你的场子，就是算准了我们不敢闹。对了，光头勇是不是在游戏厅处理的？"

"是。我检查过，什么都没留下。按老默教的，我又拿过氧化氢全都擦了一遍。"

"运尸体的车呢？"

"当晚就开到野外烧了，昨天报的案，说车丢了。"

信息科的监控画面上，唐小虎的车正驶出路口。"这辆就是唐小虎的车。"陆寒说道。

安欣看着画面："那天唐小虎不是应该在高启强家喝酒吗？他的车怎么会出现在游戏厅？这不是摆明了撒谎？"

陆寒说道："我问过他了，他说车丢了。唐小虎有两辆车，这辆不常开，什么时候丢的都不知道，所以过了几天才来报案。"

录像继续播放，老默的冷藏车出现在画面里。

安欣撇嘴："这理由也……等等！这是什么车？"

大家都凑上来看。

陆寒说道："好像是辆冷藏车，做冷藏生鲜生意的经常用。"

安欣说："怎么这么眼熟？好像在哪见过……"

陆寒点了几下鼠标，调出来另一段录像。"这是我们赶到废品收购站之前的一段道路监控。"

安欣突然指着一个不起眼的位置问："这辆？"

放大画面，冷藏车的轮廓清晰起来。

陆寒说道："上百辆车，你居然都能记住？"

"这段录像我看了十几遍。哎，能不能把车牌调清楚？"

技术员说道："没问题，交给我吧。"

李山把李有田从村委办公室送出去。"有田哥，这才两天我就知道了，这支书真是不好当！今天大家想多要拆迁款的事幸好有你帮着出主意。你这一拖二磨三闹的本事真是绝了，往后你有啥需要的跟我说！宏伟要真是有啥万一，李响也是你的儿！"

李有田摆手："用不着啦，我打算去自首。我大不了在牢里坐到死，也要把那些害我们的人统统拉下马！"

市公安局会议室里，郭文杰主持会议，安欣给在座的每个人分发冷藏车的打印资料。"案发当晚，这辆车牌号为'海B75233'的冷藏车出现在多个案情相关地点。第一次出现是在夜里11点左右，出现在毒贩阿成的小区对面。第二次出现是在一个小时后，也就是次日凌晨0点左右，出现在游戏厅的路口。第三次出现是在凌晨0点23分，出现在市区通往废品收购站的沿江大桥上。所以，我有足够的理由怀疑，这辆冷藏车里坐着的就是袭击李宏伟的人。"

郭文杰说道："车牌号已经确定了，立刻传唤司机。"

安欣说道："局长，我在调查莽村工地杀人案时，李青在清醒的时候曾向我透露过一个信息。他爸说过，工地上有个人经常找他聊天，身上有一股鱼腥气。这个线索因为描述得太模糊，无法辨别真假，更不能为侦查指明方向。但结合现在的情况看，袭击李宏伟的人很可能就是这个满身鱼腥气的人，也就是杀害李青父亲的凶手！"

"所以这个人可能是职业杀手？"

安欣说道："是。我怕一般的传唤会打草惊蛇，不如直接逮捕。"

"联系特警队，立即行动！"

老默猛然从梦中惊醒，大汗淋漓。

窗外，警笛刺耳。

老默下意识地从枕边抽出杀鱼刀，身子贴在墙上，紧张地向外张望。

渔村里，一队特警隐蔽在掩体后，慢慢靠近一所民房。

安欣和特警队队长站在队首，举手示意队伍原地停住。

片刻，对讲机里传来侦查员的声音："目标已确认，就在屋里。"

安欣拿起对讲机："各单位注意，到达指定位置！"

特警们将民房团团包围。

"行动！"

特警立即用破门锤砸开房门，端着长枪冲进去。"不许动！"

民房内，特警们牢牢地控制住一名中年男子。

安欣用手电照着男子的脸，胡子拉碴，并不是老默。

男子一脸疑惑："你们干什么呀？"

警笛声渐渐远去，老默站在院子中央，擦擦额头上的冷汗。

院子里有个车棚，冷藏车停在车棚下。

老默拎着手电和扳手来到车前，手电光照在车牌上，正是"海B75233"。

老默用扳手把车牌摘下来，踩在地上，用脚折断。

民房外，安欣打量着冷藏车，车牌也是"海B75233"。

狗子拎着一团渔网跑来。"安哥，找到了！两张小眼儿地网，一有就是禁用渔具。"

"出动特警抓非法捕鱼的吗？"

老默回屋，蹑手蹑脚地走到女儿床前，坐在蚊帐外，拿起床边的扇子轻轻给她扇风。

黄瑶说道："爸，你又做噩梦了？你最近老做噩梦，我担心你。"

老默轻声说道："傻闺女，别替我担心，睡吧。"

黄瑶笑了笑，又睡过去。

安欣和其他组员打着哈欠回到办公区，发现李响居然在办公室里。李响冲安欣招招手，示意他进来。

安欣没好气地进屋。"使用禁用渔具、违规捕鱼、禁渔期捕鱼……乱七八糟交代了一堆。"

"命案呢？"

"没有作案时间，我们怀疑凶手使用的车辆是套牌的。"

"别灰心啊，至少还有冷藏车这条线索。"

"李队长，你能跟你的下属解释一下你每天都在忙什么吗？我担心你！成天工作不管，总往市里跑，你知道大家在背后怎么说你吗？"

"有意见直接向上面反映！我觉得队里现在挺好，局长信任你，同志们拥护你，就差一声安队了，早晚的事。"

"你是不是想当官想疯了？别和赵立冬再搅和在一起了！"

"你要信得过我，就让我按自己的方式去处理。"

市政府大门口，一个男人三十多岁年纪，戴着眼镜，穿着刻板，带着浓郁的书生气。这人正是谭思言，此刻他正骑着小电驴，从市政府大门驶出来，向站岗武警礼貌地打招呼。

谭思言骑到一处无人的地段，一直跟在他后面的一辆桑塔纳突然加速，把他别在路边，他不得已停了下来。

身着便衣的李响从车里钻出来，气势汹汹。

谭思言说道："你怎么开车的？"

李响掏出证件："警察。请你配合我的工作，身份证出示下。"

"警察了不起啊！你讲个道理出来我就配合，不讲道理凭什么要我配合你？"

李响伸手扭住谭思言的胳膊，给他戴上手铐，把他塞进桑塔纳。又把谭思言的小电驴锁在路边，然后上了车。

李响面无表情，发动汽车离开。

李响拖着谭思言上了一栋烂尾楼。

谭思言一路喋喋不休，李响置若罔闻。

一直上到楼顶，单纯的谭思言似乎还没感觉到即将到来的危险。

"你少说两句，留点儿力气好喊救命。"

话音未落，李响一拳打在谭思言肚子上，谭思言疼得跪了下去。

"动不动就写材料举报，可不是个好习惯。"

"你是赵立冬派来的？"

"赵副市长让我跟你打个招呼，以后安心工作，别老盯着领导，总想搞点儿风浪出来。"

"要是我不答应呢？"

"这里荒草半人高，摔死个人，半年都没人知道。"

"只要我摔不死，就要举报！不光举报赵立冬，还有你！社会风气就是你们败坏的。"

"还嘴硬，我可松手了！"

谭思言咬紧牙关，把心一横，等死。

不料，李响把他拉了回来，解开手铐。

"对不住了，刚才是试探你。既然你真的不怕死，跟我合作，扳倒赵立冬！"

"你？"

"你需要赵立冬受贿的证据，我有！"

第十九章 你有鱼腥味

李有田把祖宗的牌位都摆了出来，点上香炉，跪在祖宗面前。"列祖列宗，你们当年杀人越货，我也没少干见不得光的事。但所有造下的孽不要落在我儿子头上，我李有田愿一人承担！我现在就去公安局自首！希望祖宗在天有灵，能保宏伟一条性命！"

说罢，他重重地在地上叩着响头。

李有田开着自家的面包车行驶在沿海的公路上。

一个拐弯处，他脚踩刹车。车速并没有减慢，反而越来越快。

车子飞快地在路上行驶，交错的车辆纷纷鸣着喇叭避让。

李有田猛踩刹车，却没有任何用处，他明白车子被做了手脚。

不远处的山顶，老默叼着烟悠然地俯视着李有田的车。

前面一个拐弯处有减速慢行的警示牌。

李有田默默闭上了眼睛。"儿子，爸先走了。"

车子撞破护栏，从悬崖落下，坠入海里。

山顶上，老默把烟头扔在地上踩灭，走了。

病房外，仍有警员坐着值班。

护士例行给李宏伟换吊瓶，检查各项指标。

突然，护士的眼神变了。

夹着心电监护仪的手指动了。

卧室里，手机在嗡嗡作响。

陈书婷打开台灯，拿起手机。"好，我知道了。"

高启强看着妻子的脸色，知道又出事了。

陈书婷说道："医院的朋友说，李宏伟可能醒过来了！"

高启强从床上一跃而起。

高启强将客房门撞开，睡梦中的高启盛被惊醒，惶恐地看着哥哥。

高启强手指着弟弟的鼻子，已经气得骂不出来了。

高启强掏出电话："喂，小虎，我要吃鱼，天一亮就叫人送两条过来！"

专案组的人来了好几个，都守在病房外，只有安欣站在病床边。身边的护士、大夫都在来回忙碌着。

李宏伟紧锁双眉，似乎在梦魇中挣扎着。

医生被安欣挡着路，颇不耐烦。"病人现在还很虚弱，我建议你们出去等。"

"我只有几个简单的问题，问完马上走。"

"他现在很危险，你问不出来什么！"

李宏伟的眼睛张开了一条缝，辨认着安欣。

安欣盯着他，尽量让自己的目光和善。

李宏伟认清安欣，突然激动起来，护士都控制不住。

心率器显示病人心跳异常。

李宏伟竭尽全力摘下脸上的氧气罩。

安欣把耳朵凑上去。

李宏伟气若游丝地说："高，高……"

后面的声音小得他自己都听不到了。

医生和护士一起将安欣推出去。

清晨，老默拎着两条鱼按响了高启强家的门铃。

陈书婷打开门，将老默引进来。

老默套上自己备好的鞋套。

陈书婷说道："他和他弟弟在说话，你先等一等。"

老默点头："不急，我正好把鱼收拾一下。"

"每次你来家里都不能有外人，总得麻烦你收拾。"

"应该的。"

老默拎着鱼来到水池旁，熟练地将鱼开膛破肚。

书房传来高家兄弟争吵的声音，老默关切地望向那边。不料，垂死的鱼打了个挺，刀子划破了掌心。

老默赶紧抽纸止血。"可惜鱼沾了血，别吃了。"

陈书婷说道："拿水冲冲，我去找药。"

高家兄弟各自坐在一旁怄气，谁都不说话。

老默推门进来，手上包着纱布。

高启强说道："李宏伟醒了！"

老默一愣："我去干掉他。"

"别去送死，眼下你们两个人绝不能落到警察手里。你带着小盛离开京海，不叫你们回来绝不能回来。"

"躲多久？"

"不知道，三年五年、十年八年都有可能，我这边尽量帮你们摆平。"

老默低下头，沉默着。

钱你不用担心，叫小龙去银行取现金，你们带现金走。

"一定要走吗？不就是一个半死的鬼吗？除掉就完了。"

"我知道你担心闺女，你要是落到警察手里，就再也见不到了她了。听我的，躲个几年，将来还能吃上她的喜酒。"

老默点了点头。

施伟和狗子赶来换班，正碰上安欣带着姜超、陆寒疲惫地出来。

姜超说："医生说李宏伟身体太虚弱，不允许询问，还要再等等。"

安欣说道："医生只管救人，互相体谅吧。你俩先上去。冷藏车名单给我。"

姜超从包里拿出登记簿。

安欣一翻，一千多辆车有三分之一都已经核实过，画了勾。

安欣揉揉眼睛。"姜超回去睡觉，小陆跟我接着去查。"

黄瑶背着书包蹲在鱼缸前看鱼。

老默心疼地看着女儿，从货架的夹缝里拿出一个防水袋，里面是假身份证和一沓厚厚的现金。

老默把防水袋揣进贴身的兜里，牵起女儿的手，说："走吧。"

老默牵着女儿进了停车场，发现两个陌生人正围着自己的冷藏车打转。

其中一人正在打量自己的车牌——车牌已经换成了"海B77561"。

老默心头一紧。

那人一抬头，竟是安欣！

老默认出他来，努力让自己的脸上保持平静，迎上去。"安欣警官！"

安欣端详着他，终于想起来："老默！"

"是我！"

"你变化挺大啊！这是你女儿？"

"是啊。快叫叔叔。"

黄瑶说道："叔叔好。"

"说起来，我们父女俩都得谢谢你。"

"谢什么啊，看你挺好的我就高兴！身上怎么有鱼腥味？"

"在前面菜市场租了个摊子卖鱼。"

"旧厂街菜市场？"

"对。"

安欣掩饰着内心的激动，不动声色。

安欣敲敲冷藏车："这车也是你的？"

"是我的。怎么，又查案子了？"

"没什么大事，有个朋友报警丢了辆冷藏车，让我帮着找找。你的行驶证呢？给我看一眼，是你自己的车就没事。"

"稍等。"

老默打开车门，顺手把假证件藏进座椅夹缝中，再从储物箱中拿出行驶证。

安欣从老默手中接过证件，一边查看一边漫不经心地说着："11 月28 号夜里，你在哪儿？"

老默一愣："我……记不清了。"

"小朋友，你记不记得？"

老默急着打断："在家。"

黄瑶摇头说道："不对，那天很晚了你都没回来。"

老默紧张得手心出汗。"是吗……安警官，这重要吗？"

"不重要，随便问问。"

忽然，安欣的手机响了，他接起电话。施伟在电话里说道："哥，高启强来医院了！他说来看病人，现在在李宏伟的病房外，狗子挡着呢，我们怕拦不住了！"

"我马上过来！"

安欣匆匆把证件还给老默，带着陆寒离开。

老默拉开车门，扶闺女上车。

他心里知道，安欣已经怀疑到他头上了。

病房外，高启强拎着个果篮，后面带着一大帮人，站在病房门口。施伟和狗子两个人拦着，显得力量单薄。

安欣带着陆寒快步赶来。"你来干什么？"

高启强指了指地上的礼品果篮，说："看病人，主要想解决一些矛盾。多个朋友多条路，少个仇人少堵墙，莽村的拆迁工作马上要开始了，我也是想缓和一下关系，好让将来工程进行得顺利。"

安欣说道："你这套话去村委会说吧，病房你是进不去的。"

"拦住我，李宏伟就安全了吗？"

双方较上了劲儿，高启强身后的兄弟也都凑了上来，一时间，剑拔弩张。

安欣摆摆手，示意大家放松。

"那水果交给他，算我一点儿心意。"

说罢，他带着众人转身离开。

施伟说道："楼下全是唐小虎带来的人，他们是不是想硬来？"

"他们不敢。你俩守好这里，别的不用管。"

安欣带着陆寒下楼，拨通手机："喂，姜超，你帮我查一下，高启强、高启盛、陈书婷还有他们的儿子高晓晨有没有订今天离开京海的飞机票或者火车票？"

安欣听着电话，根本不搭理那些咋咋呼呼的文身汉。

姜超在电话里说道："只有高启盛订了中午 11 点和 11 点 30 分的两张飞机票，　张去香港的，一张去东京的。"

安欣说道："通知机场派出所，安排拦截，我们马上过去。"

姜超问："用什么理由？"

"故意伤害！"

天空中，一架大型客机低空掠过。老默和高启盛站在一艘破旧渔船的船头，望着飞机远去，怅然若失。

高启盛说道："这一走，不知什么时候才能回来啊！"

"听老板的没错。"

"我哥就是太谨慎了！我刚刚订完机票，又让咱们改坐船！"

"他是你大哥，都是为了你。"

马达轰鸣着，渔船驶向深海。

一辆桑塔纳行驶在郊外。李响开着车，谭思言坐在副驾驶座上，兴奋地翻看着一个笔记本。

"这些材料都是你写的？有点流水账，但是没关系，重要的是真实。"

李响说道："真实性我可以保证，这些都是我亲眼看到的。"

"有了这些证据，肯定能引起上级领导的重视，好好查一查赵立冬。"

"机会只有一次！如果失败了，他会派别人来解决你，别指望还有人能像我一样放过你。"

"我不怕他。"

李响笑了笑："我还以为你这样的人已经不存在了。"

第二十章　我以为他是你最信任的人

京海建工集团董事长办公室里，高启强满面愁容，坐在泰叔面前。

高启强说道："警察办案都一样，刚开始雷大雨大，拖上个一年半载，就是雷声大雨点小，再拖几年，干打雷不下雨。爸，帮帮小盛。"

泰叔说道："真那么简单，你就不用来求我帮忙了。我也问过了，没人敢替你说话。唉，我们这种人，很难善终，这也是命。既然选了这条道，就得认命。我联系了香港的医院做个全身检查，集团的事暂时就都交给你了。"

"爸，你看我家里现在这个样子……"

"你是你，你弟弟是你弟弟，你把自己的日子过好就行了。"

高启强疲惫地回到家。陈书婷拉开门，只露了一条缝，明显神色不对。"警察来了。"

安欣带着陆寒坐在客厅里。

高启强打起精神，进门说道："我们最近见面实在是有点儿勤啊！"

安欣看了他一眼："你弟弟去哪儿了？"

"他去哪儿了你问他啊！"

"所有渠道都联系不上他，你弟弟一直都很听你的话。"

"他要是真听我的话，怎么会落到这步田地？"

安欣一愣，说："给你弟弟个机会，叫他回来吧。"

"这话我听着耳熟啊！六年前，在面馆里，你和我说过差不多的话。我要是听了你的，也就没有今天了。"

"你要是听我的，今天你弟弟就没事了。"

"我选的是对家人最好的路。"

突然，门开了，满身大汗的高晓晨带着同样大汗淋漓的黄瑶打篮球回来了。

陈书婷迎出来："打个球怎么弄这么脏啊？快，进屋喝水。"

安欣的目光跟着两个孩子移动，落在黄瑶身上。

黄瑶回避着安欣的目光，礼貌地点点头："叔叔好。"

陈书婷瞧出异样，赶紧将两个孩子带进屋里。

"你什么时候多了个闺女？"

"朋友家的孩子，今天周末过来玩。"

安欣点点头，示意陆寒起身。

高启强把安欣二人送出门。门一关，高启强神色大变，大步跑到卧室，拉开门，把黄瑶拽了出来。"刚才那个叔叔你见过吗？"

黄瑶点头："见过啊，他早上到停车场找过我爸。"

陈书婷赶紧把孩子送进屋，关上门。

高启强低声说道："安欣已经查到老默了，他在这儿见到了老默的女儿，更不会对我们善罢甘休的！"

"老默不是走了吗？"

"保险起见，你带两个孩子快走。只要黄瑶在我们手里，老默对我们就是绝对忠诚的。"

陈书婷不禁打了个寒战，难以置信地望着高启强。

"我以为他是你最信任的人。"

"你想想，能带他们去哪儿？"

"去香港迪士尼，说过好几次了。"

"尽快走。"

"去多久？孩子如果问起来，我得知道怎么解释。"

"等我消息。"

陈书婷没再说话，离开房间。

高启强烦躁不已，重重一拳砸在墙上。

旧厂街的菜市场，水产店无人营业，鱼缸里的鱼好多都翻了肚子，不少缸都空了。

安欣说道："果然还是高启强原来的摊子。唉，他还是察觉了。"

两人直起身子，安欣向附近的摊主打听。

安欣亮出证件："我是市公安局刑警队的，了解下情况。这摊子的老板是不是老默？"

摊主有点儿慌："是。"

安欣问："他平时生意好吗？有没有老主顾经常照顾他的生意？"

摊主回道："不太上心，一个月总有个七八天不来吧。他倒像是不缺钱的样子。老主顾不知道，唐小虎倒是常来找他。"

"谢谢。"

戴着手铐、穿着号坎的张大庆被叫到刑警队，辨认着桌上营业执照复印件上老默的照片。

"是他。"

安欣问道："你确定？"

"当时我在工地负责登记，那人个子老高，比这照片上显老，但是人没错。"

市局的问询室里，安欣带着陆寒，和高启强对面而坐。

安欣问道："黄瑶呢？"

"我老婆带两个孩子去外地旅游了。上次被你拦下了，孩子一直委屈，这回说什么也得帮他实现愿望。"

安欣微微一笑："你跟老默是什么时候认识的？"

"好多年了，是唐小虎介绍我们认识的。他想租个摊子做生意，又没经验，唐小虎就带他来找我，让我教教他。"

"后来一直有联系吗？"

"对，都是旧厂街的，我经常照顾他的生意，逢年过节他也会送几条鱼到我家。仅此而已，普通朋友。"

"普通朋友会把孩子送到你家？"

"两个孩子年纪差不多，能玩到一块儿去，我们做家长的也高兴。一个是养，两个也是带，没什么区别。"

"他把女儿放到你家，自己却消失了，你都不关心下？"

"安警官，成家的男人各有各的难处，他去了哪儿，干了什么，我不关心。但是他把孩子托付给我，我就要照顾好。"

"不要说得大义凛然，老默为什么要逃，你不清楚？"

安欣拿出一份红头文件，走到高启强面前。"我们有足够的证据证明最近几个月京海发生的几起恶性案件是有关联的。省公安厅做出重要批示，一定要严查到底，绝不姑息！如果你还以为，躲一躲，避开这阵风声就没事了，那是异想天开。如果真的为他们好，就叫他们回来配合调查！"

"安警官，你是独生子，不知道在兄弟姐妹多的家里做大哥的难处。请你设身处地地想一想，换成你来做这个大哥，你会怎么做？"

青华区政府大楼的区委书记办公室里，孟德海靠在沙发里，眉头紧锁。"你让我取消高启强的投标资质？"

安欣说道："他跟多起命案都有牵扯，取消资质也合情合理。"

"证据。"

"证据还在搜集，他的弟弟高启盛和他的下属都有重大嫌疑。"

"什么意思？株连九族吗？高启盛有自己的生意，跟京海建工集团毫无关系。我要是粗暴干涉，还会有人怀疑我和其他企业有利益输送，故意打压建工集团。"

安欣有点儿急了，站起身来。"孟叔，莽村的拆迁牵扯出一系列案件，就是因为高启强有自己的渠道，处处抢在我们前面，而我们缺乏有效的反制手段！我求您帮帮我，为了京海，也是为了孟钰！"

孟德海站起身，在屋里来回踱着步子，权衡利弊。"我最多让行政部门再去审核一下京海建工集团的人员资质和工程条件。"

安欣感激地敬了个礼："谢谢！"

京海建工集团会议室里，中层领导围了一圈，领头的正是先前的杜总、肖总和大老王，全都眼巴巴地瞧着高启强。

大老王说道："好几个部门轮番下来检查，明显是政府里有人在搞事，不是我们这个层面能解决的。"

高启强一瞪眼："你们解决不了？集团养你们吃干饭的？泰叔不在，现在我说了算！集团不养闲人，想办法解决问题，不能干就滚！"

中层领导们点头哈腰，赶紧溜走了。

屋里只剩下唐小虎。

高启强问道："给龚开疆打电话了吗？"

"打了没接。也找了秘书，总说在忙。"

高启强说道："这是在故意躲着我们。"

"不光是龚开疆，别的领导也躲着咱们。哥，他们是不是想跟咱们划清界限？"

"他们收了我多少钱？我这儿要是出了事，他们能跑得掉吗？"

"强哥，照现在的局面，如果小盛的事不能解决，咱们的麻烦只会越来越大。"

"怎么解决？"

"干掉李宏伟！没他的证词，警察就没有直接证据。"

"警察早张好了口袋。"

高启强独自坐在空荡荡的客厅里，犹豫再三，他还是掏出手机，拨出号码。

老默的声音传来："老板！"

"你们怎么样？"

"我们已经出境了，现在在……"

"别说，安全就行。小盛怎么样？"

电话的另一边，老默捧着电话，看着对面坐在电脑前打游戏的高启盛。

高启盛头发脏乱，脸也没洗，往日的精英范儿不见了，颓唐的样子倒有几分像李宏伟。

高启强问："怎么不说话？他是不是给你添麻烦了？"

"没有，挺好的。"

高启盛大声喊："哥，我什么时候能回去？"

"我现在不想跟他生气，你拿着电话，出来打。"高启强说。

老默应声，出了小屋。

"你把小盛的卡、证件都没收了，别让他乱跑。完事你回来一趟，我需要你。"

"又有麻烦？"

"大麻烦。"

第二十一章　你是好人

走私汽艇行驶在海上。

老默头上戴着假发，脸上黏了胡子，穿得脏兮兮的，像个偷渡客一般缩在船头，眼看着地平线渐渐出现。

李宏伟的重症病房门前，两个便衣目光炯炯，盯着过往的医生和病人。安欣从病房里出来，叮嘱两句，又进去了。

走廊尽头，唐小虎乔装成病人，戴着眼镜，躲在远处窥伺。

看警察向这边张望，他立马把脸藏了回来。

空荡的厂房里只有高启强和老默两个人。

高启强说道："医院里保护李宏伟的警察都是安欣亲自安排的，没法找人。"

"安欣也在？"

"在。李宏伟随时会醒，安欣整天都在病房里。你去动手，肯定会碰上他。"

"老板，安欣对我有恩，没有他，我都不知道自己有个女儿。我这条命可以给你，但是让我杀安欣，我做不到。"

"他帮你找回了女儿，但是他不可能帮你把女儿养大，而我可以。"

"瑶瑶在哪儿？"

高启强拨出电话，陈书婷的声音传出："喂？"

"让黄瑶听电话，她爸爸在这儿。"

不一会儿工夫，手机里传来黄瑶的声音："爸爸！"

"你在哪儿？"

"在酒店啊，明天要去迪士尼。"

"迪士尼是哪里？"

"是个特别大的游乐场，一整天都逛不完。爸，你什么时候接我回去？我想你了。"

"你要听阿姨的话。"

"知道了！小龙叔叔要电话了，拜拜，我去看电视了。"

豪华套房里，唐小龙勾勾手，示意黄瑶把电话给他。

唐小龙接过电话，说："老默，这边有我照顾，你放心。"

陈书婷坐在沙发上，担忧地望着唐小龙。

老默愣愣地挂断电话，脑子里一团乱麻。

"为什么唐小龙也在？"

"书婷自己带着两个孩子出门，我不放心。你千万别多想，小龙不会对孩子做什么的，你的孩子就是我的孩子。"

老默望着高启强，知道自己已经没有选择的余地。

"明白了，我一定把李宏伟干掉。"

"如果安欣阻止你？"

"一起干掉！"

安欣带着来换班的姜超、狗子，从停车场进来。

姜超手里还拎着给同事们带的夜宵。

安欣说道："行了，我把夜宵给大伙儿拿上去，你俩先回家吧。"

安欣突然发现停车场的角落里多了辆冷藏车。连忙把夜宵塞在姜超手里，冲狗子做了个手势。

　　俩人都拉开衣襟，把枪套的摁扣打开，小心翼翼地向冷藏车靠近。

　　驾驶室里没人，车牌是个陌生的号码。

　　安欣摸了摸车头的散热窗。"还热乎，人没走远。打电话叫支援。"

　　狗子和姜超立马紧张起来。

　　安欣带着狗子走向值班室，二人问询保安。

　　安欣问："那辆冷藏车什么时候进来的？"

　　保安查看登记表，说："刚进来。"

　　安欣拿出老默的照片，问："是这个人吗？"

　　保安点头："像是。"

　　"穿的什么？"

　　保安回道："黑色帽衫。"

　　安欣冲姜超和狗子说道："你俩守住大门，等支援过来。要是看见他了，绝不能放他走！"

　　狗子和姜超赶紧点头。

　　安欣按住对讲机："陆寒、施伟，有人来了！你俩小心电梯口和楼梯口，注意安全！我走楼梯上来！"

　　施伟和陆寒站起身，把枪掏出来，检查武器。

　　他们身后的病房里，李宏伟周身笼罩在黑暗中，只有仪器的光微微亮着。

　　安欣沿着楼梯一层层往上走，地上满是烟头，每层都有几个躲在这里抽烟的家属。

　　"看没看见一个穿黑帽衫的男人？"

　　家属们都摇头。

安欣绕着应急通道继续向上，突然，上一层的楼梯门响了一下，有个人影出来，似乎看到了上楼的安欣，立马又缩了回去。

安欣大步追了上去，撞开应急通道门。

那人裹着黑色卫衣，听到门响，撒腿就跑。

安欣一路紧追。"找到人了，在七层！病房的岗不要动，其他人到七楼增援！"

施伟和陆寒紧张地盯着走廊两侧的电梯口和楼梯口。

走廊尽头的黑暗里冒出来一辆清洁车，高大的清洁工低头推着车，慢慢走向病房。

陆寒远远地挥手："停一下。"

清洁工好像压根没听到，速度反而加快了。

陆寒和施伟都意识到不好，把枪拔了出来。

清洁工的小车几乎到了他们面前，仍没有要停下的意思。

陆寒和施伟紧张地把手扣上了扳机。陆寒大喊："停下！不然开枪了！"

迎面赶来的便衣截住了"黑色卫衣"的去路。

"黑色卫衣"左突右撞，想冲进病房。安欣扑上来，及时将他摁倒，拽着他的手，上了手铐。

"黑色卫衣"的帽子被揭开，竟是唐小虎！

清洁车终于停下。戴着帽子的清洁工缓缓扬起脸，正是老默！

从其他病房内又闪出几个便衣，举着枪将老默包围。

老默说道："你们警察犯不着为了工作把命都给丢了。"说着，他用左手扯开工作服，身上绑满了烈性炸药，"这是矿里的炸药，炸山的，遥控器在我手里。我只对付李宏伟一个人，咱们无冤无仇，我不想连累你们。"

老默说着，一步一步走向病房。

陆寒和施伟举着枪，不知所措。

老默一步步靠近，胸口已经要抵上枪口。

"老默！"老默停住了，一回头，安欣已经从电梯里走了出来。

安欣说道："你们都撤了，疏散病人。快点！"

警察们散开，呼叫对讲机，叫醒各个病房的病人。

安欣和老默像置身事外一般，注视着彼此。

老默始终保持在安全的距离内，随时可以按下按钮。

警车、消防车停满了院子。

消防队员严阵以待。

郭文杰和李响站在警车前，望着李宏伟的窗口。

老默与安欣对峙着。老默说道："你走吧。好人不该命短。"

"他也不应该。"

老默一笑："他？他不是好人。"

安欣敲敲窗户，大声说道："起来吧！"

床上的"李宏伟"一下子坐了起来，居然是张彪假扮的！

张彪举起手，示意没有武器。

老默问："李宏伟在哪儿？"

"安全的地方。你没必要替高家送死，把遥控器给我。"

老默摇摇头："安警官，你走吧，我身上有太多条人命了。"

"莽村的李顺？做假身份证的戴永强？"

"我杀的。"

"还有谁？"

"曹闯、徐江都是我杀的。"

安欣耳边仿佛响起一个炸雷，脸色都变了。

老默苦笑道："我早就该死，现在再厚着脸皮求你一件事。找到我女儿，把她送回老家去。"

"你把遥控器放下，慢慢说。"

老默用空着的左手从怀里掏出把枪———正是当年徐江的那把，没有任何犹豫，塞进自己嘴里。

安欣眼睁睁看着，来不及阻止。一声沉闷的枪声响起。

在所有人的瞩目下，安欣带着张彪疲惫地走了出来。"安全了。"

李响带着人匆匆跑进医院。

安欣与郭文杰对视，满眼的愧疚。"对不起，局长。"

郭文杰摆摆手："你请求暂时封锁李宏伟已经死亡的消息，由我们的人假扮李宏伟，并对外散布李宏伟的伤情正在好转的消息，守株待兔，这些都是我批准的，别有心理负担。"

市局会议室里，刑警队所有人列席，大家都士气低落。

郭文杰在给大家鼓劲儿："大家不要像霜打的茄子！高启强以为李宏伟没了，我们就拿高启盛没办法了，他做梦！政法系统对我们现在的工作表示支持，同时对高启盛的追捕不要放松，放开手脚去做！现在高家兄弟是整个公检法的头号目标！"

第二十二章　杀鸡骇猴

散了会，李响有意叫住了安欣。"张彪说，老默承认师父是他杀的。"

"对。但人已经死了，无法验证他的话是真是假。如果重启对徐江和师父死亡的调查，第一个就会来问询你。"

"快了，马上就要真相大白了。真到了那天，我就不能穿这身警服了。让我再和你做几天战友吧！"

安欣望着他的背影，他和李响之间的隔阂让他们已经差不多成为路人。

副市长办公室门外，王秘书敲了几下门，不等里面应声就推门闯了进去。"谭四眼又写了封举报信，这次举报信里有些真东西！应该是公安系统里有人给了他一些证据。"

赵立冬皱眉道："李响？他疯了？"

"您放心，就算真是李响，他知道的那点儿事也要不了命。不过，我们得重新找个可靠的人了。您觉得高启强怎么样？"

"所有警察都盯着他呢，我们现在去找他？"

"正因为他有麻烦，您这时候拉他一把，他才会对您感恩戴德。"

海鲜酒楼的包间里，一桌子海鲜，王秘书坐在首座，高启强带着唐小虎等心腹，还有不少美女作陪。

高启强领所有人举着杯，敬王秘书，手都悬在半空中，王秘书的手却连酒杯都不碰。

王秘书说道："高总，我一不吃饭，二不闲聊，所以没必要这样。"

高启强使了个眼色，唐小虎识相地带着所有人离席。

"领导，我手下兄弟都是粗人，不会办事，您见谅。"

王秘书抬头，看了眼墙角的监控。

"这酒楼是我自家开的。您放心，我有数，不会不识抬举。"

"听说你为了你弟弟的事操了不少心啊。"

"瞎操心，没什么效果。赵副市长愿意帮忙？"

"我可没这么说。"

"是是是，不管是谁，只要能拉我一把，我高启强以后当牛做马！"

"最关键的证据你已经解决了。公安死咬着你不放，是因为下不来台，只要有说得上话的人愿意给个台阶，他们也乐意顺坡下驴。现在这样，大家都难受。"

"不知道说得上话的朋友需要我做什么？"

"两个人，一个是市局刑侦支队的李响，一个是市政府研究室的谭思言，想个办法让他们都消失。"

"李响是刑侦支队的队长，我要是动了他，不就捅下天大的篓子了？"

"看你高总的本事了。"

高启强和唐小虎对面而坐，桌上的威士忌已经喝光了两瓶。

唐小虎手里攥着酒杯，不知该如何劝慰。"强哥，你真打算投靠赵立冬？他和孟德海可是对头！"

"不投靠他能怎么办？我们能用的办法都用尽了，连老默都赔进去了，还是救不了小盛。"

"哥，你也弄个官来当！"

"走到今天已经不容易了，还想走官运？"

桌上的电话响了，来电显示是陈书婷的号码。

唐小虎识趣地离开。

高启强拿起电话："喂？"

"我们什么时候能回去？黄瑶一直想她爸爸，今天看电影的时候还哭了。你让他们通个电话吧。"

"老默死了。"

酒店房间里，陈书婷握着电话的手颤抖着。"你说什么？"

"我会把黄瑶当成亲女儿，这是我答应他的。"

"你有没有想过，黄瑶愿不愿意认你当父亲？做你的家人，真的能幸福吗？你该有的都有了，可以换个活法。说到底，是你自己舍不得。"

"哪有那么容易？有什么话当面再说。我又找了人，能解决小盛的事，等解决了你们就回来。"

电话挂断了。

陈书婷推开一扇卧室的门。

黄瑶在床上熟睡着，怀里还抱着从迪士尼买来的公主玩偶。

陈书婷捂着嘴，不让自己哭出声来。

台灯亮着，李响在写信。"安欣，你总问我要拖到什么时候，现在，时候到了。我把搜集到的关于赵立冬的材料写成举报信寄到了省里，证据很充足，但是已经过了两周，没有任何回音。和我一起写举报信的还有市委研究室的谭思言，他从昨天起就失联了，手机关机，也没去单位上班，可能下一个就轮到我了。材料的原件我都记在一个笔记本里，放在火车站304储物柜里，连钥匙一并寄给你。如果你收到这封信，那就表示后面要靠你一个人坚持下去了。你是个好警察，一直都是，我羡慕你。"

李响把钥匙和信都塞进信封封好。

信封的收件人写着安欣。

深夜，李响回到李山家，门居然是虚掩着的。

桌上的饭菜都摆好了，手机也在，主人似乎刚刚离开。

李响用手摸摸，菜还是温的。

桌上的电话突然响起来。

李响拿起电话："爸，你去哪儿了？叫我回来吃饭，自己又不在。"

对面一个陌生的男声响起："李队长，你爸让李有田给坑了。他临死之前把支书的位置甩给你爸，你爸仗着你的势力净惹麻烦。本来杀鸡骇猴，他是猴，可你爸非要当鸡，你说该怎么办？"

对面传来李山含糊的声音："儿子，救我。"

"你们到底想要什么？"

"你爸和谭思言留一个，你来选。"

京海建工集团董事长办公室里，高启强坐在办公桌前，一直盯着眼前的电话。

电话终于适时地响起。"喂。"

"强哥，都办好了。"电话里传出小虎的声音。

高启强挂上电话，从抽屉里拿出一部手机，拨通。

对面响了两声，传来高启盛兴奋的声音："哥！"

"都解决了，回来后低调点儿。"

"我哪天能回来？"

"有船的话今晚就动身吧。到了京海，先不要进城，我在老街的碉楼广场等你。"

"好！哥，你放心，以后我都听你的！"

热闹的碉楼旅游区有商铺、小吃摊，还有供游人休息的咖啡店、茶座。

大清早，游客不多，高启强坐在露天的茶座里，面前摆了咖啡和小吃。

一身驴友装束的高启盛背着厚厚的行囊，戴着太阳镜，风尘仆仆走来，一屁股坐在高启强对面。"哥！"

高启强抿了一口，把咖啡吐在地上；又从口袋里拿出一袋速溶咖啡，倒进嘴里干嚼。"这玩意儿冲水这么难喝，还是干的好。"

"你找的什么人？这么快全解决了！"

"小盛，国家对待毒品跟其他的犯罪不一样，特别严。为了平你的事，我费了多少工夫。"

"知道了，哥，我以后都听你的！"

"你不知道，就算我费了很大的工夫，警察还是不肯放过你。你的案子牵扯太大，在省里是挂了号的，必须得有个交代。"

游客们貌似漫不经心，慢慢地向他俩的座位靠近。

"我找了最好的律师，花大价钱打点关系，保证不会判太久。在里面服从安排，争取减刑，很快就能出来了，你要相信我。"

高启盛完全傻了。

高启强低声道："我做的一切都是为了这个家！我必须举报你，才能有一个干净的背景，才能换个政治身份，我才能保护你们，明白了吗？！"

高启强突然脸色一变，义正词严地大声吼道："小盛，你自首吧！不要再害人害己了，你早该想到会有今天！"说着将咖啡杯狠狠地砸在地上。

化装成游客、摊主的便衣警察看到行动信号，迅速向高启盛扑过来。

高启盛突然从怀里掏出把枪，扯着哥哥的衣领，将枪顶在他脑门上。"高启强！你他妈居然敢出卖我？！"

警察们没料到高启盛居然有枪，一时间投鼠忌器，只好同样掏出武器对峙。

化装成摊主的杨健走上前。"高启盛，你跑不了了！把枪放下！"

高启盛对天鸣了一枪，迅速把高启强勒到自己面前，挟持成肉盾，在高启强耳边轻声说道："哥，我成全你。"

杨健挥挥手，所有缉毒便衣都与高氏兄弟拉开距离。

高启盛挟持着哥哥退进碉楼里。

刑警队的车赶到的时候，武警和缉毒支队已经封锁了现场。

安欣和李响下了车，杨健迎上来。

安欣问道："高启强主动向你举报的他弟弟？"

"对，他答应把高启盛引出来，劝高启盛主动自首。如果劝服不行，我们再实施抓捕。没想到高启盛居然带了枪，现在变成了挟持人质。"

"人在哪儿？"

"东边顶楼。找的位置很刁钻，太阳是顶光，不好瞄准，狙击手也找不到位置。"

安欣说道："我上去跟他谈，吸引他们的注意力。"

杨健摆手："高启盛点名只和李响队长谈，其他人都不许上去。"

安欣有些愕然地看着李响。

李响说道："我去谈，你们自己找机会。"

李响缓缓爬上楼，高氏兄弟躲在射击死角里。

高启盛喊道："李队长，自己搜一遍，确认没带武器和窃听器再过来！"

李响把外套脱下来，又撩起 T 恤衫转了一圈，才缓步走上前。

安欣和杨健带着刑警队和缉毒支队分别从两边的侧翼楼顶小心地包抄上来，但距离尚远。

武警的狙击手在对面楼的天台上寻找射击位置。

李响问："高启强，你到底想干什么？是赵立冬派你来的？"

高启强说道："我也是没办法。谭四眼和你爸爸到底救哪一个，你还没想好吗？"

因为距离远，所有人的角度只能看到李响与高氏兄弟对峙，根本看不清高启强的嘴形。

李响继续移动，离高氏兄弟更近了。

安欣迫不得已举枪瞄准，枪口寻找着李响与高氏兄弟的缝隙。

高启强说道："你是斗不过赵立冬的。就算你真的扳倒了赵立冬，你自己也不干净了，从你隐瞒曹闯的死因开始，你就陷进去了。但曹闯死得还体面，大家还当他是个英雄。你呢？"

"高启强！早该一枪崩了你！"李响突然异常激动，上前一把抓住高启盛的枪，两人撕扯挣扎起来。

对面的杨健惊到了，三个目标混作一团，根本无法射击。

武警狙击手也不敢扣动扳机。

楼顶上，李响死死扳住高启盛的手指，大喊："开枪！开枪！快开枪啊！"

"砰！"——一声沉闷的枪响，安欣、杨健、武警狙击手全都怔住了。

高启强眼看着自己的弟弟和李响互相撕扯着，像断了线的风筝一样从顶楼掉了下去。

警察们从自己藏身的位置跃了出来，冲向顶楼。

高启强趴在楼沿上，呆呆地望着高启盛。

高启盛和李响都倒在血泊里，奄奄一息。

高启盛嘴角泛起一丝微笑，凝固在脸上。

高启强耳边一直回响着弟弟刚才说的话："大哥，保重！"

安欣看着下面奄奄一息的李响，痛得心都碎了。

安欣扳过高启强的肩膀，狠狠一拳砸在高启强的脸上，将他打倒在地。"畜生！你跟他说了什么?！"

同事们拼命将安欣拉开。

高启强啐了口带血的唾沫，抹抹嘴角，脸上没有任何表情。

安欣冲下来抱起血泊中的李响。

李响一脸释然。"枪是你开的?"

安欣哭着点点头。

"打得很准。你的病，终于好了。"

"你会没事的！会没事的！"

救护车尖叫着穿过市区。

担架床边，安欣紧紧攥着李响的手，眼看李响的气息越来越微弱。

李响说："不甘心啊，他们又赢了，我活得太累了。你一定要赢，替我……替师父……"

安欣把李响的手捧在自己的脸上，放声痛哭。

第二十三章　做你想做的人

赵立冬在会所内看着碉楼现场的报道，长长舒了口气。"没想到他居然在大庭广众下把事情办成了，还洗脱了自己的嫌疑。"

王秘书说道："在京海所有人面前演了一出大义灭亲，这下想整他的人也没法再找他的麻烦了。"

"高启强，是个人物。"

赵立冬摸着手腕上崭新的百达翡丽，露出微笑。

小礼堂内挂着李响的黑白照，摆满了花圈和挽联。

郭文杰带队，所有人穿戴整齐，向李响的遗照敬礼。

安欣来到火车站，手里拿着信封里的钥匙。

安欣打开了 304 号储物柜，拿出了那个笔记本。他翻看着，越看眼里的目光越坚定。

高启强带着唐小虎和一众兄弟从车上下来，刚参加完追悼会，所有人戴着黑箍。

唐小虎看着高启强，说："强哥，要节哀啊……"

"谭思言和李山处理干净了吗？"

"放心吧，处理得稀碎。"

青华高速公路施工路段，现场搅拌机旋转着，倒出一股水泥。

一只手指浮在水泥表面。

工人扬起铁锹，铲起一锹水泥。

手指瞬间淹没了。

黄昏时分，一辆宾利车静静地停在海堤上。

西装革履的高启强坐在车内，表情复杂。

不远处，一辆政府牌照半新的奥迪 A6 缓缓开来。

奥迪车停下，与宾利头对头，像在对峙。

高启强坐在车里，望着对面的奥迪。

奥迪后座上的赵立冬观察着眼前的宾利。

宾利的车门先打开了。

高启强一步一步地走到奥迪车旁，站在车门前。

赵立冬看着车窗外的高启强，没有动。

高启强等了半天，见车窗都没有摇下来，脸抽搐了一下，把脖子上的领带扯下来。

他缓缓地把领带一圈一圈缠在自己手上。

车内的赵立冬紧张起来，怕高启强突然出手。

高启强弯下腰来，忽然张开嘴巴，对着赵立冬的车窗哈了一口气，随后用手上的领带将车窗上的一块污渍仔细擦干净。

赵立冬笑了，笑得很舒心。

市局局长办公室里，安欣把证件摆在了桌上。

郭文杰说道："干什么？法医的伤情鉴定已经出来了，你的子弹穿过高启盛的左肋处，对李响只造成了擦伤，他的致死原因是内脏破裂，和你没有关系。在当时那种紧急情况下，你的处置方式没有问题，你不要自责。"

"这是官方的说法，我过不了自己心里这关。"

"我和几位局领导商量了一下，暂时给你换个岗位，你就当是个冷静期。"

"服从安排。"

安欣默默收拾好自己的东西，大家都围拢上来，看着他。

"换个岗位而已，又不是见不到面。"

姜超说道："安哥，你永远是咱们支队的人！"

张彪说道："安欣，这么多年我一直跟你闹别扭，是我小心眼。"

安欣说道："小心眼也有好处，起码不会当面一套背后一套。"

所有人挺直了，向安欣行礼。

京海建工集团董事长办公室里，泰叔坐在自己的位置上，一位律师正在向他宣读文件。

"本月三日，吴起先生将其名下百分之八的股权正式转让给高启强先生。本月六日，金志勇先生将其在建工集团百分之十六的股权进行转让。截至今天上午，高启强先生共占有百分之四十九点七的股权，是建工集团目前最大的股东。"

"爸，要吃药吗？"

泰叔问："你是不是太心急了？"

"我承诺绝不会收回您的股份，每年分红一分钱都不会少！"

"京海的风浪大，不是你能平得了的。"

"风浪大，钓到的鱼才大，年底的时候才能给您桌子上添一道'年年有余'，您也是养儿防老嘛。"

片刻后，泰叔黯然起身。

香港的一家酒店内，陈书婷领着高晓晨和黄瑶进了酒店大堂，唐小龙跟在后面，手里拎着新买的玩具和衣服。

高晓晨说："妈，我饿了。"

陈书婷说道："好，咱们先去吃饭。小龙，你先把东西送上去，然后来自助餐厅找我们。"

唐小龙点头："好嘞，嫂子。"

唐小龙空着手走进自助餐厅，在餐厅找了一圈，也没有看见陈书婷和两个孩子。

唐小龙拉住服务员问："你看见一个女人带着两个小孩了吗？"

服务员摇头："对不起先生，这里孩子太多了，我们不知道你说的是哪几位。"

唐小龙拿起手机，拨打电话，电话里传来"您拨打的用户已关机"的声音。

唐小龙急匆匆地跑向大堂。

到了大堂，唐小龙抓住正在送宾的外籍门童，问："你看见和我一起回来的那个女人了吗？"

门童点头："她带着孩子上了辆出租车，已经走了。"

"走了？"

京海建工集团董事长办公室里，高启强听着电话，面无表情。"知道了，不是你的错。"

电话里的唐小龙说道："我到处找了，哪儿都找不到，强哥，对不起！"

高启强说道："你留在酒店等他们，书婷只是耍脾气，等她想通了，就会回来了。"

入夜，高启强坐在客厅里，电话响起。高启强看了一眼，笑着接起来，说：“书婷，对不起，我这一段时间太忙了。”

陈书婷说道：“启强，我决定带着两个孩子留在这边，不会回去了。”

“别闹，你的家在京海。”

“启强，你让我害怕，一个让人害怕的地方，不是家。”

“我就当你在耍性子，等你耍够了就回来，这里是你的家。”

“启强，你做的一切，真的是为了这个家吗？再见，别找我们。”

高启强蜷缩在沙发上，翻着一本相册。

相册里有他和弟弟、妹妹在旧厂街的合照，也有他娶妻之后和陈书婷、高晓晨的温馨回忆……

露天大排档依旧生意红火，摊主四处招揽客人，年轻的食客们边喝啤酒边摇着色子。

安欣和孟钰两个人安静地对面而坐，和周围的喧嚣有些格格不入。

孟钰细心地把烤串放在安欣的盘子里。“我出版社的工作定下来了，下个月就入职了。”

“嗯。”

孟钰看了看安欣，知道他还沉浸在李响的事里。

她将自己的手放到了安欣的手上。“做交警就不会那么忙了，以后周末咱们可以去……”

安欣轻轻地把孟钰的手从自己的手上拿开。“孟钰，有太多人不明不白地走了，有太多事情不明不白地就压下去了。他们走得不甘心，我也不甘心，我不敢放下！要是我也放下了，他们就真的白走了！不给他们个交代，我心里盛不下别的。”

“我知道。安欣，我喜欢你，也是因为你的纯粹！”

“对不起……”

孟钰笑了笑："我理解你，欣赏你，甚至崇拜你！但和你生活，很累。"

"是我配不上你。"

孟钰冲安欣举起面前的酒杯："永远不要变！做你想做的人！以后咱们各自安好，谁都不欠谁的。"

安欣看着孟钰，她的眼睛被灯火照得透亮。

两人碰杯，一饮而尽。

孟钰拿起包转身离开。

安欣默默地看着孟钰的背影逐渐消失在灯火里。

政府会议大厅里，赵立冬在台上发言："企业是江山经济发展的基础，企业兴，则经济兴、江山兴。政府部门需要对优秀企业进行帮扶，让企业感受到有温度的服务。"

高启强作为政协委员代表发言："作为商人，我们拥有的一切都来自社会，所以当有机会能反馈给社会的时候，我们必须全力以赴，责无旁贷！"

孟德海说道："我宣布，青华区政协第十二届四次会议圆满结束！"

台下众人鼓掌。

高启强坐在第一排的中央。

市礼堂内，台下是黑压压的穿制服的警察。

台上，高启强在发言："在京海，老百姓能踏实过日子，我们商人能安心经营，这些都离不开一线公安干警，他们用生命给我们搭建了幸福生活！因此，我代表京海市商会，宣布成立京海公安家属基金会。协助有关行政部门健全京海市公安民警风险保障机制，解除公安民警的后顾之忧，为那些牺牲的英雄们照顾好他们的家属。"

郭文杰上台，高启强像旧友重逢一样，紧紧握住郭文杰的手。

闪光灯亮个不停，记录下这一幕。

十字路口，安欣换上交警制服，站在指挥台上指挥交通。

绿灯亮起，高启强的宾利与他交错而过。

高启强望着车窗外的安欣，缓缓地关上车窗。

安欣看着宾利的车牌，目光并未过多停留，他在履行一个交警的职责。

在下一个命运的十字路口，他们将再次相遇。

平 静

第一章　书中自有黄金屋

2021 年的临江省重点工作已经从扫黑除恶专项斗争转变为刀刃向内的教育整顿。徐忠和纪泽作为教育整顿指导组的带头人，非常明白，如果保护伞不除，黑恶势力是消灭不尽的，然而保护伞的拔除将比扫黑除恶工作更加艰难。作为扎根在京海的警察，安欣是对京海形势最清楚的人了，可是二十年的时间，再热血的警察也会被现实的无奈和压迫磨去棱角与冲劲。安欣可以在非正式谈话中向他们讲述京海的情况，可如果指导组给不了他坚定的信任感，安欣宁愿继续选择蛰伏。这态度的背后，是京海这二十年来"白手套"与黑恶势力的盘根错节，是笼罩整个京海的阴霾，是无数次的失望和无奈。徐忠和纪泽深深地感到，这次的教育整顿将会是一场见血的战争。

安欣在招待所见过徐忠和纪泽之后，便又当什么事都没有发生过一般，回到了自己宣传科的岗位上。他需要观察，然后选择伺机而动或者一动不动。二十年了，他不在乎多等等。

市府大楼走廊里，孙旭（徐忠从宁州市公安局借调的优秀干警）带队，第三指导组的四个年轻成员沿着走廊走来，每个人都是白衬衫、白手套。

龚开疆的办公室门前拉着警戒线，几名当地警察正在办公室里侦查现场。

孙旭敲敲敞开的门，出示证件："你好，我们是指导组的，你们检查完了吗？"

警察说道："哦，正好结束，你来吧。"

孙旭拉开警戒线，带着众人进入办公室。

市府大楼政协办公室里，卢松（指导组成员，原省人民法院信息中心工作人员）打开电脑，插上 U 盘，弹出一个小程序。数字跳动着，很快破解了密码。杨幼竹（指导组成员，省人民检察院原第一检察部检察员）从柜子里拿出文件，装进档案箱，贴好封条。方宁（指导组成员，原省纪委二室小组成员）敲了敲柜子，发现一处暗格，打开后找到一个保险箱。方宁打开保险箱，里面居然是空的。杨幼竹踮着脚尖，费力地去拿上层的文件。最顶层是码放整齐的一排精装版《资治通鉴》。杨幼竹晃动书脊，发现书异乎寻常地沉。她想抽出一本，不料连带着一整排都散落下来。书里藏着的金条跟着书掉了出来，金灿灿地从孙旭、方宁和卢松的眼前掠过。杨幼竹索性将所有书推下来，地上的金条几乎堆成了小山。

方宁惊叹着："真是书中自有黄金屋啊！"

福禄茶楼是一间由旧祠堂改造的茶楼，来这里吃早茶的大多是附近的街坊邻居，与一众网红店相比，它显得平平无奇。店里的七八张桌子都被占得满满的。居中最大的一张桌子那里只坐了一个人，桌上摆着虾饺、肠粉等几样点心，那人吃得慢条斯理。

年近六十、老实巴交的老板宋光端着热气腾腾的小笼屉，摆在居中的桌上。

"豉汁蒸凤爪。强哥，试试味道。"

独坐的食客一怔，抬起头。这人正是已经五十出头的年纪、戴着眼镜、一副斯斯文文公务员打扮的高启强。高启强刚要说话，这时进来了很多感谢高启强给予照顾和帮助的老邻居。高启强看着众人，表示这是作为邻居应该做的，便客气地打发他们离开，然后随口对宋兆说道："你先去忙吧，我还要等一个电话。"

众人点头散开。桌上的电话始终没有动静。

地下车库的最底层，灯光昏暗，保安百无聊赖地玩着手机。黑暗里蹿出一个影子，没等保安反应过来，已经将他控制住。

张彪说道："警察，别出声！"说着利索地给保安上了反铐，将其推到墙角。上了年纪的张彪头发有些斑白，他现在是市局刑侦支队的支队长。他冲着来路挥了挥手。

一队全副武装的年轻警察跟了下来，队伍的最后是头发同样有几许斑白的安欣。他手里没有武器，举着一台 DV 摄像机，脖子上还挂着台加闪光灯的单反，俨然一名随军记者。

压在队尾的小警察回头轻声说道："安科长，等抓完了人，你回局里拍拍就行了，非跟着我们受这份罪干吗？"

安欣说道："第一线拍下来的资料才宝贵，他们也就能拍拍美图秀秀，拿回来的素材焦点都是虚的。"

警察们已经分散埋伏到一堵墙壁前。这面墙壁看上去与其他墙壁没有区别，但附近停放的汽车都落满了灰尘，看上去许久未动。安欣抹了一把车上落着的灰，说："这灰是人撒上去的，欲盖弥彰。"

张彪说道："就这儿了。"说着，双手把枪攥好，"拍了吗？"安欣举起机器，拍摄张彪，做了个"OK"的手势。安欣拿着 DV 摄像机一路跟着张彪，拍摄警方捣毁地下赌场的镜头。一名看场子的打手贴着墙边，溜到一辆车前，用车钥匙打开了门锁。开门声吸引了安欣的注意，镜头甩了过去。打手钻进车门，发动了汽车。

安欣大喊："跑了一个！"

待张彪等人发现，车已经加足油门冲了出去。负责在出口防守的警察看车速太快也不敢拦，眼睁睁看着车与自己擦身而过。安欣大喊："快放杆！放杆！"

汽车撞断栏杆，冲了出去，慌不择路地撞在对面的路灯杆上，熄了火。安欣端着DV第一个从地库口冲了出来，小心地把DV放在角落里不会被踹到的地方。打手推开车门跳出来，要继续逃窜。

安欣大喊："别跑！警察！"打手条件反射般从后腰里掏出弹簧刀，扑上来。安欣早有准备，举起脖子上挂的相机，一按快门。闪光灯一亮，晃得打手一闭眼。安欣一个熟练的擒拿动作将打手的刀拿下，把打手摁在地上。小警察第二个从地库口冲出来，一见这架势，松了口气。

安欣说道："来得正好，快点儿！给他上铐！"等张彪带着其他人支援上来时，安欣正从各个角度给抓着打手的小警察拍照。

小警察不好意思地说道："安科长，不合适吧？明明是你抓到的人……"

"革命工作分什么你我啊，宣传你们就是我的本职工作。快，往左点儿，保持住！"说完，"咔嚓"又是一张。

张彪开着车，安欣坐在副驾驶座上，检查着拍的照片。"安子，论水平，你比我更合适当这个支队长。"

"算了，刚才快跑了几步，腰又疼起来了，我才不跟你们上蹿下跳呢。"

"那个疾恶如仇的安欣不见了，办公室里多了个等着混退休的老干部。你现在多厉害，高启强的亲妹妹都倒追你。我可听说有人看见你俩去看电影了。"

"看电影也有罪啊？"

"高启强是什么人？你注意点儿影响。那可是京海市政协常委，著名企业家，著名慈善家。"

　　安欣笑道："你别说，冲着他我还真有点儿动心了。"

　　"动心你上啊！"

　　安欣不置可否地傻笑。

第二章　危险驾驶、袭警的孩子

福禄茶楼早茶时间已过，茶楼里只剩下稀稀落落的两桌客人。宋光给高启强的杯子续上茶，识趣地离开，高启强还在等电话。手机终于响了。接通电话，小龙的声音传了出来："强哥，下湾的场子刚刚被警察扫了。"

"好啊！"

"不光是下湾。南沙、渝北、永康的场子今天都被扫了！"

"是我安排的，指导组又下来了，总是要成果的，我们就赶紧把成果给他们，好让他们能交差。"

高启强掏出两百元压在笼屉下，起身离开。

宋光问道："强哥，走啊？"

"今天八月十五，买菜，回家做团圆饭。"

高启强仍旧骑着小摩托，行驶在大街上，像个普通得不能再普通的公务员。

旧厂街菜市场几乎没什么变化，高启强背着手挨个菜摊转悠，不知不觉走到从前的水产店。恍惚中，卖鱼的还是当年那个年轻、粗鲁的高启强，穿着皮裙，正用网子从缸里捞鱼。

年轻摊主喊道："老板，来条鱼啊！"

他连叫两声，才把高启强从回忆里叫出来。

高启强定定心神:"好,来条花鲢。"

旧厂街高启强家里的摆设一如二十年前。厨房里传来热油开锅、葱姜爆香的声音。

高启强系着围裙在烧菜,火上还煲着汤,动作和过往一样娴熟。

高家楼下门前的空场上站着七八个强盛公司的安保人员,个个穿着黑西服,戴着耳麦。

一辆宝马车停下,一个长发女子裹着风衣走了过来。

楼下的安保人员自动让开路,女子径自上楼,每一层的楼梯口都有两个安保人员。

守在楼梯口的唐小龙和唐小虎看见女子,点头喊道:"兰姐。"

高启兰扬起脸,因为保养得当,她的面孔没有这个年龄常见的憔悴,一望即知,她被呵护得很好。

高启兰点点头:"孩子们回来了吗?"

唐小龙摇摇头。

高启兰叹口气:"好了,你们也回家过节吧。"

小龙说道:"今天是强哥的大日子,我们不打扰,就在外边陪陪强哥。"

小虎点头:"我们的一点儿心意。"

高启兰不再劝,掏钥匙打开自家门。

桌上几道菜已经烧好了,都用碗扣着。高启兰进屋,揭开一只碗闻了闻:"哎呀,食神回来了!"

"别动啊,等会儿搬到天台上再吃。"

"哥,我给你打下手。"

"用不着你。去给你二哥、嫂子上炷香吧。"

高启兰从香袋里掏出三炷香点燃。高家供的牌位里多了陈书婷和高启盛。墙上原先那张全家福下又多了一张，是高启强带着高启盛、高启兰和陈书婷、高晓晨的全家福。

"爸妈、二哥、嫂子，今天是八月十五，是咱一家团圆的日子，也是我嫂子的生日。嫂子，你在世的时候，咱们相处时间不长，但你是世界上最好的嫂子。你放心，我会好好照顾我哥，还有晓晨和瑶瑶，每年中秋节你的生日，咱一家人都要一起过。"

天台上，折叠桌支起，菜像模像样地摆了一桌了，一如高家当年一样。唐小龙和唐小虎合力抬着一个大蛋糕盒子上来。蛋糕盒摆在桌子中央，打开，是个三层的蛋糕。

高启兰说道："年年弄这么大的蛋糕，年年浪费。"

唐小虎说："嫂子生日嘛，总要应应景，强哥和瑶瑶也都爱吃。"

高启兰和哥哥往蛋糕上插蜡烛。

"哥，只许吃一口啊，高油、高糖太伤身体了。"

"我来插吧。你给晓晨再打个电话，告诉他，平时见不见都没关系，今天晚上他必须回来！"

入夜的山顶视野良好，从这里正好能眺望到下面灯光璀璨的城市。七辆摩托车突突响着，像嘶吼的野兽，齐头停成一排。骑手们面对脚下的城市，蓄势待发。突然，一辆小奔驰跑车从山下直冲上来，一打横，拦在摩托车跟前。居中的一个骑手掀开头盔上的面罩，是个眉目清秀的少年，二十多岁的年纪，一张被宠坏了的跋扈面孔，正是成年了的高晓晨。

高晓晨喊道："你来干什么？让开！"

车门打开，一个和他年龄相仿的女孩下来，怯生生的乖乖女模样，正是成年后的黄瑶。

"高晓晨，跟我回家吃饭去！"

骑手们都哄笑起来。

"你烦不烦！要回你自己回去！"

"今天是什么日子你清楚，全家都在等咱们！"

"你敢不敢坐上来？如果我开一圈你还没吓哭的话，我就跟你回去。怕了？那就少管我！把车挪开！"

黄瑶赌气地坐上他的车后座，说："说到做到！我可不想再看见你跟爸爸吵架了。"

"又不是亲的。"

黄瑶用力打了下他的头盔："他和姑姑是咱俩最亲的人了。"

"给她个头盔。"

对面扔过来一个头盔，黄瑶战战兢兢地戴好。油门轰鸣，一辆辆摩托车如脱缰野马，冲下山去。

发动机的轰鸣由远变近，摩托车你追我赶，风一样呼啸而过。黄瑶死死地抱住高晓晨。

摩托车手尽情享受炸街的乐趣，如入无人之境。暗处，突然亮起一排车灯，紧接着，红蓝警灯伴随着警笛刺破夜空。

警察喊道："靠边停车，接受检查！"

同时，又有两辆警车从摩托车手的身后驶来，拦住了他们的去路。

晓晨随口骂了一句。

安欣打着哈欠，等待相机里的照片导入电脑。

男同事问："科长，还不回去？"

安欣回道："我回去也是一个人，还不如在这儿把活干完。"

男同事凑近，神秘地说道："听说省里派的指导组今天刚到京海，政协的龚开疆就死了。"

"死了？！怎么死的？"

"听说是给吓死的。"

突然，手机定的闹钟响起来，安欣一愣，说道："坏了！把大事忘了！"

安欣冲进蛋糕店，急匆匆走到柜台前，拿出小票取到预订的蛋糕。

时间一点点过去，满桌的饭菜都凉了。

高启强脸色难看，谁都不敢说话。

"要不，咱们先吃吧。"

小虎说道："这么大的孩子，最爱玩了，对吧，哥？"

小龙点头："没错没错，我和小虎年轻那会儿天天不回家，再大点儿懂事儿就好了。"

高启强没有反应，气氛没有一丝缓和。

高启兰的手机响了，她看了眼号码，赶紧走下天台。

安欣一边把蛋糕放进后备厢，一边用蓝牙耳机通话："喂，听得见吗？我在路上了，你们先吃别等我，我这儿堵着呢！"

高启兰拐进楼道里，这才接起电话："喂？"

"请问是高启兰女士吗？我们是京海市公安局，你认识高晓晨和黄瑶吗？"电话里传出声音。

"我是他们姑姑，他们怎么了？"

"超速，危险驾驶，还把交警给打了，现在人在京海市公安局刑侦支队，你们来一趟吧。"

高启强把蛋糕上的蜡烛都点燃。

小龙说道："嫂子，我哥现在的生意越做越大，省里的政法委书记见到他都客客气气的。两个孩子也都挺好的，幸亏当年你把他们带回我哥身边，现在都很好。"

高启强伸手搂着两兄弟的肩膀，面向蛋糕说："书婷，都说你的死是意外，但我始终想不通。如果我知道有人做了亏心事，做了对不起你的事，我向你保证，一定不会放过他！当然，你们也不会放过他，对吧？"

小龙、小虎赶紧点头。

高启兰回到天台，冲哥哥招招手："医院有点儿事，叫我回去。"

安欣一进安长林家的大门就喊道："真不是把您生日忘了，我一下班就出发了，蛋糕店排大长队。"

安长林说道："别骗我了，这家蛋糕店就在市局旁边，我又不是没见过，什么时候排过队？"

"时代不同了，现在人家是网红店。我给您切一块，您尝尝榴梿味的。"

"还不如我那中药味道好。"

"不喜欢也得吃，您也体会体会我的感受。"

"又来？为什么把你放在宣传科，自己心里不清楚吗？你越是在意那些负面消息，我越是要让你宣传正面新闻。"

"我已经宣传得够好了，奖都拿了好几个，可情况有改变吗？"

"你以为，你不写宣传稿，去写检举信，就能有改变了？你也不用装傻，你上次来，故意落在我家里，不就是想让我替你交上去吗？"

"您看了？"

"文笔还差点儿。"

"您交上去了，所以省里的指导组来了！"

"坐下，冷静点儿。怎么一点长进都没有。"

安欣乖乖坐下。"十几封检举信石沉大海，果然最后还得靠您！"

"不是靠我，是合适的时机很重要。"

"什么时机？"

安长林示意安欣看向电视，新闻里正在宣传教育整顿工作。"政法队伍教育整顿是新时代政法战线刮骨疗毒式的自我革命，要准确把握新时代政法队伍建设的规律和特点，坚持以革命化、正规化、专业化、职业化为方向，努力打造一支党中央放心、人民群众满意的高素质政法队伍。"

入夜，市局刑侦支队里，高晓晨手上、脸上有伤，像是抓捕时留下的挫伤。

高晓晨喊着："你知道我是谁吗？"

值班警察正是之前的小警察。

小警察说道："谁都不好使，还敢袭警，等着拘留吧。"

"放你妈的屁！抓一个试试！"

"哥，别再惹事了，等姑姑来处理吧。"

高启兰冲进来，先奔向两个孩子。

高晓晨看见高启兰，说道："我爸呢？叫他找人，赶紧放了我！"

高启兰皱眉："今天是什么日子？你能不能不惹他生气？"

小警察说道："说话注意点儿，我提醒你，这里可是有监控的。"

高启兰快步走到小警察面前，问："他的事严重吗？"

"危险驾驶就不说了，还有袭警！"

"能不能花钱解决？我们想和解。"

"受伤的交警正在医院做伤情鉴定，等他回来再说吧。"

突然，门外一阵骚动，高启强带着小龙、小虎还有那名受伤的交警走进刑警队。

高启兰说道："哥，你怎么来了？"

"你一出门我就觉得不对，赶紧打了几个电话，这才问出来。"

高启兰看着受伤的交警，把唐小龙拉到角落里，压低声音说道："伤情鉴定做完了？"

唐小龙摇头："能让他做完吗？做完就立案了！我们直接去医院把人截住了。"

高启强走到高晓晨面前，看着他脸上、身上的伤口，说："抬起头来。"

高晓晨扬起脸，张嘴要说话，被高启强严厉的目光制止。

高启强问受伤的交警："是他打的你吗？"

唐小龙站在角落里，盯着交警。

交警沉默片刻，摇了摇头。

高启强说道："同志，你看，就是场误会。尽快处理，让孩子走吧。"

小警察摇头："这我做不了主，得向领导反映。"

"好，现在就反映，你要哪个领导的电话？没有的我告诉你。"

正说着，张彪带着人快步走进来。"怎么了这是？"

高启强说道："张队，好久不见。"

张彪说："我先把事情处理一下，过会儿我们单独聊。"

他走上前，把小警察和交警推到监控拍不到的角落里。

小警察说道："张队，他们也太嚣张了。"

张彪挥手打断他，看着交警脸上的伤，问："你伤到什么程度？骨头有没有事？"

交警摇摇头。

"具体伤到哪儿了？"

交警说道："我执法的时候他一巴掌扇我脸上，我嘴角磕破了。"

"那也就是轻微伤？轻微伤是自诉案件，受害人可以选择和解。我看就算了，别为这点儿事给自己惹麻烦，你要是同意，我帮你说去。"

第三章　刀刃向内

入夜，徐忠正在市直机关招待所房间里通电话。

"京海的情况就是这样，可以说刚来就栽了个大跟头。"

电话里，书记的声音传出："连你们打球的爱好都查过了，看来对方准备得很充分啊。"

徐忠说道："有人手眼通天啊！"

"龚开疆真的是吓死的吗？"

"完整的尸检报告还没出来，但是以目前的检测结果来看，应该是个意外。"

书记在电话里沉默了一会儿，说："早不抓晚不抓，偏偏你们一来就抓了他的秘书和司机。"

"人家正在审，我们也不好插手，龚开疆这条线暂时指望不上了。"

"老纪怎么样？"

"老纪还以为能捏个软柿子，结果希望落空，正骂娘呢。"

"哈哈哈，他想得美，软柿子没有，软钉子多得是。"

"我一定把领导的意思转达给他。"

挂了电话，纪泽早在一旁眼巴巴地等着了。"领导怎么说？"

"他提醒你端正态度，准备攻坚。"

"他可是站着说话不腰疼。龚开疆一死，这些黑锅是他的不是他的，都得他背上了。剩下那些人攻守同盟铁板一块，叫他来撬撬看！"

徐忠说道："现在可以回答你临出发时的问题了。外部的问题好解决，真正危险的是内部出了问题。为什么之前的扫黑除恶行动中，对于强盛集团只字未提？今天看看这里，就有答案了。"

纪泽点头："发现不了问题，是因为京海的政法队伍本身就有问题。这次无论压力多大，都要一查到底！"

"赶紧睡觉，明天还有硬仗要打。"

"你成心的是不是？我睡得着吗？给我起来！"

徐忠懒得理他，伸手关了灯："赶紧回你屋，别老赖在我这。"

纪泽无可奈何，气哼哼地走到门口，噼里啪啦把灯都打亮，报复完了才离开房间。

徐忠哭笑不得，只得又关一遍灯。

市直机关招待所的会议室里，坐满了京海各机关的主政官员。

徐忠说道："本来这个见面会应该昨天开，但是事发突然，出了那么大一件事，把行程都打乱了。"

赵立冬点头："指导组的领导们舟车劳顿，都没能好好休息，一来就投入工作，实在令人钦佩啊！"

"既然赵市长谈到工作，那咱们就不多说废话了。请哪位同志介绍一下咱们京海扫黑除恶的战果吧。"

赵立冬看了看，说："郭局长，你说吧。"

郭文杰拿起报告。"那我就简单介绍一下。自本市开展扫黑除恶工作以来，共扫除涉黑、涉恶性质组织团伙十二个，查处赌博窝点三十七处，收缴非法资产……"

徐忠挥手打断："请等一下。这十二个团伙、三十七处窝点，时间最长的存在了多久？"

"时间最长的十年左右。"

"十年中，就没有一次群众举报？还是说就算有举报，他们仍能够平安无事地存在？这些举报是怎么被压下去的？"

赵立冬说道："扫黑工作时间紧任务重，公安战线的同志们的主要精力都用来打击犯罪了，对于其他事情就疏于调查。"

纪泽说道："疏于调查？打掉了一批黑恶势力，却没有一个公职人员受到牵连，难道京海的官员们，每个人都洁身自好，出淤泥而不染？"

赵立冬咳嗽一声："如果领导们能把这次下来指导的工作重心告诉我们，我们就知道该怎么配合工作了。"

徐忠笑了笑："指导工作的重心？既要扫黑除恶，更要打伞破网，还要兼顾对政法队伍的治理和整顿。扫黑除恶只是第一步，打掉保护伞，清理我们自己的政法队伍才是重中之重。"

市直机关招待所院子里，徐忠和安长林、郭文杰沿着树荫散步。

徐忠说道："郭局长，我刚才那些问题可不是故意刁难你，你不要对我有意见啊。"

"当然不会。"

徐忠继续说道："指导组是京海的不速之客，大家是不是都盼着我们早点儿走？"

安长林说道："盼你们走的人当然有，但也有人盼着你们待得久些。今天这个会开完，盼你们走的人就更多了。我表态，我是欢迎指导组的。"

徐忠笑道："哈哈，打伞破网，就是刀刃向内，挖得越深，喊疼的人就越多。但工作不能瞻前顾后，不然什么事也做不成。我想麻烦两位先帮我做件事。"

市局刑侦支队里，张彪抱着一摞文件走进办公室。"来，一人拿一张。指导组的调查资料表，每个人都要认真填，别糊弄。"

填着填着，大家的表情都不对劲了，不少人显得很紧张。张彪拧着眉头，瞪着表格。

市局宣传科的同事们从安欣手里接过表格，各自端详着。

安欣说道："整个政法公安系统，人手一张，都要填。"

同事看着表格说："自工作以来，是否以任何名目收受企业财物？如有收受，需写明次数和金额。科长，这是要查我们啊？"

"没看新闻吗？教育整顿，查的就是政法队伍。这表交上去会留档封存，之后逐一核实。如果查出不实信息，所有处罚罪加一等。现在交代领个处分，将来查出来可就直接开除了。怎么填，自己好好想。"

市直机关招待所办公室里，方宁回到办公区，其他人都埋头在桌前整理材料。杨幼竹冲她招招手，方宁走过去。杨幼竹把发现问题的文件摊开，说道："这是龚开疆在任的时候批过的文件，这一份工程审批流程明显有问题。旧村改造需要百分之八十以上的村民同意，这个项目明显不够，而且缺少环保部门的签字。"

方宁说道："这项目都能开工？谁这么大胆？"

杨幼竹说道："强盛。"

市直机关招待所大门口，安欣转身大步离开。

纪泽说道："这是信不过我们啊！"

徐忠点头："这孩子心里藏着一团火，得想办法给他勾出来！"

方宁走了过来，递上文件。"组长，龚开疆那边查出一项违规的工程，和强盛集团有关。现在查，还是？"

徐忠说道："找到了问题就必须查！你和孙旭现在就去强盛集团，看看他们怎么说。"

强盛集团董事长办公室外，工作人员打开办公室的门，方宁和孙旭走进去，屋里空空荡荡。

"两位领导，我们董事长是真的不在。他去养老院做义工了。"

孙旭说道："偏偏就今天，这么巧？"

工作人员说："也不能说巧，我们董事长经常去做义工的，养老院、幼儿园、希望小学，他都去。"

养老院的独立小院装修得很朴素。门前的花圃面积不大，但摆满了绿植。黄老（七十多岁，退休多年的老干部）正在给杜鹃花换盆。

高启强挽着裤腿忙活，弄得两手都是土。"专门弄的营养土，配上点儿赤玉石、珍珠岩，保水透气，最养这花了。"

黄老说道："好好好，地你别弄了，有保洁呢。"

"我来吧，叫她们弄一地水，再把您摔了。"

黄老插着腰，满意地望着一阳台的植物。

高启强说道："好了，我走了，还得去别人屋里转转。咱院里这些老人我都得照顾到，不然人家又说您老霸占着我了。"

黄老哈哈大笑："我就霸占了，他们敢怎么样？"

强盛集团董事长办公室里，孙旭让工作人员给高启强打电话。工作人员正在为难，唐小虎走了进来，说："高总不在，有事和我说一样的。"二人闻声回头。

方宁说道："强盛集团工程部经理唐小虎。"

唐小虎一怔，随即平静地说道："会议室聊！"

会议室里，偌大的会议桌前只坐着唐小虎、方宁和孙旭，工作人员礼貌地倒上茶。

方宁掏出随身携带的文件，说："我们来是希望强盛集团能解释一下，当年泥螺村的旧村改造，为什么违规开工？"

唐小虎翻着文件："我们有建委的施工许可证，怎么能说是违规呢？这方面我们可是一点儿都不敢马虎。"

市直机关招待所问询室里，建委某主任正瞅着一张工程许可证。

纪泽问："为什么一个手续不全的项目，建委能发许可证？没有你的签字，下面的工作人员敢发证？"

主任说道："我没签。"

纪泽说："给他看看。"

负责记录的杨幼竹拿起一张纸，放在主任面前。是否同意的项目栏里，画了个怪怪的圆圈。

主任说道："是我签的，但我写的不是'准'啊，我写的是'否'。"

"你画了个圈，就说是'否'？"

主任说道："手续不全，我不可能同意的，但是下面人理解错了，我也没办法。"

纪泽火冒三丈，眼看要发火，门开了，徐忠走了进来，缓缓坐下。"不管许可证是谁发的，你该负的管理责任是跑不掉的，不可能因为不知情就不处理你。但是怎么处理，要看你是否配合。"

纪泽说道："组长在给你机会，别不珍惜。"

"龚开疆，是他要求项目尽快通过。"

纪泽终于忍不住拍了桌子："怎么，想把责任往死人身上推？！"

主任回道："真的是他！他有没有收强盛集团的好处我就不知道了，反正我没有！那个圈，在我心里就是'否'，我是愿意遵守规定，为人民服务的。"

徐忠说道："你已经做出了选择，很可惜，你没有选择人民。"

第四章　大新闻Ａ

徐忠、纪泽带着杨幼竹回到办公室。

纪泽说道："看吧，是不是叫我说着了？都往龚开疆身上推，反正他也开不了口。"

徐忠说道："死人不开口，就找活人问问。方宁、孙旭，你们去走访一趟，问问泥螺村的村民，当初为什么不愿意签同意书。"二人点头，起身离去。

方宁和孙旭站在泥螺村村口生着闷气，偌大的村子竟然没有一个人愿意谈旧村改造时的问题，甚至没有人愿意说一句话，村里还差点儿放狗咬他们。

早茶时间，高启强还坐在福禄茶楼居中的大圆桌前。唐小虎正在汇报："强哥，指导组派人去泥螺村了。我们怎么搞？"

高启强喝着茶，说："想用小鱼小虾打发他们，看来人家根本瞧不上啊。要让指导组丢个大脸，老百姓自然明白，京海是谁说了算。他们不是要查泥螺村吗，就配合他们，查出点儿大动静来。"

"哥，搞得他们太没面子，会不会惹祸啊？"

"面子已经给过了，是他们自己不要，不撞南墙怎么知道回头呢？"

早市中央，做肠粉的老板正忙得不可开交。

安欣说道："老板，一份肠粉。"

徐忠和纪泽走到安欣身边。

徐忠说："三份。"

安欣一愣："领导下来体察民情啊？"

徐忠摆手："这家的肠粉很有名，慕名过来尝尝。坐一起不介意吧？"

安欣引着二人在角落的一张小桌坐下。老板熟练地将三份肠粉卷好，浇汁，摆在桌上。徐忠看着早市上熙来攘往的人流，感慨道："办公室里坐久了，就愿意出来看看人间烟火，老百姓能安居乐业，我们个人的得失就显得不那么重要了。"

安欣笑了："所以您是领导，觉悟高。"

纪泽说道："老徐，他挤对你呢，听出来没有？说你唱高调！"

徐忠说道："不唱高调，咱们就说点儿实在的。我们在京海的工作，你觉得该从哪里入手？"

安欣吃着肠粉，头都不抬。"都一样。只要你们盯住不放，他们总会扔几个人出来。抓一批，判一批，等你们走了，再'长'出一批新的来，比雨后的韭菜都快。上面派人下来不止一次了，都有经验。"

徐忠说道："我们这次下来就是来除根的！"

纪泽说道："还是不相信？"

安欣说："现在招待所附近热闹了不少。以前没见过那么多摆摊卖水果的，也没有那么多停在路边的车。"

"你想说我们一直被监视着？"徐忠说。

安欣摆手："我什么都没说。"

徐忠点头："我们下来之前已经想到了这一层。京海情况复杂，有些问题是积年累月形成的，但要是害怕失败，畏缩不前，就不是一个合格的共产党员了。"

"领导,您希望从哪里查起?"

"我们现在在查强盛集团承接的泥螺村旧村改造工程,审批手续存在明显问题,但在下面的调查找不到切入口。"

"泥螺村的村支书我认识,人还不错。"

晚饭过后,泥螺村村民都到村口纳凉、闲聊。广播里的广场舞音乐突然停了,传来村支书的喊话声:"乡亲们,注意啦!本周六免费体检,车接车送,有空的都可以来!体检完了还送鸡蛋。"

旅游大巴开进市直机关招待所,停在主楼门前。村民们陆续下车,看到眼前的不是医院,议论纷纷。

徐忠带着指导组成员迎了上来,向村民们深鞠了一躬:"同志们好,非常抱歉,不得不用这种方式跟大家见面。我是省教育整顿第三指导组组长徐忠。"

村民们立马炸了营,都回头往车里钻,有的大喊:"上当了!放我回去!快放我回去!"

村支书堵住车门,说:"吵什么?省里这么大的领导给咱们鞠躬,听他说完不行吗?"

村支书的面子不能不给,村民们慢慢安静下来。

徐忠继续说道:"我们请大家来是想了解下当年泥螺村旧村改造的情况。据我们所知,以高启强为首的建工集团在施工过程中违法违规,暴力拆迁。我们接到了举报,但是还缺少证据。请大家帮助我们,也是为你们自己讨回公道。我们保证一查到底,除恶务尽!如果过程中大家有什么不满意,可以拨打 12337 举报平台热线。大家的安全问题就更不用担心了。每人一个单间,不想说我们绝不强迫,待满二十分钟就可以走。谁说了谁没说,只有我们知道。"

村民们在组员的带领下分别走进不同的房间。徐忠从一个房间走出来，看了眼手表。

秒针机械地走着。徐忠叹口气，掏出药盒取了几片药，用水服下，然后走进另一个房间。

问询室里，卢松盯着眼前的问询对象刘金生（泥螺村村民，男，22岁）。刘金生满头大汗，十分紧张，憋得满脸通红。他突然冒出一句："村里人什么都不敢说，是因为在你们来之前，唐小虎带人来过！什么也不说全家平安，说了不该说的，永无宁日……"

卢松愣住了。

事关重大，徐忠、纪泽在主持问询，卢松则负责记录。

刘金生打开了话匣子，变得滔滔不绝，情绪激动。"唐小虎不止来过我们村，这些年他们做过工程的地方、得罪过的人，他都去打过招呼，先动手，再给钱，大家都害怕他们。你们能不能快儿点抓住唐小虎？不然我觉都睡不踏实！"

徐忠说道："我们办案要遵照程序，你说的情况，我们还要走访核实，找到确凿的证据才能抓人。"

"我有证据！我能证明唐小虎杀人了，我知道尸体埋在哪儿！"

徐忠一惊。

指导组的成员们在食堂吃晚饭，刘金生由卢松陪同保护。工作终于有了突破，大家的胃口都挺好。

徐忠说道："我跟领导汇报过了，这次参与挖掘的人员全部从周边地市调，京海的警察一个不用。我们这么大张旗鼓地把泥螺村的村民请过来，强盛集团应该已经听到风声。事不宜迟，连夜就干！"

入夜，在树林深处，几束手电光穿透黑暗中的树丛。纪泽亲自带队，领着方宁、杨幼竹还有抽调来的便衣警察，在刘金生的指引下挖掘尸体。刘金生深一脚浅一脚地在树丛中寻找，努力回忆着。到了一处开阔地，刘金生站定了，四下打量、辨认，指着地面，画了个大圈。

"就在这里面！"

"你确定吗？"

刘金生点点头："那天晚上，天也像这么黑，我本来想录像，可手机偏巧就没电了。当时我吓得腿都软了！等天亮他们走了我才爬出来。"

杨幼竹听完，鄙夷地望着刘金生。"事后为什么不报警？"

刘金生低头不语。

纪泽说道："干活儿吧！"

探照灯亮起，林子中央亮得跟白昼一样。便衣们按照刘金生指的地点开始挖掘。

某高档小区门口，一辆招摇的大G从小区内开出来。停在小区马路对面的一辆车默默地跟上。驾驶大G的是唐小虎，他的神情颇有些紧张，不时从后视镜里观察着后方车辆。

实施跟踪的是孙旭和一名便衣。孙旭坐在副驾驶座上，与徐忠保持着联络："组长，唐小虎半夜从家里出来，有可能是得到了消息，准备逃跑。"

市直机关招待所办公室里，徐忠指示着："盯住他。这边挖掘工作刚刚开始，等有了结果才能实施抓捕。"

高晓晨和他的几个朋友坐在汽修厂里。汽修厂老板的儿子阿泰正在帮高晓晨检修摩托。

一声喇叭响，大 G 开进了汽修厂。

唐小虎从车上下来，说："晓晨，你爸让我来问问你，想好做什么生意没有。"

高晓晨点头："想好了啊，我跟着你干就行，够风光、够排场！"

唐小虎揽过高晓晨的肩膀，把他拽到一边："你怎么就不明白呢？家里的生意有风险，他不想让你碰！"

"不许我碰，为什么我妹就可以啊？还是看不上我！"

唐小虎说道："你家里的事我就不多嘴了。我帮你想了个主意，开个婚庆公司怎么样？你不是喜欢车吗？就让你管车。你们家里好车不少，在库里放着也是放着，不如拿出来跑生意。"

高晓晨眼睛亮了："再加上我哥儿们的车，开个豪车博览会没问题！而且我找他们借车不要钱，这成本不就省下来了？"

正说着，小虎的电话响了。他一看号码，拐到一边去接听："喂。"

电话里，一个男声说道："指导组凌晨两点进的小树林，已经挖了一个晚上，藏不住了。"

唐小虎脸上微微变色："知道了。"

天刚破晓，晨曦中树林里弥漫着雾气，挖掘仍在继续。挖掘点已经变换了几个，仍然一无所获。纪泽无奈地摆摆手："扩大范围吧。"

市直机关招待所办公室里，一直在电脑前监视的卢松突然眼前一亮，站起了身。

"徐组长，唐小虎刚刚订了一张去海南的机票，单程。"

徐忠犹豫着，思考在没有证据的情况下，是否该冒险提前抓捕。

徐忠问："挖掘那边有没有进展？"

负责联络的便衣摇摇头。

卢松看着电脑，说："组长，根据监控定位，唐小虎还有十五分钟就能到达京海机场。"

徐忠下了决心，拨通电话："孙旭，唐小虎可能要出逃，立即拦截抓捕！"

孙旭的车拉响警笛，加速逼停了唐小虎的车。

孙旭跳下车，举起证件，逼近大 G。"唐小虎，下车！"

车门打开，阿泰举着双手迷茫地走下车。孙旭一惊，彻底检查了车内和后备厢，都没有别人。

孙旭问："唐小虎呢？"

阿泰回道："他骑着晓晨哥的摩托车走了，让我把他的车送回家。"

纪泽接听着电话，他身后的挖掘工作还在如火如荼地进行。"唐小虎跑了？"

徐忠在电话里说道："已经派人控制了机场和车站，他跑不了！"

纪泽说道："我们的行动没有通知京海警方，八成是泥螺村的村民里有人给他们通风报信。"

"他们越是紧张，越说明确实有问题。你保护好现场，一定要有个结果！"

纪泽说道："我这儿你放心。高启强有什么动静吗？"

徐忠说道："高启强上午去政协开会了，倒是沉得住气。"

第五章　大新闻 B

市政协会议室里，主持政协会议的是赵立冬，长桌边坐满了市政协常委和委员。

高启强位列席中，与他对面而坐的是沙海集团的董事长——蒋天。蒋天五十多岁，广东人，20 世纪 90 年代曾在香港发展，有帮会经历。后香港经济衰落，他重新转回内地，依靠香港的一些资源逐渐做大。在京海，他是唯一敢和强盛集团叫板的人。

赵立冬说道："下面开始表决，同意的请举手。"

没有人举手。

高启强愣了一下。

赵立冬说道："不同意的请举手。"

坐在高启强对面的蒋天缓缓举起了手。高启强狠狠地盯着蒋天，蒋天无所谓地回应他的目光。

赵立冬说道："那现在宣布结果，高启强同志担任市政协秘书长的提案不予通过。"

尴尬的气氛里突兀地响起蒋天一个人的掌声，他完全不在意周围人的眼光。

蒋天说道："指导组正在查你的工程，结果出来之前，你不太适合做这个秘书长吧？就算是手下人出事，一样会连累到你。"

赵立冬阴着脸，望着两个人，看不出倾向。

唐小虎穿着高晓晨的外套，戴着他的头盔，锁好摩托车，走向客运售票窗口。

两名便衣突然出现，一左一右围住唐小虎。"唐小虎，我们是指导组的，请你跟我们回去接受调查。"

唐小虎没有反抗，顺从地跟着他们离开。

高启强骑着自己的小摩托穿行在车流中，脸上看不出任何表情。

到家后，他拎着头盔，推开家门，换拖鞋。

黄瑶捧着花乖巧地迎上来："恭喜高秘书长！您最棒了！"

高启强抬起脸，憋了一肚子的火让他的目光异常凶恶。黄瑶从没见过这个样子的高启强，吓得一哆嗦，花都掉在了地上。高启强努力控制住情绪，俯身拾起花，抬脸的时候又恢复了那个温和的长者模样。

"你跟着宋志飞学得怎么样？"

"宋总教得很认真，可惜我太笨了。明明都是会计，可宋总做的账我总是看不懂。"

"这个人有真本事，但毕竟是个外人。你要好好学，早点儿把集团的账目都接管过来。这些关键的位置必须是我最信任的人来坐，只有你们才不会在背后捅刀子。"

黄瑶似懂非懂地点点头。这时，门铃响了起来。

唐小龙站在高家门口。片刻，屋门打开，唐小龙走了进来。

便衣在车里远程监控着高启强家。"报告徐组长，高启强回家了。现在唐小龙也来了，刚刚进去。"

对讲机响起徐忠的声音："继续观察。"

黄瑶倒了两杯茶，放在唐小龙和高启强面前，识趣地钻进自己的卧室。

唐小龙问："强哥，将天又找你麻烦了？"

高启强摆手："他一个捞河沙的，没那么大本事。这次落选，还是因为指导组。对了，小虎刚刚被指导组带走了。"

"他们抓小虎？没证据啊！泥螺村从昨天晚上挖到现在，什么也没找到。"

"最多撑到太阳落山，该找到的总能被发现。"

市直机关招待所问询室里，屋里窗帘紧闭，问询唐小虎的是孙旭和卢松。

唐小虎坐在椅子上，焦躁不安。"我胸闷，能不能把窗户打开？"

孙旭说道："你的体检报告显示你的身体很健康。别着急，反正也走不了。说说吧，你订海南的机票要去干什么？"

唐小虎说道："不到天黑，你们就得乖乖地放我走。"

夕阳西下，树林里到处都是掘开的坑，树林外围观的村民越来越多。纪泽也有些扛不住了，没有先前的沉稳。铁锹突然碰到了异物，掀出来的泥土里带着发暗的血迹。拎铁锹的便衣兴奋起来，又小心翼翼地铲了几锹。麻袋的一角赫然露了出来。"找到了！"纪泽望着夕阳，长长地出了口气，带着方宁和杨幼竹赶了过去。麻袋上的土被小心地拂开，伴随而出的是难闻的恶臭。众人掩着鼻子，但眼睛里都是喜悦。杨幼竹和方宁顾不得脏，戴着手套、口罩和挖掘人员一起将麻袋解开。所有人探着脖子往麻袋里看，但旋即大失所望。

市直机关招待所办公室里，徐忠拿着电话，以为自己听错了。"什么？麻袋里是头死羊？"

方宁拉着刘金生来到坑前："你看看！这就是你说的尸体？"

刘金生答道："我也不知道他们埋的什么呀！你们不是找到了吗？我也没撒谎。"

纪泽直盯着刘金生。刘金生慌乱地躲避着他的目光。

市直机关招待所问询室里，唐小虎暴躁地大吼着："把窗帘打开，让我看看！是不是天已经黑了？还不放我走吗？"

高启强站在窗前，看着窗外渐渐降临的夜幕。

打完电话的唐小龙小心翼翼地凑上来："强哥，记者和媒体我们都通知到了，他们现在都在往那边赶。"

"走吧，我们去接小虎。"

市局宣传科内，下班时间已经过了，屋里只剩安欣一个人对着电脑工作。手机突然响起。

安欣接通电话："喂。"

张记者的声音传出："安科长，太不够意思了，抓强盛集团的二把手唐小虎，你都不第一个通知我！你们是不是抓错人了？现在下不了台，只能放了人家。"

安欣问："什么？我一天都待在局里，怎么一点儿动静都没听到？"

"哦？地址搞错了。不是市公安局，是市直机关招待所。那就不是你们抓的，是省里指导组抓的，不好意思啊！"

"你们连指导组的驻地都知道？"

"这也不是什么秘密吧？他们不住机关招待所还能住在哪儿？"

安欣挂断电话，愣了两秒钟，抓起车钥匙就往外跑。

安欣一边急匆匆地向外走，一边拨通了手机："刘队，你在哪儿呢？"

"在家吃饭呢。"

"出事了，赶紧来一趟市直机关招待所。"

市直机关招待所问询室里，刘金生先前的惶恐不见了，换成了一脸无奈，消极对抗着审讯。

方宁问："为什么要骗我们？"

刘金生反问："我骗你们什么了？麻袋你们是不是挖着了？"

杨幼竹说道："你这样子的人我见多了，我负责任地告诉你，顽抗绝没有好下场。"

"好，我就说实话，我是故意陷害唐小虎的！"

方宁问："为什么？"

"我看他不顺眼。"

市直机关招待所办公室里，徐忠和纪泽听完方宁的汇报，相对无言。大家都明白，指导组踏进了高启强设的陷阱。

孙旭急匆匆进来："组长，安欣在外面，一定要见你。"

徐忠说道："叫他进来。"

片刻，安欣进来了。"徐组长，你们是不是抓了唐小虎？他是被诬告的吧？"

安欣径自走到窗前，拉开窗帘："你们看！"

招待所的大门外已经有几名记者赶到，正在向门内张望，有的举着单反相机，在"咔咔"拍照。

指导组聚在窗口，这情况显然出乎他们的意料。

安欣说道："那几个都是京海的记者，还有更多的，正在赶来的路上。"

孙旭一惊："他们来做什么？"

"等着第一时间报道唐小虎无罪释放的消息。"安欣答道。

方宁点头："刘金生被收买了，他之前给我们提供的所有信息都是事先编好的，目的就是要引我们进圈套，好做出戏给全京海的老百姓看。"

安欣点头："高启强要告诉全京海，你们动不了他，就算抓了他们的人，当天也要放出来！"

纪泽怒道："耍这种把戏，只能加速他们的灭亡！"

徐忠想了想，说："不能被他们牵着走，至少今晚不能放人。"

安欣说道："两位组长，我有个理由，不知道可不可行？"

市直机关招待所大门外，十几名记者围在门口，等着拍摄唐小虎被释放的场面。一辆豪车停下，高启强下了车。记者们都围了上来，相机、摄像机都对准了高启强。

"高先生，你对于工程部经理唐小虎被抓有什么看法？"

高启强说道："我也是刚刚知道这件事。据我了解，由于之前的工程纠纷，有人对唐经理怀恨在心，故意诬告、陷害他。但我保证，唐经理没有任何问题，我们要相信政府，相信指导组，等他们查明真相，一定会将他释放。"

机关食堂的电视上正在播放着高启强的采访画面。贺国权、赵立冬正在同桌就餐，一起望着电视……

安长林捧着一杯热茶，望着电视……

孟德海同样在看着电视……

徐忠从市直机关招待所主楼里走了出来。摄像机、相机的长短镜头立马都对准了他。高启强使了个眼色，唐小龙打开汽车后备厢，拿出几挂鞭炮。

高启强说道："等小虎出来的时候再点，去去晦气！"

徐忠来到大门口，平静地注视着镜头，说："这么晚，来了这么多媒体的朋友，不知道大家想了解些什么？"

一名记者问道："听说强盛集团的工程部经理唐小虎被指导组带走了，社会上现在传言很多，我们想来了解一下具体情况。唐小虎是被冤枉的吗？今天是不是就可以被释放了？"

徐忠正色答道："唐小虎牵扯一些纠纷案件，被京海市公安局传唤，可以确定的是，他今晚不会被释放！"

与此同时，一辆警车从徐忠身后开出来。记者们让开路，一顿狂拍。警车与高启强擦身而过。开车的是一个老警察（刘队），坐在后座上的赫然是安欣和唐小虎。

唐小虎看着安欣，说："安欣，我以为你这几年学乖了，怎么还跟我们过不去？"

安欣回道："省省力气，好好交代你跟刘金生的事。"

"他诬告我。"

"你一早就被抓了，怎么知道是他诬告你？今晚好好想想，有什么纰漏没有，千万别被抓到你俩串通的证据。"

市局走廊里，安欣靠在窗前等待着，刘队从办公室推门出来。"唐小虎和刘金生之间到底是诬告还是收买，一晚上也问不清楚。明天只要办个取保候审，唐小虎一样能走。"

"只要不是无罪释放就行。"

"你这么帮指导组可要想清楚了，他们这次下来不只是扫黑除恶，还要刀刃向内，对咱们自己的队伍教育整顿。"

"我知道，他们这次来是给京海的病去根的。"

"你更要知道，刀刃向内就是要对付自己人，都是十几二十年的同事，你真下得去手？"

安欣走出市局大门，发现旁边停着的豪车闪了闪远光灯。
高启强站在车旁。"折腾了半天，晚饭还没吃，一起吧？"
"憋着要害我？"
高启强说道："我没那么小心眼。走吧，说说话。"

深夜的福禄茶楼里空无一人，只有居中的大圆台上亮着灯。桌上的菜肴不多，都是口味清淡的粤菜。安欣和高启强边吃边聊家常，熟络得像天天见面的朋友。
高启强问："刚才看你走路的样子，是不是腰不好？"
"说得像多担心我似的。"
高启强说道："我不是担心你，是担心我妹妹。你知道的吧？小兰喜欢你。你要是早早地身体坏了，她怎么办？"
"我跟她真的没什么，她又漂亮又懂事，能找个更好的。"
高启强一拍桌子："我也是这么跟她说的！论钱，我赚得比你多；论地位，我是人大代表、政协常委。她想找什么样的找不来？"
"她结不结婚，你急什么？"
"我怎么不急？长兄如父，我就她这么一个亲人了！说真的，你喜不喜欢小兰？你喜欢的话，我出钱，你们爱去哪儿结婚去哪儿结婚。你不就是讨厌我吗？走得远远的，看不见我总行了吧？"
"我都混成科长了，一走不都白干了。"
"你铁了心要帮指导组搞我？你带小兰走，我放开手脚陪他们玩，如果我输了，有你照顾小兰我也放心。"
安欣放下筷子，数出钱，压在盘子底下，说："吃饱了，我先回了，明天还要按时上班。不像你，睡到几点都行。"

高启强拉住安欣："安欣，我拿你当兄弟，别让我对不起你。"

"那以后，就别把我当兄弟了。"

月落日升，天又亮了。唐小虎一脸倦容地走出公安局的大门，没有记者，没有鞭炮，只有唐小龙在门口等着。

唐小龙拍拍弟弟的肩膀，把他让进车里，回头望了眼公安局，钻进驾驶室，驾车离开。

公安局大楼上的国徽迎着朝阳，在闪闪放光。

第六章 12337

市直机关招待所院内，安欣陪着徐忠、纪泽在院子里散步，商量下一步的对策。

徐忠说道："安欣，你和高启强都是土生土长的京海人，你能不能带我们出去转转，看看你们从小长大的地方，聊聊你们年轻时候的事？我想更了解这个人。"

安欣带着徐忠和纪泽站在旧厂街高家楼下，它和周遭的建筑并立着，仿佛硬要把两个时代拼接在一起。

安欣扬扬下巴："四楼，就是高启强家的老房子。他父母留下来的。"

徐忠问道："如果回到二十年前，你还会把自己的年夜饭给高启强吃吗？"

安欣想了想，说："所有的决定都是人在当下处境里所能做出的最好选择。"

"现在呢？你会选择加入我们吗？"

"我是京海的警察，你们信得过我？"

"现在的问题是，你信不信得过我们？我知道大家都担心，怕挖不断强盛集团后面保护伞的根，现在跟他们翻了脸，将来没有退路。"

"我从来没想过退路。"

徐忠伸出手："欢迎你加入我们。"

"我一直在等这一天。"

安欣着一身警服，轻轻推开招待所办公室的门，走进指导组的办公区，不觉一怔。徐忠、纪泽带着指导组的其他成员，还有一位省厅刑侦局局长，都在等他。

徐忠说道："安欣同志大家都不陌生了，经过组织考察、上级研究决定，请安欣同志加入省政法队伍教育整顿第三指导组，并任命其为强盛集团涉黑案件专案组组长。孙旭、方宁，你俩负责协调指导组与专案组的工作。"

安欣正开车去往专案组，广播里传来播音员的声音："就在今天下午，12337扫黑除恶举报平台又收到关于隶属于某集团公司名下的某商业街的举报信息，专案组多方走访查证，如果情况属实，就会为调查的突破撕开一道口子……"

市直机关招待所问询室里，审讯王帅的是孙旭和另一名便衣。王帅是强盛集团下属物业管理公司的经理，三十来岁，属于集团里的打仔，他和他带的手下胳膊上有统一的文身。

王帅一副顽抗到底的样子。

市直机关招待所办公室内，安欣和方宁通过监视器看着电脑屏幕上的王帅。

方宁问："这个王帅在强盛集团只是个小角色，抓了他能有多大用处？"

安欣笑了："抓大抓小不重要，是强盛集团的人就行。只要强盛集团的人被动了，站在高启强那边的人就得重新掂量。"

此时，孙旭和方宁手里拿着举报热线提供的老胡家地址，正在老旧的棚户区里寻访。

门被敲开，老胡妻子把脸贴在门缝上，警惕地看着外面。

方宁问："您好，昨天是您在 12337 举报平台提供的线索吗？"

孙旭亮出证件："我们是来调查核实的。"

老胡妻子打开门，让两人进去。老胡躺在床上，满脸淤青，眼角还有淤血的痕迹，胳膊上裹着绷带。

方宁问道："您是胡勇吗？我们想了解一下您和王帅的具体纠纷过程。"

老胡的妻子无奈地说道："那能叫纠纷吗？是我们挨打啊！我们一下手都没还过！"说着，从抽屉里掏出租赁合同，"这是我们在情侣大街租店面的合同，签的是年底到期，上个月突然说涨价了，还要我们马上交出明年一年的房租，不交钱就让我们马上走。合同一年一签，年年涨价，钱没赚到我们手里，都让王帅赚走了。"

老胡插话道："同志，你们走吧。你们不管，我还能拿一笔赔偿，再凑点儿就把明年的房租交了。你们一折腾，我怕一分钱都拿不到了。开店的时候，亲戚朋友凑了七八万才做了装修，我们惹不起啊！就算把人抓了又有什么用，过几天还不是放出来了？都多少次了！"

方宁和孙旭都感到脸上无光。

餐厅包厢内，桌上摆着茅台和洋酒，还有几个硕大的礼盒，唐小虎忐忑地坐在角落里。

唐小龙把电话扔到桌上。"电话打了一圈，都说有事，谁也不来。"

唐小虎拉开礼盒，里面是塞得满满的人民币。"他们钱都不要了？"

小龙说道："人家明说了，王帅在专案组的手里，他们已经没有办法了。"

包厢门被推开，高启强冷着脸走了进来。小龙、小虎连忙起身。

高启强说道："知道你们兄弟俩在商量大事，过来听一听。"

小龙紧张地解释着："我们不是故意瞒着你的，是想搞定了再跟你说。"

高启强看着桌上的礼盒和酒，问："搞定了吗？"

高启强拆开一个又一个礼盒，将里面的票子全都撒在桌上。"还用这一套，这种时候谁敢拿？这件事现在我来处理，但你们要把所有的情况原原本本地告诉我，一丁点儿都不要瞒！"

市直机关招待所办公室内，大家情绪稍显低落，因为走访了五十七家商户，租赁合同就是一张废纸，而面对经常使用暴力手段的王帅团伙却没有人愿意在记录上签字，更别说作证了。安欣决定再去找胡勇夫妇谈一谈。可当他们再次来到老棚户区的时候却发现胡勇夫妇失踪了，通过室外监控仔细查找，发现他们连夜搬走，而接走他们的车正是在强盛集团名下。安欣决定直接面对高启强，没想到高启强还算配合，给了他一个地址说随后再谈，安欣等人拿着地址，决定一探究竟。

站在一处高档小区某栋楼的楼下，他们敲响了地址上天鹅湾 A 栋 A02 的门，开门的正是胡勇夫妇。他们身后是崭新的豪宅，家具也是新配的，夫妇俩寒酸的穿着和他们居住的房子极不相配。

胡勇看见他们却十分不耐烦："你们怎么又来了？"

孙旭介绍道："这位是我们专案组的安欣组长，还请你们配合我们的工作。"

没等胡勇开口，安欣直接说道："老胡，高启强给你们这套房子的条件是什么？"

老胡一愣，说道："跟王帅和解。"

孙旭急道："你们自己在12337上发的举报线索，高启强给你们点小恩小惠，就把你们收买了！他们送你们房子可不是良心发现，而是为了阻止我们继续调查！等我们走了，这房子是谁的还不一定！"

胡勇夫妇都低着头不说话。

安欣说道："我懂了，走吧。"

安欣带着孙旭走出小区大门，孙旭还是一脸愤怒。

孙旭说道："安组长，为什么不再争取一下？一旦强盛集团的财产被清算，他们也留不住这套房子。"

安欣摇摇头："他们会为了保住这套房子全力维护强盛集团。"

正说着，二人停住了脚步。

高启强就站在小区的大门口，正笑着向二人挥手致意，身后站着一排工作人员。

安欣走上前说："你出手蛮大方嘛。"

高启强说道："做小本生意太不容易了，看着胡勇他们，我就想起从前的自己。我说过，我配合了你们的工作，自己也有个小小的请求，希望你帮我约指导组的徐忠、纪泽两位组长一起吃个饭。他们对我有一些误会，我希望能当面解释清楚。请你帮忙是不想弄得大家难堪，不要以为我们没有别的办法。"

安欣轻蔑地一笑："等调查进度到了需要你到场配合的时候，你一定能见到。"

市直机关招待所院子里，徐忠与安欣边走边聊。

徐忠说道："依照强盛集团的财力，这样继续收买下去，我们会一直被他们牵着鼻子走。你有什么想法？"

安欣说道："我记得您说过，这次的政法系统教育整顿和扫黑除恶行动，不局限一时一地。"

"对，如果有必要，我们就倒查二十年，有罪必罚。"

安欣想了想，说："情侣大街最开始不是强盛集团的，而是沙海集团负责开发的。当年两家为了争夺这条街还发生过几次暴力冲突，连他们董事长蒋天都险些被打。有传言说，某位市领导出面让两家握手言和，把情侣大街卖给了强盛，价钱还算公道。听说蒋天是个心直口快的人，有政协委员的身份和市领导的支持，高启强也拿他没办法。"

"你觉得能争取让他协助我们吗？"

"至少他足够有钱，不会被高启强收买。"

下午，酒廊里只有蒋天一个客人，他坐在吧台前晃着一杯鸡尾酒。安欣和孙旭坐在他对面，观察着他。

安欣说道："2015 年，110 接到过报警，您和您的司机在情侣大街被歹徒袭击，您名下所属车辆被砸。但是当时公安机关最终没有立案调查。两周后，您把情侣大街卖给了强盛集团。这两件事有没有联系？"

蒋天笑了："安警官，我知道你是市局的，但我不知道你还帮省里来的指导组做事。你失败了在京海怎么立足我不知道，但要是帮了指导组，我在京海可就待不下去了。"

"蒋先生是很有正义感的人，一直被高启强那样的人压着，心里肯定不痛快。这样，如果您改了主意，就联系我。"

安欣和孙旭起身告辞，蒋天却叫住他们："安警官，最近我的司机总是犯错，我今天上午把他开除了。"说着，从西装口袋里拿出一张名片，压在酒杯下，起身离开。安欣心领神会，过去取下那张名片。

名片上印着"沙海集团董事长私人助理——林阿胜"。

第七章　冰山一角

市直机关招待所问询室里，安欣和孙旭坐在林阿胜的对面。林阿胜是个三十多岁的中年男人，因为蒋天已经交代好了，他一副豁出去了、不吐不快的架势。

安欣问道："2015 年 11 月 7 日晚，蒋天和你在情侣大街被人袭击，你能把当时的情况再描述一下吗？或者还有你知道的一些其他事情。"

林阿胜点点头："沙海集团拿下情侣大街的项目之后，一直有人来找各种麻烦，没法开工。蒋老板也被逼得没法子，就托人去找高启强，想和平解决。高启强约老板周末晚上出来面谈，老板也没有多想就去了，结果高启强没来，来的是王帅。王帅要把老板带走，老板没敢去，结果就被他们拿着家伙往死里打。中途趁乱，我和老板分开跑，我开着车，他们就一直追着我。后来我的车被他们撞了，我又被他们打晕了过去。等我醒来是在医院里，还有两名警察站在我的床边，我就把详细的情况给两位警官描述了一下。他们说需要我去派出所核对口供，我一上警车，却发现王帅正在里面对着我笑。他在警车里要割了我的舌头，而派出所的所长和警察就在警车外面。再后来录口供的时候，我就说是和酒鬼起了冲突。"

安欣问："你说的这些，有证据吗？"

"行车记录仪拍下了那一晚的情况，但我没敢交给派出所。老板嘱咐过我，要好好留着。"

市直机关招待所办公室里，徐忠、纪泽看了一遍林阿胜的证词。

安欣说道："林阿胜的证词，时间、细节都对得上。行车记录仪的录像我也看了，从停车到动手，拍得清清楚楚。"

纪泽说道："人证、物证俱全，王帅这小子铁定跑不了。当时接警的派出所那边怎么处理？"

安欣回道："查了，当时负责这起接警的所长叫陆鹏，他现在还是平康里派出所的所长。"

徐忠怒道："这种腐败干部对国家、社会的危害程度可比王帅这种人大多了。我们要整顿政法队伍，首先收拾的就是这帮人！修改供词，重案轻判，无视人民利益，践踏司法程序！当初他不是也填了调查表吗？把他的表格找出来，一条一条对，看看撒了多少谎！"

酒店的包间里，酒席上觥筹交错，几名商人模样的中年人向陆所长频频敬酒。

房门突然被推开，安欣带人走了进来。"省扫黑办专案组的。陆鹏，现在请你回去接受我们的调查。"

市直机关招待所问询室里，陆所长显然还没从酒劲儿里缓过来，情绪亢奋。"不就是喝了几杯酒吗，至于大张旗鼓地把我带到这儿来吗？"

安欣打开门，一言不发，只是望着他。陆所长看见所里的警察一个一个从门前经过。

安欣说道："平康里派出所的警员都到了，你干了什么，你的同事都清楚。这个主动交代的机会，可能他们更想要。"

陆所长忙说："我交代！"

市直机关招待所办公室里，安欣正在向徐忠汇报。

"陆鹏承认曾收了王帅的贿赂，诱使报案人修改证词，从而重罪轻判。但出面与他对接的一直是王帅，牵扯不到高启强。"

徐忠摆手："王帅虽然在强盛集团职务低，但他长期欺压百姓，在基层群众中影响极为恶劣！我们要通过对王帅案件的处理，把这次整顿政法队伍、将扫黑除恶常态化的决心向整个京海宣传出去！"

说到宣传，安欣首先想到的是已经为人妇为人母的孟钰。想起孟钰，安欣又很自然地想起了她结婚的那一天：穿着白色婚纱的孟钰挽着孟德海的手，踩着红毯走来，孟德海把女儿的手交给杨健，杨健面色潮红，幸福得快要晕过去了。

收回思绪，安欣拿起电话。

龙鼎轩包间里，杨健拿着平板电脑点着菜。旁边孟钰身上穿的衣服、背着的包都价值不菲，品位也不俗。杨健已从缉毒大队辞职多年，现在是京海市供电局的副局长，人人艳羡的职务。和十几年前相比，杨健原先脸上的朴拙、耿直不见了，脸变圆润了，身上穿戴也是价值不菲，颇有些领导的派头。

安欣问："孩子呢？"

孟钰撇撇嘴："阿姨看着呢。说吧，你又是约饭，又是敬酒，是不是有什么事？"

安欣笑着说："老杨，你太太冰雪聪明！"又转向孟钰，"我确实想请你帮忙。我现在被借调到省扫黑办派下来的专案组工作。我们抓了强盛集团的王帅，想借你的栏目在电视上宣传一下。"

杨健和孟钰一愣，手都顿住了。

孟钰开车，杨健坐在副驾驶座上说道："他找你做王帅的新闻，实际上要办的是高启强。播出后会有什么后果，对我们会造成什么影响，他有考虑过吗？他们斗法，别把咱们家拖下水啊！高启强什么人，能惹吗？"

孟钰说道："王帅算不上什么重要人物，而且我也答应了。再说了，老杨，咱们约定过，你的工作我不指手画脚……"

杨健举手投降："你的工作我也决不干涉。"

市直机关招待所办公室内，孙旭在向徐忠汇报案情的新进展。

"陆鹏交代了有据可查的贪贿金额，目前是八百余万元，还有四百多万元财产连他自己都讲不清来源。还有就是，他对背后的靠山只字未提，拒不交代。"

徐忠说道："这大概就是他能在这个位置上坐这么多年的原因。"

养老院院内，高启强推着轮椅，在陪一位中风的老干部晒太阳。唐小虎跟在他身边，晓得老干部听力已经不太好了，二人谈话也没什么避讳。

唐小虎说道："强哥，2015 年情侣大街的那个案子被翻出来了，平康里派出所好几个警察都被带走了。京海台几个记者今天跑到情侣大街去做专访了，安欣他们是想把动静搞得越大越好！"

情侣大街上，孟钰正带着摄像师在拍素材。安欣捧着奶茶在旁边小心伺候着。

孟钰看着监视器里的最后一个镜头，说："好，素材够了。"

安欣递上奶茶："辛苦，这条新闻能不能周日晚上播？"

孟钰撇嘴道："我一个周末都给你搭进去了，还让不让我休息了？你怎么比我们台长还狠呢！"

安欣急道："早点儿播出，早点儿见效果嘛！周日我能去孟叔家吗？好久没见了，咱们一起吃个饭，顺便守着电视看你的大作播出。"

孟钰点头："你真能来啊？那我告诉我爸了。"

安欣一敬礼："保证到！"

市立医院住院区，孟德海从病房里走出来，只有在这里他才能显出衰弱和疲惫。杨健站在走廊里，见到自己的岳父，像见到上级一样恭敬。"爸。"

"你怎么来了？"

"小钰打电话回家，没人接，知道您肯定又来医院了。小钰本来也要来看妈妈的，但是安欣打电话来，说要去家里看您，小钰就先回家开门去了。"

"是吗？走走走，回家！"

杨健引着孟德海走向停车场上崭新的一辆豪车。

孟德海瞥了一眼："这么贵的车，我坐不起。你们也要注意影响，在外人看来，咱们家是一体的。"

"明白，要低调。可我在供电局，不就是图工资高点儿，能让小钰过得好点儿吗？"

孟德海像是被触动了心事，没再争辩什么。

孟家门口，孟德海掏钥匙开门，拧了几下都拧不动。门从里面被打开，安欣系着围裙站在他们面前，手上都是面粉。

过了十几年，屋里的陈设并没有太大的变化。孟德海带着杨健进门换鞋，安欣立在一边。

孟钰的声音从厨房里传来："爸回来了！难得今天人齐，我说一块儿包饺子吧！"

"这主意好！包饺子热闹。我洗个手去调馅。"

安欣说道："不用，您歇着，我们干就够了。"

孟德海脸一板，大声说道："你们调的能吃吗？吃了几十年我的饺子，现在说不用了？"说着话，孟德海走进洗手间，重重地关上了门。

安欣说道："我好像说错话了。"

孟钰说："唉，把他放在人大就是养老，还不如安长林这个政法委书记，他这气一直不顺。"

孟德海从洗手间里出来，孟钰赶紧拉着他进厨房。

四个人在客厅里包饺子，有擀皮的，有包的，其乐融融。

安欣说道："您下次去看崔姨带上我，我跟崔姨说说话。"

"好啊。我听说你被借调到省里来的教育整顿指导组了？"

"是。"

孟德海叹道："公安战线上提拔起来的好多都是真刀真枪立过功的，都是英雄，最后逃不过一个'贪'字，可惜啊！"

大家顿时沉默了。孟钰下意识看了一眼丈夫，杨健显得心不在焉。

"叔，京海新闻之后要播孟导的新作品。时间差不多了吧？"

孟钰说道："片子赶得太着急，你别挑刺啊！"

说着，孟钰擦干净手，打开电视，屏幕上的标志正是京海市台，在播放着广告。

时间到了，大家的目光都充满期待，屏幕上却突然放起了一部老电影。

孟钰很是吃惊："怎么回事？"

安欣并没有太惊讶，这结果隐隐在他的意料之中。

福禄茶楼内，高启强把玩着一个带有京海电视台标志的 U 盘。他带着小龙、小虎兄弟在吃晚餐，店里还是只有他们一桌。电视机被特意摆到了大堂里，京海台仍在放着那部老电影。

高启强把 U 盘放在桌子上："这里面是情侣大街的案子，安欣想做成新闻今天晚上播，被我拦下了。这些关系动一次就欠一次人情，早晚要用真金白银去还的。"

唐家兄弟连连点头。

煮好的饺子已经摆在桌子上，没有人动。孟钰生气地放下电话，说："台里要播放的重要新闻的 U 盘怎么会丢？"

孟德海问："你这期节目是什么内容？"

安欣说道："强盛集团下面一个物业经理长期在情侣大街一带欺行霸市，我们把他抓了，想借孟钰的栏目宣传一下，鼓励更多的群众举报涉黑线索。"

孟德海问："你是冲着高启强去的？"

这时，孟钰的电话响起，孟钰生气地按下免提："喂。"

电话里是一个年轻的女声，声音急促："有公众号发了王帅案件的新闻稿，还提到咱们台会在晚间栏目播放。现在后台全是留言，询问为什么栏目没播，想瞒都瞒不住了。"

"什么公众号？"

"帖子发给你了，你先有个准备，台长已经发飙了。"

电话匆匆挂断，孟钰赶紧打开帖子，快速浏览了一遍。

孟钰难以置信地看着安欣："这是怎么回事？"说着把手机递给安欣。

安欣回道："哦，几个自媒体的朋友，以前配合我们做过反诈骗的宣传工作。我本想让他们的帖子跟你的新闻同时发，互相引流，造点儿声势。"

孟钰说道："你信不过我？还是你知道新闻一定播不成？让公众号炒作这次播出事故，反倒把一个没人关注的案子带火了！"

安欣解释道："你太高估我了，我哪有那脑子。"

"滚出去。我不想看到一个只会利用我的人！滚！"

孟钰这一声喝，一家人都僵住了。

杨健陪着安欣走出单元门，脸色也沉了下来。"你今天是什么意思，只有你心里清楚。"

安欣说道："怎么了？你也跟我阴阳怪气的。"

"你不想说就算了，没必要东拉西扯。"

杨健转身要上楼，被安欣拉住。

安欣说道："老杨，孟叔拿我当自己家人，我也把你们当家人。京海太小了，能藏起来的不是秘密，只是证据。"

杨健沉默了良久，黯然说道："咱们有多久没在一起喝过酒了？"

"自从你带着马涛他们从缉毒队辞职以后。"

"找时间喝顿酒吧，我得谢谢你，还愿意跟我说这些话。我回去了，还得给孩子检查作业。当爹不容易，不能事事随心。"

安欣望着杨健远去，看着他消失在黑暗的楼门洞里。

第八章　铁卷丹书

黄瑶匆忙赶回家。高启强正在看展开的宣纸上的四个大字：人民公仆。

高启强看了黄瑶一眼，说道："其实满纸只写了一个字——权！"

黄瑶若有所悟地点点头，然后急忙说道："网上的公众号出现了好几篇文章，说我们收买媒体控制舆论。我已经都打印出来了，文章一旦公开再撤就来不及了，此事已经发酵。而且这些公众号都是个人运营，沟通起来很麻烦。您看怎么处理？"

高启强说道："你专心搞好财务，那是最要紧的。这点儿小事我来处理。对他们还是太客气了，再不用点儿手段，省里来的老爷们还真以为我好欺负！"

福禄茶楼里，高启强和唐家兄弟在吃早茶。

高启强说道："陆所长被抓，有些朋友不太高兴。他们都认定是王帅招了供。"

唐小虎说道："不可能。咱们有家法，王帅不敢。"

高启强说："不重要，重要的是让大家都知道，背叛我是要付出代价的。"

唐小虎点头："明白。"

入夜时分，一扇窗户里冒出火光，伴随着滚滚浓烟。楼上的居民蜂拥而出，消防车的警笛声由远及近。百姓们跑到楼下，自以为安全了，纷纷对着着火的人家指指点点。突然，煤气发生二次爆炸。伴随着巨响，窗户里腾出个火球，围观者吓得纷纷惊呼。

市直机关招待所办公室里，其他人在吃着食堂里的盒饭，安欣拿着失火后现场勘查的照片介绍案情。

"失火的是王帅的家。王帅妻子带着孩子最近搬回娘家去住了，所以没有造成人员伤亡。从现场勘查的结果看，可以确定是人为纵火。"

方宁说道："幸亏安组长提前安排，把王帅的家人转移走了。"

安欣说道："其实他们的目的是恐吓那些想和我们合作的人。"

孙旭想了想，说："我们下一步是不是和京海公安配合去抓纵火犯？"

方宁正听得入神，忽然觉得嘴里吃的东西有些不对劲儿。

她眉头一皱，从饭里扒拉出一张名片。"饭里有东西，都别吃了！"

大家陆续从自己的饭菜里发现了小卡片。

安欣捡起卡片，对着阳光看，上面只有一串 400 开头的号码。

安欣说道："今天参与做饭、送餐的招待所工作人员全部留下，我们清查一遍。方宁，你按卡片上的号码拨过去。"

方宁忐忑地拨通了号码，一个温柔的女声随即传来："欢迎致电京海强盛集团，咨询请按 1，商务合作请按 2。"

市直机关招待所组长办公室里，纪泽听完安欣的汇报，恼怒地一巴掌拍在桌子上。

"这是面对面和我们宣战！还要请我们吃饭？我不去！饭里塞名片就是公开告诉我们，我们的命攥在他手里！这还是市直机关招待所呢！我要带人好好审查这里的工作人员。"

徐忠摆摆手："既然他想见面，不见倒显得我们小气了。先礼后兵。饭局没必要，出去见个面我看还是可以的。老纪要是不去的话，安欣你也不要去了，我和高启强单独谈一谈。"

白天的情侣大街上很是热闹，三辆黑色奥迪排成一列，缓缓驶过情侣大街。

徐忠和高启强并排坐在后座上。高启强一副下级向上级汇报工作的样子，很是谦卑。

高启强说道："看来您还是不信，我也从来没见过那种卡片，更不可能派人放进指导组的饭菜里。我的手没那么长。"

徐忠笑了笑："那就一定有好心人，特别想促成咱俩这次见面。为什么呢，妒忌？"

高启强说道："也许吧，有些人看到我赚了一点儿钱，却对我的付出和贡献视而不见。有的人想取而代之，有的人则过河拆桥，我很难。可我现在更多是在回报京海，回报社会。"

徐忠说道："兼听则明，我今天来就是本着兼听的态度。听说你捐款，做慈善，做义工，都搞得有声有色。"

"那就去我捐赠的幼儿园和养老院看看吧！"

市直机关招待所组长办公室里，黄老的信摊在纪泽和徐忠的办公桌上，纪泽正一封一封地细细阅读。

徐忠无奈道："这个高启强建了免费的幼儿园、养老院。你看，这些都是黄老给我的信件。怎么也没想到能在高启强捐赠的养老院里看见他，能感觉到黄老很喜欢高启强。你要知道，黄老在省委组织部工作多年，别说京海了，半个省的人事任免都离不开他，他要替高启强说情，省长都得掂量几分。"

纪泽看着信说道："咱们有尚方宝剑，高启强也亮出了铁卷丹书。"

门被敲响，方宁走了进来。

方宁说道："组长，强盛集团那家幼儿园的情况基本摸清楚了。据群众反映，幼儿园有一条不成文的规定，招收的孩子，父母至少有一方是京海市机关的基层公务人员。"

纪泽问："那养老院呢？"

"入住养老院的百分之八十是退休的老干部，百分之二十是老干部的亲戚朋友。"

徐忠说道："高启强的算盘打得精，一手捏着人数最多的基层公务员，一手捧着心理落差大的退休老干部。用最低的成本，把公务员队伍两端的人都绑上了自己的船。"

纪泽点头："再用这两端辐射有职务的中层领导，整个京海全是替他说话的人。"

徐忠笑了笑："难怪我们之前的工作难以开展，也难怪像安欣这样的同志心灰意冷。高启强在京海真的算是只手遮天了。他今天把手里的牌亮给我，还是想让我们知难而退。"

纪泽说："在饭里放小卡片的人还没查到，这间招待所已经不安全了，我们要不要换个驻地？"

方宁说道："沙海集团的蒋天曾经协助过我们，他主动提出，愿意提供自己名下的沙海酒店配合我们的工作。"

卢松带着十几名指导组成员走进沙海酒店。

卢松手持仪器，检查屋中各个角落。

沙海酒店总裁办公室里，秘书端上两杯茶，摆在徐忠和纪泽面前。

徐忠说道:"谢谢蒋总,拿出整整一层楼的房间作为我们的工作地。"

蒋天说:"别的不敢说,但我保证,在我这里,各位绝对安全。"

蒋天指指墙角的监控摄像头:"你们的电脑可以接入整个安保系统,权限是最高等级。两部专用电梯直达你们的楼层,不与其他人混用。酒店外围我也增加了保安,可以说是固若金汤。"

强盛集团董事长办公室里,摄像头的画面清晰地出现在电脑屏幕上。高启强伏在桌上,惬意地看着画面中的三个人,彼此像是在对视。

高启强笑着说道:"哼,固若金汤?"

乡间小路旁的一棵树下,一个老农正慵懒地晒着太阳。一辆汽车驶过,扬起一阵尘土。

老农从兜里掏出一个最新型的苹果手机,与其身上的打扮毫不匹配。"喂,刚刚过去一辆车哦,车号是……"

手机里传来吼声:"那是刀哥的车!老糊涂,不该报的别瞎报。"

种业公司院内,汽车径直开进院子。唐小龙下车,环顾四周:一栋旧楼,一间仓库,一个场院,破破烂烂的,像是荒废了许久。招牌掉了漆,只能看清"种业公司"几个字。

手下拉开锈迹斑斑的大门,唐小龙进了仓库,里面别有洞天。赌台摆了不少,但赌客却寥寥,好多张桌台前的荷官都百无聊赖。唐小龙走到供台的关公像前,虔诚地拜了拜。

关公像上塞着好几张客人祈福用的钞票,唐小龙夹起其中一张百元大钞,若无其事地塞进自己兜里。石磊(男,四十多岁,曾是这里的厂长,如今是赌场看门人)捧来账本,交给唐小龙。唐小龙翻看几页，越看越恼火。

　　唐小龙拎着石磊走进屋里，把他一脚踹进杂物堆。

　　唐小龙问："入账怎么少了这么多？"

　　石磊连忙解释："省里来了指导组，我怕撞枪口上，上个月就没怎么开门营业。"

　　唐小龙说道："消息还挺多啊！你还记得欠我钱吗？不开张你还个屁啊？"

　　石磊说道："我是怕给你惹麻烦。"

　　唐小龙收到一条短信："下雨了，水会进家。"

　　唐小龙连忙大声说："收拾东西，警察来了！看见没有，咱公安局里有人，用不着你操那份闲心！"

　　一队警车呼啸而来，张彪第一个跳下车。"给我把前后门都堵上，一个也别放跑！"

　　训练有素的警察们很快占据有利位置，围住了旧楼。入口是一道铁门，内里还加装了电子锁，封得严严实实。警察用电锯锯门锁，火光四溅。

第九章　九出十三归

当警察冲进赌厅的时候，赌台已经全被搬空了，只有几张长桌，摆着许多有些干瘪的玉米。

两名手下抬着大锅，正在给赌客们分发蒸好的熟玉米。

张彪喊道："负责人在哪儿？"

石磊拎着玉米迎上来："我是厂长。"

"你叫石磊？"

"对。"

"有人举报你这里聚众赌博，我们需要检查。"

警察们散开进行搜查。张彪绕着赌客们转了一圈，坐在唐小龙身边。

一名警察跑过来。"张队，找到一些筹码和一包现金。"

唐小龙恶狠狠地瞥了一眼石磊。

张彪说道："石厂长，走吧，回局里说。"

石磊头一低，算是认了。

张彪给石磊戴上手铐，推着他走。

唐小龙举起手机，冲着他挥手告别，挤了挤眼睛。

石磊明白，唐小龙是在暗示他，公安中有他们的眼线，让他闭嘴。

由于缺乏证据被释放的石磊被唐小龙抓了个正着。唐小龙逼迫石磊献了三次血。石磊万般无奈，要卖掉祖宅来偿还一部分利滚利的债务。唐小龙扬长而去，石磊却一头栽倒在路边。

在医院醒来的石磊看到了面前的安欣。在安欣的几番劝说下，石磊终于愿意道出实情。

原来，种业公司的石磊一直是一个本本分分的人，曾经为五个乡改良经济作物，帮两万村民脱贫。当时公司急需一笔资金周转，但是银行信贷部的蔡经理却以各种理由不给批。后来，蔡经理给了石磊刀哥也就是唐小龙的电话，唐小龙以高利贷的形式放款给石磊，石磊也答应银行贷款下来后第一时间偿还。可是高利贷借了，银行的贷款却迟迟不批，就这样，高利贷一直利滚利。这时石磊才知道，这一切都是蔡经理和唐小龙做的局。而这时的石磊已经欠下了这辈子都还不清的巨额债务。

石磊说道："为讨个公道，我求了好多人，但公安局说证据不足，一直不给立案。"

安欣疑惑道："唐小龙敢收那么高的利息，怎么能没有证据？"

石磊叹了口气："他们精明得很，收购了一个快倒闭的酒厂。酒厂一瓶白酒的成本不过4块钱，他们改了个名字，叫'盖茅台'，在网上标价2990元。自然没有人会买。但只要找他们借钱，他们明面上只收正常的利息，违规的部分就逼人按网上的标价买盖茅台，做成公司的采购账单。"

安欣不禁皱了皱眉头："这手段确实高明，很难抓住把柄。"

孙旭说道："你和警察说了吗？"

石磊问："就是因为和警察说了，招来了唐小龙的报复。他们披麻戴孝地去我父亲家给我哭丧。我的一切都归了唐小龙。钱、地、公司，连血都被他卖了，他还不停地往我身上挂新账。新账叠旧账，一辈子都脱不了身！"

安欣说道："你要真想解脱，就帮助我们把他绳之以法。"

石磊无奈地说："唐小龙手眼通天，京海的公检法都有他的人，公安局里有人给他通风报信，我是亲眼看到的。"

高启强家里，黄瑶乖巧地给高启强和唐小龙端来糖水，两人都对黄瑶赞不绝口。这时，高启强的电话响起，原来是高晓晨又被抓到了派出所。高启强气得扬言不再管高晓晨，让派出所一直关着他。电话挂断，高启强一抬头，偌大的客厅里只剩下他一个人，显得空空荡荡。

屋子中央的墙上挂着一张高启强、陈书婷和少年高晓晨的合影，那时候的高晓晨还是个萌娃，一家人显得其乐融融。

沙海酒店客房里，安欣和孙旭正在这个临时改造的办公室里向徐忠汇报工作。

孙旭说道："我们按石磊提供的线索又走访了一些群众，基本证实了石磊所交代的内容。地下赌场只是冰山一角，唐小龙最大的利益来源于高利贷业务。"

安欣点头："唐小龙放贷的钱就是从银行借的，京海银行信贷部的蔡经理是他的帮凶，他们共同设局，诓骗周转困难的企业，害得很多人家破人亡。除了高利贷业务和赌场，唐小龙还经营色情行业，从事卖淫的很多女性都是高利贷的受害者。"

孙旭补充道："有些女孩为了整容向唐小龙借了高利贷，还不上就被逼去卖淫。最重要的还有一点，我们的队伍里有人在给唐小龙通风报信。"

徐忠问："能揪出来吗？"

安欣点点头："您再给我点儿时间。"

高晓晨垂头丧气地从东郊分局里出来。出乎他意料，门口并没有家里的豪车在等他。

高启强骑在一辆"小绵羊"上，手里拿着头盔，而他旁边还有一辆共享单车。

高启强骑着摩托，压着速度在前面溜着。

高晓晨努力蹬着共享单车，偏偏轮胎又没什么气了，他满头大汗，气喘吁吁，憋了一肚子火。

高启强带着高晓晨来到他生父的墓前。高晓晨没想到高启强会来这一手，气势全颓了。

高启强说道："你跟你亲生父亲一样，明明没那个本事，还成天想着当老大，离开你妈就不行！没有陈书婷，你们父子俩什么都不是！我也一样。"

高启强瞬间颓废下去，高晓晨一愣。

高启强说道："晓晨，你应该知道，就是因为我很疼你，所以我和你母亲曾经约法三章，而这其中一章就是你。第三章，无论将来我的生意有多大，都不要让儿子和黄瑶沾手。"

高晓晨嘟囔道："你也不是全听我妈的，不是还让黄瑶进了强盛吗？"

高启强拍拍儿子的头："傻小子，她又不是亲生的。"

高晓晨说道："我也不是啊！"

高启强把额头抵在儿子的额头上，动情地说道："你当然是！比亲生的还亲！我们是这世界上彼此唯一的亲人！"

"那我姑姑呢？"

餐厅内，桌上的菜很简单，几盘凉菜配着饺子。高启兰吃得津津有味。

安欣说道："你是真爱吃饺子啊？"

高启兰点头："对啊，什么都没有大年夜的饺子好吃！"

"最近见你哥了吗？强盛集团的工作有哪些是你负责的啊？"

"安欣，你是来查我的吗？"

"我的意思是，你能和强盛保持距离最好，越远越好！如果能调个工作，不在临江省，可能更好。"

"安欣，我从小在京海长大，你让我离开这里到哪儿去？谢谢你的饺子。"

高启兰拎起包就走，安欣懊恼地拍了拍自己的嘴，他本意是劝高启兰远离强盛集团，离开京海，免得集团倾覆的时候受到影响，结果话出来变成这副模样。

高启兰冷着脸走出饭店，用车钥匙开车。

安欣追出来说道："小兰，我真不是那个意思……"

"安欣，我是喜欢你，可你不该欺负我。"

车开走了，留下安欣一个人站在那里怅然若失。孟钰和高启兰的话在他耳边交替响起。

"安欣，我是喜欢你，可你不该欺负我！"

"滚出去！我不想看见一个只会利用我的人，滚！"

高启强骑着"小绵羊"，缓缓来到山顶平台。高晓晨骑着共享单车也跟着上来。两个强盛集团的安保人员推着高晓晨的机车，已经等在这里。

"爸，什么意思？"

"你爱玩摩托，爸爸也爱玩，可我年轻的时候没条件，一辈子没碰过这机车。但我自信我骑得不比你差，更不比你慢，要不要比一比？"

"有什么可比的？我一把油门，你连我尾灯都看不见。"

两辆摩托车齐头并停，高启强和高晓晨穿戴整齐，目光严肃。安保人员充当裁判，站在摩托车前高举双手："预备，出发！"

高启强一拧油门，"小绵羊"突突着开了出去。高晓晨直起身子，望着高启强的背影，只觉得好笑。轮胎在地上摩擦起一阵青烟，轰鸣着冲了出去。一百八十度的弯道越来越近。高晓晨轻捏刹车，仪表盘上的速度指针迅速回落，车速慢了下来。随着一阵突突声，高启强追了上来，丝毫没有减速的意思，压着内道超过了高晓晨。高启强斜着身子，以近乎极限的角度驶过弯道。凸出的踏板在地上擦出火花，小绵羊险些失去平衡。高启强身子一阵摇晃，勉强稳住了车身。

山地公路旁，"小绵羊"停了下来，高启强摘下头盔，长出一口气，头发已被汗水粘在了一起。

高晓晨兜了个圈，停在高启强身边。"你太不要命了！"

高启强说道："从今天起，不许骑摩托，不许打架，不许惹是生非。你今天输给我，是因为你怕死，怕死就不要作死！"

第十章　抓

市局支队长办公室里，张彪一脸不满："我们在一线忙死忙活，指导组在背后查我们，现在又需要我们来协助，你让我怎么跟兄弟们开口？"

安欣问："我们从平康里派出所的陆鹏家里搜出了上千万赃款，这样的人不该查吗？"

张彪突然暴躁起来："京海的警察又不是都像他那样！你是吗？我是吗？我们支队的兄弟个个清白！强盛集团在京海势力那么大，我们有过迫不得已抬抬手的时候，但是贪赃枉法绝对没有！"

安欣压住火："领导派我来联系，要求刑警队协助工作，就是对你们的信任。你挑几个信得过的人，随时等我消息。"

张彪一愣："要抓人？"

安欣点点头。

京海市局院内，张彪带着六七个刑侦支队的小伙子冲下楼梯。他们来到停车场，安欣、孙旭和其他专案组成员早已等在那里。

安欣说道："工作需要。张队，你坐我的车。"

孙旭和其他专案组成员向刑警队的人招手。

闹市中矗立着一座落魄的老酒店。安欣的车静静地停在酒店后院的马路边。

透过挡风玻璃，他们可以清晰地望到街对面的酒店。

安欣用手指敲击着方向盘："酒店里有个卖淫窝点，是唐小龙控制的。据可靠线报，唐小龙今天要来这里收账，我们在所有出入口布了人，等他一进去就行动，人赃并获！"

张彪点点头。

时光流逝，白驹过隙。

车上的对讲机终于响了："安组长，唐小龙的车进地库了。"

安欣抄起对讲机："各单位注意，行动！"

酒店后楼处，电钻直接钻开了隐蔽的电子锁，孙旭和张彪拉开了密封的大铁门。

安欣带队闯了进去。隐藏在里面的卖淫女、嫖客一片惊呼。张彪和孙旭都是老手，迅速安排，将所有人分别控制住。众人一个房间一个房间地检查，却没发现唐小龙的踪迹。安欣不说话，端详着张彪。张彪被看得心虚，带头押着卖淫女们出去了。

卖淫女和嫖客都被押上了车，安欣有意走在最后面。

待其他人都上了车，他才轻轻拍了拍张彪，伸出手："手机。"

张彪一脸茫然，把警务通交给安欣。

安欣没接，手继续伸着："另外一个，你用来给唐小龙通风报信的手机。"

张彪心虚地大叫："你凭什么怀疑我？"

安欣说道："因为知道要来抓唐小龙的只有你。"

"所以这是专案组给我下的套？"

"很可惜，你没经受住考验。而且，我有一份账目，上面记录了最近五年唐小龙通过京海银行打到你妻子账户上的每一笔钱。你现在想看吗？"

张彪脸色煞白，整个人哆嗦起来，再也支撑不住，绝望地瘫倒在地。

张彪问："我能最后再求你件事吗？"

曹闯的墓碑旁边是李响的墓碑——他俩的职务写的都是京海市刑侦支队支队长。墓碑上照片里的人笑得很灿烂。

张彪和安欣站在墓碑前，张彪用袖子擦拭着墓碑上的灰尘。

张彪说道："我这个队长当得不称职，连手下兄弟都保不住。我只能保自己，保我一家。"

安欣问："唐小龙拿你家人威胁过你？"

张彪摇头："不用替我找借口，是我没守住底线。"

安欣突然烦躁起来："我就瞧不上你们这样的，这会儿一个个可会说了，什么操守底线全想起来了，之前怎么不提？你现在擦擦擦，就能把自己心里擦干净吗？！"

张彪轻飘飘地说了一句："安欣，你自己要小心一点儿，指导组那两个老家伙刚到的时候也来找过我，让我背地里查你，我拒绝了。"

沙海酒店走廊里，电梯门打开，安欣带着张彪出来，亲手把他交给了纪泽和方宁。

徐忠看着纪委将人带走，向安欣伸出手："辛苦了。"

安欣却没有握，望着徐忠，眼神复杂。

沙海酒店客房里，安欣坐在徐忠对面，气氛压抑。

安欣问："在京海，你们可以百分之百信任谁？能不能给我个名字？"

徐忠回道："我们位置不同，看事情的视角、格局、态度都不一样，希望你能理解。保持有限的信任，是我工作的前提。"

"如果将来有一天，我发现徐组长你有问题，也可以查吗？"

"当然，我不怕你查。"

"我也不怕。"

"那纪委对你的调查可以继续了？"

"随便。"

问询室内，张彪主动交代了自己的问题：利用自己的职权充当黑恶势力的保护伞，不立案，大事化小、小事化了，刑事案转民事案，等等。

沙海酒店办公区窗帘紧闭，屋里气氛紧张。

指导组和专案组的成员来来往往，在各自的岗位上忙碌着……

各个办公桌上堆积的材料越来越多……白板上，唐小龙团伙的关系图越画越密："主要社会关系""次要社会关系""社会组织犯罪架构"……

一队旅游大巴行驶在公路上。大巴窗帘紧闭，车身上写着"某某旅行团"。没有人知道大巴车上坐的是1200名武警、特警。

他们的任务就是分批次赶赴京海，到达之后对已经锁定的高利贷平台、卖淫窝点、赌场及其他涉案场所，同时展开行动！

一辆大巴车停下，电动门缓缓开启。身着便装的武警队员有秩序地下车，在空地上排成队列。武警战士们拉开行李箱，取出一个个旅行大包。大包里是码放整齐的制服和武器装备。转眼工夫，一支全副武装的战斗队伍集结完毕，整装待发。

武警队长看看手表，说："开始行动！"

乡间小路上，望风的老农正捧着苹果手机有滋有味地看着直播。

突然，从树后闪出一名武警战士，一把将老农摁倒，捂住他的嘴。

老农眼睁睁地看着无数双脚从他面前踏过去。

种业公司院内，黑暗中，一架小型无人机凌空飞来。

无人机悬在半空中不动。转瞬间，更多同颜色、同型号的无人机飞来，一字排开，又瞬间散开。

入夜，沙海酒店办公区内，电脑屏幕上显示着无人机拍摄到的画面：种业公司内，唐小龙团伙的一个个打手被锁定面容。

电脑主机不断检测出各种信息，信息更是被接连更新在电脑屏幕上：一号嫌疑人艾希，涉黑龙江"9·17"特大杀人案，公安部 A 级逃犯，危险程度 100%；二号嫌疑人林北，涉云南"1·17"特大伤害致死案，公安部 A 级逃犯，危险程度 100%；三号嫌疑人徐泰来，涉甘肃"3·23"特大涉枪命案，公安部 A 级逃犯，危险程度 100%……

卢松在操作电脑，徐忠和纪泽站在电脑后看着，不禁倒吸一口凉气。

纪泽说道："都是亡命之徒啊！"

徐忠拿起对讲说："各小组成员，你们目前各自锁定的目标危险系数极高。为完成任务，你们要采取果断措施，使其立即失去反抗能力！"

武警各突击小队施展战术、动作，将犯罪团伙成员一一锁定、活捉。

种业公司天台上，唐小龙破门而出，想要跳楼。腿刚迈出栏杆，楼下迎接他的是埋伏着的武警战士的黑洞洞的枪口。唐小龙转身想往回撤，追击他的武警战士已经端着枪冲上天台。唐小龙绝望地拔出了枪，武警本能地打开枪保险，准备还击，没想到唐小龙将枪顶在自己的太阳穴上，大吼："给我退后！"

唐小龙打开枪保险，年轻的武警有些为难，不知该进还是该退。

唐小龙大声喝道："我数一二三，再不退后我就开枪！一！……二！"

武警身后传来一个响亮的声音："你开啊！"

安欣空着手，分开两边的武警，直奔唐小龙走去。

安欣边走边说："你现在就开枪啊！把自己打死！"

"我死了，你们什么线索都得不到！"

"得不到就得不到。开啊！你要想死就赶紧痛快死，不死就把枪给我放下！"

唐小龙彻底颓了，手几乎握不住枪柄。

安欣一把夺过他的枪，将弹夹取出来，里面是空的。

武警上前，将唐小龙控制住。

白金瀚大堂里，安欣带着武警往里走，经理气势汹汹地冲上来。

经理喊道："你们知道这是谁的地方吗？"

安欣看都不看。"抓！"

经理还想反抗，立即被武警摁住。

白金瀚包厢内，安欣推门进来，几个西装革履的人正在唱歌。

安欣拿起照片对照着说："京海银行蔡经理，带走！"

武警架起蔡经理，把他拖出了房间。

白金瀚大门外，经理等人和一众小姐被押上警车。围观的群众议论纷纷。

安欣最后一个出来，亲手关上了白金瀚的大门。

两道封条贴在了大门上。

养老院里的老人们议论纷纷，聊着时事。黄老与另一位老者下着棋，两人都是心不在焉。

这时，方宁和杨幼竹带着人走过来，出示证件。"您好，请问您是陈丰同志吗？"

陈丰一怔："是我。"

方宁说道："我们是省专案组的，在办案过程中发现您原先在检察院时经手过的案件存在重案轻判的情况，请您配合调查。"

陈丰一拍桌子，棋子都散了。"荒唐！你们说哪起案子？"

方宁说道："2000年，唐小龙袭警抢枪的案子。"

黄老说："二十年前的案子，他现在都已经退休了。"

方宁说道："黄老，您是老领导、老党员，一定能理解我们的工作。"

陈丰叹了口气，跟着方宁和杨幼竹走了。

第十一章　我帮的是你

京海市中级人民法院副院长办公室内，翟副院长在办公桌前认真写着信件。

门外响起敲门声，他仿佛没有听到，继续写着。写完最后一句话，他签上自己的名字。

门被推开，纪泽带着两名指导组成员进入办公室。

翟副院长无事一般将信件塞进提前准备好的信封里；起身，将信封交给纪泽。

信封上写着：自白书，翟正奇。

徐忠、纪泽等人进入市机关食堂，市领导班子已经都到齐。

赵立冬见徐忠等人进来，连忙带头鼓掌。

徐忠扫了一眼在座的各位官员，还有桌上严重超标的伙食，眉头微皱。

赵立冬说道："这顿饭代表了京海人民对指导组的感谢，不但根除了盘踞多年的黑恶团伙，还整肃了政法队伍，京海重见天日啊！"

纪泽说道："调查组不会走，会继续驻扎京海，一直查下去。治乱需要清源，长治才能久安。顽疾不除，政令不通，之前所有的工作就都是白干。所以希望大家也做好长期配合的准备。给大家添麻烦了，这顿饭我个人请客。"

一番话说完，在座的人面面相觑。

沙海酒店大堂里乌泱泱站着上百人，大多带着锦旗，他们都是唐小龙团伙的受害人家属。孙旭、卢松、杨幼竹都在帮忙维持秩序，百姓们个个都是千恩万谢。一见徐忠来，所有人围拢上来。挤在最前面托着锦旗的正是石磊的父母，他们看到徐忠，二话不说就要下跪，孙旭、方宁等人赶忙扶住老人。

"领导，我们是种业公司石磊的父母，他被唐小龙逼上了邪路，是你们救了他啊！感谢党！感谢国家！感谢指导组！"

徐忠接过锦旗。"老哥，是我们来晚了。我向大家保证，一定会还京海一片晴空！不把残余的黑恶势力和我们自己队伍里的害群之马扫荡干净，我们决不离开！"

大堂里掌声一片。

审讯室里，灯管似乎出了问题，微微作响，忽明忽暗。唐小龙仰着脖子，盯着灯管出神。

主持审讯的是孙旭，他用手指敲了敲桌子。

孙旭说道："唐小龙，不要再拖延时间了，交代你的问题。"

唐小龙一笑："交代了有我的活路吗？"

孙旭说："看问题的严重性了，那不是我们能决定的。"

唐小龙惨然一笑："交代不交代都是死呗。你们的灯坏了。"

灯管跳了几下，突然灭了。黑暗中，孙旭察觉不对，冲到唐小龙面前。唐小龙的笑声戛然而止，头也垂了下来。

孙旭一把掐住他的下颚："唐小龙要咬舌！快！"

孙旭的同事们一拥而上，掰开他的嘴，总算没有酿成事故。

沙海酒店客房内，孙旭将镇流器递给徐忠。"就是这个坏了，灯才灭的。目前没发现人为破坏的痕迹。"

徐忠疑惑："真的只是一场意外？"

正说着，纪泽带着方宁走进来。"老徐，饭里插卡片的事终于查清楚了，是机关招待所一个女服务员干的。跟上面没关系，是她个人的行为。"

方宁说道："服务员受到了威胁，如果不把卡片带进来，就会掐断她家的供电。她家老人有糖尿病，冰箱里常年放着胰岛素，很怕停电。"

纪泽说道："这是要人命啊！"

徐忠陷入沉思。

市直招待所排查结束，指导组决定搬回原办公区。他们在沙海酒店的办公区已经腾空了一大半，专案组成员正把剩下的东西往外搬。

徐忠和纪泽站在窗前，两人心领神会地认为，下一步工作应该从京海的电力系统下手。

临走的时候，蒋天要当众送徐忠一座奔马木雕，被徐忠婉拒。

指导组回到招待所办公区，马上又开始了新一轮的自纠自查工作。

此时的安欣正在翻查着大量的资料，2014年京海"2·28"持枪抢劫案引起了他的注意。第一页上赫然写着受害人的身份：京海市供电局副总工程师——王力。安欣觉得这会是解开陆寒失踪之谜的一个重要线索，而此时的他也陷入了回忆，耳边又响起了陆寒当时的话："安哥，'2·28'枪案谁都不愿意碰，烫手山芋我接了。我去查，就因为牵扯供电局和强盛集团，总是受阻，老有人跳出来为他们说话，当我们警察是摆设吗？哥，要是你还在刑警队，你也会查下去的，对不对？"

安欣收回思绪，他决定追查下去。

市直机关招待所办公区例行会议上，指导组和专案组的人都在场，安欣正在主持会议。

安欣说道："张彪被批捕后，牵扯出京海市刑警队一些积案、旧案。我发现有几宗案件存在疑点，很可能和京海市电力系统有关。"

徐忠和纪泽对视一眼，彼此会意。

徐忠说道："你能提出来，说明你已经想得很清楚了。那我们不废话，全力支持。"

纪泽拿出几份文件。"12337 平台接到的举报都是关于京海电力实业公司的。"

此时，徐忠和纪泽对于安欣和孟德海之间关系的顾虑完全消除了。

与此同时，高启强和唐小虎在想尽一切办法救唐小龙。

看守所活动室里，一众犯人在管教的监督下看着电视新闻。新闻上正在播出有关教育整顿的政策新闻。

"五个多月来，各地有关部门认真学习贯彻党中央决策部署，扎实推进第一批教育整顿和回头看，推动解决了一大批顽瘴痼疾，清理了一批害群之马。"新闻中，主持人的声音配合着采访画面，声线中传达出抑制不住的激动情绪。

唐小龙坐在犯人中间，一名管教从他身后走过，他踢了踢最后一排角落的座位。

座位上的犯人感觉到，立马和唐小龙换了位置。管教看了他们一眼，离开了。

唐小龙和大家一起认真看着电视，手在座位下面摸索着，然后在隐蔽处摸到了一个非常小的纸条卷。

唐小龙刚要展开纸条看，一只手突然按住了他的手。唐小龙一惊，想要把纸条吞进嘴里。几名年轻管教马上上前按住了他，从他手里将纸条夺下。

审讯室里，唐小龙坐在审讯椅上，一副死猪不怕开水烫的样子。

可是当他看到帮他传递消息的管教自首的视频，又联想到活动室里的新闻时，他的内心世界崩塌了。

高启强和唐小虎得知买通的管教自首后，开始意识到仅凭他们现有的力量似乎无法与指导组抗衡。犹豫再三，高启强把电话打给了赵立冬。拒绝与他沟通的赵立冬使得高启强不得已只能把电话打给他的心腹王秘书。得到赵立冬授意的王秘书在电话里暗示高启强是时候该离开了。气愤的高启强不甘心就这么放弃，又把主意打到了养老院的黄老身上。

此时，指导组的孙旭正带人跟着一名物业人员在旧城区走访。方宁和同事混在一群大姨中，听她们说着莫名其妙停电带来的危险与诸多不便。

地产公司接待室里，卢松和杨幼竹向金鳞地产的金老板询问情况，所有矛头最后都指向了供电局。

市直机关招待所组长办公室里，徐忠和纪泽正在听取孙旭、方宁、卢松、杨幼竹等指导组成员的汇报。

孙旭说道："经过初步调查，京海市的电力系统的确存在问题，已经影响到民生和经商环境。"

徐忠摇头："仅凭这些情报还不够，要确保'五链一图'的完整。时间链、人物链、职权链、利益链、证据链，缺一不可。"

养老院里，黄老站在一旁，看高启强蹲在花丛中忙活。

黄老随口问道："那个唐小龙跟你交情很深？"

高启强叹口气："交情不深的话，我也不会把白金瀚给他。处了几十年，不是亲戚也处成亲戚了。"

黄老点点头："皇帝也有三个穷亲戚。你在旧厂街那种地方长大，难免认识几个坏朋友，政治也讲人情，不重感情的人，不可交。在养老院住了这么久，我也想出去走走，换换心情。"

高启强说道："我陪着您。"

黄老摆手："陪就算了，委屈你当个司机，有些事人多反而谈不拢。"

孟德海拎着保温盒走进病房，一下子愣住了。除了病床上的妻子和护工，屋里还多了一个人——黄老。

孟德海示意护工离开。

黄老望了眼床上的孟妻，问："她还能醒过来吗？"

孟德海摇摇头。

黄老说道："苦了你了，咱都是重情重义的人。你这个臭脾气啊！我在组织部那些年，但凡你走动走动，也不至于让赵立冬把你摁在青华区那么久。"

孟德海说道："我知道，我能调回市里也多亏了您。医院空气不好，您先回吧，改天我去看您。"

黄老哼了一声："我有腿，该走的时候自己会走！我问你，市公安局的郭文杰是你的老部下，你还指挥得动吗？"

孟德海愣了一下，说："唐小龙是板上钉钉的涉黑案件，谁都翻不了。高启强着急，是因为唐小龙跟他太久，手里捏着他的死穴。大家躲都躲不及，您又何必帮着他？"

黄老说道："你以为我在帮他？我是在帮你！你那姑爷杨健在供电局干得风生水起，手下的人都跟着鸡犬升天。你扪心自问，是靠他自己的本事吗？高启强想巴结你，你心高气傲，一直看不上他，他只好从你姑爷身上下手。社会上都传，京海的电一半姓孟，一半姓高。放在以前我不说什么，现在什么时候了！你不帮高启强，徐忠抓完高启强，下一个对付的就是你！"

第十二章　你对着警徽发誓

海鲜酒楼门前摆着几个硕大的花篮，充气拱门上贴着大红横幅——"京海电力实业公司开业十周年庆"。

杨健的车停在门口，他一下车就被候在门口的员工簇拥着推了进去。

一进门，好几支礼花枪打响，亮片、彩条落了杨健一身。马涛带着几个部门副总（原先禁毒支队杨健的旧部）端着礼花枪，嗷嗷大叫，身后的员工们跟着热烈鼓掌。

海鲜酒楼大包间内，马涛推着杨健来到主座。杨健手扶着椅背，没有立即坐下，目光从每个人脸上扫过。"这里没有外人，都是我从禁毒队带出来的兄弟，难听的话我就直说了——今天这个场合，我其实不想来。"

马涛说道："我知道，你怕咱们太惹眼。但今天是公司开业十周年，是大日子。十年前，哥带我们走上了另一条路，从此再没受过罪。这个十周年庆不是给我们办的，是给你办的感恩宴。"

杨健点头："所以我今天还是来了，除了家人，我最疼你们。禁毒队十八罗汉，只剩下咱们这几个了。"

杨健倒了一杯酒，举到平肩。"马涛！"

马涛一个立正，手里的酒水洒出不少。"到！"

两人一饮而尽。

杨健又倒了一杯。"宋小宁！"

众人神情庄重严肃，异口同声："到！"

杨健把酒洒在地上，酒水溅湿了他昂贵的皮鞋。

这是杨健还在当队长的时候定的规矩，如果有人牺牲了，队里点名的时候其余人都要替他答"到"。这是一种缅怀、一种念想，而这个规矩也一直延续到现在，在场的众人都没有忘记。

时间冲刷着杨健的记忆，不知不觉间，众人已经从白天喝到了晚上。大家都喝得面红耳赤，眼含热泪。地上的酒也把地湿了一人片。

"何文！"杨健喊。

何文大吼："到！"

两人干了杯中酒。

杨健说道："老幺啊，你最年轻，跟着二哥好好干！我走了，你们慢慢吃。"

众人纷纷挽留，杨健坚决要走。

海鲜酒楼门口，马涛陪着杨健走出大门，杨健回头望着充气拱门上的字，说："十周年，真好。再来一个十周年就更好了。"

马涛说道："十周年怎么够？一万年才好！"

杨健大笑："对！我真是醉了。"

杨建一转身，醉眼迷离中看到一个熟悉的背影。马路对面的脏摊上，安欣正坐着吃饭。

杨健揉了揉眼睛："安欣？"

马涛说道："他来干什么？我过去问问。"

杨健扯住马涛，把他推回餐厅："回去！听话，回去！"

直到看到马涛消失在大厅里，杨健才捋捋头发，稳住神，走向安欣。

流动的摊位上，几张破桌椅，安欣和一群装修工人挤在一起，吃着一份干炒牛河。这景象与对面高大上的酒楼形成鲜明对比。

杨健一屁股坐到安欣面前。"来这干吗？找我有事？"

安欣摇头："以前我在刑警队的时候，张彪他们不爱理我，我总跟年轻的一起混。我有个叫陆寒的徒弟最爱吃这个。他最后经手的案子是'2·28'持枪抢劫案，你还有印象吗？"

杨健说道："你们的事，我哪知道？"

安欣说："不对吧，受害人是供电局的王力。副总工你不熟？他不是还跟你竞争过副局长吗？"

杨健"哦"了一声："对，他是副总工，我是人力部主任。后来他调回老家，我就当了副局长。"

安欣问："他不回老家的话，怕是会跟陆寒一起消失吧？"

杨健回道："无论是陆寒还是王力的案子，我知道的不比你们多。"

"毫不知情，从未参与？"

"毫不知情，从未参与！"

"你对着警徽发誓。"

"我早摘下警徽了。不过，我可以发誓，毫不知情，从未参与。"

安欣点点头："我信你。"

地下车库中，车停在车位里，杨健拧开矿泉水，却洒了一身。他烦躁地脱下淋湿的衣服，一层一层，直到只剩下贴身的背心。旧得已经泛白的背心胸前印着一枚警徽，周围一圈小字写着"特级优秀人民警察表彰纪念"。

杨健手抚着胸口，刚刚被安欣戳得生疼。他耳边回响起高启强和他说过的话："要是这个副总工自己不想当这个副局呢？相信我，供电局的副局长非你莫属，到时候请客啊！"

审讯室内，孙旭带着专案组成员在审讯张彪，在张彪的点名要求下，安欣也进到审讯室。

孙旭说道："现在请你讲一下，刑侦支队三级警司陆寒失踪的前后经过。"

张彪低着头没说话。

安欣说："张彪，让我抓自己人，审自己人，我什么感受？你替我想想好吗？说说陆寒吧，我一直不知道他经办'2·28'的具体过程。你说我也有责任，为什么？"

张彪深吸一口气，说："陆寒崇拜你，他一直在学你，学了你的好，也学会了你的轴！你离开了刑警队，他就成了队里最孤独的人。他要查'2·28'枪击案，我一直和他说，调查、走访、写报告，三步走完拉倒，别做多余的事。他没日没夜地翻着调查报告，最后锁定了一个有与现场照片一模一样的摩托车的嫌疑人，高晓晨。

"陆寒找到摩托车的时候，轮胎被拆掉了，刹车痕迹没法比对；摩托车大半夜进修理厂，监控偏巧那天坏了；高晓晨案发时间没有不在场证明，问起来就是在家睡了一天。他觉得高晓晨一定有问题，但是没有证据。"

张彪停顿了一会儿，看着安欣继续说道："安欣，陆寒太像你年轻时候的样子了，又浑又愣，不管不顾。他就像是你留下的一个影子，你看着他就以为自己还在刑警队。你很高兴，因为刑警队里不全是我这样的人。"

安欣说道："可他没错，我也没错，警察就该这样。"

张彪笑了："不是所有人背后都有人保着，你没事不代表别人也可以。"

安欣有些问不下去了。孙旭接着问道："继续讲，陆寒是怎么失踪的？"

"陆寒咽不下气，还是依法传唤了高晓晨，拘留二十四小时，也没审出什么。再去找受害人王力，他都从供电局辞职回老家了。杨健当上了供电局副局长。高晓晨骑着他那辆修好的摩托车，在市公安局门口转了一整天，就为了跟陆寒斗气。我怕陆寒出事，让他回家冷静一段时间，结果这孩子就失踪了。后来调监控，他的车最后一次出现是在高速下省道的收费站口，靠近省交界处，溧水县。”

孙旭问道：“他的家属也不问吗？”

张彪摇摇头：“他是孤儿，没有家属。没人提起，也没立案，一个大活人就这么消失了。”

安欣听不下去，转身快步走出审讯室。

市直机关招待所组长办公室里，徐忠接过孙旭递来的口供记录，认真翻看着。“陆寒同志为什么会去溧水县？他有什么亲戚朋友在那儿吗？”

“溧水县是‘2·28’案受害人王力的老家，他从京海供电局辞职之后就回老家了。”

“这是条线索，要查下去。”

“安组长已经带人下去了。”

安欣开着车，走在当年陆寒走过的路上。

车窗外是一片陌生的景色。

高家餐厅里，黄瑶端着煲好的老汤来到餐桌前。

高启强皱着眉头，听着电话里一个男人说道：“‘2·28’枪案重启调查了。”

市长办公室里，赵立冬站在窗前，望着窗外的景色，愁眉紧锁。他开始揉起太阳穴，越揉越狠。王秘书拿着材料进来，看领导的样子，小心翼翼问道："领导，不舒服啊？"

赵立冬闭着眼睛："想起一个人来，越想越头疼。"

一艘小型采砂船停在河道中央，机器轰鸣着挖出河沙和淤泥。

船老大过山峰三十多岁，皮肤粗糙，身体结实，相貌朴实，扔在人堆里毫不起眼。他正熟练地操作着机器，机器的轰鸣声盖住了手机的铃声。过了许久，他才发现电话一直在响。

过山峰打开手机："喂。"

对面传来一个阴沉的男声："专案组到溧水县去找王力了。"

溧水县老旧小区里，安欣带着卢松费力地辨认着楼牌号码，正巧遇上了穿着单衣被老婆赶出家门的王力。

一个稍显简陋的小饭店里，安欣和卢松坐在王力的对面。

王力低着头说："陆警官失踪的事真的和我无关！七年前，我从溧水县调到京海市，全靠赵立冬一手提拔。大家私下里都说我是赵立冬的人，副局长的位子非我莫属，当时和我竞争的还有人力部的主任杨健。但是赵市长说，我属于技术人才，这个位置我坐最合适。后来有关系找到我，说是约着出来喝喝茶，我以为是杨健的后台，没想到居然是高启强。那是 2014 年，高启强拉出一个重重的旅行箱，里面装满了港币现金。他给我两个选择，一是回老家，二是放弃副局长。可是赵立冬说，我的副局长任命月底就能下来了，于是我就拒绝了。高启强最后只说了一句话：'先礼后兵，礼我送到了。'他临走时的眼神我越想越害怕，就把这事告诉了赵立冬手下的王秘书。王秘书隔了一天就喊我过去吃饭，说领导会当面给高启强颜色看看。那天，饭吃得很尴尬，领导一直在挤对高启强。没两天，我就遇到了拿枪袭击我的人。我想当副局长，可我更想活着，所以即便是领导把公安局局长找来，我也还是当着他的面提出了辞职。其实赵立冬也知道，根本抓不到高启强的把柄，逼到最后，也不过是找个人顶罪，办成一起最普通的抢劫案。谁都明白，唯独陆寒警官不明白，一直追着我问东问西，说要惩治凶手。"

安欣说道："他不是不明白，只是不能接受跟这样的世界同流合污。"

王力黯然说道："如果有一天还能找到陆警官，请一定带我看看他，我欠他的。"

安欣关掉桌上的录音笔，说："你今晚说的这些话就是他最想听的，你们两清了。"

第十三章　人民公仆

京海市政府走廊里，王秘书手里拿着一张整顿教育自查自纠填报表格，边看边走着，心事重重。

方宁和杨幼竹正站在市长办公室门口等着。

王秘书热情地把他们让进自己的办公室，侃侃而谈，而矛头直指京海电力实业公司。

养老院的黄老房间内，此刻的赵立冬正盯着墙上的"人民公仆"四个字，啧啧赞叹。

黄老说道："我叫你来就是想谈谈为人民服务的事。我听说，孟德海的姑爷杨健当初竞争副局长的事又被翻出来了？"

赵立冬说道："人家胃口大得很啊，要把我们京海上上下下一口吞了！"

黄老说："所以啊，你和高启强、孟德海就不要再你扯我胳膊，我拽你腿了。船翻了，一个都跑不了！"

市直机关招待所办公区内，白天收集信息回来的方宁、杨幼竹和孙旭围在一起，正在向徐忠总结工作成果。

方宁说道："根据开发商反映，从楼盘刚开始规划的时候，开发商就需要跟马涛的电力实业公司打招呼，条件价格都谈好了，再让几个陪标的电力公司装装样子。电力工程费用虚高的情况很严重，但如果不认，就别想把工程临时用电变成永久用电。而且就算交了工程费用，还要面临验收环节卡脖子的情况，只要供电局不验收，房子就不能正常交易。开发商就不得不请客送礼，再掏一笔验收费。"

杨幼竹点头："而且用电方案都是杨健他们出，明面上一个方案，实际又是另一套。"

孙旭补充道："工程一笔钱，用电方案暗度陈仓，验收又一笔，楼盘成本提高，最终这些费用只能全部转嫁给买房人。好算计，一顿操作猛如虎啊！"

徐忠越听眉头皱得越紧："相当于老百姓用贷款养了一批吸血鬼！"

赵立冬站在办公室窗前，望着深深夜色。

王秘书说道："都说了，就差把'有罪'两个字贴在杨健的脑门上了。我猜很快就有电话来，求您高抬贵手。"

赵立冬摇摇头："孟德海不会求饶的。"

王秘书说："高启强会的。"

赵立冬说道："高启强要是识相，最好带着钱滚蛋。我不能让他活着落到指导组手里。"

入夜，溧水县老旧社区里，王力打着哈欠，拎着个塑料袋，下来扔垃圾。一个清洁工推着垃圾车，正在楼下的垃圾箱里掏换。

王力把垃圾一扔，转身准备上楼，身后突然传来一个阴冷的声音："专案组的人和你谈过了？"

王力吓了一大跳，他回过身，除了那个清洁工，再没别人。穿着清洁工制服的过山峰抬起脸看着他，目光令人毛骨悚然。

王力吓得忙不迭点头："是谈了，但我主要交代的都是高启强的事。"

"领导呢？"

"没什么重要的，都是伤不到他的。我要真的一点儿都不说，专案组也不会相信我。"

过山峰凑过来，贴近他："领导让我告诉你，等专案组扳倒了高启强和杨健，你还可以回京海，到供电局上班。"

王力问："高启强后台这么硬，扳得动吗？"

过山峰手往外一指："那不是领导来了吗？你自己问他。"

王力一转头，一支注射器扎在了他的后脖颈上。

王力哼都没哼一声就失去了意识，瘫软在过山峰的怀里。过山峰像扛麻袋一样把他扛起来，塞进自己的垃圾车里，推走了。

月光下的江面幽暗而恐怖，小型采砂船停在河道里。王力醒来，发现自己的手脚都被绑住了，正躺在甲板上。

王力声嘶力竭地大喊："救命！"回应他的只有滔滔江水。

过山峰说："别喊了，这江上就咱们两个人。领导想除掉高启强，现在专案组抓高启强正缺证据，我们就得给他送证据。你说，要是你没了，专案组第一个会怀疑谁？"

过山峰说着话，手上一直在忙活。他打开一包速干水泥，倒进硕大的汽油桶里，又从江上提起一铁皮桶江水，倒在汽油桶里搅拌着。

王力恍然大悟，但为时已晚，过山峰正向他走来。王力更加恐惧了，扭动身体向河面逃去。过山峰抄起搅拌用的棍子，紧追着王力砸。王力忍着疼蠕动着，等挣扎到船边，却再也动不了了。过山峰满脸血点，扛起半死不活的王力，塞进了汽油桶。

王力发出绝望而虚弱的哼声，很快淹没在水泥中。

医院病房里，崔姨安详地睡着，面色红润。孟德海坐在床边，握着妻子的手，眼却看着手里的手机。屏幕上显示着郭文杰的名字。孟德海的手指几次想按拨出，都停住了。

孟钰轻手轻脚地走进病房，孟德海都没听见，直到孟钰给他披了条披肩才反应过来。孟钰与父亲并排坐下，把头轻轻靠在孟德海的肩上。

崔姨沉睡着，无知无觉。

孟钰扶着孟德海进了家门。杨健系着围裙从厨房里迎出来。"爸，回来了。"

孟德海没理杨健，闷闷地坐在客厅里，脸色阴沉得吓人。

杨健不知道老头又发的什么火，有点儿不知所措。

孟德海深吸一口气，说："小钰，我问杨健点儿事，你先走。"

孟钰不想走，看杨健冲她连连使眼色，只好起身拿包出去。

门"砰"地关上，孟德海盯着杨健的眼睛，终于开了腔。

孟德海说道："徐忠的指导组、安欣的专案组现在都盯着你的供电局，你知道吧？"

杨健点点头。

孟德海沉声道："这些年关于你和高启强的各种传言我都是左耳进右耳出。在京海挣钱，不接触高启强是不可能的，问题是沾多沾少。今天就我们两个，你把实话告诉我，我才能知道该怎么救你。你收没收过高启强的钱？"

杨健痛苦地点了点头。

孟德海想了想，说："'2·28'持枪抢劫案，你参与没有？"

杨健回道："何止没参与，是根本不知道！"

孟德海盯着他的眼睛："陆寒失踪呢？"

杨健摇头："跟我没任何关系！"

孟德海说道："你没沾命案就好，事情还有回旋的余地。"

杨健说："爸，您来拿主意，要是您觉得我该自首，我现在就去。"

孟德海叹了口气："你让我想想，你自己也想想。"

市直机关招待所组长办公室里，安欣敲门进屋，徐忠表情凝重地看着他。

徐忠说："有一个非常不好的消息，你们离开溧水县一天，王力就失踪了。他消失的地方是在自家小区，目前监控没有任何发现，省厅的专家已经赶过去协助调查，我想听听你的意见。"

安欣想了想说："不是高启强。如果王力真的掌握着可以指控高启强的证据，他早就动手了，不会等到今天。"

徐忠说道："那就只有一种可能，有人想趁机把京海的水搅得更浑，好瞒天过海。对了，这两天孟德海的活动突然密集起来，打了很多电话探听你们专案组的消息。如果你不舒服，可以暂时撤下，不会影响指导组对你的评价。"

安欣正色道："孟叔是个骄傲的人，如果有些事不得不做，我是最合适的人选。"

深夜的福禄茶楼里，只有高启强一桌客人。他在漫不经心地翻着一本老旧的《富爸爸，穷爸爸》。

安欣走过来，坐在他对面。"王力失踪了。"

高启强没有任何反应，把菜放进嘴里。"不是我。"

"我在溧水县见到王力，他向我交代，当年'2·28'枪案，陆寒警官追查向王力开枪的人，查到你的儿子高晓晨，遇到重重阻力，但陆寒坚持要查明真相。接着陆寒就消失了，现在王力也消失了。"

"你是太想把我抓起来了，所以一遇上什么坏事就下意识认定都是我做的。这不是一个警察该有的判断方式。"

说着，高启强笑了，一抬头，冲着门口招招手："来。"

高启兰从外面走来，看到哥哥和安欣坐在一起吃饭，谈笑风生，这画面让她有些发蒙。

高启强指指安欣身边的位置："坐。"

高启兰很局促，但被哥哥指挥着，还是坐在了安欣身边。

高启强说道："安欣，其实我今天约你来，就是为了和我妹妹吃顿饭。我是我，小兰是小兰，我的事小兰从没插过手，也不知情。我和你，你和我妹妹，是不相交的平行线，你们年纪都不小了，聊聊。"说着拍拍安欣的肩膀，起身离开。高启兰的脸一下子红了。

偌大的院子里只剩下他俩，安欣也有些不自然。

高启兰说道："你不是让我和强盛集团保持距离吗？越远越好，最好能离开临江省。"

安欣点头："是啊，你考虑得怎么样？"

高启兰回道："我决定听你的，去国外继续读书。你愿不愿意跟我一起走？你喜欢哪里我们就去哪里。"

安欣说道："我走不了，我的职责在京海。"

气氛又沉闷下去，两个人都不知道该说什么了……

第十四章 百万、千万、亿？

地下车库里，高启兰的车子停在电梯口，她却没有下车。"送我上楼。关门前道一声晚安，不过分吧？"

安欣点点头。

两人走进电梯，电梯门合拢。高启兰按下十楼。电梯没有任何反应。她不耐烦地又摁了几次，仍旧没反应。安欣觉得不对劲儿，按了开门键。门并没有开。

突然，电梯里灯灭了，两人陷入一片黑暗中。

安欣用拳头猛砸红色报警键，电梯依然没有任何反应。片刻，电梯突然急升起来。

高启兰站立不稳，紧紧抱住安欣。电梯上的楼层键逐个点亮，瞬间升到十楼停住。安欣还没来得及按开门键，电梯又瞬间坠落。高启兰失声尖叫，安欣用手拍打所有楼层的按键，但没有灯亮起。他只能紧紧抱住高启兰，贴住电梯壁，减轻冲撞。电梯在高速下坠之后渐渐减速，停在了最底层的B3。电梯里仍旧一片漆黑，安欣按键无效，努力用手拉开电梯门。

电梯悬在半空中，头顶是B3的楼层，离他们还有一米多高。逼仄的缝隙人根本钻不过去，外面地库里的红绿应急灯照得鬼气森森。

安欣掏出手机，没有一格信号；高启兰已经吓坏了，只顾死死地抱住他。

疲沓的脚步声由远而近，一双电工鞋出现在楼层的缝隙里。

安欣喊道："同志，我们被困住了！能帮我们通知下物业吗？"

一身电工装扮、戴着口罩的过山峰把工具箱打开，拧开电梯间上的控制按板。

安欣透过缝隙望着过山峰，已经察觉到不对劲儿。

过山峰说道："这电梯图省钱，没有上行刹车，一旦加速冲顶，电梯里的人保证都没命。"

安欣冷冷说道："刹车不是攥在你手里吗？危不危险你说了算。"

安欣和过山峰对话时，高启兰一直在试图拨打电话，可始终未能拨出去。

过山峰说道："我又不会修电梯，我只会修理人。人跟树一样，长歪了就得修理，多管闲事招人讨厌也得修理。离开专案组，不然，电梯会加速冲上楼顶。"

安欣还在想对策，高启兰急了，冲着外面的电工鞋大喊道："外面的，我叫高启兰——高启强的高！高启盛的启！高启兰的兰！如果我出了事，我哥哥会把你碎尸万段！我是高家人，京海没人能惹高家！"

安欣望着眼前的高启兰，她终于不再是那个温婉的医生、乖乖女。

高启兰声嘶力竭地喊完了，大口喘着粗气，已经开始缺氧。

安欣和高启兰眼看着那双电工鞋离去，脚步声又隐遁在黑暗里。片刻，电梯的灯亮了，按键的灯也重新亮起来，安欣按了 B1。

电梯门重新打开，安欣扶着高启兰出来。外面一切如常，仿佛什么都没发生过。

安欣想去追赶嫌疑人，高启兰却死死地抱住他，瘫软在地，失声痛哭。

电梯前，探照灯亮起，警戒线拉起。警察在检查电梯按板上的指纹，提取足迹。

安欣站在一边，接受问询。

徐忠带着人匆匆赶来。他抓住安欣的肩膀，上下打量："没伤到吧？"

安欣摇摇头。

徐忠问道："我再问你一次，要不要暂时撤下来？他们已经盯上你了。"

安欣说道："别撤了，都是一条命，换谁上都不合适。"

强盛集团董事长办公室里，高启强盯着天花板，思考着下一步的对策。唐小虎轻手轻脚地走进来。

小虎说道："医院检查完了，小兰没事，就是一直哭。"

高启强看了小虎一眼，说道："这回小兰该死心了，这辈子没机会嫁给安欣了。对了，我刚和赵立冬通过电话，彻底翻脸了，还有京海电力应该马上就要完了，不要再跟杨健和马涛有任何联系。"

小虎点头道："账目都理清了，只牵扯十几个小工程，我叫负责的项目经理和会计去顶罪，三年五年就出来了。"

高启强点点头："杨健他们绝不会束手就擒的，闹吧，越大越好。"

马涛感觉事态不对，一直在为出逃做准备。他刚刚找人买了一包新款毒品"奶茶"，匆匆去找杨健，而他还不知道的是，他的一举一动都在指导组的监控之下，包括卖给他"奶茶"的人也已经被指导组控制起来。指导组一问得知，原来卖的所谓毒品也是假的。

马涛在医院找到了正在护理孟母的杨健，他们二人都知道，如果不想死，就非走不可。马涛的计策是声东击西，他拿出毒品，准备设计陷害安欣，方便他们出逃，而这下毒之人只有杨健的妻子孟钰最合适。他们没有想到，站在门外的孟钰把一切都听得清清楚楚。

孟钰看着不知所措的杨健，问道："你到底拿了多少？几百万？几千万？几个亿？"

杨健点了点头。

孟钰双腿发软。

杨健说道："我从没告诉过你，也是为了保护你。"

孟钰狠狠一巴掌打在杨健脸上："你居然有脸说是为了我！"

他们争执着，孟母的手却开始抖动。

孟钰一个又一个巴掌砸上去，杨健被打急了，吼道："除了你，我还能为了谁？为了你，我脱了警服，进了那狗屁供电局；为了你，我一个从不下厨的人分清了生抽和老抽！我贪了上亿，就为了配得上当你们孟家的女婿！"

孟钰瞪大了眼睛："我爸可从没贪过一分钱。"

"所以他让你妈嫌弃了一辈子。"

这话刺激到了床上的崔姨，她的脸在微微抽搐。激动的孟钰和杨健都没注意到母亲的变化。

孟钰哭道："我从来不知道，当孟家的女婿这么委屈你！"说着推开杨健的手，站直身子，整理好头发，用手指着门口说："你走！越远越好！"

杨健起身望着妻子，孟钰的脸上再没有一丝眷恋。

哀莫大于心死——他转身离开了，像具行尸走肉。

病床上崔姨的手停止了抖动，人也重新平缓下来。

孟钰望着丈夫的背影，再次泪流满面，丝毫没有注意到母亲的变化。

孟钰强打起精神回到父母家，孟德海正在打电话。看到孟钰回来，孟德海掏出一张银行卡。让孟钰没有想到的是，孟德海让他们一家出国，离开京海，为此他宁愿放弃看重了一辈子的名声。当孟钰说出杨健要用毒品毁掉安欣、好给自己创造逃跑机会的时候，孟德海居然说出这样一句话："如果实在没有别的办法，也只能冒险了。"

孟钰诧异地望着父亲，像看着一个陌生人。

孟德海拍拍女儿的头："为了家人，我什么都可以做！"

海堤上，惊涛拍岸。孟钰独自一人望着眼前的大海，感慨万千。

杨健的车开来，停在孟钰身后。杨健从车里下来，望着妻子的背影，心里已经猜到了八九分。

杨健问道："叫我到这儿来，是要送我去自首吗？"

孟钰说道："把毒品给我，我去对付安欣。"

杨健一惊，立马大叫："绝对不行！"

孟钰语气平静："你是专案组的目标，安欣会喝你给的东西吗？只有我能做到。你自己走，不管发生什么，我和孩子都不会离开京海。"

杨健犹豫着，最终还是掏出了奶茶包，放在妻子手里。

市直机关招待所办公区的白板上，以杨健为首的电力系统关系图已基本完成。安欣和专案组全体成员都在场，主要涉案人员的资料人手一份。

孙旭正对着白板介绍案情。

"京海电力实业的核心领导层都是从原缉毒支队辞职出来的，杨健和马涛对办案流程非常熟悉。"

安欣的手机在震动，他掏出电话，来电人是孟钰。

安欣拿着电话走出办公区。

餐厅门口，安欣、孟钰和一名年轻女子一起走出餐厅正门，安欣拘谨地跟女子告别。

女子上车，车开远了，安欣才长长松了口气。

安欣说道："这么着急叫我出来，居然是给我相亲。"

孟钰问："我这小妹妹还行吧？着急回去吗？不急的话，陪我喝杯奶茶。"

安欣笑了笑。

咖啡店内，孟钰在柜台前选奶茶。安欣找了个靠窗的位置坐下，孟钰拿着奶茶回来。正巧，安欣的电话响起，他起身接起电话，匆匆走出咖啡店。一对穿卫衣情侣服的情侣恰好进店，与他擦身而过。孟钰看着窗外不远处的安欣，他站在路边，背对着咖啡店打电话。孟钰从贴身口袋里拿出奶茶包，撕开，撒进眼前的一杯奶茶中。她的手不停地颤抖。

粉末很快溶入饮料，看不出任何异常。两杯同样的奶茶摆在桌子上，孟钰的眼里满是哀伤。

车库的卷帘门拉开，杨健走了进来。马涛站在车前等着他，脚下放着两个大旅行包。

马涛说道："晚上十二点，船会停在九号码头，等我们两个小时。何文他们到码头和我们会合。"

杨健说："足够了。"

马涛拉开后车门，将两个大旅行包塞了进去，然后坐上副驾驶座，将一个沉甸甸的黑色匣子递给杨健。杨健打开，里面是码放在海绵垫里的手枪和弹夹。

杨健一怔："干什么？"

马涛说道："路上万一遇到拦截……"

"你要跟自己人动手吗？我们都是穿过警服的人，真的能对着他们开枪吗？"

马涛皱眉道："哥，他们还当我们是自己人吗？"

杨健噎住了，喉中仿佛横了一根鱼刺。

最终，他拿出枪，安上弹夹，把枪别进腰里。

车缓缓驶出车库。

咖啡店内，孟钰羡慕地望着吧台前亲密得像连体婴一样的情侣。她攥着自己手里那杯奶茶，一口也没动。

安欣的那一杯摆在她的对面。

安欣终于回来了，一屁股落座。

孟钰说道："电话打太久了，奶茶都凉了。"

安欣摸摸自己的奶茶："我这杯还是热的，要不咱俩换？"

孟钰握紧了手中的那杯，摇了摇头。

安欣端起奶茶，抿了一口，甜得让他直撇嘴。

两个人捧着杯子，各怀心事地喝着奶茶。

突然，咖啡店的门被推开，四个身材魁梧的便衣警察走进店来，扫视了一圈。四人拉开队形，围住了安欣和孟钰。

为首的便衣掏出证件，在安欣面前一晃。"打扰了，我们是市局缉毒支队的。接到举报，有人在这里吸食毒品，请跟我们回去接受调查。"

孟钰缓缓站起身："你们要抓的是我。"

四个缉毒警都愣住了。

孟钰掏出口袋里倒空的奶茶包，向着安欣惨然一笑："我刚才把这包毒品倒进了自己的奶茶里。这是我自己的选择，选了就要承担后果，就像你当初选择做个好警察，放弃了其他一样。"

便衣愣了片刻，指着安欣说："对不起，我们在这里没法证明你没参与吸食，还是要一起跟我们回去一趟。"

此时，那对卫衣情侣转过身，一脸严肃——竟是卢松和杨幼竹！

杨幼竹说道："等等，我们是省专案组的，安欣同志是我们专案组的组长。所谓吸食毒品是个误会，刚刚店里发生的一切我们全程有录像。"

卢松说道："这包所谓的毒品根本就是假的，你们可以拿回去化验。"

第十五章 从没有人离开过

咖啡店内，孟钰听完了卢松、杨幼竹的介绍，难以置信地望着安欣。

孟钰问："所以你什么都知道，还要来演这出戏？"

安欣说道："我猜你不会害我。我猜对了。"

孟钰哭了，脸上只剩下委屈。

一名便衣说："我们没法证实你们的话，按照流程，他们两人必须跟我们回去做检查。"

安欣说："能理解。至少可以让我先打个电话吧？"

便衣看看安欣，又看看卢松。"可以打，但是要开免提。"

安欣拨通电话，按下免提，将音量调到最大。

"杨健在哪儿？"

孙旭的声音传来："和马涛在一辆车上，车在往市中心开，很可能持有武器。"

安欣皱皱眉："等他们离开人口密集的市区后清理出一段道路，准备抓捕。"

"是。"

通话结束，安欣把手机交给便衣。便衣脸色异常难看。

奶茶包被放进证物袋，安欣和孟钰的手机也被放进证物袋。

孟钰咬紧嘴唇，一声不响，泪水却止不住地落下。

安欣举起双手："要戴吗？"

便衣尴尬道："不用，走吧。"

　　杨健决定在走之前再回家看一眼老母亲。母亲一看儿子回来，高兴得不得了。杨健怕引起母亲怀疑，谎称要去出差，顺路过来看看。老母亲连忙张罗着做饭，而杨健就是想吃一口母亲做的面。时间不长，面端上桌，杨健不敢看母亲的眼睛，低着头大口大口吃起来。老母亲满眼关爱地看着杨健。这时，电视不合时宜地播出了新闻："今天下午，临江省教育整顿领导工作小组、扫黑除恶专案组进行了一次突击抓捕行动，对京海市电力系统的'电霸'进行清扫。"

　　杨健和马涛瞬间浑身紧绷，杨健赶紧去将电视声音调低。

　　杨母压根不关心电视上播的是什么，收拾碗筷进厨房去洗碗。

　　杨健知道自己必须走了，看着母亲洗碗的背影，他不禁红了眼眶。二人轻手轻脚走到门厅，杨健缓缓跪在地上，向着厨房方向磕了三个头。

　　马涛看着杨健的样子，也转过头去擦着眼泪。

　　杨健脑袋顶着地面，身体忍不住颤抖着。

　　杨母在厨房听到轻微的门响，走回客厅，客厅已经空空如也。她扭头才发现，方才那个硕大的旅行包摆在饭桌上。老太太心里已经明白了几分，但不太敢相信。

　　她颤巍巍地伸手，拉开拉链——旅行袋里塞得满满当当的都是美金！

　　杨健的车行驶在郊区公路上，周遭的车辆越来越少。职业的敏感性让他感觉到危险即将到来。

　　杨健赫然发现岔路口停着警车，围起了隔离带，交警在前面阻止车辆进入主干道。

　　杨健问马涛："路上的车是不是越来越少？"

马涛趴在车窗上说："对面的车也少了。"

杨健眼中凶光一闪，突然猛打方向盘。车加速离开主干道。

杨健说道："我们被盯上了！"他猛踩油门，冲向右侧岔路口的隔离带。

交警欲上前拦截。

马涛恶向胆边生，掏出枪，从副驾驶室探出半个身子，对天鸣枪示警。

交警被震慑住了。为了不误伤群众，警察只能眼睁睁看着他们的车加速冲破隔离带逃离。

禁毒支队里，便衣把尿检呈阴性的报告递给安欣。"你可以走了。"

安欣抬眼望着禁毒支队的警察们，没动。"我想要大家帮我个忙。"

"要禁毒支队配合，找局长去！"

安欣说道："我需要你们心甘情愿，这样才能救杨队长和马队长！"

禁毒支队成员的目光都聚集在安欣身上，有疑惑、有敌视、有防范……

安欣疾步穿过熟悉的走廊，在楼梯口碰到同样拿着检验报告的孟钰。

孟钰颤声说道："把他活着带回来。"

安欣郑重地点了点头，绕开孟钰，疾步冲下楼。

巨轮像海中的巨兽，静静地等待吞噬一切。星星点点的灯光伴着夜海的波涛，让人心生肃穆。

车冲进船坞里，杨健和马涛跳下车，拖起后备厢里的旅行包往船坞深处逃去。

片刻后，大队警车闪着红蓝灯呼啸而至。武警、特警和公安纷纷下车，以战斗队形将船坞包围。

市直机关招待所办公区内，电脑屏幕上是特警随身摄像头传递回来的实时现场画面。

卢松敲击键盘："杨健、马涛弃车的位置是九号码头附近的船坞，目前是停工状态，只有两个值班人员。"

纪泽说道："他们主动离开繁华地区，说明不想伤及无辜，还是良心未泯啊！"

徐忠皱眉道："但也说明他们做好了殊死一搏的准备，这个船坞就是他们为自己选的葬身地。"

杨健和马涛往船坞深处跑去。

杨健问："知道我为什么到这儿来吧？"

马涛笑道："2007年咱们接到线报，八个人、两辆车愣头愣脑就冲过来了。到这儿一看，原来是个制毒工场、整整二十人的贩毒团伙！那轻重火力，车还没靠近呢，发动机就直接给打爆了。"

杨健点头："我们靠备用弹夹死扛了两个小时，没一个人后退，直到增援赶到。二十个毒贩被我们哥八个死死地压在这儿，一个都没逃出去！"

二人哈哈大笑。

孙旭在外面用高音喇叭喊话："里面的人听着，你们已经被包围了，放下武器，立即投降！"

杨健和马涛拔出枪，子弹上膛。

他们藏入黑暗中的掩体，准备迎接自己生命中的最后一刻。

船坞外围，孙旭躲在黑暗处，还在用喇叭大喊。身后伸过一只手，夺过他手里的喇叭。

安欣说道:"瞎喊什么!"

他拎起孙旭的喇叭,大大咧咧朝船坞的深处走去。

安欣举起喇叭:"杨健,我是安欣,你还欠我顿酒呢,快出来还上!"

安欣孤身走向船坞深处。

市直机关招待所办公区,现场的实时画面传输到电脑上。两位组长越看,眉头皱得越紧。

纪泽说道:"这样太危险了,要不叫个谈判专家来?"

徐忠摇头:"一线有一线的交流方式,让他先试试,专家也调来备着。"

安欣走到了灯光的极限处,光线区域之外是一片黑暗。

他从兜里掏出瓶茅台,还要往暗处走。

突然,一声枪响,茅台酒瓶被打得粉碎。

安欣抖抖手里的酒浆,大吼道:"这是我花自己钱买的!太糟蹋东西了!"

枪声响起,船坞外,包围的武警、特警子弹上膛。枪口全都瞄准安欣身侧的暗处。

安欣面对眼前的黑暗泰然自若。"你俩是在跟我显摆枪法呢?是,我实战经验没有你们禁毒队的多,可我有旧伤啊!你们跟一个老弱病残显摆什么啊!"

掩体后,杨健和马涛从缝隙处窥伺着安欣。

杨健用手示意马涛别出声，不要暴露位置。

安欣回过头，大喊："孙旭，再给我买瓶酒来！买便宜的啊，越便宜越好！"说着，随便找个地方一靠，"没酒没菜，干聊吧。按照你的计划，我现在本来应该在禁毒队里被停职审查，但是我来了，你就应该明白孟钰究竟想对你说什么。当初你跟她说一定会给她一个幸福的家庭，一切以她为第一，我就替她问问你，你叫她来找我的时候，你把她摆在什么位置？！"

杨健被说中了痛处，背靠在自己的掩体后，仿佛被抽干了力气。

安欣说道："你给老太太留的钱，老太太不仅没要，还把所有家当都拿出来交给了警察，想稍稍替你还点儿良心债。她让我告诉你，她最想要的，是那个护着朋友、疼爱老婆、孝敬长辈的儿子，在这些面前，钱是最没有价值的！杨健、马涛，我赌你们还是个人，我赌你们不会向你们曾经穿在身上、顶在头上的这份荣誉开枪，我赌你们不会向我身后这些曾经和你们一起守护百姓平安的人开枪！"

安欣最后说得激动，不由得又站起了身。

"砰"——一颗子弹擦着安欣的脚尖，打在地上。

马涛声嘶力竭地喊道："别动！"

安欣张开双臂，向身后人示意不要紧张。他重新回转身，对黑暗处大喝："怎么感觉这两个字这么没气场啊？这句话完整的应该是——别动！警察！"

杨健和马涛两人咬紧了牙，在掩体后低下了头。

孙旭跑回来了，拎着一兜散装白酒，跑到安欣身边。

安欣问:"怎么买这么便宜的?这么便宜的酒,待会儿好意思请烈士喝吗?"

孙旭越听越糊涂:"什么烈士?"

安欣摆手:"算了,烈士不会跟你计较的。"他举起喇叭,冲着外围埋伏的警察大声喊道,"禁毒支队,全体出列!"

便衣带队,十名禁毒支队的警察穿着笔挺的警服,从暗处站出来,走向安欣。

年轻的禁毒警们走到安欣身后,齐刷刷站成一排,像授勋一样,挺起了胸膛。

安欣说道:"看到没?这些都是你们的后辈,多精神!杨健你这个队长,唯一给禁毒支队留下的,就是一个好传统。人牺牲了,警魂留下了,逢喊必到,英烈们依然会伴随着我们护天下太平!"

安欣伸手,为首的便衣从口袋里掏出一份禁毒支队的名单递给他。

安欣说道:"杨健、马涛,今天我来替你们点名。"他看着名单说,"李志!"

为首的便衣立正,高声喊:"到!"

"曲友光!"

曲友光立正:"到!"

"闫大勇!"

闫大勇立正:"到!"

"岳明!"

岳明立正:"到!"

安欣的点名在继续。熟悉的情景让杨健、马涛心潮澎湃,他们不由得从掩体后慢慢探出身子。

光亮处，一个个熟悉的身影离他们那么近，又那么远。

十个人很快点名完毕。安欣打开那瓶劣质白酒，全部泼洒在地上。

他开始念起曾经牺牲的英雄的名字："马国安！"

众警员立正："到！"

"史万里！"

众警员异口同声："到！"

"宋小宁！"

孙旭和外围包围的警员一起应声答："到！"

"胡大鹏！"

所有武警、特警齐声答："到！"

那声音刺破夜空，响彻云霄！

躲在掩体后的杨健和马涛早就泣不成声，几乎握不住手里的枪。

市直机关招待所办公区内，气壮山河的点名声让指导组成员肃然起敬。

大家围在屏幕前，等待最后的结果。

安欣面对眼前的黑暗，开始了最后的点名。

"马涛！"

黑暗中传来呜咽声。

安欣提高嗓门，再次大喊："马涛！"

一个高大的身影摇摇晃晃地走入光亮处。

马涛哭得像个孩子："到！"同时立正，敬礼。

他把手里的枪倒转，交给便衣。两个禁毒支队的年轻警员上前，扶住曾经的队长。

安欣深吸一口气，喊出最后的名字："杨健！"

杨健从掩体处站起身，整理衣服和头发，立正，大喊一声："到！"

杨健将枪合上保险，举在手里，走了出来。

安欣走上前，接过他的枪，将手铐递给他。

杨健为自己戴上手铐，感慨道："当年你要是能在禁毒队，说不定能少牺牲几个同事。"

安欣笑笑："至少今天晚上不会有牺牲了。"

外围的武警、特警都如释重负，站起了身。

安欣押着杨健、马涛走向光亮处，抓捕行动没费一枪一弹，圆满完成。

市直机关招待所办公区的所有人也如释重负，徐忠、纪泽露出了欣慰的笑容。

第十六章 对不起，老伴。我收过礼！

医院病房里，孟德海正在为崔姨擦脸。此刻的他平静又慈祥，仿佛所有的事都已经过去了。

身后的电视隐隐传来早间新闻的声音："京海电力实业公司七名犯罪嫌疑人于昨夜被警方成功抓捕，京海市供电局副局长杨健和电力实业公司总经理马涛双双自首。"

崔姨的手指又开始抽动，她的嘴唇在微微开合。

孟德海怔怔地望着屏幕，没有注意到妻子的变化。

电视上开始播放杨健等人自首的画面，孟德海起身，想凑近了看。

他的手突然被拉住了。

孟德海回过头，这情景只在他梦里出现过，他不知该惊喜还是难过！

崔姨拉着他的手，嘴里念叨着什么，声音微弱得几乎听不见。

孟德海把耳朵缓缓凑到崔姨嘴边。

崔姨断断续续地说："老孟，我对不起你……我收过高启强的礼。"

孟德海听着妻子的话，脸上的表情越来越惊讶。

住院部走廊上，一个患者家属模样的小伙子靠在公共区域的长椅上昏昏欲睡。

孟德海从病房里走了出来，没有任何表情，经过小伙子的时候，停下来望着他。

小伙子靠着椅背，似乎睡沉了。

孟德海慈祥地拍拍他："回去睡吧，别着凉了。你工作没问题，只是我在医院待得太久了。病人家属大多比病人更像病人，哪有小伙子能天天守在这里还活蹦乱跳的。"

小伙子挠着头发，恨不得找个地缝钻进去。

孟德海说道："放心，我不会跑，也没有地方可去。告诉安欣，到山上找我。"

专案组的两辆车停在山脚下，还是当年安欣和孟钰爬过的那座山。

安欣下了车，孙旭、方宁等其他专案组成员也纷纷下车。

安欣回头望着大家："就在这里等我。"

说罢，他独自向山腰凉亭走去。

山腰凉亭里，安长林和孟德海正谈着话。

安长林说道："我知道你这十几年来一直有气，被赵立冬压着，先从市公安局调到穷乡僻壤的青华区，刚做出一些成绩，又被调到人大常委会主任这么一个养老的职位上。"

孟德海翻翻白眼："老安，我最烦的就是你这种口气！都是公安出身，难道我的觉悟不如你安长林吗？你这人就是这样，话永远不说透！"

安长林说："老孟，你要装睡，我也叫不醒啊！"

安欣爬上凉亭，见安长林也在，向二人敬礼。

孟德海说道："叫你来是向你坦白的，这是我从高启强那儿收过的唯一的东西。"说着从口袋里掏出一个信封递给安欣。

安欣打开一看，是一个房产证和几串钥匙。

房产证上面是崔姨的名字，签字时间是 2011 年。

孟德海说道："你崔姨刚刚醒了，我才知道这房产证藏在我们家的壁橱里十年了，可这房子我们一天也没住过。今天我才知道，她当年拿宣传单给我看的时候，钥匙就已经在手里了。"

他从口袋里掏出一张教育整顿自查自纠的表格，打开，递给安欣。

"这是自查自纠第二轮填的表格，替我交给徐忠吧。"

孟德海转身握了握安长林的手，环视四周的风景。"山上的风景确实好，但是身居高位要站得直、站得正才行。老伙计，保重。安欣，我们下山吧！"

安欣陪着孟德海下山，慢慢地打开了那张自查自纠的表格。

孟德海走在前面，一脸释然，但背影佝偻的样子出卖了他的心境。

"我叫孟德海，今年 61 岁，曾任京海市公安局副局长、京海市青华区委书记，现任京海市人大常委会主任。我向组织保证，我个人没有接受过任何形式的贿赂，但是却依然成了黑恶势力的保护伞。本想靠着自己对党的忠诚做出一番政绩，但是现在回头想想，只是给自己找了个疏于防范的借口。我自认亏欠妻子，更不敢让女儿再受委屈。供电局收入本来就高，买个好房子怎么了？女婿有能力，买个好车子怎么了？社会上有点儿传言，工作上出点儿问题，都很正常，人无完人嘛。我用纵容来弥补对家人的亏欠，最终却害了杨健，害了孟钰，毁掉了这个家。我愿意坦白，接受组织上对我的一切调查处理。"

安欣和孟德海坐在车后座上，相对无言。

孟德海轻声说道："安欣，你一直做的才是正确的，不要替我这样的人难过。将来有时间，希望你能照顾好孟钰和豆豆。"

安欣已经说不出话来，只是不断点头。

安欣的车驶近市直机关招待所大门，门前站着一个熟悉的身影——孟钰。

车子停下，安欣和孟德海下车。孟德海倒还坦然。安欣不敢与孟钰的目光相碰。

孟钰说道："安欣，你把我也抓起来吧！让我们一家在里面团圆！"

孟德海平静地说："小钰，你妈妈醒了，你的担子更重了！往后你妈妈、豆豆都需要你照顾，你要学会坚强。"

孟钰上前紧紧拉住父亲的手，泣不成声。

安欣默默地在边上立着，一声不响。

孟德海用力掰开孟钰的手，随着安欣走进招待所的大门。

人和车都已离开，只剩孟钰还站在那儿，带着从未有过的无助，不知下一步该如何开始。

一周后，市直机关招待所组长办公室里，办公桌上摆着厚厚的一摞笔录。截至目前，京海电力系统的贪腐问题，涉案人员和充当保护伞的官员总计六十七人，全部到案。可是搜集到的能够指控高启强的证据却微乎其微。指导组在研究方案的时候，好巧不巧，信访办有人送来了万民书，替孟德海求情。大家都知道，孟德海在任期间为青华区做了不少好事，在群众中也有一定声望。但这份万民书实际上就是逐客令。兔死狐悲，他们不是为孟德海求情，而是为自己的将来求情。而在幕后策划这一切的赵立冬还在思考着指导组又会弄出什么动静来。

高家大厅里，高启强看着被黄老送回来的"人民公仆"。他明白，黄老不想再和他有什么牵连了。孟德海被抓让老黄头害怕了。于是，高启强也做起了两手准备，把钱转移到国外，继续和指导组缠斗，斗得赢最好，斗不赢，跑。

福禄茶楼内，茶楼的几张台子边都坐满了客人，服务员忙得团团转，只有那张硕大的圆台还为高启强留着。

高启强带着一家人熟门熟路地来到自己的座位前，正要拉椅子，一只手按住了椅背。

对面是一对驴友装扮的青年男女，身体健壮，都是运动型的。

估计谁也不会想到会有人在福禄茶楼和高启强抢位子。女子拿起手机要拍视频曝光，结果被高晓晨一把抢过手机。老板宋光出来请陌生男女离开，表示不做他们的生意。高启强从儿子手里抢过手机，准备还给女子。女子接过手机，却就势反扣过高启强的手腕。

高启强神色一变，察觉到不好。

女子和男子都变了脸，从腰里各掏出一把野外生存刀，向高启强的腹部刺去。

高启强到底机警，一脚踹开女子，拼命躲开了两人的致命一击。

面对突然的变故，高启兰和黄瑶都大惊失色，不知所措。

高晓晨抄起把椅子砸向男子。

女子扑向高启强，握匕首的手法相当专业，一看就受过格斗训练。

高启强一把掀翻桌子，阻挡住女杀手的攻势。

楼里顿时大乱，各桌客人都忙不迭地往外跑。

高启强抄起地上的板凳还击，冲着高晓晨大喊："保护你姑姑和妹妹！"

一男一女露出本来面目，他们目标明确，只奔高启强一人，每一刺都是杀招。

宋光急了，拿了茶壶砸向杀手。

男杀手挥臂挡开，毫不在乎。

高启强用随手捡的凳子做武器，努力保护住自己的家人，大喊："快叫人！"

关键时刻，高晓晨倒是爆发了男子气概，死死缠住男杀手。

男杀手急了，连着在高晓晨身上捅了三刀。

高晓晨不敢相信地看着鲜血从自己的身体里冒出来，仍死死地攥着男杀手的胳膊不放。

另一边的女杀手在高启强的身上划下几道口子，伤并不重。

黄瑶缩在墙角里，拨打电话："虎叔，我爸出事了！快带人到福禄茶楼来！"

高启兰躲在另一侧拨打电话。忙乱中，她最先想到的还是安欣。

"安欣，我哥出事了，在福禄茶楼，你快来！"

宋光带着厨师，拿着菜刀、擀面杖等厨具冲了出来，拼死围住高启强。

女杀手眼看人越来越多，不能得手，冲着男杀手大喊："走了！"

男杀手挣脱高晓晨，和女杀手一起夺门而出。

宋光和厨师只顾着高启强，根本无心追赶。

高启强伏在地上，顾不得身上的伤，手脚并用地向高晓晨爬去。

高晓晨躺在地上，伤口还在冒血，人已经奄奄一息。

黄瑶起身，拨打 120 急救电话。

高启兰在一旁帮高晓晨做紧急包扎、救护。

高启强的嗓音中带着从未有过的慌乱："儿子，儿子，你睁开眼！你不要吓你爸！"

福禄茶楼门口，救护车的声音隐隐传来，等不及的高启强背着包扎好的高晓晨，不顾后背和腿上的伤口，踉跄着往外跑。高启兰和黄瑶阻拦不住，只能在后面扶着。

门外围着上百名看热闹的街坊，叽叽喳喳，议论纷纷。

一向镇定的高启强此刻只是个懦弱的父亲，他努力分开人群去迎救护车。父子俩的鲜血滴滴答答，洒落一路，分不清是父亲的还是儿子的。

车终于来了，却不是救护车，而是一辆一路警笛呼啸的警用摩托。

摩托车停在高启强的面前，骑手打开面罩——是安欣。

安欣看着满身鲜血的高启强父子。"你还行吗？"

"我没事，救我儿子！"

高家一家三口合力将高晓晨放到安欣的后座上，小心地将他固定好。

直到这时，救护车才姗姗来迟。

安欣说道："现在是下班时间，路上太堵。高启强，你坐救护车，我们市第一医院见。"

说罢，他合上面罩，一踩油门，带着高晓晨扬长而去。

高启兰、黄瑶挽着高启强上了救护车。

下班时分，街上交通拥堵，鸣着警笛的警用摩托在车辆的缝隙里穿梭。

高晓晨靠在安欣的背上，气若游丝。

第十七章　木马

医院走廊上，浑身是血只做了简易包扎的高启强跌跌撞撞地奔向手术室，黄瑶和高启兰跟在他后面。

安欣双手插兜，守在手术室外。

安欣说道："在抢救呢，你也赶紧让你妹妹处理一下吧。"

高启强说："我的伤不重，死不了。"他看着手术室的灯亮着，总算松了口气，颓然地坐在手术室门口的椅子上，说："谢谢。"

手术室的门被推开了，大夫急匆匆地走出来。

"哪位是家属？"

高启强又站起来："我是！"

大夫说道："患者失血过多，他是 Rh 阴性 O 型血，我们血库里没有这种血。你是直系亲属吗？"

高启强迟疑地点点头。

"你和他的血型匹配吗？"

高启强又无奈地摇摇头。

安欣一举手："我不是直系亲属，但我是 Rh 阴性 O 型血！"

高家人惊愕地望着安欣，一连串的变故让他们不敢相信这居然是真的。

手术室里，鲜红的血浆涌进导管。

病床上，高晓晨的脸重新有了血色。

医院走廊上，献完了血的安欣胳膊还裸露着，贴着创可贴，他正站在手术室外打电话。

高启强的伤口重新做过处理，颓然地坐在长椅上。高启兰和黄瑶陪着，等着高晓晨出来。

走廊里响起一阵嘈杂的脚步声，唐小虎带着一伙打手姗姗来迟。

唐小虎问："哥，你没事吧？"

高启强摇摇头。

安欣走到高启强的面前，并排坐下。

"知不知道是谁干的？"

高启强摇摇头。"两个不知深浅的小兔崽子，吵了两句就动刀。"

安欣说道："我的同事正在现场调查，凶手的逃跑路线是事先设计过的，他们提前破坏了沿途的摄像头。这是一次有预谋的刺杀，他们还会再来。要不这样，你马上自首，看守所里能保证你的安全。"

高启强苦笑道："你今天已经亲眼看到了，有人想要我死，这样大家才能太平。除非你们真的能把后面的根都挖出来，不然我没法配合。你们敢吗？"

市局信息科里，屏幕上播放着福禄茶楼监控里拍下的杀手袭击高启强父子的画面。

安欣操作电脑，将两名杀手的正面定格并放大。户籍档案里面没有两个杀手的信息，大家推测杀手是从境外来的。安欣点头说："高启兰也曾说过两个杀手有香港口音，这样一来沙海集团的蒋天嫌疑最大。蒋天的妻子是香港人，而他之前经常往返于香港和京海，与香港黑社会有频繁接触。"可是安欣怀疑，为什么要在光天化日下的公共场合行凶呢？这不太像是杀手能做出来的事情，大家正在商议，安欣的手机响起，传来消息，两名杀手确实是七天前从香港偷渡到京海的。而对于这次的事件，安欣怀疑是高启强的一出苦肉计。

另一边，赵立冬的秘书约见了蒋天，蒋天矢口否认自己与高启强事件有关。二人怕事情越闹越大，决定约谈高启强。政协常委会结束后，高启强、蒋天、赵立冬三人留下开起了小会，他们很快达成了共识，既然大家是一条绳上的蚂蚱，那就联合起来干掉指导组。

而针对指导组，赵立冬决定擒贼先擒王。

指导组组长徐忠的妻子正在家里做饭，门铃响起，她开门一看，是个快递。徐忠的儿子拆开包裹，箱子里面装着一匹木雕的奔马，正是之前蒋天送给徐忠却被拒绝的那匹。

政法委常务副书记何黎明正在和纪委监委的领导一起整理教育整顿期间来自各处的工作报告。

一名纪委的同志进来，递给纪委领导一个档案袋。

纪委领导打开档案袋，掏出文件，上面第一行字就让纪委领导眼睛瞪圆了。

何黎明感觉到纪委领导的异样。

这是关于省委派遣于京海市的教育整顿驻点指导组组长徐忠的问题材料。

徐忠的妻子和儿子坐在沙发上，一名纪委的女同志站在一边监视着。

两名纪委工作人员将木雕的奔马摆在桌子上，戴着手套仔细检查。

他们在木马的腹部发现了缝隙。工具顺着缝隙插入木马腹部，徐忠的妻子和儿子眼睁睁地看着工作人员从木马里取出几根金条。

徐忠妻子惊讶地站了起来，捂着嘴说不出话。

在京海的徐忠接到召回接受调查的电话后，一脸平静地说道："我下午下班前就到省纪委监委报到。"面对满脸关心的众人，徐忠只说了一句："他们急了，所以就会越急越乱。"

问询室里，蒋天正对着两名纪委干部做陈述。

蒋天说道："那天徐组长当众把马给退回来了，让我挺打脸的，但没过两天就有人给我打电话，说是指导组的，给了我个地址，让我把马快递到徐组长家里，还嘱咐我以后送礼不要在公开场合，更不要大张旗鼓。"

纪委干部问："通话记录有吗？"

蒋天说道："有，我调出来给您看。"

市直机关招待所问询室里，安欣、孙旭、方宁等分别在接受纪委的问询……

市直机关招待所办公区内，大家都在议论着徐组长是被诬陷的，压抑的情绪充斥着整个办公区。

何黎明办公室内，徐忠坐在何黎明的对面，看着手上的证明材料。

徐忠说道："我都不知道我这么有钱，早知道早退休了。"

何黎明说道："还笑？第二批教育整顿刚开始，正等着有人把脑袋递过来，你就首先出了问题，我怎么保你？"

徐忠无奈地说："领导，这明显是陷害啊！"他把资料摆开，"这海外的酒庄、房产，都是近期才到我名下的，目的非常明显，就是不想让我查。"

徐忠说着说着，发现何黎明完全没看资料，而只是盯着自己。

徐忠察觉到了不对劲儿。他与何黎明谈了很久，可是不管怎么谈，车轱辘话说了一堆，好像宗旨只有一个，提前结案。徐忠知道，这是领导在保护他，打个时间差，既保住了指导组的颜面，又能让对手放自己一马。可是徐忠觉得，如果真的这么做了，就正中他人的下怀，到了这个节骨眼上，一旦让他们赢得了时间，再有多少个徐忠恐怕都很难抓到他们了。他们现在无非两种情况，一是彻底没了后路，打算鱼死网破；二是他们背后有更大的靠山。无论是哪一种，都值得继续深挖调查。

徐忠最后想了想，说道："我全力配合组织对我的调查，尽快重新回到工作岗位！"

何黎明气得指指徐忠，终究没有说出话来。

省纪委约谈室里，两名省纪委监察人员坐到徐忠面前的桌前，摄像机被打开。

其中一名监察人员向徐忠说："徐忠同志，根据我国监察法条例，我们正式启动对你的纪律审查和监察调查。"

徐忠端正地坐着，不卑不亢。

茶室里，蒋天忐忑地和王秘书坐在一起。

蒋天说道："现在的局势，我们和指导组从暗斗已经变成了明斗。如果不能把徐忠扳倒，再让他回来，京海就再没我们的容身之地了！"

王秘书不动声色地泡茶："你不信我，总该相信领导吧？这边已经在收集指导组其他人的黑料了。做官嘛，不可能清似水明如镜，再干净的脸上也能找到几粒麻子。"

健身房内，专案组的同事围成一圈。

安欣和孙旭正在上演一场友谊赛。

安欣抓准孙旭的一个动作空档，一招锁喉将孙旭制服。

孙旭脸涨得通红："组长，你刚才那招是怎么使出来的？"

安欣说道："就在你以为自己要赢的时候，疏忽了。现在，我们的对手也觉得自己要赢了。目前只是徐组长被召回，我们的工作并没有被叫停。蒋大可以举报徐组长，我们一样可以调查蒋天。蒋天在京海的生意主要是两部分：沙海酒店和采砂业。根据咱们目前掌握的情况，酒店经营十分正规，连打擦边球的娱乐场所都没有，所以我们下一步的调查重心就放在采砂业上。"

砂石厂的河道上，孙旭和方宁沿着河道查看，方宁时不时地拍着照片。

方宁的镜头里出现了一艘废弃的行船。

方宁和孙旭走上前查看，行船明显有被撞击损坏的痕迹。

方宁赶紧拍照。

水利局办公室内，杨幼竹和卢松正在向水利局专家咨询情况。

水利专家拿着几张照片查看，其中一张是河堤垮塌的照片。

专家说："河堤垮塌的原因很多，有自然因素，也有人为因素。如果那段河道总是发生漩涡影响行船的话……综合这些异常水文现象，应该是过度采砂的原因。"

卢松问："过度采砂？没有相应监管吗？"

专家有些疑惑："河道采砂很早就被禁止了，每天都有监管巡逻，没有发现盗采的现象啊。"

卢松和杨幼竹心照不宣。

强盛集团财务室里，黄瑶拿着一张汇款记录来到宋志飞的办公室。

黄瑶说道："宋经理，我整理账目的时候，看到这笔对外汇款有些奇怪。这个收款方从没见过，而且汇款原因也没有。"

宋志飞将单子拿过来看了一眼，有些不自在。"你写技术服务就行了。这笔钱是高总亲自吩咐的，具体的就别再问了。"

特护病房内，高启兰把高晓晨的床摇起来，高晓晨的气色已经好了很多。

黄瑶把食盒打开，全是清淡的素菜，还有一壶浓浓的汤水。高启兰把汤倒好了，一勺勺喂他。

黄瑶说道："爸说处理完工作的事，晚上来看你。"

高启兰说："瑶瑶，公司医院两头跑，辛苦你了。"

黄瑶摇摇头："不辛苦。我最近跟着宋总学习整理公司的账目，就是学得太慢了。今天还遇到一笔账不会做，宋总说是老爸吩咐打到香港那边的技术服务费，估计是嫌我笨，也没跟我说技术服务具体是什么。"

高启兰想到什么，手里的动作停顿下来。

高晓晨说道："你还笨？那他是没教我。"

他抢过高启兰手中的餐具，吃了口汤里的肉。

高启兰想了想，问："那笔钱是什么时间打的？"

黄瑶回忆道："就是爸爸和哥出事的三天前。"

高启兰回忆着，双眉紧蹙。

黄瑶看出了高启兰的不对劲儿，自己默默收拾饭盒。

高启兰拿着水，盯着高晓晨把药服下，然后给高晓晨披了披被角，看向一边的黄瑶。

高启兰说道："瑶瑶，帮我个忙吧。"

黄瑶很茫然，可还是点了点头。

第十八章　我认栽

高启强疲惫地走进医院。走廊上昏昏欲睡的安保们一见老板来了，立马笔直地站好。

高启强走到病房前，见里面是黑着的，打了个哈欠，轻轻推开门。

屋里没有一点儿生气，月光下，床上空空如也。

高启强察觉出不对，打开灯。果然，病房里空荡荡的，连点滴瓶都不见了。

他翻开柜子，高晓晨的衣物、随身用品也都不见了。

高启强冲回走廊里。

"晓晨呢？"

安保回道："他姑姑说带他去做检查了。"

"走了多久？"

安保说道："两个小时了。"

高启强掏出手机，拨打高启兰的电话，显示关机。

高启强发怒道："快！快去把人给找回来！"

安保们吓坏了，一瞬间全都跑了出去，只剩下高启强孤零零地站在走廊里。

深夜，下夜班的黄瑶悄悄钻进来，生怕惊扰了熟睡的家人。

她正要换鞋，门廊里的灯亮了。高启强就站在门廊口，面目狰狞地瞪着她。黄瑶从来没见过爸爸这副模样，吓得差点儿跌倒。

"爸……"

高启强审视着黄瑶："你给晓晨送过饭以后，你姑姑就带着晓晨走了，上了一辆救护车，说是转院，转到哪里没人知道。你能说说原因吗？你都跟她说了什么？"

黄瑶回忆道："姑姑问我最近在忙什么，我说在跟着宋总整理公司账目。她又问我最近有没有国际汇款，特别是汇往香港的。我之前整理账目的时候看到有一笔，是技术服务费，就告诉她了。"

"还有吗？"

黄瑶摇头："没有了。她问我是什么技术服务，我说我也不知道，之后我就回公司了。"

高启强疲惫地摆摆手："去睡吧。"

黄瑶点点头，战战兢兢地侧着身子从高启强身边过去。

高启强掏出电话，打给唐小虎。

电话里传来小虎的声音："强哥，老房子没有，他们没回来。"

高启强说道："找，今天晚上必须找到。"

路灯下，一辆豪车孤零零地停在路灯下的角落里，已经熄火很久了。

一个戴着帽子、口罩的男人从暗处走过来，辨认了车牌号后，径自钻进副驾驶室内。

车内，蒋天手扶着方向盘，男人摘下脸上的口罩，赫然是过山峰。

蒋天问："采砂场那边怎么样？"

过山峰说道："干活的船已经挪走了，他们找不到线索的。这么急找我就说这个？"

蒋天摆手道："高启强的妹妹和儿子失踪了。"

过山峰一怔："是他自己藏起来的吧，怕我们下手？"

　　蒋天摇摇头："不管是不是，你最好能找到他们。找到他们，我们就能多张牌对付高启强。我把他妹妹和儿子的照片传给你。"

　　过山峰打开手机，记清二人的长相。然后点点头说："我想办法。"重新戴好口罩后，他推门下车。

　　高启强坐在客厅跟安欣通话。

　　"我妹妹有没有联系过你？"

　　"没有。"

　　"安欣，小兰带着晓晨一起失踪了。我害怕她被人利用，更怕她落在某些人手里，成为要挟我的筹码。我已经用了我所有的渠道，还是没找到他们。你有你们的渠道。我只希望我的家人平安。"

　　高启强挂上电话，深吸了口气，望着客厅里全家福的照片。

　　出租汽车公司办公室里，转账提示音响起："已成功到账五万元。"

　　接着，高启兰和高晓晨的照片传到了手机屏幕上。

　　出租车公司老板看着手机，连连点头。

　　"哥，你放心。我把照片转到所有司机群里，一有消息立刻通知你。"

　　戴着口罩的过山峰点点头，出去了。

　　出租车停靠在路边，司机在群里兴奋地抢红包，接着点开了高启兰和高晓晨的微信大图。

　　酒店套房里，蒋天坐在落地窗前，喝空了的单一麦芽酒瓶就摆在他手边。他形容憔悴，像是一夜未眠。

　　蒋天揉了揉眼睛，发现客厅多了一架餐车，餐车上罩着白餐布，上面还盖着金黄的罩子。他慢慢走近餐车，只觉得有说不出的诡异，他能感觉出罩子下面的东西一定是他不想看到的。

蒋天咬咬牙，伸出手，揭开了罩子。

罩子下面放着一张照片，照片上还压着一只防风打火机。

蒋天拿起照片，脸立马扭曲了。照片上，是他被五花大绑的妻子和儿子，他们嘴上都贴着胶带；照片的背面是用红色水彩笔写的几个童稚的字——"爸爸，救我"。

蒋天一把扯下餐车上的餐布，餐车底部还放着一个汽油桶，被餐布掀倒，汩汩地往外冒着汽油。

蒋天捂着心口，像被重锤击到，几乎无法站稳。

恰在此时，他的手机响了，如炸雷一般。

蒋天看也不看，抄起手机，对着话筒咆哮："你妹妹和儿子不是我绑的！！！"

对面许久没有声息，隔了一会儿，高启强的声音才不急不缓地响起来："蒋老板，你可以从香港调杀手，我在香港也有朋友。"

蒋天咆哮着："我没有从香港请杀手，你儿子也不是我找人砍的！你到底想要什么？"

"带上我送你的礼物，去市政府门口自焚。"

"你疯了！"

"想想是你自焚好，还是你老婆孩子被焚好？动手之前，你还要留下一封举报信，明天所有的新闻标题都将是——'沙海集团掌门人被指导组索贿，举报不成，悲愤自杀'。舆论一发酵，民怨四起，指导组就只能滚出京海了，大家都会感激你的。打仗嘛，总有人要被拿来祭旗的。现在是七点钟，市政府上班是八点半，如果八点半你不出现在市政府门口，就等着看你老婆儿子的直播吧！"

市直机关招待所办公区内，刚上班的纪泽和孙旭被方宁带着，急匆匆跑进办公区。

值班的卢松拿着话筒，满脸紧张。卢松说道："你不要激动，我们领导来了，你和领导讲。"

纪泽示意卢松打开免提。

方宁开启录音装置。

纪泽让自己的声音尽量显得平稳："你好，我是驻点指导组的副组长纪泽。"

"我是蒋天。我要举报我自己。我对徐忠组长的举报纯粹是诬告。但我也是迫不得已，有人逼的。"

屋里的气氛瞬间轻松起来，大家都等待着他后面的话。

"谁逼的你？"

"我的家人在香港遭到了绑架，如果你们能救出他们，我就把一切都交代了。"

"好，你把你家人的姓名、联系方式、你掌握的所有情况都告诉我们，我们会上报省公安厅，联系香港警方。"

"要快啊！只有一个小时时间了，我家人如果出了事，你们什么也得不到！"

市直机关招待所走廊上，纪泽带着孙旭、方宁匆匆出来。

纪泽说道："方宁，你把刚刚蒋天提供的这些材料和线索马上上报省公安厅，请他们联系香港警方核实。孙旭，你联系公安系统，找到蒋天的手机定位，立刻对他实施保护，同时防止他出现过激行为。"

酒店套房内，怅然若失的蒋天看着手表。时间已接近七点半。

他又拿起手机，拨通另外一个号码。电话只响了一声就被接通了。

蒋天问："起这么早？"

过山峰的声音传出："没敢睡，你交代的事还没有眉目。"

蒋天颓然地说道："老过，还是没斗过高启强，我认栽了。"

开小货车的过山峰熬得满眼都是血丝，正用蓝牙耳机接听电话。

"老蒋，什么意思？"

"他绑了我在香港的家人。"

过山峰说："坚持一下，和他拖延时间！等我找到高启兰和高晓晨，就可以和他交换人质了。"

"没用的，他能找人把高晓晨砍成重伤，就不会真在乎他的命。现在只有两种结果，要么我去自首，把他们全拖下水！要么我死了，你替我杀高启强全家！"

"这个不用嘱咐。"

"这么多年……辛苦了。"

话到这里，对面再没了声息。

过山峰的眼睛红了，他已经能猜到结果。

晨曦中，他吹起了口哨……

伴随着口哨声，货车在沿江公路上飞驰。

香港西贡，全副武装的香港飞虎队根据定位，来到了藏匿人质的西贡渔村，按战术队形分散开，展开搜索。

酒店套房里，手表上的指针指向八点二十分。

放在吧台上的手机叫魂般响起。

蒋天知道等待他的噩运是什么，根本不敢去看。

手机就这么一直响着，没完没了。

蒋天终于控制不住，翻开了手机，接通视频通话。

他的儿子面向镜头，绝望地哀号着，头上被不断浇上汽油。

"爸爸救我！爸爸，快救救我！"

蒋天彻底疯了，哀号道："我答应你！我什么都答应你！放过我的家人！"

酒店外，专案组的车停在酒店门口。

孙旭带领专案组的成员下车，匆匆往酒店大堂走。

突然，顶楼传来一声巨响，众人闻声抬头。

酒店顶层的落地玻璃被撞碎了，一个人影惨叫着，直直跌落下来。

人影从孙旭等人的面前划过，旋即一声闷响。

所有人久久缓不过神来。

第十九章　再入京海

香港的飞虎队队员确定了人质被藏匿的位置，队员以迅雷之势破门而入，瞬间将绑匪制服，并将被浇满汽油的两位人质解救下来。

经过香港警方查证，银行卡真正的户主是蒋天的妻子而不是徐忠。经技术部门鉴定，蒋天举报徐忠的材料都是伪造的，而蒋天的手下作证，木马藏金也是蒋天的把戏。徐忠终于洗脱了嫌疑。

神清气爽的徐忠又来到了何黎明的办公室，表示自己想马上回到京海，投入一线的工作中。

何黎明说蒋天已死，出了这么大的事情，他不敢贸然再让徐忠回去。最后，徐忠答应，一切以大局为重。何黎明这才勉强同意徐忠回到京海。

徐忠出发前，妻子拿出了徐忠藏了一年的体检报告，担心徐忠的冠心病。徐忠觉得凡事都要有始有终，只要自己注意，这个病并无大碍。比起治病，他更想把京海的事情做个了结。

刚刚了结了蒋天的高启强一大早就被小虎的老婆闹得心烦，因为她发现小虎在外面有了别的女人，非要让高启强给评理。

高启强无奈，只能承认是自己的女人，暂时安置在小虎两口子闲置的房子里。这时，高启强忽然发现一个细节，问小虎的老婆是怎么发现的，原来竟是因为没人住的房子被扣了水电费。这给高启强敲响了警钟。高启强连忙嘱咐小虎把人转移到黄瑶家的老宅去。

小虎带着杀手到了黄瑶家的老宅，刚要进门，却忽然遭到了袭击。小虎和杀手都吓了一跳，刚要拔刀还击，却发现那人正是失踪了的高启兰。这让小虎惊喜不已。可是高启兰也认出了两个杀手，顿时大喊起来："晓晨，快跑！"

两个杀手也认出了高启兰，有些不知所措。

唐小虎看见附近的住户有几家已经亮起了灯，赶紧不顾一切地扯下高启兰手中的凳子。

唐小虎捂住高启兰的嘴，说："小兰，你别喊！都是自己人，你听我说！"

他越捂，高启兰挣扎得越狠。

屋里的高晓晨拎着把菜刀出来，一看这情形立马红了眼，举着菜刀也扑了上来。

唐小虎不得已放开高启兰，又攥住高晓晨的手腕。

两个杀手在外面看着，已经不耐烦了。

男杀手说道："靓仔，我不是有意要捅你的，我们也是受人之托，报仇不要找我。"

高晓晨说道："所以，我就是他在全京海人面前演的一出苦肉计！现在还要来斩尽杀绝是吗？"

唐小虎用尽全力抢下侄子手里的菜刀，远远地扔了出去。

唐小虎说道："不是！那天是意外！"

高晓晨彻底颓了。

突然，男杀手的眼睛直了，一支金属鱼镖从他的脖颈里冒出尖来。

他捂着脖子，想叫又叫不出来，直挺挺地倒下。

众人大惊。

唐小虎喊道："进去！快进去！"

女杀手也红了眼，眼看着搭档是活不成了，她伏下身子，一边四下寻找敌人，一边不顾一切地拖着搭档的尸体，钻进老默家。

在她最后进门的一瞬间，又一支鱼镖飞来，狠狠地插在门上。

过山峰从墙角的暗处现身，他手里拿着一支经过改造的大号鱼枪，慢慢地将新的鱼镖压上。

唐小虎拖着高启兰和高晓晨躲在墙角。

女杀手拖着同伴的尸体躲在另一处墙角。

唐小虎说道："你们相信我，你爸那天只想造个事端，让专案组去查蒋天，没想到会把你伤成这样，他难受得不得了。"

高启兰问："外面现在是蒋天派来的杀手？"

"蒋天已经被我们解决了！我真不知道这又是从哪儿冒出来的。"

高启兰苦笑道："高家的仇人太多了。"

一声脆响，又一支鱼镖击碎玻璃，穿了进来，直愣愣地射在墙上。

众人看着鱼镖的力道，都不寒而栗。

高启兰说道："把你电话给我！"

"干什么？"

"报警啊！还能干什么？"

"不行！警察来了就全完了！你哥完了！我们都完了！"

话音未落，又一支鱼镖射了进来，这一次离他们更近了。

女杀手急了，拖过厅堂里的圆桌子，翻过来挡在身前，重新踹开了屋门。

又一支鱼镖飞来，直插在圆桌上。

女杀手推着圆桌，小心前进。

黑暗中，桌面像个大乌龟壳，缓慢滚动着。

又一支鱼镖穿透桌面，差点儿刺到女杀手的脸上。

她深吸一口气，加快圆桌的旋转速度，总算移动到了 堵墙后。

两面都是墙的夹道，女杀手将桌面挡在身后，自以为安全了，拔出短刀，准备重新寻找过山峰藏身的位置。

她站起来，刚一转身，过山峰不知何时已经站在了她身后。

女杀手都没来得及反抗，过山峰就用割渔网的小刀在她脖子上一抹。

女杀手捂着脖子，直挺挺地倒下了。

过山峰拎着一桶汽油，来到老默家门口，开始往门上、墙上、墙根周围泼洒。

唐小虎拗不过高启兰，手机到底被她抢了过去。

高启兰立马拨通了她最熟悉的一个号码，对面响了片刻，传来一个熟悉的声音："喂。"

"安欣，我是高启兰，我和高晓晨在青华区的华侨新村 28 号，有人在袭击我们，要杀人灭口！"

"你别慌，我马上通知当地派出所，我们马上赶过来！"

正说着话，被砸碎的窗户里，浓烟飘了进来。

众人一抬头，窗外、门外都已经火光冲天。

高启兰顾不得打电话，赶紧扯了毛巾，接了水，为高晓晨和唐小虎捂住口鼻。

烟越来越浓，三人止不住地咳嗽。

唐小虎说道："他是想把我们烧死在这儿！你保护晓晨，我送你们冲出去！"

眼看门口已经火光冲天，高启兰扶起晓晨，只能准备硬冲。

唐小虎说道："我先出去，你带着孩子往村口跑，我有车停在那儿！"说着将车钥匙塞给高启兰。

屋外已经火光冲天，唐小虎跨着大火冲出来。

一支鱼镖准确地飞了过来，他挥舞凳子，鱼镖钉在了凳子上。

借着火光，他发现了不远处的过山峰。过山峰正在不紧不慢地压上下一支鱼镖。

唐小虎咆哮着："快走啊！"挥舞着凳子冲向过山峰。

高启兰扶着重伤未愈的高晓晨从屋里冲出来，咬咬牙，向着他们反方向的村口跑去。

过山峰重新举起鱼枪的时候，唐小虎已经冲到了他的面前。

在唐小虎攥住鱼枪的一瞬间，过山峰扣动了扳机。

鱼镖射入唐小虎的腹部，他身子晃了晃，却并没有倒下，而是上前死死抱住过山峰。

过山峰想挣扎开，但唐小虎的双臂像铁箍一样死死地箍住了他。

唐小虎嘴里涌出血，仍声嘶力竭地大喊："快跑！跑啊！"

高启兰强忍着不回头，扶着高晓晨一路狂奔。

警笛声依稀传来，她激动得要哭了。

过山峰好不容易摆脱唐小虎，此时已经警笛声大噪。

他眼见无法再动手，只好重新隐匿回黑暗里。

市直机关招待所门口，除了安欣和孙旭，还有纪泽带着指导组的其他成员。大家站在台阶上，兴奋地等待着。

徐忠出现在台阶上，众人激动地迎了上去。

纪泽说道："可把你盼回来了！"

徐忠笑笑："一个小插曲，不能把我怎么样。"

纪泽说道："你能回来，一些人就该慌了，现在的他们就像一堵烂墙，一推就倒。汇报一下，工作没停，高晓晨已经找到了，安欣和孙旭正在医院里问询。"

徐忠说道："看来我不在的这段时间里发生了不少事。"

纪泽点点头："他们内部离分崩离析不远了。"

特护病房里，高晓晨重新躺在了病床上。

门关着，安欣和孙旭准备对他进行问询。

高晓晨闭着眼睛，假装没听见。

这时，高启强冲了进来，以孩子受到惊吓为由请他们出去。

安欣带着孙旭出门，望着高启兰，说："我知道，你不会出卖你哥哥，但如果真的想救你的家人，请你做出正确的选择。"

海堤上，惊涛拍岸。高启兰的车停在荒无人迹的海堤上，她摘下墨镜，眼睛已经哭肿了。

黄瑶吓了一跳。

高启兰说道："瑶瑶，把你知道的都告诉我。你告诉我，那两个杀手是不是真的是我哥雇来要杀晓晨的？"

突然，有人敲了敲车窗玻璃。

高启兰一抬头。

高启强正面带微笑地站在车窗外看着她。

高启兰侧脸看着黄瑶，她瞬间明白了。

第二十章　法网恢恢

回到自己的办公室，赵立冬才显出真正的焦虑。

他打开身后的保险柜，从最深处掏出钢笔盒子，从里面拿出一支录音笔。

何黎明在办公室里，正在秘书递来的一份文件上签字。

桌上的电话响起。

秘书识相地接过文件，快速出去了。

何黎明望着不停响着的电话，咬了咬牙，终于还是拿起了话筒。

电话的另一端传来嘈杂的录音，能听到男男女女在一起喝酒、大笑的声音。

紧接着，出现了一对男女的对话。

"你叫什么？"

"老板，我叫黄翠翠。"

何黎明的脸瞬间凝固住——这梦魇般的声音又出现了！

赵立冬把录音笔贴在话筒上，又将方才的声音重复播放了一遍。

话筒对面寂静无声。

片刻后，何黎明的声音传来："你要什么？"

赵立冬说道："徐忠打道回府，我把原件还给您。"

市直机关招待所院内，徐忠举着手机，跟何黎明争辩着。

何黎明说道："大局，大局呀！你挖人家高速公路干什么？一个精神病人的话也能信吗？"

徐忠说道："如果找到尸体，就能证明强盛集团的犯罪事实。医院给谭思言的父亲谭兵做过鉴定，他的精神很正常。何书记，我不理解您所说的大局，在我看来，一个老人忍辱负重十几年，就为了寻找自己失踪的儿子。这个人很可能因公牺牲，就埋在那条公路之下，我不知道有什么能比这件事更大。案子到了这个分上，没有余地了。"

何黎明说道："那我就告诉你，这条路你不准挖，除非上面换了我！"

手机里只剩下了忙音。

徐忠怅然，他最不愿意见到的情况终于还是发生了。

这时，杨幼竹匆匆从台阶上跑来。

杨幼竹递上自己的平板电脑："组长，您看。"

徐忠一看，屏幕上是一张图片，内容是一份国外的信托基金文件，而信托基金的持有人是高启强。

徐忠眼睛一亮："这是地下钱庄的转账交易记录啊！查到信息来源了吗？"

杨幼竹点头："查到了，就在本市强盛集团名下的一栋写字楼里。"

徐忠说道："动手！"

隐匿的地下钱庄和一般的小公司没有任何区别，一样配置前台，格子间里都是员工。

孙旭带着杨幼竹、卢松和一人队便衣闯了进来。

前台还想阻拦，孙旭亮出工作证件。经理直接交代："是强盛集团的宋志飞叫我干的。"

另一边，强盛集团的财务总监宋志飞正蹲在墙角开保险柜，手一直在哆嗦，连续几次都输错了密码。

黄瑶轻轻推门，走了进来。她没了平时唯唯诺诺的样子，倒多了几分高启强式的沉稳。

宋志飞总算打开了保险柜，身后传来黄瑶的声音。

"刚才海韵大厦的地下钱庄被查封了，他们下一步应该很快就会查到这里。宋总，您拿的应该是集团的真实账目，包括维系政府关系的支出明细表。把硬盘交给我。"

黄瑶说着，掏出手机，点开一张照片。

"我爸让您看看这个。"手机上是一个女人带着孩子的照片，"宋总应该知道，强盛是如何起的家。"

无奈又害怕的宋志飞将保险柜里的硬盘交到黄瑶手上。

临街咖啡店，黄瑶点了杯咖啡，坐在靠窗的位置，给高启强打电话。

电话一接通，她又变回了那个唯唯诺诺、毫无存在感的黄瑶。黄瑶告知高启强，自己拦住了拿着账本要跑的宋志飞，现在正在楼下的咖啡厅里。挂掉电话，黄瑶又给安欣打了一个电话，她告诉安欣来咖啡店找她，她有安欣最想要的两样东西——强盛集团的真实账目和高启强。挂断电话，黄瑶感觉自己轻松了起来，为了给父亲老默报仇，她压抑了太久，伪装得太久了。

她转过脸，忽然吓了一跳。

窗外，过山峰正在冷冷地凝视着她。

高启强来到咖啡店时已经不见了黄瑶的踪影。这时，电话响起，来电显示是黄瑶。高启强接通电话，对面却传来过山峰的声音："想见你女儿，到楼顶天台上来。"

高启强独自走上了天台。过山峰挟持着黄瑶从角落里闪了出来，割渔网的匕首架在黄瑶脖子上。

高启强把外衣脱下来，张开双臂转了一圈。

过山峰逼着高启强自己从楼上跳下去，万般无奈的高启强走到了楼顶边缘。

"不要跳！"安欣端着枪出现在天台上，枪口直指过山峰。

过山峰本能地把黄瑶挡在自己前面。

高启强回过身来望着安欣，他从来没觉得安欣如此亲切过。

高启强说道："安欣，救我女儿！"

安欣的枪口紧紧锁定着过山峰。"放心，今天没人会死。"

过山峰手上用力，刀刃划破黄瑶的脖子，鲜血浸透了衣领。

双方对峙着。

高启强不由自主地走到安欣身边。

这也是安欣和高启强第一次并肩站在了一起。

过山峰押着黄瑶慢慢后退，退出了天台。

电梯门在过山峰身后打开，他狞笑着，拽着黄瑶的头发将她拖进去。

电梯门在安欣面前慢慢合拢。

门合上的一瞬间，枪终于响了。

过山峰的肩头绽放出一团血花，他一个踉跄，握刀的手松了。

高启强趁机不顾一切地顶开电梯门，将黄瑶拽了出来。

过山峰的手拽住了高启强。他疯狂地将高启强扯进电梯间，将脚踩在关闭键上。

电梯门在安欣面前合拢。安欣拼尽全力用手将电梯间的门撑开。

电梯已经快速下降。

安欣将枪别在腰后，运了口气，从电梯间跳了下去。

电梯狭小的空间里，过山峰与高启强搏斗着。

虽然过山峰受了伤，但到底更年轻壮实，他抓着高启强，把刀慢慢抵近高启强的胸口。

高启强毫无办法，只好用手握住刀刃，任凭手筋被割断，也不让刀刺进自己的身体里。

两人在电梯间内僵持着。

孙旭、方宁带着特警和急救人员赶到。

全副武装的特警将枪口指向紧闭的电梯门。

门上的数字在逐层下降。

高启强抵挡不住了，过山峰怪笑着，眼看着刀尖已经刺进高启强的胸膛。

他们头顶的通风隔板终于被踹落，砸在了过山峰的身上。

随着隔板一并落下的还有安欣。

电梯内空间狭小，为了避免误伤，安欣无法用枪，只能与过山峰展开肉搏。

过山峰放开高启强，与安欣缠斗，染血的刀尖刺进安欣的胸膛。

危急关头，高启强用残存的一只好手卡住了过山峰的脖子。

安欣终于抓到时机，抢下了过山峰的刀。

电梯门在众人面前缓缓打开。

满身鲜血的三个人站在电梯里。

高启强和安欣一左一右提着已经被上了反铐的过山峰走了出来，这是他们第一次也是最后一次联手御敌。

特警迅速上前接过山峰。

方宁上前扶住安欣。

安欣说道："我没事。"又指指高启强，"赶紧给他处理一下，他伤得不轻。"

高启强捂着已经废了的右手，喘息着："我没事……快上楼……看看我女儿。"

黄瑶气喘吁吁地从消防通道里跑了出来，从包里拿出了硬盘。

黄瑶喊道："安警官，我举报！这是强盛集团的犯罪证据！"她用手指着高启强，"逮捕他！不要给他自首的机会！"

第二十一章　最终审判

高启强蒙了，看着陌生的黄瑶。"瑶瑶……"

黄瑶喊道："别叫我！你每次叫我的名字我都觉得恶心！我一直在等，等着你众叛亲离，等着你戴上手铐的这一天！我要给我爸报仇！"

高启强苦笑着，任凭手上的血滴落在地上。

高启强说道："好吧，我认输。"

审讯室内，黄瑶被戴上手铐，控制在了审讯椅上。负责审讯她的有安欣、孙旭、方宁。

孙旭问："黄瑶，几次通过举报平台向我们匿名提供强盛集团线索的都是你吗？"

黄瑶点点头。

"你还有什么要交代的？"

黄瑶抬眼望着安欣："我爸爸说过，这世上他只相信两个人，高启强和安欣，可他就是死在你们两个手上的。"

安欣说道："对不起，我当时想救他，没救下来。"

"对，你是警察，我爸爸是杀人犯，他受到惩罚，我不会怪你。但高启强不一样，他利用了我爸，把我当作人质，自己还越活越好。陈书婷的死也是我干的，是我把她从盘山道撞下去的。"

安欣惊讶地问："可是陈书婷对你很好，你为什么要对她下手？"

黄瑶喊道："为什么我家破人亡、寄人篱下，他高启强就能阖家团聚、幸福美满?！我一直耐心地等着，等到高启强足够信任我，这样我才有足够的力量把他毁掉！"

安欣叹了口气："你知道代价吗?你付出的是你整个人生。"

黄瑶点头："我认了。"

赵立冬站在窗前，望着外面繁华的夜色。

王秘书走过来说："指导组把和强盛集团有关的银行账户都冻结了。"

赵立冬点头："其中有我的。虽然不是用我的名字开的，但他们要查明白估计也用不了多久。小王，你走吧。"

赵立冬望向窗外。

"京海的夜景真美啊！一辈子都在这里，根深蒂固，我走不了。你走吧，趁还来得及。"

王秘书鞠个躬，离开了。

入夜，王秘书怅然地走进街边的一片空无一人的健身器材区内。

他长出了口气，从兜里掏出根绳子，在单杠上绑上一个死结。

王秘书摘下眼镜，装进衬衫口袋里，扯着绳结，正想把脑袋钻进去，身后有人拍他。

他一扭头，方宁和杨幼竹带着专案组成员站在他身后。

方宁说道："王秘书，想自杀啊?太便宜你了。带走！"

两名专案组成员上前，架着王秘书离开。

市长办公室的门被敲响了，赵立冬打开门，徐忠和纪泽站在门口。

赵立冬热情地上前握手："徐组长！纪组长！"

徐忠问："还没休息?"

赵立冬说道："当家担子重，加班都成习惯了。正好，两位帮我参谋参谋。"

赵立冬拉着两人走到地图前。

"赵立冬，别再演了！你心里真的装着京海、装着群众的话，能有今天吗？"

赵立冬被吓得打了个哆嗦，精神变得萎靡。

"变成今天这个样子，我有领导责任……可我有难处！"

纪泽说道："有什么难处去跟谭思言的父亲说，看他原不原谅你！你知道我们是来干什么的，走吧。"

赵立冬垂死挣扎："你们没权利抓我，我要打电话！"

徐忠和纪泽对视一眼。

徐忠说道："好，我们现在出去，给你半个小时时间。"

两个人转身走了出去。

赵立冬仓皇地抓起桌上的座机……

徐忠和纪泽再次进来的时候，赵立冬呆坐在办公桌前，如丧考妣。短短半个小时，他本来花白的头发全白了。

市委会议室内，徐忠当着京海所有市领导班子成员宣读省委讨论的结果。

徐忠读道："经省委工作会议讨论决定，同意教育整顿驻点指导组对高速公路 S108 青华区路段实施挖掘的提议。要求指导组及京海市各相关部门不惜一切代价，寻找谭思言同志的下落！"

审讯室里，过山峰面前摆着陆寒和王力的照片，交代着自己的罪行。

"都是蒋天叫我杀的。我把铁桶里灌上水泥，采砂船挖出河床坑，再把铁桶扔进去，隔一段时间，水流冲刷，坑就被填平，就是天然墓穴，如果不知道具体地点，根本找不到尸体。"

搜救船在江心中央打捞。

随着船上钢丝圈不断旋转收紧，注满水泥的铁桶被拉出水面。

徐忠和纪泽陪着谭兵坐在市直机关招待所组长办公室里，大家都在等待着一个结果。

方宁拿着检验报告，兴冲冲地进来。

"鉴定报告出来了，高速公路下发现的人体组织经 DNA 对比，就是谭思言同志！"

谭兵接过检验报告，热泪盈眶，给徐忠跪下。

休息室里，两名中央督导组的同志正在跟何黎明谈话。

"何黎明同志，关于你和赵立冬的关系，还有什么要补充的吗？"

何黎明摇了摇头。

"你阻止青华区高速公路挖掘，干扰省教育整顿驻点指导组办案，确实没有私心？"

何黎明回道："我的确是被蒙蔽了，满脑子想的都是城市发展和政府形象，但绝不是为了保护赵立冬。"

中央督导组的同志点点头："惩前毖后，治病救人。这是徐忠去京海的目的，也是我们来临江的目的。我们还要在临江待一段时间，如果你想起了什么，随时来找我们。"

何黎明点点头。

何黎明回到自己的办公室，看见徐忠正坐在屋里，愣了一下。

何黎明问："京海的案子还没处理完，你急匆匆回来，是不是中央的同志找你？"

徐忠点头："他们约我明天谈话。"

何黎明点头："京海的案子，你办得漂亮，他们不会难为你，问什么就答什么。"

徐忠拿出录音笔，摆在桌子上。

何黎明扫了一眼，什么都明白了，像是瞬间老了几岁。

徐忠问："这个，我怎么回答？"

何黎明从抽屉里拿出另一支录音笔，也放在桌上。

两支录音笔并排摆在一起。

何黎明说道："赵立冬给了我一支复制品，让我叫停指导组工作。如今他把原件给了你，就把我的命交到了你手上。人非圣贤，我也有糊涂的时候。事到如今，我也不想什么再升一步了，就让我踏踏实实退休，行吗？"

徐忠起身说道："二十年了，有太多无辜的人牺牲了，京海的秘密不能再藏下去了。"

何黎明叹了口气："我明白了。"

徐忠稍稍欠身，离开了。

天边刚微微泛出白光，省纪委门外，何黎明蹲在路边抽烟，两眼布满血丝。

最终，他仿佛下定决心，掐灭烟头，缓缓起身，迈进了省纪委的大门。

法庭内，被剃光头发的高启强站在审判席上，面对庄严的法庭，正在接受审判。

法官宣读着审判书："以高启强为组织者、领导者，以唐小龙、唐小虎、宋志飞、黄瑶、杨健、高晓晨等为骨干成员的黑社会性质组织，利用国家工作人员的包庇纵容，以暴力、威胁等手段，有组织地实施故意杀人、故意伤害、寻衅滋事、强迫交易、组织卖淫、开设赌场等违法犯罪活动，严重破坏了京海市经济社会生活秩序。公诉机关指控各被告人的犯罪事实清楚、证据确实充分，罪名成立，量刑建议适当，本院予以支持。经本院审判委员会讨论决定，依照《中华人民共和国刑法》第二百九十四条、第二百三十二条等相关规定，判决如下：

"被告人高启强，犯组织、领导黑社会性质组织罪、故意杀人罪、故意伤害罪、绑架罪、危害公共安全罪、非法经营罪、强迫交易罪等，合并执行，判处死刑，剥夺政治权利终身，并处没收个人全部财产……"

与此同时，临江省高级人民法院也在宣读着对赵立冬、孟德海等充当黑社会保护伞人员的判决："临江省高级人民法院，经本院审判委员会讨论决定，被告人赵立冬，因犯组织、领导黑社会性质组织罪，窝藏、包庇罪，故意杀人罪，滥用职权罪，贪污受贿罪，巨额财产来源不明罪等，合并处罚，判处死刑。剥夺政治权利终身……"

盘踞京海十余年的强盛集团以及各方保护伞被连根拔起。京海的人民群众迎来了更加公正、有序的社会环境，长治久安不再是口号，而是京海的明天！

市直机关招待所门口台阶上，高启兰捧着一摞饭盒交给安欣。

"我哥不愿意再见我了，我就想再让他吃顿家里的饭。他临走前吃几个饺子也不行吗？"

安欣打开饭盒，码放整齐的饺子个个皮薄肚大。

安欣把饭盒盖上："我来想想办法。"

看守所会客室里，剃了青瓜头的高启强走进会客室，看着对面的安欣。

安欣将带的饭盒往前一推："这是你妹妹带给你的，但我们有规定。不过我们也给你备了饺子，一样的。"

管教把饺子端给高启强。

"谢谢。"高启强夹起一个饺子，细细地品着。

安欣说道："我去看过晓晨和黄瑶了，他们都很好，你不用担心。"

高启强说："我没什么好担心的，他们本该有更好的人生。我最该道歉的人是你。你一直想把我拉上岸，可惜我让你失望了。这么多年，我欠你很多句对不起。有机会替我照顾小兰。"

安欣说道："她很坚强，不需要我。"

高启强又吃了一个饺子。

"我还是觉得，2000年春节的那顿饺子最好吃，二十年，真像一场梦啊！"

安欣说道："是啊，梦醒了，我的师父还在，兄弟还在，徒弟还在。"

"我还是那个卖鱼的阿强。"

"我还是不求上进的小警察。"

"日子平淡充实。"

"好像也不错。"

二人一笑，随即落寞。

管教走过来："该走了。"

高启强起身，走到侧门前，最后一次回身，望着安欣。

他看了很久，看得很用力。眼神中似有千言万语，却一句话都没说。

墓地里，安欣穿着笔挺的警服，徐忠陪着他，向曹闯、李响和陆寒的墓碑献花。

徐忠问："心里轻快了吗？"

安欣摇摇头："等有一天京海彻底不需要我了，我才能真的轻松。"

徐忠说道："人民永远都需要我们。未来我们队伍的教育整顿和扫黑除恶都会常态化，这份工作可不轻松。罪恶需要掐根断芽，只有日日扫，年年扫，才能让群众生活在幸福安宁中。"

实践证明，以习近平同志为核心的党中央作出开展政法队伍教育整顿的重大决策符合政法队伍实际，顺应民心民意。这是一场刮骨疗毒式的自我革命，这是一次触及灵魂的教育洗礼，是人民群众对政法队伍的新期待……

图书在版编目（CIP）数据

狂飙 / 朱俊懿，徐纪周著；白文君改编 . — 青岛：
青岛出版社，2023.1

ISBN 978-7-5736-0430-9

Ⅰ . ①狂… Ⅱ . ①朱… ②徐… ③白… Ⅲ . ①侦探小
说－中国－当代 Ⅳ . ① I247.5

中国版本图书馆 CIP 数据核字（2022）第 146154 号

书　　名	KUANGBIAO **狂　飙**
著　　者	朱俊懿　徐纪周
改　　编	白文君
出版发行	青岛出版社（青岛市崂山区海尔路 182 号，266061）
本社网址	http://www.qdpub.com
邮购电话	0532-68068091
策　　划	刘　坤　王　颖
责任编辑	刘　冰　刘芳明
营销编辑	秦　玥　李　丹
内文排版	戊戌同文
印　　刷	青岛乐喜力科技发展有限公司
出版日期	2023 年 1 月第 1 版　2024 年 5 月第 12 次印刷
开　　本	16 开
印　　张	31
字　　数	500 千
书　　号	ISBN 978-7-5736-0430-9
定　　价	68.00 元

编校印装质量、盗版监督服务电话　4006532017　0532-68068050